D0732547

Cárceles imaginarias

Luis Leante

Cárceles imaginarias

De esta edición:
D. R. © Santillana Ediciones Generales, S.A. de C.V., 2012
Av. Río Mixcoac 274, Col. Acacias
México, 03240, D.F. Teléfono 5420 7530
www.alfaguara.com/mx

ISBN: 978-607-11-1763-2
Primera edición: febrero de 2012

© Diseño:
Proyecto de Enric Satué

© Diseño de cubierta:
María Pérez-Aguilera

© Fotografía de cubierta:
Latinstock

Impreso en México

A Marisol Schulz Manaut,
antes y ahora

El hombre imaginario
vive en una mansión imaginaria
rodeada de árboles imaginarios
a la orilla de un río imaginario.

NICANOR PARRA
El hombre imaginario

1.

El domingo 7 de junio de 1896, al paso de la procesión del Corpus por una calle de Barcelona, se produjo un atentado terrorista cuya trascendencia nadie imaginaba. A las nueve menos veinte de la noche, cuando la procesión desfilaba de regreso a la catedral de Santa María por la calle de Canvis Nous, un individuo arrojó una bomba Orsini desde un tejado. El artefacto iba dirigido contra la comitiva de autoridades. En el cortejo se encontraban el obispo de Barcelona, el gobernador y el capitán general de Cataluña. La bomba no cayó sobre las autoridades, sino sobre la gente que se agolpaba en una bocacalle para ver la procesión. Murieron seis personas en el acto, y en los días siguientes el número llegó a doce. Hubo casi medio centenar de heridos. Nunca se supo quién fue el autor del atentado. Sin embargo, la represión policial que se produjo desde esa misma noche, y a lo largo de varios meses, supuso uno de los acontecimientos más oscuros de la historia del anarquismo español, y su repercusión traspasó las fronteras del país.

Aunque en los diferentes sumarios que se abrieron se llamó oficialmente «proceso de los anarquistas», lo cierto es que desde el primer momento se conoció como «los procesos de Montjuïc». En las horas siguientes al atentado, la policía detuvo a más de cuatrocientos sospechosos. Victoria me contó en alguna ocasión que su bisabuelo o su tatarabuelo —cuando quise acordarme, ya había pasado demasiado tiempo— se vio implicado en aquel suceso y tuvo que huir de España, como muchos otros. Fue algo que dijo como de pasada, sin dar más datos. Diez años después me arrepentí de no haber prestado más atención a aquel asunto. Pero, en realidad, Victoria y yo habíamos llegado al acuerdo tácito de no hablar de su familia. Y era comprensible.

Los detenidos —algunos de poblaciones cercanas, que no se encontraban en Barcelona el día del atentado— fueron encarcelados en los calabozos del castillo de Montjuïc. Hasta muchos meses después no se empezó a conocer lo que realmente había ocurrido tras aquellos muros. De los más de cuatrocientos detenidos, noventa fueron finalmente sometidos a consejo de guerra. No se sabe con certeza el número de muertos que se produjo durante los meses de interrogatorios, pero el diario francés *La Justice* publicó en abril de 1897 un documento firmado por algunos presos del pabellón 23 de la cárcel de Montjuïc en el que daban testimonio de las torturas que padecieron.

El primer consejo de guerra contra los inculpados se celebró en diciembre de 1896. En Europa y en América se desató una campaña contra el Gobierno español por los juicios arbitrarios, las confesiones obtenidas bajo tortura y la desproporción de las medidas que se habían tomado. Después de seis meses en los calabozos, ocho hombres fueron condenados a muerte, aunque no se ejecutaron más que cinco sentencias. Ninguno de ellos fue considerado en el proceso autor del atentado. Más de veinte personas fueron condenadas a prisión, con penas que en algunos casos llegaron a los veinte años. Los demás fueron absueltos o castigados con el exilio. Inglaterra y Francia acogieron a la mayoría, y el resto fue deportado a Filipinas.

El anarquista italiano Michele Angiolillo, impresionado por el relato de lo que había sucedido en Barcelona, decidió viajar a España para vengar la represión. Haciéndose pasar por corresponsal del periódico *Il Popolo,* asesinó a Antonio Cánovas del Castillo en la estación termal de Santa

Águeda, donde el presidente del Consejo de Ministros pasaba sus vacaciones de verano. El anarquista fue detenido y fusilado doce días después.

En los años siguientes, hasta la Guerra Civil de 1936, Barcelona iba a sufrir uno de los conflictos políticos y sociales más inauditos de cuantos se habían producido en Europa hasta ese momento. Las luchas obreras, la organización sindical y el pistolerismo se instalaron en las calles, marcando la vida de Barcelona y de una gran parte de Cataluña.

Nunca supe con certeza por qué Victoria mostraba tanto interés por esos años de la historia de Barcelona. Tampoco me lo pregunté cuando ella vivía. Sí, es cierto que en alguna ocasión mencionó que un antepasado suyo se había visto involucrado en el atentado de Canvis Nous y tuvo que huir del país. Pero aquello no me pareció una razón determinante. Su tesis doctoral trataba sobre el anarquismo y, además, publicó dos libros sobre el tema y varios artículos en revistas especializadas. Yo suponía que había sido nuestro antiguo profesor de Contemporánea quien le había contagiado el interés. Cada vez que Victoria encontraba una nueva publicación sobre la época, o Martín Clarés descubría algún documento interesante, los dos se pasaban horas hablando por teléfono. Luego venía la avalancha de cartas.

Tampoco sé por qué decidí —sin ser escritor ni tener interés por la historia desde hacía años— publicar aquel libro sobre el exilio en Filipinas. Se tituló *Anarquistas catalanes en Manila (1872-1898)* y pasó por las librerías con más pena que gloria. Tal vez ahora, veinte años después, puedo decir que lo hice por ella, por Victoria, porque pensé que le habría gustado saber que su trabajo seguía siendo importante para mí, que no me había deshecho de su archivo ni de sus cosas. Y también porque hacía tiempo que había tocado fondo, y me pareció que aquella era una buena manera de mantenerme en la superficie. ¿Y por qué me acuerdo ahora de todo eso, después de tantos años? Seguramente porque hace apenas unas horas Virginia me ha dicho que Julia Torrelles ha fallecido. Y me he acordado de Julia, de su padre, a quien no conocí; me he acordado de aquella cajita de madera que contenía veintitrés cartas dentro de sus sobres envejecidos, que tal vez ahora estén en su ataúd. Sí, por eso y porque el paso del tiempo no debe servir para enterrar la memoria de los acontecimientos y de las personas que nos precedieron. Esa es, tal vez, la tarea del historiador, aunque yo había renunciado a serlo hacía años.

En la primavera de 1988 yo estaba a punto de cumplir cuarenta años y tenía la sensación de haber nacido dos veces y haber tenido dos vidas. Hacía tiempo que no probaba una gota de alcohol. No fumaba, no trasnochaba y mi vida era ordenada; demasiado ordenada, quizá, para lo que habían sido los últimos diez años. Nunca me gustó beber; lo que pretendía era sencillamente emborracharme. Me daba igual lo que hubiera en el vaso; una vez que pasaban los primeros tragos, todo era lo mismo. Empecé a darme cuenta del abismo al que me había precipitado el día en que estrellé mi coche contra el escaparate de una joyería. Estaba tan borracho que no me di cuenta de lo que había sucedido hasta que la policía me sacó del coche y me detuvo. Pasé cuarenta y ocho horas incomunicado en el calabozo de una comisaría. Eso ocurrió en 1980, creo, o en 1981. Las fechas de esos años son bastante imprecisas. Hay épocas de mi vida que no son más que una sucesión de cifras, de días iguales unos a otros. La mayoría se han borrado de mi memoria. Aunque hay algunos que durante un tiempo volvían con frecuencia a mi cabeza para atormentarme.

Mientras pasaba aquellos dos días en el calabozo, me ocurrió algo que todavía no he olvidado. Tumbado sobre una colchoneta forrada de plástico y una manta pestilente, tuve la sensación de que nada malo me podía ocurrir allí dentro, que nadie me haría daño, que no me podría destruir más de lo que me había destruido hasta entonces. Cuando declaré ante el juez y me soltaron, por el contrario, me sentí como si entrara en una enorme prisión sin muros ni rejas, donde estaba expuesto a todos los peligros que mi mente era capaz de imaginar. Sobrio y con la cabeza fría, lo que encontré fuera me asustaba más que lo que había en aquel calabozo de dos metros cuadrados.

Pero había empezado hablando del año en que cumplí los cuarenta. Desde 1986 yo trabajaba como bedel en el Archivo Histórico de la Ciudad de Barcelona. Llevaba dieciocho meses haciendo fotocopias y atendiendo el teléfono en aquel edificio que guardaba en sus entrañas tesoros codiciados por cualquier historiador. Sin embargo, para mí no era más que un trabajo que me permitía vivir y contemplar la vida como a través de una gran cristalera que de vez en cuando se empañaba. No necesitaba pensar ni tomar decisiones. Como tantas otras cosas, el trabajo de bedel se lo debía a mi hermano Julián, que fue quien insistió para que me presentara a aquellas dos plazas que salieron en la oferta pública. Al principio me resistí, traté de convencerme de que yo podía desempeñar otros trabajos. Intenté ganarme la vida como camarero, repartidor de publicidad, vendedor de seguros, encuestador, representante de una casa de pinturas. Pero Julián tenía razón: cerca de los cuarenta años no resultaba fácil empezar de nuevo. Me preparé las oposiciones, me presenté sin muchas esperanzas y conseguí una de las dos plazas. El sueldo no era muy alto, pero yo necesitaba poca cosa para comer y pagar las facturas de la luz y el agua. Desde que me expedientaron y me expulsaron de la enseñanza, ningún trabajo me había durado más de dos meses.

En año y medio, apenas me crucé con seis o siete caras conocidas en el Archivo. De vez en cuando aparecía por allí algún antiguo profesor de la universidad, con cartera y aspecto despistado, que no me reconocía. Era improbable que alguien se acordara de mí. A veces creía ver a alguien de la facultad que entraba en la biblioteca o solicitaba la consulta de un documento. Eran rostros que me resultaban vagamente familiares, quizá compañeros de promoción, colaboradores de algún departamento que seguían enredados en la investigación. Hasta que un día apareció Pedro Luis Angosto con su aire de miliciano, su sonrisa burlona y su voz desgarrada y seca, como de ultratumba. Pedro Luis era doctor en Historia, vivía en Alicante y había trabajado algunos años como funcionario de prisiones para ganarse la vida y costear sus trabajos de investigación.

—Si yo soy yo, sin duda tú eres tú —me dijo lacónico, serio, mirándome por encima de sus gafas torcidas.

Pedro Luis tenía tres años más que yo, tres años más que Victoria. Cada vez que venía a Barcelona, nos visitaba en casa.

—Hola, Pedro Luis —le respondí nervioso—. Sí, soy yo, aunque no lo parezca.

Sabía que no me haría preguntas. Era lo único de lo que tenía certeza. Nos habíamos visto por última vez en Alicante, hacía más de siete años. Una mañana me monté sin billete, borracho, en un tren. Quería escapar a Madrid o a Zaragoza, adonde pudiera llegar sin que me descubriera el revisor; pero el tren iba a Murcia. Me bajé en Alicante, cuando no pude darle esquinazo más tiempo al revisor. No tenía dinero, ni documentación, ni equipaje. Pensé en subir al primer tren que saliera hacia Madrid, pero me quedé dormido en un banco, hasta que un guardia de seguridad me despertó. Tiene que marcharse, caballero, aquí no se puede quedar. Siempre me molestó que me llamaran caballero. Me puse en pie y me fui. Caballero lo serás tú, le dije a aquel policía frustrado. En la entrada de la estación me crucé con Pedro Luis Angosto que llegaba con una bolsa de viaje pequeña, una bolsa deportiva. Mi aspecto era lamentable. Ven conmigo, me dijo. Entramos en una cafetería dentro de la estación y tomamos un café. Le conté que me había despistado al subir al tren en Barcelona. No hizo preguntas. Me dio dinero y me escribió su número de teléfono y su dirección. Dentro de dos días estaré de vuelta, si sigues aquí, llámame. Pero no lo llamé.

—Así que te has buscado una nueva guarida —me dijo colocando la cartera sobre el mostrador—. No está mal.

—Sí, no está mal —repetí.

Nos mirábamos como dos resucitados, como si no estuviéramos seguros del todo de que el reencuentro fuera real.

Pedro Luis estuvo toda la mañana en la hemeroteca del Archivo. Ya no pude concentrarme en lo que hacía. Algo se me había removido dentro. Me habría resultado fácil evitar el encuentro a su salida, pero decidí que era absurdo seguir huyendo del pasado.

—¿Te quedarás algún tiempo en Barcelona? —le pregunté cuando salió a la hora del almuerzo.

—Dos o tres días.

—Ven a casa esta noche, prepararé algo y hablaremos de los viejos tiempos.

Pedro Luis me miró de nuevo por encima de las gafas y sonrió.

—Los viejos tiempos no le interesan a nadie —me dijo—. Mejor hablemos de los nuevos.

Sabía que en algún momento tendría que deshacerme de cosas absurdas que ocupaban los armarios y las habitaciones como si mi casa fuera el almacén de un museo. Pero era una decisión que llevaba retrasando diez años.

Lo antiguo y lo nuevo convivían en un extraño equilibrio que solo servía para generar la falsa sensación de que nada había cambiado. Cuando Victoria murió, no toqué sus cosas; todo se quedó como ella lo había dejado. Luego, con el tiempo, fui arrinconándolas de una forma sutil, sin pensar mucho en lo que hacía. Al principio Victoria apenas trajo nada a casa: algunos libros, la máquina de escribir, la ropa justa. Después fue trayendo poco a poco el resto, casi sin que me diera cuenta. Yo sabía que lo hacía así para que su padre no sintiera de golpe su ausencia.

Cuando Pedro Luis entró en casa, todo estaba igual que hacía más de diez años, como cuando vino por última vez. Los libros de Victoria seguían en las estanterías de su estudio o repartidos por los huecos del salón. El tiempo se había detenido en su habitación de trabajo; los archivos, los ficheros, las carpetas que se amontonaban en las baldas más altas seguían como ella los había dejado. Al ver su mesa, parecía que acabara de estar allí sentada, que se hubiera levantado para ir a la cocina a tomar un café y fuera a regresar de un momento a otro. De vez en cuando yo limpiaba el polvo, levantaba los bolígrafos, las libretas y los dejaba de nuevo en su sitio, en la misma posición. Incluso su ropa seguía en los armarios.

—Recibo muy pocas visitas —le dije a Pedro Luis disculpándome por el desorden del salón.

Le ofrecí una copa de vino y yo me serví agua.

—También tomaré agua —me dijo.

—No lo hagas por mí.

Hablamos del presente. Le conté cómo me había presentado a esa oposición por la insistencia de mi hermano. No le dije que Julián había muerto; eso formaba parte del pasado y solo íbamos a hablar del presente. Me interesé por el trabajo que llevaba entre manos. Estaba escribiendo un libro sobre José Alonso Mallol, Director General de Seguridad en la República. Victoria y él publicaron algunos artículos juntos y compartieron mucha información durante años. Pero el interés de ella se desvanecía al acercarse a 1931.

Cuando terminó la copa de agua, se sirvió vino y le dio un trago largo. Hizo un gesto característico en él, arrugando la frente, y sacó algo de una carpeta que traía en la mano.

—Esto es lo que tenía pensado hacer después del verano, pero la historia de Mallol me está creciendo más de lo que imaginaba.

Le eché un vistazo. *Exiliados y deportados a Filipinas en el siglo XIX.* Parecía un título provisional, escrito a mano en el encabezado de un folio y rodeado por un círculo rojo.

—Interesante —le dije.

—Al menos es curioso, pero no puedo hacerlo. Para eso tendrían que inventar días de treinta horas.

Me enseñó sus notas y los datos que había recopilado. Hasta 1898, cuando se independizó de España, hubo en Filipinas un grupo de anarquistas que formaron algo parecido a una colonia. Algunos se quedaron allí tras la invasión norteamericana, unos cuantos regresaron a España, y al resto se le perdió la pista. Pedro Luis tenía documentos, fotografías, ejemplares de prensa de la época y mucha bibliografía.

—Hay una lista de dieciocho deportados tras los procesos de Montjuïc —y de repente me dijo—: A Victoria le habría entusiasmado este asunto.

Algo se removió dentro de mí. Me bebí el agua de un trago y volví a llenar la copa.

—Sí, era su tema preferido. Alguna vez me contó que un antepasado suyo tuvo que huir de Barcelona porque lo implicaron en ese atentado del Corpus.

—Fue su bisabuelo —precisó.

—Seguramente.

Pedro Luis sacó la tarjeta de una editorial barcelonesa y me la entregó.

—¿Quieres escribirlo tú? —me preguntó a bocajarro.

—¿Yo?, ¿por qué yo?

—Porque lo pagan bien, porque yo no voy a hacerlo, porque te ofrezco todo el material que tengo, porque en esta casa tienes más información de la que puedas encontrar en cualquier archivo, porque te vendría bien recuperar algunos hábitos y porque a ella le habría gustado.

No pude aguantar su mirada. Me levanté y fui a la cocina con la excusa de traer algo más para comer. Abrí el armario. La taza de Victoria seguía en el mismo sitio diez años después. Su delantal estaba colgado detrás de la puerta. Sin embargo, había momentos como ese en los que no podía recordar su rostro. Y los álbumes de fotografías llevaban una década cerrados.

—De acuerdo —le dije cuando me senté de nuevo frente a él—. Lo intentaré.

—Si lo intentas, lo harás. No tengo dudas.

—Entonces lo haré.

El 6 de junio, precisamente el día en que cumplía cuarenta años, me senté en el estudio de Victoria y me apoderé de su espacio. Abrí por primera vez sus archivos y le quité la funda de plástico a la máquina de escribir. La tinta de la cinta estaba seca después de tanto tiempo sin utilizarse.

No me costó mucho esfuerzo escribir aquel libro. Pedro Luis Angosto me había facilitado el trabajo. Aproveché las vacaciones de julio. No tenía planeado ir a ninguna parte. Estoy seguro de que Carolina se alegró cuando le dije que prefería quedarme en Barcelona, aunque fingió estar decepcionada. Nuestra manera de entender los viajes era opuesta e irreconciliable. No le confesé que pensaba encerrarme en casa a escribir un libro sobre exiliados y deportados; habría pensado que me había vuelto loco. Carolina trabajaba en una agencia de viajes. Antes fue guía turística. Aunque tenía un punto frívolo a primera vista, escondía detrás algo que no le gustaba que los demás vieran. Leía mucho, odiaba su trabajo y soñaba con montar un negocio y forrarse. Nunca le había hablado de Victoria. Ella, sin embargo, solía hablar del hombre con el que compartió los últimos tres años hasta que la relación se rompió. Carolina era seis o siete años más joven que yo. Nos conocíamos desde hacía diez meses. No bebía, no fumaba, hacía vida sana. Su único vicio era la obsesión por la moda y el deporte, pero a mí no me molestaba. Nos veíamos con cierta frecuencia, una o dos veces a la semana; nunca en mi casa. A veces pasaban quince días sin saber nada de ella. A lo nuestro no se le podía llamar relación de pareja. En la vida de Carolina había otros hombres. Yo lo sabía; no me lo ocultaba. También sabía que de vez en cuando quedaba con su antiguo novio y se acostaban. Eso no me lo contaba, pero no hacía falta ser un lince para darse cuenta.

Durante tres semanas fui ordenando la información que tenía sobre los catalanes que llegaron por diversos motivos a Filipinas a finales del siglo XIX. Y el primer día de mis vacaciones me senté frente a la máquina de escribir, con la cinta recién cambiada, y traté de ceñirme al esquema que había hecho en las últimas semanas. Cada vez que abría un fichero de Victoria o sacaba una tarjeta escrita con su letra diminuta y perfecta, sentía un escalofrío del que me recuperaba enseguida. Hubo momentos de zozobra y algunas indecisiones, pero en general el trabajo resultó gratificante. Cuando me reincorporé al Archivo Histórico, a principios de agosto, me sentía un hombre nuevo. El manuscrito tenía ciento ochenta páginas, y yo estaba satisfecho con el resultado. Lo dejé reposar durante el resto del verano. No quería ser autocomplaciente. Lo consideré un borrador sobre el que luego haría modificaciones. En septiembre hice algunas correcciones y decidí entonces que se lo enviaría a Martín Clarés para que lo revisara, pusiera objeciones y me diera algún consejo. Eso era precisamente lo que Victoria habría hecho, lo que siempre hacía. Ella confiaba ciegamente en Martín.

Martín Clarés fue profesor en la Facultad de Historia hasta 1975. Victoria y yo fuimos alumnos suyos en nuestro último curso, 1970-71. Su asignatura de Contemporánea resultó una guinda, al final de la carrera, que sirvió para inocular el veneno de la investigación en muchos de aquellos estudiantes destinados a engrosar las filas de licenciados sin trabajo. Y Victoria perteneció durante un tiempo a ese grupo. Sin duda Martín era una de las personas que más sabían sobre los movimientos sociales en la Barcelona de finales del siglo XIX y principios del XX. Era un hombre brillante, culto, con un carisma que nos hacía escucharlo sin pestañear, casi sin tomar apuntes, metiéndonos en el fondo de sus palabras y viviendo cada uno de los hechos que contaba como si estuvieran sucediendo en ese mismo momento. Cuando Victoria decidió hacer su tesis doctoral sobre el anarquismo en Barcelona en el primer cuarto del siglo XX, no tuve ninguna duda de que había tomado esa decisión influida por Martín Clarés, aunque posiblemente él no hubiera hecho nada para convencerla.

Martín Clarés era homosexual. Todos sus alumnos lo sabíamos. Era alto, muy delgado. Tenía poco pelo, lo que resaltaba los rasgos pronunciados de su cara. Necesitaba para leer unas gafas que casi siempre tenía en la mano y apenas se ponía. En vez de eso, acercaba y alejaba los folios de sus ojos en un juego casi teatral que formaba parte del espectáculo de sus clases. Yo perdí el contacto con Martín y con Victoria al terminar la carrera. Primero fue el servicio militar en Zaragoza, después aquel trabajo en una librería y por fin las oposiciones a Enseñanzas Medias. Cuando tres años más tarde me reencontré con Victoria, ella estaba con los preparativos de su boda, y Martín se había convertido en uno de sus mejores amigos, después de dirigirle la tesis. Luego él dejó la universidad y se marchó a vivir a Urueña, un pueblo de poco más de ciento cincuenta habitantes en la provincia de Valladolid, en las estribaciones de los montes Torozos.

Martín Clarés tenía apenas cincuenta años cuando decidió retirarse del mundo a un rincón del que ninguno de nosotros había oído hablar. En los círculos universitarios su decisión fue, durante un tiempo, el asunto más comentado en todos los corrillos. Hacía un año que Martín vivía con Pau, un arquitecto mayor que él, casado, padre de dos hijas. Se produjo cierto escándalo en su entorno profesional y familiar cuando se supo que tenía una relación con un profesor de la universidad. Fueron muchos meses de convulsiones en la pareja, hasta que encontraron un sitio en donde llevar una vida casi anónima.

Martín era un bibliófilo, amante del arte, de la buena cocina, de los viajes; un hombre refinado que dedicaba doce horas al día a su trabajo. Se mostraba feliz con las cosas pequeñas. Yo lo vi en una ocasión emocionarse por un tintero con tapa de plata labrada que Victoria encontró en una tienda de antigüedades en Milán y que compró por una cantidad ridícula. Martín se llevó a Urueña su biblioteca. Con la herencia familiar compró dos casas en ruinas que Pau restauró. Victoria y yo fuimos a visitarlos en bastantes ocasiones. Ellos no habían vuelto por Barcelona. Las últimas Navidades, antes de la muerte de Victoria, las pasamos en Urueña. Teníamos nuestra propia habitación con vigas de madera del siglo XVIII que Pau había comprado en un pueblo de Lugo. En el viaje de vuelta a Barcelona fue cuando ocurrió el accidente.

Confieso que le envié el manuscrito a Martín con cierto pudor. Le advertí de que se trataba de un borrador y le recordé que yo no era un historiador en sentido estricto. En el momento de entregárselo al funcionario de correos y pagar el certificado, me arrepentí, pero ya era tarde. Conseguí olvidarme del asunto durante dos meses, el tiempo que tardé en recibir la respuesta de Martín. A finales de noviembre me llegó desde Urueña un paquete con el manuscrito. Lo abrí nervioso. El envoltorio quedó destrozado sobre la mesa del estudio de Victoria, del que ya me había apoderado. Dentro venía una carta de Martín. «Tu trabajo es muy interesante y creo que ella se habría sentido orgullosa al leerlo...» A Martín le gustaba decir las cosas sin rodeos. Sonó el teléfono: era Carolina. No quería nada en particular. Estaba en el centro, comprando algo, y se preguntaba qué estaría haciendo yo.

—Nada especial: leyendo una carta de Martín que acabo de recibir.

—¿Quién es Martín?

—Un viejo amigo.

«Para estar apartado de este mundillo, no se te ha dado nada mal», seguía diciendo Martín en su carta escrita a mano, con letra elegante, inclinada, con tinta negra.

—¿Me estás oyendo?

—Perdona, ¿qué me decías?

—Que nunca me has hablado de ese Martín.

—¿No? Ah, yo creía que lo había nombrado alguna vez.

«Te confieso que he disfrutado mucho con la lectura. Seguramente el tratamiento erudito que otros investigadores le hubieran dado habría convertido el libro en una serie de datos fríos, de estadística pura carente de interés para el lector medio.» Viniendo de Martín, aquel era uno de los mayores elogios que podía esperar. «Sin embargo, tú lo has convertido en algo fresco, casi en un relato que mantiene el interés hasta el final. Y hablando del final...»

—¿Estás ahí?

—Sí, te oigo.

—¿Qué te pasa?

—Nada, nada, estaba leyendo una cosa.

—¿Has escuchado algo de lo que te he dicho?

—Sí, que no sé si te he hablado de él, pero es un profesor de la universidad al que no veo hace tiempo.

—No, te estaba diciendo que a las seis estoy libre y podíamos tomar algo, pero ya veo que tienes cosas más interesantes que hacer.

—Sí.

—¿Cómo que sí?

—No quería decir eso.

—A veces eres insoportable.

—Perdona, ya te escucho.

No recuerdo qué fue lo último que dijo Carolina antes de colgar, pero me sentí aliviado.

«Y hablando del final», escribía Martín, «fíjate en los comentarios que he añadido, porque creo que sin quererlo has dado un paso importante para resolver el enigma del atentado de la procesión del Corpus». No estaba seguro de lo que quería decir Martín. Sin duda se refería a la procesión del Corpus de 1896. Volvió a sonar el teléfono; lo ignoré. «Hace años habría celebrado ese descubrimiento, pero hoy todo esto me resulta tan lejano que apenas consigo emocionarme.» ¿Qué trataba de decirme Martín? Aquello me venía un poco grande. Yo no podía estar a su nivel, y me daba vergüenza llamarlo y pedirle alguna aclaración.

Me senté frente a la mesa de trabajo y fui pasando las páginas del manuscrito y leyendo con mucha atención las anotaciones que me había hecho con tinta verde. Sabía que incluso para las correcciones él utilizaba estilográfica. Verde para los comentarios; roja para los errores ortográficos, mecanográficos o de puntuación; negra para las cartas; azul para expresar alguna reflexión. El trabajo de Martín había sido muy meticuloso, como siempre. «Comprobar fecha», escribía. «Documentar con bibliografía.» «Dato erróneo.» «Esto es muy interesante», había escrito junto al seudónimo «el Francés», que yo mencionaba por primera vez en el capítulo 3, dedicado a la prensa anarquista en Manila.

A finales del siglo XIX los conflictos que se vivían en Filipinas desde hacía años terminaron con la intervención de Estados Unidos, que le declaró la guerra a España y se apoderó de las islas en 1898. Manila se había convertido en los últimos tiempos en el lugar de confinamiento de numerosos deportados de la península, sobre todo anarquistas. Aunque estaban vigilados de cerca por la Guardia Civil, que hacía las veces de servicio secreto y de policía, se les permitió llevar una vida que aparentaba normalidad. En los archivos de la época constan los nombres de los exiliados, su profesión, actividades políticas en el archipiélago, amistades y detalles de su vida cotidiana. La documentación que me había ofrecido Pedro Luis Angosto contenía datos muy interesantes, además de estadísticas y cifras reveladoras. La primera vez que Martín Clarés subrayó en mi manuscrito el nombre del Francés, no entendí lo que pretendía hacerme ver. Era el seudónimo de alguien que publicaba con asiduidad en el periódico de Manila *La Nueva Luz,* dirigido por el anarquista Adolfo Luna. En realidad, los artículos del Francés eran los más interesantes, quizá por las reflexiones que hacía, quizá porque no se dejaba llevar por la exaltación y el espíritu incendiario del resto de los colaboradores. Yo tenía la copia de cinco o seis ejemplares del periódico que me había proporcionado Pedro Luis, y en todos había un artículo firmado por el Francés. Sin embargo, aquel seudónimo aún no significaba nada para mí.

Seguí leyendo las anotaciones de Martín. Me detuve entonces en la reflexión final. «Creo que, sin pretenderlo, has dado con el paradero del terrorista que mató a doce personas el 7 de junio de 1896 en la calle de Canvis Nous de Barcelona.» Sí, yo había leído algunas cosas sobre ese atentado. Sabía que desencadenó los procesos de Montjuïc y que no se consiguió detener a la persona que lanzó la bomba. Incluso circulaban por ahí libros con teorías rocambolescas sobre la autoría, casi siempre con escaso respaldo documental. «Yo dediqué algunos años y muchos esfuerzos inútiles a seguirle la pista a aquel anarquista», continuaba escribiendo al pie del manuscrito. «Tú, con menos esfuerzo, has dado con él.» Aquello sonaba muy enigmático. Al final, con tinta roja y en letras grandes, había escrito: «Llámame cuando te apetezca y te sigo contando». Descolgué el teléfono y marqué su número antes de poner las ideas en orden.

Tuve la sensación de que Martín estaba esperando mi llamada. Hablamos como si hiciera pocos días que nos hubiéramos visto. Parecía una conversación aplazada. Me recordó algunos datos de los procesos de Montjuïc. Ante la presión internacional, Sagasta, que había sustituido a Cánovas del Castillo, concedió en 1901 el indulto para los que permanecían en prisión acusados de complicidad en el atentado. Además, hizo volver a los deportados.

—A pesar de las condenas a muerte, lo cierto es que nunca se supo quién arrojó esa bomba —me explicó Martín.

—¿Y qué te hace pensar que fuera precisamente ese Francés de Manila?

—Es una historia larga con tintes novelescos. Hace años conseguí unos informes interesantes donde aparecían nombres y datos relacionados con el atentado del Corpus. Creo que en tu casa debe de haber algo de eso por los archivos, si no lo has tirado.

—No, no he tirado nada.

—Más tarde me enteré de la existencia de un sumario judicial del que ningún historiador había hablado hasta entonces.

Martín tenía facilidad para hacer interesante cualquier asunto, por muy ajeno que uno se sintiera. Me contó que, ocho años atrás, en los antiguos sótanos de la Audiencia Provincial de Barcelona se produjo una inundación por un escape de agua. Algunas de las conducciones que pasaban por allí eran de principio de siglo. Más de la mitad de los archivos se vio afectada por el agua y quedó destruida. Entre lo que se salvó, apareció un sumario instruido por un juez llamado José María Linares Millán contra un tal Ezequiel Deulofeu Moullet a finales del XIX. La denuncia partía de la Brigada Social de Barcelona, y se le acusaba de ser el autor del atentado del 7 de junio de 1896 en la calle de Canvis Nous. ¿De dónde salía casi un siglo después aquel individuo cuyo nombre no aparecía en los sumarios de los procesos de Montjuïc? Cuando le pregunté a Martín cómo había conseguido esa información, resopló en el auricular. Era una historia compleja. Un auxiliar administrativo de la Audiencia, que había sido alumno suyo, se enteró de la aparición de ese sumario rescatado de los sótanos y lo llamó a Urueña. Martín telefoneó a un antiguo compañero de la universidad y este se enteró de que los documentos habían sido depositados en el Archivo Municipal hasta que un perito los estudiase y decidiera si se conservaba algo o si carecía de valor. El Archivo Municipal había sido durante años como la segunda casa de Martín. Habló con algunos empleados, y con la ayuda de un historiador amigo consiguió fotocopiar aquellos documentos, que meses después fueron destruidos a causa del mal estado en que se encontraban y porque además carecían de interés por estar incompletos.

—Lo que me llamó la atención fue que existiera un sumario civil en un juzgado al margen de los que se abrieron por la vía militar en los procesos de Montjuïc —me siguió contando Martín—. Y enseguida me di cuenta de que había un desfase de fechas.

—¿Cómo de fechas?

—Sí, de fechas. La instrucción por la denuncia contra ese Ezequiel Deulofeu Moullet se produjo a finales de 1897, varios meses después de que hubieran fusilado a cinco de los presos y que hubieran condenado a muchos otros a penas de cárcel y destierro. Hacía año y medio que se había cometido el atentado.

—Sí, eso es extraño.

—Ese tal Deulofeu ya aparecía en unos archivos que compré hace quince o veinte años, en donde se le definía como «simpatizante anarquista» —hizo una pausa y me pareció que estaba esperando algún comentario mío, pero yo estaba pendiente de su relato—. ¿De verdad no te suena nada de lo que te estoy contando?

—No, Martín, la experta en estos temas era Victoria.

—Sí, pero me extraña que no te hablara nunca de este individuo o que no hayas encontrado algo en sus archivos. Era el trabajo que llevaba entre manos en esos meses y me pareció que estaba muy interesada en todo esto.

—No he buscado, Martín, esa es la verdad. El estudio de Victoria ha sido como un santuario donde solo entraba para quitar el polvo de vez en cuando.

—Te entiendo —dijo y después de una pausa continuó—: ¿Te molesta que te hable de este asunto?

—En absoluto.

—La última vez que estuvisteis aquí se llevó un buen número de documentos nuevos para examinar.

Intenté pensar deprisa, hacerme una composición de lo que había sucedido.

—El coche quedó destrozado en el accidente —le dije tratando de hablar con naturalidad—. Seguramente todo eso quedó allí. Quizá su padre...

—Es posible. Dos años después encontré ese sumario, pero para entonces yo estaba metido en otros asuntos. Cuando apareció el nombre de Ezequiel Deulofeu, tuve la tentación de investigar un poco más, pero ya sabes cómo son estas cosas. Así que parece que el descubrimiento ha sido tuyo.

Seguimos hablando un rato. En algún momento me sentí perdido con tanta información. Se lo dije.

—Si tienes curiosidad, te puedo enviar unas cuantas páginas del sumario, que te ilustrarán algo sobre lo que te digo. Y, si te interesa, seguimos hablando.

—Victoria me contó alguna vez que un bisabuelo suyo había tenido que huir de España porque lo acusaron de participar en ese atentado. ¿Nunca te lo dijo?

—Sí, cuando compré los archivos de la policía, ella lo mencionó.

—¿Compraste los archivos de la policía?

—Bueno, unos cuantos informes de la Brigada Social, poca cosa.

—¿Hay algo más que no me hayas contado? —le dije riendo.

Cuando terminé de hablar con él, me dejé caer en el sofá. Me dolía la cabeza, pero estaba impaciente por echarles un vistazo a aquellos documentos de los que me había hablado Martín.

Llegaron dos días después, por correo certificado y urgente. Abrí el sobre. Contenía cuatro o cinco páginas del sumario abierto a Ezequiel Deulofeu Moullet, alias «el Francés», en octubre de 1897. En cuanto los leí, descolgué el teléfono y marqué el número de Martín.

—¿Qué te parece? —me preguntó.

—Me dijiste que no tenías el sumario completo.

—No, ya me gustaría, solo una parte. La mitad más o menos de lo que se pudo salvar. Y calculo que se salvaría una tercera parte.

—¿Y dónde compraste los archivos de la Brigada Social?

—No fue difícil. Alguien que conocía mi interés por el tema me los ofreció. Salieron de una librería de viejo. Aparecieron en una biblioteca de un abogado comprada a peso. Creo que fue así.

—Parece que tienes un don especial para encontrar rarezas.

—Se adquiere con los años —dijo riendo—. Y con mucho tesón.

—Seguramente.

Martín guardó silencio durante unos segundos. Luego preguntó:

—¿Qué vas a hacer esta Nochevieja?

—No sé, lo de siempre, lo de los últimos años.

—Vente a Urueña.

¿Urueña? Sentí vértigo. No sabía si estaba preparado aún para pasar aquella prueba. Era capaz de estar horas sentado en el estudio de Victoria, rodeado de sus libros, de su fantasma y, sin embargo, aún había determinadas cosas que no me veía capaz de afrontar.

—¿Qué me dices? —preguntó Martín al cabo de un silencio largo.

—No sé. Está muy lejos.

—Bueno, sí, es cierto. Si es solo por eso...

—No, no es solo por eso —lo interrumpí.

—Te entiendo. No hace falta que me des más explicaciones.

—Pero quiero dártelas.

—En cualquier caso, piénsalo. Aún queda tiempo. La hija de Pau vendrá también y le traerá al nieto. Esto resultará muy animado.

—De acuerdo, iré.

—¿No quieres pensártelo?

—Ya lo he pensado.

2.

JUZGADO DE INSTRUCCIÓN DE BARCELONA
Sumario núm. 2.102
Año 1897
AUDIENCIA PROVINCIAL DE BARCELONA
DELITO: Atentado contra la Autoridad con resultado de muerte.

Auto del Sr. Juez de Instrucción de Barcelona D. José María Linares Millán ordenando la instrucción del sumario por la muerte violenta de doce personas el 7 de Junio de 1896 en la calle de Cambios Nuevos de Barcelona.

AUTO. Barcelona a 14 de Octubre de 1897.

RESULTANDO: Que en este momento, las once y media de la mañana, se recibe una denuncia por parte de la Brigada Social de Barcelona participando que según se desprende de las investigaciones realizadas en los últimos meses y de las pruebas aportadas por el Agente D. Gabino Medrano Rus hay motivos para considerar que Ezequiel Deulofeu Moullet (a) «el Francés» es autor de las doce muertes producidas por atentado terrorista en la calle de Cambios Nuevos en 1896 al paso de la Procesión del Corpus Christi.

***

Durante el año y medio en que Ezequiel Deulofeu permaneció en Manila, no consiguió adaptarse a la ciudad ni al clima. No soportaba la humedad del trópico. Detestaba las lluvias intensas que caían sobre las islas y que la convertían en un lodazal entre julio y noviembre. Las picaduras de los mosquitos se convirtieron en una pesadilla que le obsesionaba. Detestaba profundamente y en igual medida los cuarteles, las iglesias y los burdeles. Manila era una ciudad caótica, tomada por soldados españoles, por funcionarios de futuro incierto, nobles arruinados, masones, buscadores de fortuna y conspiradores. Después de varios meses allí, no era capaz de diferenciar a un criollo de un chino, ni a un musulmán de un indio. No le gustaba la comida; le caía mal en el estómago y le provocaba ardores que no le daban tregua.

En 1897 la capital de Filipinas era una ciudad caótica. Dentro de las murallas circulaban calesas y paseaban señoras que se protegían del sol con sombrillas de seda con encajes. En los arrabales los soldados visitaban los burdeles, con sus uniformes de rayadillo, ajenos a lo que estaba sucediendo en las selvas, donde cada día morían cientos de muchachos en la guerra contra los independentistas tagalos. Pero en la ciudad nadie quería darse cuenta de la gravedad de la situación. Los casinos permanecían abiertos día y noche. Las casas de juego, las de apuestas y las galleras no se quedaban nunca vacías. Las calles eran un hervidero de gentes ruidosas y trasnochadoras a las que Ezequiel Deulofeu despreciaba.

Lo primero que comió al llegar a Manila fue un guisado con trozos de gallina y papaya verde cocida. A la segunda cucharada vomitó. Se le había cerrado el estómago por no ingerir apenas alimento. Llevaba varias semanas comiendo en el barco pan duro reblandecido en agua. Se instaló en la Fonda Lola, entre el convento de los jesuitas y la plaza Mayor. Alguien le dijo al desembarcar que era un lugar discreto donde no hacían preguntas. Se inscribió con un nombre falso y, como a todos los españoles, no le pidieron documentación. Desde su cuarto se oían cada hora todas las campanas de Manila, desacompasadas.

La primera persona a la que le confesó su situación fue a Adolfo Luna. No sabía si podía fiarse de él, pero no le quedó otro remedio. Adolfo Luna llevaba más de veinte años en Filipinas. Era un tipo entrado en años y en carnes. Había sido funcionario ministerial en Madrid hasta que lo desterraron por delito de alta traición contra el Estado. En Manila fundó el periódico anarquista *La Nueva Luz*. Estaba vigilado de cerca por la policía y la Guardia Civil, que conocían sus actividades revolucionarias, pero no habían conseguido encerrarlo más que dos o tres veces, en periodos que no superaban los cuatro meses. El periódico había quebrado en varias ocasiones y siempre renacía de la nada. Adolfo Luna sobrevivía gracias a negocios turbios de importación y exportación con Sudamérica. Era un experto en sobornos a los funcionarios de aduanas, que se enriquecían con los sobresueldos que cobraban de Luna. Todo eso que me cuenta usted que está ocurriendo en Barcelona es muy preocupante, aquí no llegan apenas noticias de la metrópolis, excepto las que nuestro gobernador quiere que conozcamos. Ezequiel Deulofeu le confesó que había trabajado en un periódico y que tenía experiencia. Estoy buscando un trabajo. Me temo que escribiendo en mi periódico no podrá usted ganarse la vida, joven. Necesito poco para vivir, insistió Deulofeu. ¿Tiene usted nociones de contabilidad? Sí. Entonces puedo ofrecerle un puesto en mi empresa. ¿Cuándo puedo empezar?

Deulofeu terminó trabajando de contable para Luna y haciéndose cargo del periódico. La redacción estaba en la planta baja de un edificio del centro de Manila. En la puerta había un cartel que decía «Compañía de Seguros La Nueva Luz», pero todo el mundo sabía de qué se trataba. Se imprimía en una imprenta clandestina y rudimentaria que Adolfo Luna había montado en la trastienda de una casa de apuestas. Allí nunca entraba la Guardia Civil, porque las autoridades llevaban parte en los beneficios de las apuestas y no intervenían más que cuando había peleas con muertes. En la redacción de *La Nueva Luz* Deulofeu conoció a muchos de los anarquistas deportados que habían llegado a Manila en los últimos años. Era gente desarraigada, la mayoría sin familia, hombres rudos, enemigos declarados del Estado. También había gente de letras, intelectuales condenados por crímenes de imprenta. Algunos colaboraban en el periódico con artículos incendiarios que en la península habrían sido motivo de cárcel, pero en Manila no eran más que fuego de artificio encerrado en un periódico de cuatro páginas que nadie leía. Ezequiel Deulofeu escribía con el seudónimo de el Francés.

Los sábados por la noche se reunían diez o doce anarquistas en una taberna de la calle Jacinto, esquina con Sacristía. El local era de un tipo al que apodaban el Bombita, que había sido deportado a Manila por robar cincuenta kilos de dinamita que se utilizaron en 1891 para atentar contra la sede del Fomento del Trabajo Nacional, una asociación de industriales de Barcelona. Los anarquistas se reunían en un cuartucho que el Bombita les reservaba cada semana. A diferencia de los comunistas, entre ellos se llamaban compañeros, en vez de camaradas, no bebían vino, no fumaban, ni frecuentaban los burdeles, y al despedirse siempre decían salud y se apretaban las manos con mucha fuerza. Ezequiel Deulofeu fue un asiduo de aquellas reuniones, hasta que surgió el asunto del ataque al cuartel de artillería y, cuando Adolfo Luna le concedió la palabra, dijo que le parecía una idea descabellada. Alguien gritó que si le daba miedo sería mejor que se dedicara a escribir sus artículos. Y él replicó que no le daba miedo, sino que le parecía un disparate. Entonces será mejor que te mantengas al margen, le dijo Adolfo Luna sin levantar la voz. Desde ese día Deulofeu se limitó a escribir sus artículos, en los que denunciaba el envío de tropas a Filipinas y criticaba la barbarie de quienes mandaban al matadero a jóvenes imberbes para defender una patria gobernada por bandidos.

***

Providencia del Juez Sr. José María Linares Millán ordenando que se dirijan exhortos a la Comandancia de la Guardia Civil de Manila interesando la práctica de averiguaciones del paradero de Ezequiel Deulofeu Moullet (a) «el Francés». 24 de Noviembre de 1897.

De orden del Sr. Juez de Instrucción, acordada en el sumario que se instruye en relación con los hechos que en el Anexo se especifican, dirijo a Vd. la presente que devolverá cumplida a la mayor urgencia, a fin de que se expida y remita a este Juzgado información sobre Ezequiel Deulofeu Moullet (a) el Francés, natural de Barcelona, de veinticinco años de edad, de afiliación anarquista, prófugo de la justicia, de quien se sospecha está refugiado en Manila desde Enero del presente, según se desprende de los informes aportados por la Brigada Social de Barcelona.

***

A los cuatro meses de delegar en Deulofeu para dirigir el periódico, Adolfo Luna recibió la visita de la Guardia Civil. Supuso que no sería muy diferente a tantas otras que le habían hecho en los últimos veinte años. Pensaba que sabía cómo tratarlos, pero estaba equivocado. El nuevo teniente no se parecía a su predecesor. Las instrucciones eran muy precisas. Cuando el cabo y los dos números se marcharon de su despacho, Adolfo Luna se dejó caer en un diván retorciéndose de dolor. Ya no tengo edad para soportar los golpes como antes, se dijo. Se desabrochó el cuello de la camisa y trató de respirar profundamente, pero le dolían las costillas. No podía ver nada con el ojo derecho; lo tenía tumefacto. Sabía que el cabo de la Guardia Civil no le había creído ni una sola palabra. Le había dado el primer nombre que le había venido a la cabeza: Marcelino Laburu fue un jesuita, profesor suyo de latín, al que los alumnos llamaban el Francés, porque aseguraba que si Napoleón hubiera conquistado España ahora estarían estudiando francés en vez de latín.

Adolfo Luna le envió recado a Deulofeu para que no apareciera por la redacción y lo citó en la taberna del Bombita. Yo en tu lugar desaparecería de la circulación durante un tiempo, le dijo a Deulofeu, lo único que puede explicar que te busquen con tanto afán es que te acusen de delitos de sangre. Ezequiel Deulofeu había entrado en Filipinas de forma clandestina. En ninguna parte existía constancia ni registro de su llegada. Ni siquiera tenía documentación. No le encontraba explicación a lo que estaba ocurriendo. Lo mejor será que te escondas hasta que puedas marcharte. ¿Marcharme?, pero ¿adónde?, no puedo volver a España. Adolfo Luna le dio una cuartilla doblada con una dirección y un nombre. Necesitas documentos para salir de aquí, siguió Luna, antes o después todos tendremos que marcharnos, este tipo puede conseguírtelos. ¿Un falsificador?, preguntó Deulofeu. Esa mujer con la que andas podría ayudarte a esconderte mientras tanto, dijo Adolfo Luna, ella es de aquí, conoce la ciudad, tiene amigos. Deulofeu se contagió de la preocupación de Luna. No entendía cómo la Guardia Civil perdía el tiempo buscándolo a él cuando la ciudad se precipitaba al abismo, se desangraba por las heridas de la guerra, se preparaba para recibir el golpe definitivo.

Neeltje era hija de un marino holandés y de una campesina del norte de la isla de Luzón. A su padre no podía recordarlo; se marchó en un barco ballenero que atracó dos días en el puerto de Manila cuando ella acababa de cumplir siete meses. Sin embargo, desde que tuvo uso de razón su madre le contó muchas cosas de él. De los otros dos esposos que tuvo no hablaba nunca.

Ezequiel Deulofeu conoció a Neeltje en Binondo, el barrio más popular de Manila, caótico, ruidoso, de casas con techos de nipa, muy pobres, donde en la época de lluvias los animales y los niños eran arrastrados hasta el río Pasig, que durante el resto del año era una cloaca inmunda. Neeltje lo llamaba el Francés, como los demás. Deulofeu eligió ese nombre porque lo utilizaba como seudónimo en Barcelona para firmar artículos de poca monta: notas de sociedad, críticas teatrales, algún desfile o una necrológica.

Neeltje tenía veinte años, quizá veintiuno, y olía a la flor del nilad que crecía en las afueras de Manila. Su rostro de niña no revelaba su edad. A los quince tuvo un hijo que murió por el beriberi antes de aprender a caminar. Los dos niños que engendró después nacieron muertos. Vendía flores y chinelas, según la época del año, en un puesto ambulante que transportaba a sus espaldas: una enorme tela que hacía tiempo que había dejado de ser blanca. Se movía por las inmediaciones de las galleras, donde se congregaba la gente y podía hacer mejor venta. La vio dos o tres veces rondando por allí y finalmente se decidió a acercarse. Ella le sonrió. Los españoles apenas entraban en Binondo, si no era a los prostíbulos o a las casas de apuestas. No era un barrio seguro. Ezequiel Deulofeu se probó unas chinelas, pero no le cabían en los pies. Los ojos de la muchacha lo habían hipnotizado. Ella dejó escapar una risita nerviosa al ver el aspecto ridículo de Deulofeu con unas chinelas tan pequeñas. ¿Le parece divertido?, preguntó él también sonriendo. Pruébese estas, dijo Neeltje. Y él se las probó. Después sacó una bolsita con monedas y ella dijo: Son un regalo. Aquella fue la primera noche que pasaron juntos en la Fonda Lola, cerca de la plaza Mayor, adonde la muchacha no solía acercarse. ¿Cómo te llamas?, preguntó Deulofeu. Neeltje, ¿y tú? Me dicen el Francés, ¿por qué Neeltje?, no es tagalo. Mi padre era holandés y me puso ese nombre. ¿Murió? No lo sé, se marchó cuando yo era muy pequeña. Agotados por las embestidas, se quedaron durmiendo muy tarde, con el sonido de fondo de las ruedas de los carruajes sobre los adoquines.

Neeltje volvió a la Fonda Lola muchas otras noches. Se desnudaba, se soltaba el cabello y se acurrucaba al lado del Francés. Él aspiraba el perfume de su pelo, tratando de retenerlo, y la acariciaba. ¿Por qué te llaman el Francés? Mi madre era francesa. ¿De París? Sí, de París. ¿Has estado allí? Hace tiempo. ¿Es bonito París? Muy bonito. Cuéntame cómo es. La piel de Neeltje era suave y fina. Sus pechos cabían en las manos del Francés. Los abarcaba con los dedos y las palmas, y se quedaba quieto, sintiendo su calor y el latido del corazón. En París la gente camina por las calles sin gritar, y los poetas toman absenta y escriben sobre las mesas de los cafés, llueve sin violencia, hay muchas librerías y teatros, por las noches las calles están iluminadas y los pintores alquilan estudios donde se cuelan las palomas por los cristales rotos y se posan en los cuerpos desnudos de las modelos.

Los hermanos de Neeltje trabajaban en las galleras cobrando las apuestas. El mayor era criador de gallos. El Francés empezó a asistir con frecuencia a las peleas, aunque el espectáculo le repugnaba. Los hermanos sabían quién era aquel español que observaba mucho y hablaba poco, que acudía sin compañía y nunca apostaba. A veces cruzaba miradas con ellos, pero nunca se dirigían la palabra. En ocasiones el Francés desaparecía sin ninguna explicación durante unos días, y Neeltje se sentía muy triste. Le gustaba encontrarlo en la fonda por las noches. A principios de mayo desapareció durante varias semanas. Pensó que no volvería a verlo nunca. En la Fonda Lola le dijeron que tenía sus cosas en la habitación, pero no sabían nada de él. El Francés intentó conseguir documentación falsa para salir de Manila. Adolfo Luna y los otros compañeros con los que se reunía en la taberna hicieron una caja común para conseguir el dinero que necesitaba. Era gente ruda, analfabeta y generosa. Durante un tiempo el Francés estuvo dando vueltas por el puerto, durmiendo en la taberna del Bombita. No se atrevía a volver a la fonda. Hacía mucho que no se encontraba bien. Tenía temblores descontrolados, sudaba inesperadamente y al cabo de un rato sentía frío. La fiebre iba y venía. Todo lo que comía le sentaba mal. Pensaba embarcar en cuanto tuviera la documentación lista. Podía ser cuestión de una o dos semanas.

Finalmente decidió regresar a la fonda. No podía seguir escondiéndose siempre. Además, estaba convencido de que la Guardia Civil, desbordada por la situación crítica en que se encontraba la ciudad, se olvidaría pronto de él. Sin embargo, se equivocaba. Al acercarse a la Fonda Lola, reconoció a lo lejos los uniformes azules y los cascos blancos. Una pareja de guardias civiles controlaba el acceso de los huéspedes al establecimiento. Enseguida se dio cuenta de lo que sucedía. En vez de alejarse deprisa se quedó en las proximidades, observando sin ser visto, escondido entre los curiosos que se arremolinaban en la puerta. Desde la calle pudo ver que había gente en su habitación. Supuso que estaban registrando sus cosas. No tenía nada que lo comprometiera. No había vuelto a la redacción de *La Nueva Luz* y comprendió entonces que si acudía a la taberna del Bombita estaría poniendo en peligro a sus compañeros. Decidió hacerle caso a Adolfo Luna y pedir ayuda a Neeltje.

El Francés apareció en la casa de Neeltje a finales de mayo, enfermo y muy debilitado. No era la primera vez que iba por allí. La madre lo reconoció y mandó a los dos hijos pequeños a buscar a su hermana. Neeltje apareció enseguida con su atadillo de chinelas a la espalda. En cuanto lo vio, supo que tenía las fiebres. No puedo volver a la fonda, me están buscando. Ella lo miró un rato en silencio. No hizo preguntas. Habló con su madre en voz baja, y el Francés observó los gestos de la mujer. Estaba asustada. Neeltje la tranquilizó. Puedes quedarte aquí, dijo la muchacha al cabo de un rato. Lo escondió en un pequeño cobertizo que había construido la familia en la parte trasera de la casa con paredes de bambú y techo de ramas. Era un habitáculo minúsculo, donde también dormían los pequeños. Necesito que me ayudes, le dijo a la muchacha, tienes que ir a la ciudad y hablar con un hombre. Ella asintió. Dile que vas de parte del Francés, que necesito los documentos con urgencia, dile que yo no puedo ir a verlo porque me buscan, y llévale esto. Metió una mano en el bolsillo del pantalón y sacó un sobre con billetes. Neeltje no dijo nada. Debes tener mucho cuidado y asegurarte de que no te siga nadie al salir, ¿podrás hacerlo? Ella dijo que sí, que podía. Márchate ahora, no es seguro caminar de noche por ahí.

El plan de Adolfo Luna para asaltar la armería del cuartel resultó un fracaso que costó muchas vidas. Lo habían preparado durante meses en las reuniones de cada sábado en la taberna del Bombita. El grupo estaba desmotivado después de realizar algunos sabotajes que no tuvieron apenas repercusión. En cuanto Luna lo propuso, todos estuvieron de acuerdo en ponerlo en práctica. El cuartel de artillería se había transformado en los últimos tiempos en un improvisado hospital militar. Uno de los anarquistas que se había unido al grupo era un desertor que lo conocía bien. Había estado destinado dos semanas en la armería y les describió el arsenal que los militares guardaban por si tenían que defender la ciudad cuerpo a cuerpo. El ejército estaba desmoralizado por el aumento de las bajas y por las derrotas que se iban encadenando. Las luchas en la selva se inclinaban a favor de los independentistas, y cada día llegaban a Manila cientos de soldados malheridos. La ciudad se estaba acostumbrando a un espectáculo sobrecogedor: muchachos imberbes, con los uniformes desgarrados, manchados de sangre, descalzos porque las alpargatas se deshacían con el barro de las montañas. Por cada barco que llegaba de España con refuerzos, zarpaban dos con heridos que con frecuencia no resistían el viaje. A los muertos los enterraban con prisas, porque enseguida había otro cargamento de cadáveres. Los cementerios se quedaban pequeños. Las noticias que llegaban del norte eran confusas, casi siempre contradictorias. Los más pesimistas auguraban que los norteamericanos terminarían bloqueando la bahía de Manila, y entonces la ciudad se convertiría en una gran ratonera. Según Adolfo Luna, aquel era el mejor momento para intervenir.

El grupo lo formaban veinte hombres a los que se unieron tres en los últimos días. Sabían que el gobernador estaba encerrado en su palacio de Malacañan, planeando una salida airosa para su persona. El Bombita desplegó el papel de estraza donde había dibujado el plano del cuartel y de las calles que lo rodeaban. Entre él y Luna les contaron a los demás el plan para asaltar la armería y llevarse únicamente aquello que pudieran cargar en los brazos antes de que los centinelas reaccionaran. Todos habían manejado armas alguna vez. Pero en Manila era difícil conseguirlas, y las que circulaban en el mercado negro solían ser defectuosas y provocaban accidentes terribles. A veces el propio ejército dejaba pasar sus armas, obsoletas y peligrosas, a los traficantes, porque sabía que caerían en manos de los rebeldes y antes o después provocarían alguna muerte al manejarlas.

El plan de Adolfo Luna fracasó porque no tenían más que cuatro revólveres viejos, porque la mayor parte de la dinamita que el Bombita les compró a los tagalos era inservible y porque, cuando reventaron el muro del cuartel que les daba paso a la armería, los estaba esperando una veintena de hombres armados con fusiles que abrieron fuego como si fuera una cacería. Sin embargo, seis asaltantes consiguieron huir y refugiarse en las poblaciones cercanas a Manila y en la selva. Inmediatamente se organizó una gran batida por la ciudad y los alrededores para atrapar a los anarquistas. Mientras tanto, la situación militar en la isla había llegado a un punto que ya nadie era capaz de controlar.

Cuando Neeltje regresó de la ciudad vieja, encontró al Francés delirando por la fiebre. Lo zarandeó para espabilarlo, pero no respondió. Su piel ardía. Decía frases incomprensibles. Solo alcanzó a entender el nombre de una mujer, Carlota. Entre su madre y ella lo desnudaron y lo refrescaron con trapos húmedos. Los hermanos pequeños de Neeltje se asomaban por la puerta del cobertizo, pero no se atrevían a entrar. Consiguieron bajarle la fiebre. Al abrir los ojos, lo primero que vio el Francés fue el rostro de la muchacha. Estaba seria y tenía en la mano una pipa larga cargada y preparada para fumar. Se la ofreció. ¿Qué es? Opio, respondió Neeltje. Lo rechazó apartando la pipa con la mano. Con esto te sentirás mejor. Estoy bien, dijo él. No estás bien, tienes la fiebre de los pantanos. El Francés hizo un gesto de desesperación. ¿Viste a ese hombre que te dije?, le preguntó a Neeltje. Sí, hablé con él. ¿Te dio los documentos? Ella negó con un gesto. Es un hombre malvado, me dijo que el dinero español ya no tiene valor aquí, que tienes que pagarle en dólares o darle el doble, eso me dijo. El Francés se contrajo por la rabia. Sintió un ligero mareo, y la vista se le nubló. Neeltje le dio de beber un brebaje que había preparado su madre. Esto te hará bien. Bebió aguantando la respiración. Olía a orines. Ese hombre contó el dinero y se lo guardó, me dijo que cuando tengas el resto te dará los documentos.

Durante tres días Neeltje no se movió de su lado. El Francés mejoraba. La fiebre desapareció, pero seguía sintiéndose débil. Ahora tienes que comer para ponerte fuerte, dijo ella. Y el Francés obedeció, aunque vomitaba todo lo que comía. Al cuarto día entró en el cobertizo uno de los hermanos que trabajaban en las apuestas y dijo que el español tenía que marcharse. Luego siguió hablando en tagalo, y el Francés no supo lo que pasaba. Buscan a unos bandidos, le explicó Neeltje, tienes que irte, están entrando en todas las casas. El barrio de Binondo, como el de Santo Cristo y todos los arrabales, estaba siendo registrado por el ejército. Perseguían a los supervivientes del asalto al cuartel de artillería. Registraban las chozas y se llevaban detenido a quien oponía resistencia o no colaboraba. Revolvían las viviendas, sacaban a los animales de los corrales, interrogaban a todo el mundo. El Francés se imaginó lo que había sucedido con el plan de Adolfo Luna. Su situación ya no podía empeorar. Resopló con un gesto de angustia, pero no dijo nada. Neeltje estaba asustada. Temía que algún vecino la delatara. El Francés la besó y ella supo que aquel sería el último beso. Tienes que irte, dijo la muchacha. Lo sé. ¿Es bonita esa Carlota? ¿Qué Carlota? Esa a la que nombrabas en tus sueños. El Francés estaba confuso. Era bonita, pero no tanto como tú.

La ciudad vieja estaba colapsada por los carruajes y por las tropas que se dirigían todas a la vez al puerto de Manila. La gente que aún no se había decidido a marchar circulaba de un sitio a otro sin que estuviera claro adónde se encaminaba cada uno. A pesar de la debilidad, el Francés podía caminar y moverse entre la multitud sin llamar la atención. Con tantos problemas en la ciudad, era poco probable que alguien reparase en él. Cuanto más se acercaba al puerto, mayor era el caos. Las entradas de los cafés estaban bloqueadas por grupos que hablaban a gritos sobre las últimas noticias de la guerra. Filas de carros cargados con baúles provocaban un gran atasco en las calles que conducían a los muelles. El edificio de aduanas estaba abarrotado de gente que pretendía embarcar a la desesperada. El Francés se dirigió a la casa del falsificador y miró a ambos lados de la calle antes de entrar. No se cruzó con nadie en el portal. Subió las escaleras, se detuvo frente a una puerta y pegó la oreja a la madera. Escuchó dentro ruidos casi imperceptibles. Llamó y aguardó con impaciencia. Volvió a llamar. Sabía que había alguien dentro. La mirilla no se abría. Golpeó la puerta por tercera vez y entonces oyó una tosecita amortiguada seguramente por una mano en la boca. Abra, dijo el Francés sin importarle llamar la atención de los vecinos, sé que está ahí. No hubo respuesta. Se impacientó. Aporreó la puerta con rabia. Empujó con el hombro para intentar abrirla. Fue inútil. Luego tomó distancia y le dio una patada con sus escasas fuerzas. Finalmente saltó la cerradura y la puerta se abrió.

El falsificador se había refugiado en su despacho, parapetado detrás de la mesa. Tenía un arma en la mano y apuntaba a la cabeza del intruso. El Francés quedó en el umbral de la puerta. Salga de mi casa inmediatamente. Pensó que aquel tipo no sería capaz de apretar el gatillo. Trató de ganar tiempo. Si dispara vendrá la policía, hará preguntas, sabrá a qué se dedica, si es que no lo sabe ya. Nadie hace ya preguntas en esta ciudad, dijo el falsificador sin perder el aplomo, todo el mundo está pendiente de salvar el pellejo, ¿a quién le va a importar un muerto más o menos? El Francés levantó las manos hasta la altura de los hombros. No voy armado, si quisiera hacerle daño habría traído un arma. Entonces ¿por qué ha forzado la puerta? Sabía que usted estaba dentro, lo único que quiero es la documentación, como acordamos. Ya se lo dejé bien claro a esa putilla que me mandó, el dinero español ya no tiene valor aquí. Pero no tengo dólares. Pues le costará el doble, ya lo sabe. No tengo tanto. En ese caso márchese y busque a otro que le haga el trabajo. ¿Y mi dinero?, preguntó el Francés. El tipo acercó la mano izquierda al cajón central de la mesa y lo abrió muy despacio, sin dejar de apuntarle a la cabeza. Sacó un sobre y se lo lanzó a los pies. Tome su dinero y márchese. Se agachó muy despacio para recogerlo, sin apartar la mirada del hombre que le apuntaba con un arma. Comenzaron a oírse gritos en la calle. No se podían entender más que algunas palabras sueltas en mitad de una discusión. Sonaron disparos lejanos. El Francés se guardó el sobre en un bolsillo. Cuando se estaba dando la vuelta para marcharse, oyó un sonido seco, metálico, y palideció. El falsificador había disparado contra él, pero el arma se había encasquillado. Era un revólver Orbea comprado al ejército en el mercado negro. Volvió a apretar el gatillo y sonó de nuevo el mismo ruido. El Francés dio un paso al frente y el tipo retrocedió. Tropezó con la silla y cayó al suelo. Se le escapó el arma de las manos. El Francés se apresuró a apartarla de su alcance con el pie y la cogió. Así que quería matarme. El falsificador se cubría la cara con los brazos y suplicaba en el suelo. Coja el dinero y márchese, se lo ruego, yo solo quería asustarlo. El Francés estaba furioso. Levantó el percutor y le apuntó al corazón. No había disparado nunca, pero presionó el gatillo con seguridad, sin que le temblara el pulso, hasta que sonó un disparo seco, que parecía provenir de la calle, y tardó unos segundos en darse cuenta de que había disparado él. El falsificador se llevó las manos al pecho y enseguida dejó de moverse. El Francés, sin perderlo de vista, dejó el arma sobre la mesa y abrió los cajones. Carpetas, libros de contabilidad, papeles sueltos. Encontró un sobre amarillento en el que decía SIN COBRAR. Lo abrió. Eran cédulas de identificación, certificados de penales y buena conducta. Los colocó sobre la mesa y leyó varios nombres. Eligió uno al azar, Ovidio Morell, y guardó el resto en el sobre. Al meter la mano en el fondo del cajón, palpó un bulto. Era una caja de hojalata. Levantó la tapa. Estaba llena de billetes norteamericanos. Resultaba difícil precisar la cantidad. Cerró la caja y se la colocó bajo el brazo, presionándola con fuerza. Entonces levantó la mirada y vio a alguien en la puerta. Era un hombre aproximadamente de su edad, que lo observaba en silencio. El Francés miró de reojo el cadáver del falsificador. ¿Cuánto tiempo llevaba allí aquel desconocido? Sí, lo maté yo, si es eso lo que se está preguntando. La puerta estaba abierta, dijo el intruso buscando una absurda justificación. El Francés cogió el arma de la mesa, la amartilló y apuntó al pecho del hombre. Siento tener que hacer esto, dijo. El otro estaba pálido. No me mate, por favor, suplicó con la voz rota. El Francés no se movió. Sabía que la vida de aquel tipo dependía de la presión de su dedo índice. Pensó que cuando uno había matado una vez era más fácil volver a hacerlo. Miró a los ojos del individuo al que iba a matar. Su cara le resultaba conocida. Lo había visto alguna vez en las galleras, estaba seguro. Quizá aquel tipo también lo había reconocido. Deme una razón para que no lo haga, dijo en el último momento. El desconocido dudó antes de responder. No cargar con otra muerte en su conciencia y no asesinar a alguien que no le ha hecho nada. Eso son dos razones, dijo el Francés. Bajó el arma y puso el percutor en su sitio. Rodeó la mesa sin apartar la mirada del hombre. No estaba seguro de estar haciendo lo que debía. Se dirigió a la puerta y el otro se apartó. Alcanzó el pasillo y se alejó sin darle la espalda ni cruzar una sola palabra.

Pasar desapercibido en medio del caos en que se encontraba Manila resultaba sencillo. Se hospedó en el mejor hotel de la ciudad, en la plaza Mayor. Se sintió raro al pronunciar por primera vez su nuevo nombre: Ovidio

Morell. ¿Se quedará muchos días, señor Morell? No lo sé, hasta que consiga un pasaje para volver a España. El recepcionista lo miró como si no hubiera oído bien. ¿Pretende usted viajar a España? Así es. Eso es prácticamente imposible, señor, dijo el empleado del hotel, el puerto está colapsado, todo el mundo quiere huir antes de que nos invadan los americanos. El recepcionista era filipino. Su voz sonaba neutra, sin apasionamiento. ¿Conoce usted algún sitio donde comprar ropa?, preguntó Morell sin prestar atención al comentario del empleado. ¿Ropa?, oh, sí, toda la que quiera y a buen precio.

Ovidio Morell encontró a un sastre chino que vendía las camisas y los trajes de los clientes que habían huido de Manila sin recogerlos. Con ropa nueva y comiendo bien, a los pocos días comenzó a sentirse mejor. Se desenvolvía con comodidad en el ajetreo de la ciudad. Llegaba gente del campo que huía de la guerra. El ejército se retiraba en desbandada. Sonaban disparos en mitad de la noche, a veces muy cerca, como si algún perturbado hubiera sacado un arma en medio de la calle y disparase a ciegas. Nadie era capaz de explicar lo que estaba sucediendo. La Guardia Civil había desaparecido.

En cuanto Morell se aseguró de que no había peligro, se presentó en las oficinas de la Compañía Trasatlántica Española. El desorden en el edificio era reflejo de lo que ocurría en la ciudad. Los empleados iban de un sitio a otro, escribían notas urgentes, entraban y salían de los despachos. Después de esperar toda una mañana, lo atendió un hombre de gafitas pequeñas, engominado, con unos manguitos negros hasta los codos. Tenía acento andaluz. Lo que usted me pide es imposible, señor... Me llamo Ovidio Morell. Y al pronunciar el nombre le pareció que estaba hablando de otra persona. Señor Morell, los barcos de la Trasatlántica están siendo requisados por el Gobierno, los militares tienen prioridad, hay miles de hombres que repatriar antes de que lleguen los norteamericanos.

Era la respuesta que esperaba, pero no se conformó. ¿Ni siquiera con dinero se podría solucionar este inconveniente?, preguntó Ovidio Morell. El empleado lo miró. No parecía sorprendido por la pregunta. No, señor Morell, ni siquiera con dinero, a no ser que quiera marcharse a otra parte. ¿A otra parte dice? Dentro de tres días zarpa un barco a Valparaíso y otro a Lima la semana que viene. Ovidio Morell se quedó pensativo. El empleado se mostraba impaciente. Tenía demasiadas cosas en las que ocupar el tiempo para estar perdiéndolo de aquella manera. Ovidio Morell sacó finalmente del bolsillo un sobre con dólares y dijo: ¿Dónde está Valparaíso? El empleado lo miró por encima de sus gafitas. En Chile, señor Morell, dijo sin inmutarse. ¿Y usted qué me aconseja? No lo sé, señor, eso es algo muy personal. Ovidio Morell colocó un fajo de dólares sobre el mostrador y preguntó: ¿Habrá suficiente con esto? El empleado de la Trasatlántica lo miró de arriba abajo, cogió el dinero y sin necesidad de contarlo respondió: Sí, habrá suficiente.

3.

Tomé el autobús a Valladolid el 30 de diciembre por la mañana. No parecía que acabase de llegar el invierno. Sin embargo, al entrar en la provincia de Burgos, la estación cambió bruscamente y el otoño desapareció al otro lado de los cristales del vehículo. Hacía años que no conducía. No estoy seguro de que dejara de hacerlo por miedo; más bien fue por desinterés o por desidia, como casi todo en aquella época. Las imágenes del accidente estaban arrinconadas en mi memoria, pero aquella víspera de Nochevieja de 1988 volvieron a revivir. No fue algo traumático, sino natural. Lo extraño habría sido pasar por el mismo lugar y sentir indiferencia. Ese era el razonamiento que yo hacía para justificar la inquietud que empezaba a sentir al reencontrarme con aquel paisaje.

El autobús se detuvo en un área de servicio, y yo me acordé de otra tarde de finales de diciembre. Hacíamos el recorrido inverso: de Urueña a Barcelona. Las últimas horas había conducido yo. El coche era nuevo. Lo había comprado Victoria después del verano. Le dije que estaba cansado. Paramos en un bar de carretera. Recordaba la cara de un vendedor de lotería, el programa de televisión que estaban poniendo, la luz mortecina de los servicios. Tomé un café. Victoria solo bebió agua. Se puso al volante y dijo algo intrascendente sobre un cartel publicitario. Apenas habíamos recorrido un kilómetro, cuando una furgoneta se nos vino encima. No la vi; estaba mirando a la derecha de la carretera. Sentí un golpe muy violento y los trozos de cristal contra la cara. Mi asiento se empotró contra el motor del coche. Al principio no perdí el conocimiento. Oí a Victoria que me preguntaba cómo estaba. Su voz sonaba segura, como si no le hubiera ocurrido nada. Traté de hablar, pero no me salía la voz. Moví el brazo izquierdo y creo que toqué su pierna. «Yo estoy bien», me dijo. Hice un gesto con la cabeza para que supiera que podía oírla. Después vi a un hombre asomado por la ventanilla del coche, oí voces y ya no recuerdo más. Me contaron más tarde que perdí el conocimiento y que no lo recuperé hasta que estaba entrando en el servicio de urgencias de un hospital. Tengo una laguna en mi memoria de lo que sucedió después. Cuando abrí los ojos, habían pasado cuatro días —eso me contaron— y mi hermano Julián estaba sentado a los pies de la cama. Le pregunté por Victoria y me dijo que estaba bien, que no tenía que preocuparme; pero tan pronto como vi su mirada supe que había muerto.

No sabía dónde había parado el autobús, ni quise preguntarlo en el restaurante. Intenté convencerme de que era un lugar como otro cualquiera, aunque se parecía mucho a aquella cafetería en la que entré por última vez con Victoria. «Yo estoy bien.» Era su voz, que volvía a mis oídos diez años después. Luego el autobús arrancó, cerré los ojos y no volví a abrirlos hasta que estuvo muy lejos. Esperé una hora en la estación de Valladolid para enlazar con el autobús de Urueña. Martín había insistido mucho por teléfono en que iría a recogerme. Finalmente lo convencí para que no lo hiciera. Me sentía más libre así y teníamos la confianza suficiente para que lo entendiese.

Urueña es un pueblo encerrado en una muralla medieval bien conservada. Está situado en una pequeña elevación, y más allá de su perímetro de piedra no hay más que campo y cielo. Desde lejos se dibuja su silueta con la muralla y las almenas. La primera vez que Victoria y yo fuimos a Urueña nos pareció un sitio perfecto para retirarse a vivir y trabajar. Eso es lo que habían hecho Martín y Pau. Pero nosotros apenas teníamos veintiséis o veintisiete años, y al cabo de los tres días echábamos de menos el ajetreo de la ciudad.

El autobús me dejó ante la puerta de la muralla, un arco de piedra por el que apenas cabía un coche. Caminé por las calles desiertas hasta la casa de Martín y Pau. Empezaba a anochecer y olía a leña y estiércol. Conocía bien el camino. No hubo gestos exagerados en el encuentro. Era lo que esperaba. Martín, con una gata en brazos, se limitó a darme la mano y a sonreírme.

—Bienvenido —me dijo—. Ya sabes que estás en tu casa.

Martín acababa de cumplir sesenta y cinco años; hacía justamente quince que había dejado las clases en la universidad y diez que no nos veíamos.

Mi habitación no era la misma de la última vez. Era un cuarto más pequeño, con una cama pegada a una ventana que daba al jardín. Pau se había construido su pequeño huerto. Tenía tres o cuatro años más que Martín y no le gustaba que se lo recordaran. Aquella casa había sido creación suya. En realidad, eran dos casas: una reconstruida casi por completo y la otra convertida en jardín, con su pequeño rincón para el huerto. Durante los primeros años Pau trató de llevar adelante su trabajo como arquitecto en Barcelona, pero ya hacía tiempo que lo había dejado todo en manos de su hija y de su yerno.

Cada elemento de la casa tenía su historia propia: las baldosas, las vigas, las puertas, las rejas. La gran biblioteca era como el almacén de los naufragios. Allí se podían encontrar desde las cosas más inútiles hasta pequeñas obras de arte compradas en incontables viajes. Martín me puso al tanto de las reformas que habían hecho y luego me habló de su trabajo. En el último año había pasado tres meses en Estados Unidos, como profesor invitado en una universidad del Este.

Me mostró algunas adquisiciones de su biblioteca. Yo disfrutaba con su explicación. Me pidió que me sentara en su silla de trabajo y me sacó algunos archivadores cuyo contenido fue desplegando delante de mis ojos. Era el sumario del que me había enviado algunas páginas.

—No sé si te cansaré después de la paliza del viaje.

—No, al contrario, me parece muy interesante. Además, me sirve para sentirme vivo.

Estuve un rato pasando las hojas. Como siempre, todo estaba muy bien ordenado, con anotaciones de fechas, lugares. Martín era muy meticuloso en su trabajo. Me puso una mano en el hombro y me dijo:

—Debes de estar agotado. Tendremos tiempo para hablar con calma.

Pau había preparado una cena vegetariana. Cenamos en la cocina, junto a una estufa de leña. Poco a poco mis músculos se fueron relajando, hasta que el sueño me venció y tuve que irme a la cama. Hacía muchos años que no dormía tan bien, exactamente diez años.

Virginia tenía los mismos ojos azules y profundos de su padre. Era la segunda hija de Pau; la mayor vivía en Italia. Tenía cinco años más que yo y un hijo de diecisiete que le sacaba más de una cabeza de altura. Me enteré por Pau de que se había divorciado hacía cuatro años. Había llegado cerca de la medianoche con su hijo, que se llamaba como el abuelo. Los conocí al día siguiente, cuando conseguí abrir los ojos. El nieto de Pau era un chaval espigado, con el pelo rizado y largo. Me lo presentó su abuelo. El chico estaba pegado a la pantalla del televisor, pero en cuanto me vio vino a sentarse con nosotros en la mesa de la cocina. Su madre entró en casa a la hora del almuerzo, vestida con ropa deportiva y unos guantes de boxeo bajo el brazo. Enseguida me di cuenta de que no le gustó que la viera con aquel aspecto. Se disculpó y subió a ducharse.

—¿Le gusta el boxeo a tu madre? —le pregunté a Pau.

—Le gustan las cosas raras, más bien.

—¿Tenéis un gimnasio?

—No, por supuesto que no —me respondió Martín—. Es lo que nos faltaba. Luisa tiene un saco de boxeo en casa y cuando viene Virginia la emprenden a golpes con él.

—¿A Luisa le gusta el boxeo?

—Ah, ¿no lo sabías?

Luisa Cuerda era escritora y vivía en la casa contigua. Estuve un par de veces allí con Victoria. Luisa y José Miguel vinieron a vivir a Urueña hacía quince años, huyendo de Barcelona. Yo había leído dos novelas de Luisa.

—Esta noche vendrán a cenar a casa —me dijo Pau.

Me costó trabajo reconocer a Virginia cuando bajó de su habitación. Se había recogido el pelo en un moño y estaba maquillada. Olía a jabón mezclado con un perfume tan ligero que costaba trabajo identificarlo. La sorprendí un par de veces observándome cuando creía que no me daba cuenta. Lo único que yo sabía de Virginia era que se dedicaba a la arquitectura como su padre y estaba divorciada. Sin embargo, me dio la sensación de que ella sabía más cosas sobre mí.

Pasé la tarde con Martín en su estudio. A Pau no le gustaba que nadie anduviera cerca de la cocina cuando él estaba trabajando; en Nochevieja siempre cocinaba él. Los archivos de Martín eran una continua sorpresa. De repente me miró y supe que iba a ocurrir algo. Colocó una carpeta sobre la mesa y enseguida reconocí el trazo irregular con que estaba escrito en la portada el nombre de Ezequiel Deulofeu Moullet. Era la letra de Victoria.

—Ella fue quien me dio la pista sobre este personaje —me confesó Martín—. Y luego, cuando encontré más información sobre él... Bueno, las circunstancias habían cambiado.

—Sí, Victoria había muerto, quieres decir.

—Eso y otras muchas cosas que ahora no vienen al caso.

Martín se quedó en silencio mientras yo echaba un vistazo a los documentos.

—¿Quién es realmente este Ezequiel Deulofeu? —le pregunté al cabo de un rato, cansado de ver su nombre en todas las anotaciones.

—Yo habría dicho que es el autor del atentado de la procesión del Corpus en Canvis Nous, pero es un poco arriesgado afirmarlo así, sin más.

En la carpeta había documentos, anotaciones con la letra de Victoria, cartas entre ella y Martín en las que confirmaban datos o se solicitaban ayuda. No entendía por qué no me había hablado nunca de aquel asunto. No parecía un trabajo más de los suyos. Quizá fuera un entretenimiento. Le gustaba investigar sobre hechos insólitos, con los que se entusiasmaba como si fueran acontecimientos importantes en la historia de la humanidad.

—¿Y por qué piensas que Victoria estaba obsesionada precisamente con ese atentado?

—Tanto como obsesionada no me atrevería a decir.

—De acuerdo, pero ¿por qué con este atentado especialmente?

—No especialmente con este. Ya sabes que el anarquismo y el pistolerismo de principio de siglo eran su debilidad. Pero, además, este caso es bastante particular.

—¿Particular?

—Sí, ya has visto que los procesos de Montjuïc tuvieron mucha repercusión en su momento. Bueno, y a lo largo de la historia. España siempre vivió de espaldas a Europa. Yo diría que al resto del mundo. Por primera vez la comunidad internacional se fijó en nosotros, aunque fuera por las barbaridades que se cometieron. Y hubo una protesta unánime. Eso supuso una novedad. Los intelectuales de Europa y América fueron críticos con un gobierno que abusaba de su poder, que actuaba por venganza y se ensañaba con gente que la mayor parte de las veces fue sometida a tormento únicamente por estar afiliada a un sindicato, a un partido, o por denuncias anónimas que la relacionaban con el anarquismo. Esto había ocurrido en otras ocasiones y volvió a ocurrir durante este siglo, pero nunca hubo una reacción como aquella fuera de nuestras fronteras.

Mientras Martín hablaba, me seguía mostrando documentos del sumario y otros informes que al principio yo no sabía diferenciar.

—¿Y crees que sería importante averiguar un siglo después si este Ezequiel Deulofeu fue el autor del atentado del Corpus? —le pregunté con escepticismo.

—Para el común de los mortales no lo sería en absoluto, pero para un historiador es un reto.

—Podría ser una manera de hacer justicia cien años después.

—O de dar al César lo que es del César y a Dios lo que es de Dios. También se podría ver por ese lado.

—¿Y qué pudo llevar a un juez a reabrir una investigación después de lo que había llovido sobre el gobierno con los procesos de Montjuïc?

Martín me señaló con la punta del lápiz un nombre y lo rodeó sin llegar a marcarlo en el papel.

—Si te das cuenta, el sumario se abre por el testimonio que aporta un agente de la Brigada Social de Barcelona. Tú sabes a qué se dedicaba la Brigada Social, ¿verdad?

—Sí, a meter en vereda a los anarquistas y a los que montaban líos en las fábricas.

—Más o menos, pero a lo bestia. Muchos agentes de la Brigada fueron reclutados entre los delincuentes y conocían los bajos fondos como si fueran su propia casa. En realidad, lo era. La intervención de este policía en la apertura del sumario parece sacada de la chistera de un mago.

—Don Gabino Medrano Rus —leí en voz alta.

—El sumario se abrió sorprendentemente por una denuncia de la Brigada Social, que había torturado a más de cuatrocientas personas y consiguió arrancarles confesiones para fusilar a cinco. ¿Por qué un año después la emprenden contra este Ezequiel Deulofeu, con la cantidad de protestas que habían llegado de fuera?

—¿Adónde quieres ir a parar?

—A que a todo el mundo le interesaba echar tierra sobre el asunto, especialmente a las autoridades. Si no lo hicieron y promovieron la apertura de un nuevo sumario, solo se me ocurre que fue porque tenían más que evidencias de que este Deulofeu era el verdadero autor del atentado.

—Y por lo visto no consiguieron dar con él, a pesar de todo.

—Eso parece. Su pista se perdió, por lo que ya has podido leer. Aunque tú has conseguido encontrarlo en esos periódicos antiguos de Manila. Victoria no fue capaz de llegar a tanto.

—Bueno, eso no fue difícil. Alguien me puso en bandeja toda esa información.

Martín sacó un nuevo archivador de cartón blanco y lo abrió sobre la mesa. Vi a Virginia pasar ante la puerta del estudio. Se detuvo un instante, saludó y siguió hacia la cocina, donde su padre seguía enfrascado con la cena.

—¿Qué es? —pregunté señalando los papeles que me mostraba Martín.

—Es parte del archivo de la Brigada Social.

—¿Informes?

—Sí, firmados por ese Medrano. No tienen desperdicio. Ahí vienen datos de muchos anarquistas que estaban siendo vigilados por la policía. Es un trabajo meticuloso y yo diría que obsesivo. Y de nuevo aparece el amigo Deulofeu.

Empecé a pasar las hojas, pero Martín me detuvo.

—Tendrás tiempo de verlos más tarde. Puedes llevarte todo lo que quieras —me dijo señalando una máquina fotocopiadora que acababa de comprar—. Ahora no debemos desatender al resto de los invitados.

Sí, yo también sentía curiosidad por saber qué estarían haciendo los demás en la cocina.

Hacía más de diez años que no veía a Luisa y a José Miguel. Yo había cambiado más que ellos. Me acordaba de muchos detalles de los viajes anteriores a Urueña. Luisa tenía la costumbre de ver amanecer sobre la muralla, con un termo y una taza de té en la mano. A veces tenía que salir a comprar algo a la tienda y se iba con la taza, como si todo el pueblo fuera el gran salón de su casa. Aquella Nochevieja nos adelantó algunas cosas de la novela que estaba escribiendo. Cuando Martín me sirvió vino en la copa, hice un gesto de rechazo y hubo un cruce de miradas entre los dos. Él no conocía más que una pequeña parte del infierno en el que me había metido tras la muerte de Victoria; pero sabía leer entre líneas.

—¿Quieres beber otra cosa? —me preguntó.

Le dije que no. No quería que Luisa interrumpiera lo que estaba contando por mi culpa. ¿Por qué me miraba Virginia de aquella manera? ¿Sentía curiosidad por el sufrimiento humano? Era una mujer reservada, observadora. Las miradas furtivas me llegaron a poner nervioso.

José Miguel trabajaba para una compañía aérea. Contó la anécdota de un piloto que había enloquecido repentinamente. Su pista se perdió en un hotel de Brasil. Apareció un año después vestido de monje, creyéndose la reencarnación de Jesucristo. El dramatismo de la historia hizo reír a Virginia. Les hablé, entonces, de mis años en la enseñanza y de cómo, después de dar muchos tumbos, aprobé unas oposiciones de bedel en el Archivo Histórico de la Ciudad de Barcelona. Cuando les conté mi alunizaje contra el escaparate de una joyería, se produjo un silencio tenso. Después Virginia rompió a reír.

—Disculpa —dijo la hija de Pau—, creo que he bebido más de la cuenta.

Comimos las uvas delante del televisor, como un rito necesario. Bromeamos con el hijo de Virginia, que se adelantó a la primera campanada. Cuando nos felicitamos el nuevo año, besé a Virginia y noté que ella me retenía apenas unos segundos y me decía «Gracias». No sabía por qué lo decía, pero le sonreí. Sonreí a todos, en una especie de embriaguez abstemia, de estupidez y sorpresa. Y de repente tuve ganas de estar solo.

No tenía sueño; el café me había desvelado. Me dio miedo meterme en la cama y empezar a dar vueltas. Me quedé en el salón cuando los demás decidieron acostarse. Dejé apenas una lamparita encendida y tomé otro café. Luego entré en el estudio y me senté ante la mesa de trabajo de Martín. Me di cuenta entonces de que durante toda la noche había estado inquieto por culpa de aquellos documentos que parecían estar esperándome. Empecé a leer las cartas de Victoria en las que hablaba de aquel caso. No me produjeron dolor. Tal vez ella me había hablado de ese asunto y yo no podía recordarlo. No parecía un trabajo académico. En una de las cartas que le envió a Martín, había escrito una especie de cronología sobre Ezequiel Deulofeu. Nacido en Barcelona en 1872, hijo de Natanael y Frédérique, hermano de Magdalena Deulofeu, estudiante de bachillerato en los Padres Escolapios, matriculado en la carrera de Derecho. Más que por la historia en sí, empecé a sentir curiosidad por saber qué había despertado el interés de Victoria por aquel personaje. Encendí la fotocopiadora y seguí leyendo el sumario de 1897. Era una manera de desenterrar a los muertos, pero yo aún no lo sabía.

4.

La única debilidad que se le conoció a Natanael Deulofeu fue su hija Magdalena. A los doce años la pequeña era un querubín rubio, de piel muy blanca y fina, de mejillas sonrosadas, rebosantes de salud. La contemplación de los bucles dorados de la niña provocaba en el padre un recogimiento casi místico, que con frecuencia lo obligaba a entornar los ojos devotamente y elevar su alma a Dios en acción de gracias.

Natanael Deulofeu era hombre de profunda religiosidad. Se podría pensar que el origen bíblico de su nombre le había proporcionado un carácter piadoso que lo mantenía ajeno a las cuestiones mundanas y materiales. Sin embargo, quienes lo conocían bien sabían que llevaba su negocio de impresión y edición con mano dura, inflexible a las reivindicaciones de sus empleados y sin desfallecer por los quebrantos que con cierta frecuencia sufría en el mercado. Ediciones Deulofeu, un negocio familiar heredado en el abismo de la bancarrota, era en 1889 una empresa próspera que el propio Natanael había sacado a flote con mucho esfuerzo para convertirlo en algo más que una imprenta. De los almanaques y de las tarjetas postales, pasó a imprimir los catálogos de los grandes almacenes El Siglo y después los libros religiosos, su gran pasión. De la imprenta de Deulofeu salían catecismos, biblias, libros de salmos y estampas piadosas que se vendían en todo el país.

A Natanael Deulofeu le gustaba repetir, delante de sus dos hijos, que era un hombre hecho a sí mismo a base de tesón. Cuando su padre murió y dejó cuatro huérfanos, él abandonó el seminario y pasó a dirigir la pequeña empresa familiar con la misma naturalidad con que había pasado hasta entonces de maitines a laudes. Se hizo cargo de un negocio ruinoso y lo convirtió en una empresa próspera de la que llegaron a vivir más de veinte familias, que dejaban en herencia a sus hijos el puesto de trabajo en la imprenta.

Hasta los treinta y seis años, Natanael Deulofeu no tuvo trato íntimo con ninguna mujer. Fuera del trabajo, a excepción del tiempo que pasó en Francia, su vida se reducía a la casa familiar, a atender las necesidades de sus hermanas y a pasear los domingos desde la plaza de Cataluña hasta las proximidades del puerto. Cuando llegaba a la parte baja de las Ramblas, se daba la vuelta, espantado por la degeneración que anunciaba la proximidad del mar y de las callejuelas estrechas y malolientes. Casó a sus tres hermanas con hombres de negocios y se quedó al cuidado de su madre. Las tres se marcharon de Barcelona, satisfechas con el casamiento.

Tras la muerte de su madre, Natanael Deulofeu decidió viajar a Francia para conocer los nuevos sistemas de impresión que se estaban utilizando en Europa. Tenía treinta y dos años. Pasó ocho meses en París viviendo con austeridad, horrorizado por la bohemia que le salía al paso en cada esquina, vida frívola por la que no sentía interés. Conoció al gran impresor Philippe Moullet, cuya fama había traspasado las fronteras. Perfeccionó su francés frailuno y se empapó de conocimientos, como el novicio aplicado que no se deja vencer por las tentaciones. Todos los días escribía una carta a Barcelona para dar instrucciones sobre el negocio a su hombre de confianza.

El Gran Moullet era la antítesis de Natanael Deulofeu; pero sus personalidades, para sorpresa de ambos, se complementaban. Philippe Moullet era hombre de mundo, casado tres veces, padre de cuatro varones y cinco hembras. La hija menor de su segundo matrimonio, Frédérique, tenía diecinueve años cuando conoció a Natanael. Y si se fijó en aquel hombre mayor fue sin duda porque le recordaba a su tío Gérard, por el que sentía veneración, aunque hacía cuatro años que no lo veía. El gesto adusto de Natanael la sobrecogió al principio, pero luego supuso que así era seguramente como debían de verla sus hermanos: una joven seria, introvertida, más entregada a su diario que a la familia. *Enchanté de vous connaître,* dijo Natanael haciendo una leve reverencia cuando fueron presentados. Luego improvisó unas cuantas frases de cortesía. Ella sonrió, espontánea sonrisa provocada por el acento de aquel extranjero y su estilo farragoso, anticuado. Y la sonrisa no pasó desapercibida al Gran Moullet, que no solía prestar atención a semejantes detalles y estaba acostumbrado al rictus ceremonioso o a la expresión lánguida de su hija. Entonces Natanael Deulofeu sujetó sin presionar la mano de la chica, como si fuera una resma de papel biblia; la acercó a los labios sin rozarla, según los cánones, y ella percibió una pequeña descarga, una sacudida que le llegó hasta las plantas de los pies.

De regreso a Barcelona, el impresor revolucionó su empresa y empezó a editar libros religiosos. Enseguida le escribió al Gran Moullet y le pidió permiso para mantener una relación epistolar con su hija Frédérique. Intercambiaron largas e inocentes cartas durante más de dos años, ella en un francés escolar y él en un francés académico y barroco, aprendido en los Escolapios, en las que se contaban cosas intrascendentes: la caída de las hojas, la compra de un nuevo piano, la llegada de las golondrinas, la primera nevada en París, el ruido molesto de los tranvías, un paseo por el Sena en día feriado. Se casaron por poderes en 1871. Natanael Deulofeu tenía treinta y seis años, y Frédérique Moullet estaba a punto de cumplir veintidós. Todavía transcurrieron cuatro meses hasta que la hija de Philippe Moullet llegó a Barcelona con seis baúles y una sirvienta, apenas adolescente, que se llamaba Valentine.

Magdalena Deulofeu Moullet era el vivo retrato de su madre, excepto por ese aire de tristeza que se quedó congelado en el rostro de Frédérique, para siempre, antes de cumplir los treinta años. Magdalena era la segunda hija del matrimonio Deulofeu, castigado por la tragedia de la muerte del tercer hijo a los pocos meses de nacer. Aquel accidente surcó de arrugas prematuras el rostro de Frédérique, le pintó de colores sombríos el semblante para el resto de su vida y la hizo encanecer a una edad temprana. De ahí venía su aspecto de melancolía permanente y la falta de interés por la vida.

La hija de los Deulofeu poseía aptitudes para la lectura, la música y la administración de la casa. Estudió en las Dominicas de la Presentación y allí aprendió contabilidad, costura y buenos modales. Las monjas descubrieron su talento musical y trataron de fomentarlo con el estudio del canto y del piano. Y fue la música lo que la acercó a Teresa Borrás, Teresita, que también tenía buen oído y mucho talento.

Teresita era hija de Amador Borrás, empresario viudo que poseía una fábrica de vidrio entre el Cementerio del Este y la carretera de Francia; negocio próspero antes de que las huelgas quebrantaran su solvencia. Teresita y Magdalena eran como la noche y el día, como el fuego y el hielo, pero se entendían bien. Fueron compañeras en las Dominicas de la Presentación hasta los doce años, cuando dejaron el colegio y comenzaron su preparación doméstica para la vida de esposas. Teresita Borrás, en opinión de su padre, era un terremoto y, además, tenía la cabeza llena de pájaros. Soñaba en voz alta y le gustaba compartir sus fantasías con Magdalena: viajes, hoteles de lujo, barcos y trenes que la llevaban de una parte a otra del mundo. A los diez años, Teresita se enamoró del hermano mayor de Magdalena, y a los doce decidió que sería actriz y cantante. Los dos motivos por los que las Dominicas de la Presentación no expulsaron del colegio a Teresita fueron su voz prodigiosa para el coro y la fortuna considerable de su padre. Amador Borrás siempre sostenía que la carencia de una madre había marcado el carácter de su única hija.

En la primavera de 1889 se produjo un suceso, en apariencia intrascendente, que con el tiempo iba a ser determinante para la vida de los Deulofeu y los Borrás. El padre de Magdalena, de común acuerdo con Amador Borrás, decidió contratar a una profesora de piano y canto para que diera clases a las dos chicas, tres días a la semana, en el domicilio de los Deulofeu. La profesora se llamaba Carlota Rigual y tenía poco más de veinte años. Su padre era tramoyista del Gran Teatro del Liceo y eso, según Natanael Deulofeu, era su mejor carta de presentación. El piano de pared volvió a sonar después de muchos años, y hubo un alivio del luto que pesaba sobre la familia. Carlota supuso un soplo de aire fresco en aquella casa del paseo de Gracia. Era como si de repente se abrieran las cortinas y el sol entrara en unas habitaciones decoradas con papeles descoloridos y mustios.

Ezequiel Deulofeu, a sus diecisiete años, fue el primero en respirar aquel aire renovado. Hasta entonces el peso de la tragedia familiar había marcado su vida. Cuando vio por primera vez a Carlota Rigual, creyó que no era una mujer de carne y hueso, sino un ser dotado de voz y movimiento, cuya naturaleza no podía ser humana. Por aquellos años las lecturas en los Escolapios de Sarriá y los ejercicios espirituales lo trastornaban hasta el punto de medir el universo con parámetros místicos y ascéticos.

Carlota llegaba a casa de los Deulofeu a las cinco de la tarde, dejaba en el recibidor el sombrero y la manteleta, intercambiaba unas frases de cortesía con sus alumnas y comenzaba la clase con escalas y ejercicios de voz; dos horas en las que Teresita y Magdalena se alternaban en el teclado del piano; dos horas en las que la casa cobraba vida. El primer día, mientras Carlota se colocaba el sombrero frente al espejo del recibidor para marchar, Ezequiel Deulofeu se tropezó con ella y desde entonces forzó sus horarios para coincidir con la profesora de piano e intercambiar unas frases apresuradas, excesivamente formales, en el pasillo. Esa misma noche comenzó a escribir unos versos que se parecían a los de aquellos poetas que algunos estudiantes de los Escolapios leían clandestinamente durante las horas de estudio en la biblioteca. Con la misma disciplina con que había leído y memorizado a San Juan de la Cruz y a Santa Teresa de Jesús, el primogénito de los Deulofeu empezó a leer y a imitar a los modernistas, unos poetas que aparecían en algunas revistas dibujados con largas melenas, aire de tuberculosos y miradas lánguidas, tristes, como las que él mismo le lanzaba a Carlota Rigual cada vez que se hacía el encontradizo en el pasillo de casa.

Para Teresita, aun sin entender realmente lo que estaba sucediendo, el cambio que observó en Ezequiel con el comienzo de las clases también supuso una novedad. Un atisbo de esperanza prendió en su corazón. A los diez años había decidido que únicamente entregaría su cuerpo y su alma al hermano de su amiga Magdalena. No supo cómo ocurrió, pero un día lo miró a los ojos y le pareció el chico más apuesto y guapo de cuantos había en el mundo. Ezequiel Deulofeu tenía quince años, y hasta mucho después no descubrió los pensamientos secretos de la pequeña Teresita, pizpireta, histriónica, desenvuelta, divertida, la amiga de su hermana que quería ser actriz.

Los resultados académicos de Ezequiel Deulofeu se resintieron a partir de aquella primavera, la última en el colegio de los Escolapios. No conseguía concentrarse. El latín y la retórica dejaron de interesarle. Allí adonde mirase, no veía más que a la profesora de piano de su hermana. En las clases de moral perdía el hilo de las divagaciones del profesor. Miraba los hábitos de los frailes y en su lugar veía las faldas entalladas y vivas de Carlota Rigual. Abría la libreta y bajo una frase de San Bernardino escribía un verso dedicado a ella. Los días y las horas se hacían interminables hasta volver a encontrarse con Carlota al terminar las clases de piano. Empezó a fingir enfermedades para quedarse en casa. Después las enfermedades fueron reales. Una alarmante palidez y una inapetencia extrema supusieron el detonante para que su padre llamara al médico. Le recetó reposo, comidas suaves, baños de sol y unas píldoras rosadas de composición incierta. Su hijo está sometido a mucha tensión, le dijo el galeno. Y el impresor pensó que los exámenes del último curso en los Escolapios estaban poniendo a prueba los nervios de su primogénito.

Sin embargo, Ezequiel Deulofeu no pensaba en los exámenes ni estaba preocupado por el final del curso. Únicamente pensaba en Carlota Rigual. Por la noche no conseguía dormir y, cuando se levantaba de la cama, temblaba porque aquella tarde la vería. Aquejado de una gran debilidad, después de un desayuno que apenas probaba, caía sobre el colchón sin aliento. Pasaba la mayor parte del tiempo escribiendo versos de rima forzada, ripios dedicados a Carlota. Cuando volvió a clase, los estudios carecían ya de interés para él. Se había dejado crecer un incipiente bigote y unas greñas que imitaban a las de los modernistas. Su comportamiento no pasó desapercibido entre los profesores. Después de varias amonestaciones por su falta de interés y por el bajo rendimiento, el padre rector lo amenazó con hablar con el señor Deulofeu.

Los días en que Carlota venía a casa, Ezequiel Deulofeu sufría recaídas que lo obligaban a permanecer postrado o a tomar baños de sol en el balcón. Valentine le administraba las píldoras que le había recetado el médico, lo animaba y se ocupaba de que comiera para recobrar las fuerzas. Después de la sobremesa, cuando su padre se marchaba a la imprenta, Ezequiel Deulofeu se vestía con la ropa de los domingos, se hacía el lazo en el cuello con esmero, se colocaba una flor en el ojal de la solapa y esperaba impaciente a que llamaran a la puerta. Su corazón, entonces, se desbocaba y la palidez se adueñaba de su rostro. Se pellizcaba las mejillas con cierta vergüenza, como las mujeres, para recuperar el color. Luego escuchaba en silencio los pasos de Carlota Rigual sobre la tarima del pasillo; oía su voz ya familiar, los saludos de las dos niñas, las escalas cromáticas, los gorgoritos de Teresita, que calentaba las cuerdas vocales. Los minutos se estiraban, se hacían eternos, hasta que se decidía a salir de su refugio y entrar en el salón iluminado por el sol a primera hora de la tarde. Interrumpía la clase ante la mirada distante de Carlota; saludaba, besaba a las dos niñas. Teresita rozaba su mano cuando él le sujetaba la barbilla y le acariciaba los mofletes. Intercambiaban unas frases de cortesía, cariñosas. No pretendía molestar, decía entonces el chico. Y Carlota dibujaba un gesto hermético, difícil de interpretar. No decía nada, pero a veces sonreía, quizá un poco forzada. Y, en la sonrisa, el muchacho creía descifrar frases amables que ella nunca pronunciaba, tal vez de inquietud al verlo aparecer así, de repente. Luego, con un gesto de disculpa, Ezequiel Deulofeu se quitaba de en medio, se situaba junto al balcón y permanecía en silencio mientras las chicas iniciaban de nuevo las escalas. Apartaba distraídamente los visillos y fingía observar a la gente que paseaba bajo los plátanos del paseo de Gracia. Pero solo estaba pendiente de ella. La veía sin mirarla, de espaldas. La buscaba en el reflejo de los cristales, en la sombra que Carlota dibujaba sobre la alfombra, en el perfume que inundaba el salón. Y el chico respiraba profundamente para que no se notara su azoramiento.

Desesperado, Ezequiel Deulofeu decidió dar un paso que se le antojaba arriesgado. Pero su vida no podía seguir más tiempo por los mismos derroteros. Eligió, entre los cientos de versos compuestos en las últimas semanas, unos cuantos que le parecieron los más logrados. Los copió con caligrafía impecable en una cuartilla. Volvió a copiarlos varias veces hasta que consideró que era difícil mejorarlos. Pasó una noche más en vela, tal vez la última. Aguardó la llegada de Carlota después de la sobremesa. No comió, no vivió aquel día hasta que escuchó los pasos de la joven en el pasillo. La imaginó abrazada a la carpeta en la que guardaba las partituras. Esperó en su habitación vestido, transpirando amor por las axilas, traspasando la camisa, el chaleco y la chaqueta de los días de domingo. Estuvo a punto de echarse atrás, de destruir los versos, de correr por el pasillo, huir de casa, ir a los Escolapios y hacer el examen que sus compañeros estarían realizando en ese momento. Pero se contuvo. Consiguió serenarse y, cuando faltaban pocos minutos para terminar la clase, entró en el salón como entra la pálida muerte en la alcoba de un moribundo. Besó a las niñas, intercambió los saludos de costumbre y deslizó la cuartilla con los versos en una carpeta con partituras que había sobre el piano. Fue un gesto rápido que pasó desapercibido. Nadie lo vio. Tantas horas ensayando aquel movimiento dieron su fruto. Se retiró junto al balcón y esperó a que las chicas terminaran la clase, colocaran la gamuza sobre el teclado, cerraran el piano y se despidieran de la profesora. Pero la carpeta con las partituras y los versos seguía en el mismo sitio. Carlota cogió otra carpeta, casi del mismo color. Salió del salón abrazada a ella. El joven Deulofeu se dio cuenta demasiado tarde del error que había cometido por culpa de los nervios. Cuando vio desde el balcón a Carlota Rigual que cruzaba la gran avenida, se dejó caer en un sillón, derrotado. Decidió esperar a que las chicas se marcharan para recuperar los versos. No quería ponerse en evidencia. Teresita no apartaba los ojos de él; decía incongruencias a las que el muchacho no prestaba atención. Entonces la chica cogió la carpeta que había sobre el piano y salió del salón charlando con Magdalena. El joven Deulofeu suspiró angustiado y cerró los ojos, convencido de que la hora de su muerte estaba cerca.

Cuando Teresita Borrás abrió en casa la carpeta que contenía las partituras, encontró una cuartilla con la letra de Ezequiel. La conocía bien. Versos. Ella no sabía mucho de versos. Recitaba algunos de memoria, pero no los entendía. Sin embargo, los leyó y sintió que el suelo se movía bajo sus pies. No podía creer que el hermano de Magdalena se los hubiera escrito a ella. Los leyó una y otra vez, sin interrupción. Los memorizó, los repitió incansablemente hasta que se hizo de día. Para entonces la cuartilla estaba tan manoseada que parecía vieja.

Aquel error supuso otro golpe más en la maltrecha salud del chico. Trató de convencerse de que Teresita no entendería nada de lo que le había escrito a Carlota. Pero, cada vez que recordaba la escena, las fuerzas lo abandonaban y se apoderaba de él un enorme abatimiento. No sabía cómo salir airoso de la situación. Trató de sobreponerse y volvió a las clases de los Escolapios. Tampoco allí consiguió volver a la normalidad: el padre rector había citado a Natanael Deulofeu para hablar sobre los paupérrimos resultados académicos de su primogénito.

La relación entre padre e hijo había sido hasta entonces correcta, aunque distante. Ezequiel fue siempre un chico centrado en sus estudios, respetuoso con su padre y cariñoso con su hermana. En opinión de Natanael Deulofeu, su hijo no sufría el atolondramiento que padecían otros jóvenes de su edad. Nunca necesitó amonestarlo seriamente. Era responsable, cumplía con sus obligaciones y no mentía, virtud entre las más nobles según el señor Deulofeu. Todos los días, después del rezo del rosario, padre e hijo se quedaban solos durante unos minutos, y Ezequiel le resumía lo que había hecho a lo largo de la jornada. Era cierto que el tiempo que dedicaba a relatarlo iba siendo cada día más breve. No obstante, nada de particular había apreciado el empresario en el comportamiento de su hijo hasta que la llegó una citación del padre rector de los Escolapios de Sarriá. Cuando el clérigo recibió al señor Deulofeu y le describió la extraña transformación que se había producido en el muchacho, el empresario enrojeció, sintió un repentino y molesto ardor en la boca del estómago y se disculpó con mucho apuro. Su hijo es muy inteligente, concluyó el padre rector, pero desaprovecha su inteligencia. Natanael Deulofeu apenas atinó a responderle:

A partir de mañana todo volverá a ser como antes. Y enseguida se levantó, se despidió y se marchó, incapaz de disimular la vergüenza y la humillación.

Ya nada volvió a ser como antes. Natanael Deulofeu sufrió una crisis nerviosa que le impidió ir al trabajo por primera vez en su vida. ¿Qué hice mal? La conversación que tuvo con su hijo no sirvió más que para distanciarlos definitivamente. ¿En qué me he equivocado? Hasta entonces la educación del muchacho había sido una sucesión de días abrigados por la rutina, según la costumbre heredada de su padre. Yo he luchado, he sufrido, me he sacrificado..., y tú, ¿qué has hecho tú? El empresario sintió que entre su hijo y él se abría un abismo.

El mundo se desmoronaba y Ezequiel Deulofeu no sabía dónde guarecerse. Trató de proteger la imagen pura de Carlota en mitad del caos en que transcurría su vida. Nadie debía conocer el origen de su trastorno. Se propuso recuperar la normalidad en los estudios, pero no lo consiguió. Su memoria se debilitaba, se dispersaban sus pensamientos. Escuchaba sin interés a los profesores. Abría los libros con tedio y leía la misma página una y otra vez sin comprender apenas nada. Soñaba despierto con Carlota y ninguna otra cosa despertaba su interés. Se resignó al insomnio y a la fatiga permanente. El edificio de los Escolapios se convirtió en una cárcel con patios y pasillos. Veía barrotes en las ventanas y buscaba desde su pupitre fragmentos del cielo a través de los cristales para huir con el pensamiento de aquella prisión imaginaria. No veía otra solución a sus males que la muerte. Y decidió, entonces, que si iba a morir joven no podía hacerlo sin que la mujer que lo arrastraba a la muerte conociera su desdicha.

Retomó el vicio de la poesía. Garabateó de nuevo lamentos enfermizos en cuartillas con el membrete de Ediciones Deulofeu, declaraciones de amor, amargos poemas dirigidos a Carlota Rigual. Consiguió seleccionar en una página impoluta los versos de los que se sentía más satisfecho, y se dispuso a intentarlo de nuevo. Se saltó sus obligaciones vespertinas en los Escolapios y entró en el salón de casa cuando la clase de música estaba finalizando. Siguió el rito de siempre: besó a las niñas y se retiró junto al balcón. Ahora no podía cometer otro error. La carpeta con las partituras estaba en manos de Carlota. La siguió, paciente, con la mirada. Aguardó a que ella saliera al pasillo para ponerse la manteleta y el sombrero delante del espejo. Era capaz de anticipar cada uno de sus movimientos. La acompañó para despedirla. Se acercó a las partituras que había dejado sobre la mesita del recibidor y deslizó la cuartilla cuando ella estaba de espaldas. Después se despidió con voz temblorosa, recorrió el trayecto hasta su cuarto con las escasas fuerzas que le quedaban y se dejó caer sobre la cama como si ya no esperase más que la muerte. Allí lo encontró Valentine por la noche, en la misma postura de las últimas horas, cuando su padre lo reclamó para el rezo del rosario.

El día siguiente no fue distinto a los demás. El chico pasó las horas en clase escenificando en su imaginación el instante en que Carlota leía sus versos. Y decidió que dejaría pasar los días antes de irrumpir en el salón de casa y observar su reacción. Por la tarde esperó la salida de la profesora de música agazapado tras el tronco de un árbol, enfrente de casa. Subió al principal con la esperanza de oír en boca de su hermana que Carlota había preguntado por él, que estaba especialmente distraída esa tarde, tal vez nerviosa, que miraba constantemente a la puerta. Fugaz ilusión. La profesora se había comportado como otras veces. Ezequiel Deulofeu llegó a pensar que nunca había colocado los versos entre las partituras, que lo había soñado.

La espera en los días siguientes se hizo angustiosa. Resultaba posible que Carlota no hubiera encontrado aún los versos, traspapelados entre las partituras. No podía estar seguro de nada. Para justificar las faltas de asistencia a clase falsificó la letra y la firma de su padre. Utilizó el sello que tenía en su despacho con el fin de dar mayor formalidad al documento. Esperó en la calle, tarde tras tarde, la salida de Carlota. Durante dos horas vigilaba la ventana de casa y sentía el mundo invertido. Siempre había observado la vida callejera desde aquel balcón del principal, como si fuera un palco del teatro. El paseo de Gracia era un gran escenario por el que desfilaban a diario modistillas, hombres de negocios, comerciantes, vendedores ambulantes, carruajes. Ahora, cada día, él era uno de los actores. Aguardaba con la esperanza de verla de forma fugaz a través de los visillos. O quizá Carlota los abriera ligeramente para contemplar las hojas recién nacidas de los árboles, o para disfrutar del sol que a aquellas horas se colaba en el salón. Esperaba tenso, consumido por los nervios. A ratos se sentía ridículo por su comportamiento, pero era incapaz de marcharse. A la hora justa, la veía salir del portal de casa, con el sombrero graciosamente inclinado sobre la frente, elegante, distraída. La seguía con la mirada y luego caminaba detrás de ella, por la acera contraria, a mucha distancia. Carlota Rigual iba abrazada a la carpeta de las partituras. En la plaza de Cataluña tomaba un tranvía y la perdía de vista; para siempre, pensaba el joven Deulofeu, decidido a olvidarse definitivamente de tan ridícula persecución. Pero volvía a apostarse enfrente de casa al día siguiente y miraba al balcón, angustiado porque no era Carlota Rigual la que aparecía tras los visillos, sino Teresita.

Como último recurso, a la desesperada, decidió hacerse el encontradizo. La esperó en la plaza de Cataluña, en el punto en que ella se detendría a tomar el tranvía. Ah, es usted, qué sorpresa. Sí, era ella. Pero Carlota no dijo nada. Tardó un instante en reconocer al hijo del señor Deulofeu. Entonces le sonrió con timidez y agachó la cabeza. ¿Espera el tranvía? Carlota asintió. ¿Va muy lejos? Un poco lejos, sí. Ezequiel Deulofeu pensó decir: Hace una bonita tarde para caminar, si le apetece la acompaño dando un paseo. Sin embargo, hubo un silencio comprometido. La chica lo miraba con curiosidad. Entonces la dejo, se despidió él. Se alejó con paso torpe, dando enormes zancadas, atusándose un bigotillo imaginario.

El mes de mayo se precipitó hacia un junio prematuramente caluroso. Ezequiel Deulofeu se esforzó en los exámenes finales, demasiado tarde ya. Sabía bien que el verano traería muchos cambios. Y de repente terminó el curso, las criadas abrieron los balcones de par en par, subieron los colchones a la azotea para varear la lana, y empezó el revuelo de todos los años. Se abrieron los arcones, se guardó la ropa de invierno, y los chambergos y los sobretodos dejaron paso a ropas ligeras, blusas que permitían adivinar los hombros femeninos, faldas más livianas, sombreros de rejilla. Se hacían los preparativos para el veraneo en Caldetas y los baños de mar prescritos a Frédérique Moullet por el médico. Las clases de piano llegaban a su fin.

Y el primer día de verano, mientras Ezequiel Deulofeu contemplaba las grietas del techo de su cuarto, tumbado sobre la cama sin colchón, reconoció la voz de su padre a una hora inhabitual en casa. La sangre se le subió a la cabeza; eso fue lo que sintió. Natanael Deulofeu daba gritos a los criados, que iban de un lado a otro sin entender los motivos del enfado del señor. ¿Dónde está ese zángano de mi hijo? El chico dio un salto y corrió al pasillo. Se cruzó con la mirada de su madre, perdida y asustadiza como siempre. *Ton père te cherche,* dijo Frédérique Moullet. Corrió al despacho y entró con la cabeza agachada. Natanael Deulofeu estaba sentado tras su escritorio. Sostenía un abrecartas en la mano. Lo dejó sobre la mesa y pasó la yema de los dedos por el crucifijo que tenía enfrente. ¿Qué significa esto?, preguntó clavando los ojos en su hijo. El chico miró el papel que su padre le mostraba. No se atrevió a cogerlo. Había visto lo suficiente para saber que se trataba de sus calificaciones del último curso de los Escolapios. Sé que no era lo que usted esperaba, dijo el joven con la voz rota. ¿Lo que yo esperaba?, ¿y qué era lo que esperabas tú?, por supuesto que no es esto lo que un padre espera de su hijo. El señor Deulofeu sacó de su bolsillo un papel, y el muchacho reconoció la justificación falsificada de sus faltas de asistencia. Le temblaba la barbilla, también las manos. ¿Qué pretendías?, continuó el padre, ¿pensabas que no me enteraría?, no te reconozco. Ezequiel Deulofeu sintió la sangre en su labio, bajo la presión de los dientes. Dime si yo merezco este engaño. No lo merece, padre, lo siento. ¿Y una explicación?, ¿crees que merezco una explicación? El joven Deulofeu no era capaz de dar explicación alguna. Su comportamiento no se podía justificar. ¿Cómo explicarle a su padre que la causa de aquella catástrofe era una obsesión enfermiza por la profesora de piano de su hermana? Pensó en la muerte, en el suicidio; idea fugaz, fruto de la desesperación. Luego sintió miedo, un miedo atroz: miedo a su padre, a la vergüenza de contar la verdad. No sé lo que ha pasado, padre, no lo sé, empecé a sentirme mal, a no dormir por las noches, a estar cansado. ¿A estar cansado?, ¿tú sabes lo que es estar cansado? Repetiré curso, dijo el chico a punto de echarse a llorar, trabajaré duro. Su padre golpeó con fuerza en la mesa y el crucifijo se cayó. Lo levantó con manos torpes, como si hubiera cometido un sacrilegio. Por supuesto que trabajarás duro, pero no repetirás curso, un hijo mío no puede ser un fracasado. El muchacho alzó la cabeza al percibir la sombra de su padre que se acercaba. De esto me encargo yo, dijo el señor Deulofeu con las calificaciones en la mano, el resto será cosa tuya, pasarás el verano en Barcelona, conmigo, trabajando en la imprenta, y en otoño decidirás si te quedas en el negocio o si estudias Leyes, no te quepa duda.

Fue un verano amargo, el primer verano de su vida que no pasaba en Caldetas. El día 1 de julio, siguiendo el ritual de todos los años, un carro tirado por dos percherones estacionó en la puerta de casa. Los criados lo cargaron con el equipaje para dos meses y medio, y se subieron encima. Detrás, en una calesa, montaron Frédérique, su hija Magdalena y Valentine. Ezequiel Deulofeu se despidió de las tres en silencio, tratando de aliviar las lágrimas de su madre. Frédérique abrazó a su hijo y lo retuvo como si no fuera a verlo más. Lloraba con una pena reprimida, sin dejar de repetir: *Mon petit, mon fils*. El chico le respondía en francés, abrazado a ella, tranquilizándola, hasta que oyó la voz autoritaria de su padre y no tuvo más remedio que apartarse, con la sensación triste de que ya nada volvería a ser como antes.

La imagen de la profesora de piano se transformó en algo irreal, como si no hubiera existido. Ezequiel Deulofeu no volvió a escribir versos. Sus días pasaban monótonos en la imprenta, sentado junto a Marcel Romeu, el jefe de los contables, que lo miraba conmovido por el aspecto desolador del muchacho. Ediciones Deulofeu estaba en el paseo de la Industria. Ocupaba un edificio que parecía un barco a punto de naufragar. Allí se concentraban la imprenta, las oficinas, los almacenes e incluso las viviendas de la mayoría de los trabajadores. Ezequiel Deulofeu conocía todos los rincones. De pequeño solía jugar en aquellos corredores y esconderse bajo las mesas de los empleados. El olor de la tinta y del papel se extendía por todas partes. En el último piso, bajo un techo a dos aguas y sobre el suelo de cemento, los trabajadores y sus familias extendían los colchones por las noches, o convertían las cámaras en cocinas donde guisaban con carbón y se apretaban los unos contra los otros para combatir el frío en invierno.

Marcel Romeu conocía al hijo del dueño desde que era apenas un niño. Lo había visto crecer. El chico había heredado la fisonomía de su padre, pero le faltaban aptitudes y carecía de su voluntad, de su rectitud y de su espíritu luchador, a juicio del contable. Ahora pasaba las largas jornadas de verano al lado de Romeu, cabizbajo, sentado en una mesa frente a interminables operaciones cuyo resultado el muchacho iba anotando con lápiz. Después, el jefe de los contables recogía los libros y se los entregaba al último contable del escalafón para que repasara las sumas. Doble trabajo, doble tedio, inutilidad del esfuerzo. Mientras tanto, el señor Deulofeu entraba y salía de su oficina, se reunía con el cajista, con el corrector, bajaba a los talleres. Los trabajadores reconocían sus pasos a lo lejos; eran firmes, como golpes de bastón. Antes de entrar en cualquier estancia, ya se adivinaba su presencia.

El señor Deulofeu llegaba el primero a la imprenta y se marchaba el último. Con frecuencia se quedaba hasta muy tarde repasando los balances, comprobando las existencias de papel en el almacén, revisando los bidones de tinta. Su hijo lo esperaba en el patio, sentado junto al carro de la empresa, en compañía de Virgilio Reche, el portero. El joven Deulofeu aguardaba en compañía del vigilante, serios los dos, sin cruzar muchas palabras. ¿No se va todavía? Espero a mi padre. Y, mientras, se entretenía observando los juegos de los hijos pequeños de Virgilio, que se arrastraban bajo las ruedas del carro, rebozados en tierra, paja y mocos. ¿Cuántos hijos tiene usted, Virgilio? Tengo siete y se me murieron otros tres, ese de ahí se llama como yo, aquel es Isidre, sordo de nacimiento, la muchacha de allí arriba que tiende la ropa es Marcela. Creo que usted sabe leer, ¿verdad? Algo sé, tuve suerte de aprender ya de mayor. Los hombres sacaban sillas de enea al patio, en tanto las mujeres cocían unas patatas para la cena. Algunos salían a fumar a la calle o estiraban las piernas hasta el paseo de Isabel II, sin alejarse mucho. Por fin bajaba el señor Deulofeu acompañado de Romeu, uno de los pocos que se podía permitir el alquiler de una vivienda fuera de la imprenta. Se despedían.

El verano transcurrió entre el tedio y el calor pegajoso. Felip Gascón, corrector de Ediciones Deulofeu, parecía darse cuenta del trance por el que pasaba el joven Ezequiel. Gascón era un tipo envejecido prematuramente. A pesar de no haber cumplido aún los treinta años, su aspecto era el de un hombre muy mayor. Vestía la misma chaqueta en verano y en invierno. Tenía apariencia de viudo, aunque todavía no se había casado. Pasaba interminables jornadas sentado en un cuarto pobremente iluminado, revisando con sus ojos de miope los textos que iban a imprimirse con plomo y tinta en la planta baja. Con un lápiz rojo que siempre llevaba prendido en la oreja, marcaba las comas que estaban fuera de su sitio, las letras descabalgadas, hacía anotaciones sobre la tipografía o indicaciones para el cajista. Era poco hablador. Ezequiel Deulofeu sentía curiosidad por su trabajo. Aprovechaba cualquier ausencia del jefe de los contables para acercarse hasta el cuartucho donde pasaba las horas Gascón, enterrado bajo pruebas y papeles que se amontonaban en su mesa, en sillas desvencijadas o esparcidos por el suelo. El único entretenimiento que sacaba a Felip Gascón de la monotonía de su trabajo era la redacción de los calendarios. Por las tardes, un rato antes de acabar la jornada, dejaba a un lado el lápiz rojo y redactaba los textos de los almanaques populares: adivinanzas, refranes, poemas religiosos, vidas de santos, cuentos breves y ejemplarizantes que surgían de su imaginación y acabarían en manos de algún padre de familia instruido que los leería después de la cena para entretener a sus hijos. Con frecuencia la noche sorprendía a Gascón en su cuchitril, y aún seguía creando aquellos textos que más tarde, fuera de su horario de trabajo, pasaría a limpio antes de entregárselos al tipógrafo. Ezequiel Deulofeu los leía con la devoción del aprendiz y trataba de descubrir, tras los gruesos cristales de las lentes de Gascón, la mirada de un poeta frustrado que se desquitaba de la rutina y se recreaba en aquellos cuentecitos y poemas que salían de su mente adiestrada y sumisa.

Cuando el joven Deulofeu tuvo alguna confianza con el corrector, se presentó en su guarida y le ofreció una cuartilla con un poema dedicado a la Virgen María. Me gustaría que lo leyera y lo incluyese en el calendario, si es de su agrado, claro. El anciano prematuro lo miró por encima de sus lentes, luego le echó un vistazo a la cuartilla y dijo: ¿Es suyo? Sí, respondió el joven Deulofeu. ¿Es usted aficionado a la poesía? Me gusta, pero no quiero que mi padre lo sepa. Por lo que de mí depende no lo sabrá, dijo el corrector y se colocó bien los lentes sobre la nariz para leer el poema. Esto está bien, dijo Gascón en un tono neutro, pero en este verso llama usted Carlota a la Virgen María. El chico se sobresaltó, le arrebató el papel de la mano y lo leyó nervioso. Había olvidado cambiar el nombre de Carlota en uno de los versos. Estuvo a punto de salir huyendo de aquel cuarto que parecía un calabozo. No se preocupe, lo tranquilizó Felip Gascón, yo también lo hago con frecuencia, pienso en mi prometida y luego escribo una oración a Santa Teresita.

Ezequiel Deulofeu empezó a sentir simpatía por aquel tipo gris que se hacía invisible en la imprenta. Trató de imaginar cómo sería la prometida de Gascón, hombre de personalidad indefinida, callado, trabajador. En agosto empezó a colaborar con él en secreto. Lo ayudaba a encontrar fallos en los textos, incoherencias, y después le entregaba una cuartilla con un poema breve que el corrector leía como si fuera parte de su trabajo. Luego decía: Esto también vale, cada día lo hace usted mejor. Y el muchacho sonreía satisfecho, esperando en vano recibir una sonrisa de Gascón.

Los meses de verano se hicieron interminables. Natanael Deulofeu y su hijo apenas se dirigían la palabra. Una sirvienta anciana los atendía en casa. Los domingos el empresario madrugaba, daba su paseo hasta las Ramblas, oía misa en la Concepción y después del almuerzo se encerraba en su despacho hasta la hora de cenar. El mutismo de su padre era tan duro como el lento transcurrir del tiempo; al muchacho le dolía más que los reproches.

A principios de septiembre comenzaron los preparativos para el regreso del resto de la familia, y a mitad de mes llegaron el carro y la calesa. Magdalena se abrazó a su hermano como si hiciera años que no lo hubiera visto. Frédérique Moullet tenía el aire melancólico de siempre, pero la visión de su hijo dos meses y medio después consiguió arrancarle una sonrisa. El chico besó a su madre y le ofreció el brazo para subir al principal mientras los criados descargaban los baúles.

La pequeña de los Deulofeu llenó de nuevo la casa de vida. Sonó otra vez el piano, y se oyeron sus risas y sus cantos en todos los rincones, cuando no estaba el padre. Se reanudaron las visitas de Teresita Borrás, que también había pasado el verano en Caldetas. Y de repente, con la familia reunida alrededor de la mesa a la hora del almuerzo, Natanael Deulofeu comenzó a hacer planes en voz alta. Magdalena empezará las clases de piano la semana que viene, y tú..., dijo dirigiéndose al primogénito, ya es hora de que te decidas, dime cuál será tu futuro. El joven Deulofeu agachó la cabeza. El vozarrón de su padre le anulaba la voluntad. ¿A qué se refiere usted? Lo sabes bien, no es necesario que finjas, o la universidad o la imprenta. Sí, lo sabía bien, había llegado el momento que tanto temía. ¿No me respondes?, insistió el señor Deulofeu. No lo sé, padre, aún tengo que pensarlo. Natanael Deulofeu apretó los puños y se contuvo antes de golpear la mesa. Pues decídete pronto o seré yo quien decida por ti. Su rostro estaba congestionado. No quiero un hijo pusilánime, hay que tener más arrestos, ¿me oyes? Sí, padre. A tu edad yo me hice cargo de mis hermanas, saqué el negocio adelante, viajé a París para aprender, para saber lo que era la vida, la vida... la vida..., los jóvenes de ahora no sabéis lo que es la vida, ¿me oyes? Sí, padre. Natanael Deulofeu dio entonces en la mesa el golpe que todos esperaban. Los platos saltaron acompasados, y los cubiertos produjeron un sonido metálico al chocar. *Natanael, pas maintenant, s'il vous plaît,* dijo Frédérique asustada, sin comprender el motivo de la cólera de su marido.

Ezequiel Deulofeu no tomó la decisión hasta el día en que comenzaron de nuevo las clases de piano. Para su desdicha, no fue Carlota Rigual quien se presentó en el salón de casa después de la sobremesa, sino una mujer de rostro vulgar y manos sarmentosas, cuyo nombre no quiso retener en la memoria. Permaneció hundido en el sillón de su cuarto, escuchando a lo lejos la voz cantarina de aquella intrusa que tanto lo había desilusionado. La vida dejó de tener sentido para él. Le hacían daño las risas nerviosas y adolescentes de su hermana y de Teresita. En un arrebato se puso la chaqueta y salió a la calle. Pensó que el mundo se había confabulado contra él. Cruzó el paseo de Gracia y permaneció mirando al balcón, como si al otro lado de los visillos estuviera Carlota Rigual. Pero ella no estaba allí, no volvería a estarlo nunca. Los carruajes circulaban entre las filas de árboles, ajenos al drama del joven. Nadie reparaba en él. Los gestos de los transeúntes carecían de humanidad. El universo se estaba descomponiendo.

Pocos días después el joven Deulofeu se presentó en la imprenta. No quería tratar el asunto con su padre en casa, delante del resto de la familia. Se había armado de valor, pero en el último momento le fallaron las fuerzas. Entró en el patio del enorme edificio que ocupaba la mayor parte de la manzana. Virgilio Reche lo saludó. Subió las escaleras con determinación. Su aparente aplomo ocultaba una gran inquietud. Natanael Deulofeu vio entrar a su hijo y no pudo disimular un gesto de sorpresa. Dejó la pluma junto al tintero, se quitó los lentes y se atusó la barba blanca. Su gesto era duro e impenetrable, el mismo gesto que trataba de poner el chico sin conseguirlo. Padre, no iré a la universidad por ahora ni trabajaré en la empresa, dijo el muchacho con la voz entrecortada. ¿Entonces...?, ¿piensas vivir de las rentas familiares o has decidido explotar alguna faceta desconocida para mí? Ninguna de las dos cosas, quiero marchar a París, con mi abuelo, quiero conocer el mundo como hizo usted y aprender de la vida.

Natanael Deulofeu, sin apartar la mirada de su hijo, dibujó algo parecido a una sonrisa. Así que eso es lo que has decidido, ¿quieres aprender de la vida? No obtuvo respuesta. El joven Deulofeu temía la explosión de ira de su padre, pero estaba equivocado. Bien, bien, reconozco que no es lo que me esperaba, dijo el empresario, me has sorprendido con tu decisión, escribiré a tu abuelo para comunicarle que irás a pasar una temporada con la familia, ¿cuánto tiempo consideras que será necesario para conocer el mundo y hacerte un hombre de provecho? No lo sé, padre. Pero para eso hay que trabajar, no me gustan los zánganos, y a tu abuelo tampoco, te lo aseguro.

Aquel mismo día Natanael Deulofeu escribió una carta al Gran Moullet anunciándole la decisión de enviarle al nieto a París para instruirlo en el negocio de la impresión y quitarle algunos pájaros de la cabeza. Fue una carta extensa, salpicada de reflexiones profundas y retóricas, enredadas en un francés académico, algo olvidado. Hacía veinte años que no veía a su suegro, pero estaba al tanto de su vida por las noticias que recibía Frédérique. La respuesta tardó en llegar cuatro semanas. Philippe Moullet le anunciaba a su yerno que estaría encantado de acoger al chico durante el tiempo que estimara. Al fin y al cabo esta es también su casa, concluía la carta escrita con letras góticas y una firma barroca. Enseguida, Natanael Deulofeu le ordenó a su hijo que empezase a hacer los preparativos para marchar.

En el otoño de 1889, cuando las hojas de los árboles amarilleaban y los cafés cerraban sus puertas de cristales a la calle para que no se colara el viento, Ezequiel Deulofeu tomó un tren en la estación de Francia con la esperanza de no volver en mucho tiempo a la ciudad.

La casa familiar de los Moullet estaba en el distrito IX, en el barrio de Saint-Germain-des-Prés. La puerta principal era amplia y permitía la entrada de los tiros de caballos. Un balcón de piedra presidía la fachada de ladrillo y estuco. El último piso era de buhardillas decoradas con ornamentos florales en relieve. Los suelos de madera crujían bajo las pisadas de los criados. De los nueve hijos legítimos del Gran Moullet, solo vivía en casa la menor, Hubertine. Los demás, cuatro varones y cuatro mujeres, se habían marchado después de casarse, y casi todos estaban lejos de París.

El Gran Moullet era un hombre fuerte, alto, de piel sonrosada y mostacho que se unía con las patillas. A los setenta años aún conservaba parte del vigor de su juventud. Se le conocía al menos una docena de hijos bastardos. Philippe Moullet se solía lamentar de la poca suerte que había tenido en sus tres matrimonios. La primera esposa murió joven, la segunda pasó la mayor parte de su matrimonio internada en casas de salud, y la tercera... De la tercera prefería no hablar.

Hubertine se parecía mucho a su madre, la tercera esposa del impresor. Al menos eso era lo que aseguraba Philippe Moullet. Tenía treinta y cinco años, seis menos que su hermana Frédérique, y estaba soltera. No era una mujer agraciada en el físico. Su rostro era vulgar, sin rasgos destacables, excepto la profundidad de su mirada. Había nacido con un brazo más corto que otro. Además, solo tenía tres dedos en la mano izquierda. Aquel defecto no la acomplejaba. Por el contrario, lo exhibía en público e incluso bromeaba con su condición de «manquita».

Hubertine Moullet era una mujer ilustrada. Leía libros que no solían leer las señoras, era aficionada a la fotografía, sentía pasión por el teatro y había montado en velocípedo en su juventud. Ya estaba resignada a una soltería anunciada desde su nacimiento, desde que el Gran Moullet vio que a su manita le faltaban dos dedos y el brazo izquierdo era más corto que el derecho.

El joven Deulofeu no conocía a su tía Hubertine más que por las cartas que llegaban a casa tres veces al año.

Su madre le hablaba poco de ella, como del resto de la familia. Cuando la vio por primera vez en la Gare de Lyon, creyó que era una criada que los Moullet habían enviado para recibirlo. Le sorprendió su familiaridad, los abrazos, los besos. Luego ella dijo: Soy tu tía Hubertine. Y, seguida por un fámulo que cargaba con el equipaje, tiró del chico hacia el Boulevard Diderot, donde los esperaba un Cab de dos ruedas que condujo ella misma.

¿Quién es este?, preguntó el Gran Moullet al ver al muchacho. El impresor pasaba poco tiempo en casa, y cuando lo hacía era en la sala de fumar, donde solía recibir a las visitas. Es tu nieto, el hijo de Frédérique. El anciano apartó el enorme cigarro que tenía en los labios y con la mano abrió un hueco en la cortina de humo que se interponía entre el joven y él. ¿El hijo de Frédérique?, ¿y cuándo llegó?, deberías haberme avisado, no sabía nada. Acabo de recogerlo en la estación, respondió Hubertine, y se quedará una temporada con nosotros. ¿Una temporada dices?, vaya, eso está bien. El Gran Moullet le tendió la mano y le ofreció un cigarro. ¿Fumas ya, muchacho? No, señor, respondió el joven. ¿Cuántos años tienes? Voy a cumplir dieciocho. A tu edad yo ya echaba humo como una chimenea, dijo el anciano y soltó una carcajada, por cierto, ¿cómo está tu madre? No muy bien, señor. Claro, entiendo, es normal, la pobre ha sufrido mucho: la muerte del pequeño..., ¿cómo se llamaba tu hermano...? Jesús, señor. Eso es, Jesús, fue un golpe terrible, ya lo creo, pero la vida sigue, hace años que no le escribo a Frédérique, recuérdame que le escriba mañana mismo, Hubertine. Te lo recordaré. Pero debías haberme avisado de su llegada, dijo entonces el Gran Moullet señalando a su nieto y haciendo un requiebro con las ideas. Mi padre le escribió para anunciarle mi viaje, señor. ¿Lo hizo?, bueno, lo importante es que estás aquí y que te encuentras bien, ¿has tenido un buen viaje? Sí, señor.

Cuando se quedaron a solas, Ezequiel Deulofeu le confesó a su tía el desconcierto que le habían producido las palabras del abuelo. No tienes que preocuparte, hace años que soy yo quien recibe y responde la correspondencia privada de mi padre, fui yo misma quien contestó diciendo que estaríamos encantados de recibirte en casa, los hombres como mi padre no tienen la cabeza para estos asuntos domésticos, para eso estoy yo. El joven Deulofeu escuchó a su tía con gesto bobalicón, con la boca abierta y sin pestañear. Esta será tu alcoba, aquí es donde dormía tu madre. El dormitorio tenía una cama coronada con baldaquino, un armario de espejo estrecho, un buró y chimenea. Olía a cerrado. El almuerzo es a las doce, pero yo suelo tomarlo a las tres, o cuando me levanto, ¿tú madrugas? Ezequiel no sabía qué responder. Creo que sí. ¿Lo crees?, eres un chico divertido, nos llevaremos bien.

El noviazgo entre Natanael y Frédérique había sido epistolar. Durante el tiempo que él permaneció en París, no se vieron más de cinco veces, y únicamente en una ocasión estuvieron a solas. La hija del Gran Moullet tenía el semblante romántico de las personas enfermas. Miraba sin fijar la vista en ningún punto, escuchaba sin interés, parecía vivir en un mundo lejano. Hablaba poco y cuando lo hacía no era para decir banalidades. He escrito sobre usted en mi diario, le confesó a Natanael la segunda vez que se vieron. ¿Sobre mí?, ¿y qué podría escribir una criatura angelical como usted sobre un hombre tan vulgar como yo? No sé, cosas, respondió ella.

A los treinta y dos años, Natanael era un hombre de espíritu envejecido, sin juventud ni experiencia en asuntos mundanos. Las mujeres lo intimidaban. Por eso sintió asombro cuando observó que aquella joven mostraba inquietud en su presencia. Esperó el regreso a Barcelona para enviar una carta a Philippe Moullet y solicitarle permiso para escribirse con su hija. Más que una petición, la carta era un catálogo de disculpas por semejante osadía. Pero el

Gran Moullet le contestó enseguida y le concedió licencia para la relación epistolar. Siéntase usted con libertad para escribir a mi hija Frédérique, un alma pura aún, le decía en su respuesta el impresor francés, ella contestará con agrado a sus cartas, confiados todos en las buenas intenciones de usted. El Gran Moullet pasó por alto el trámite de la censura paterna y renunció a leer las cartas antes que los destinatarios, como era costumbre. Pensaba que las enfermedades del espíritu, heredadas sin duda de su segunda esposa, se dispersarían con el matrimonio. Además, sabía que no le iba a resultar tarea fácil encontrar un pretendiente para su hija.

Cuando Frédérique Moullet llegó a Barcelona, casada por poderes, apenas mostraba síntomas del mismo desequilibrio que había marcado la vida de su madre. Era, eso sí, una mujer reservada en exceso. Desconocía el idioma y prefería la lectura a la conversación. Su marido era un extraño que cada vez se parecía menos al tío Gérard. Aprendió a rezar el rosario sin saber lo que decía; aprendió a dar órdenes muy elementales a las criadas y a decir algunos formulismos en una lengua nueva. Salía a la calle, acompañada de Valentine, y trataba de adaptarse a un tipo de vida que le resultaba hostil. Luego quedó embarazada y todo cambió. El pequeño Ezequiel le devolvió la sonrisa. Entre ella y Valentine lo criaron como a un muñeco de tela. Le cantaban nanas en francés y lo paseaban por el pasillo de casa por miedo a las pulmonías y a los atropellos que pudiera sufrir en la calle. Después nació Magdalena, querubín de bucles rubios y mejillas sonrosadas. Y más tarde el pequeño Jesús, niño débil y enfermizo, que llegó cuando ya no lo esperaban. La francesita venida de París trataba de adaptarse a su nueva vida, aprendía las costumbres con mucha dificultad, sonreía con las ocurrencias de Valentine y de vez en cuando padecía extrañas ausencias. Tres veces al año recibía cartas de su familia, a las que respondía con regularidad. Escribía un diario y tocaba el piano. Hasta que la desgracia se coló en el hogar de los Deulofeu.

El día de Navidad, mientras una criada preparaba la mesa y Valentine sostenía en brazos al pequeño Jesús, se oyeron en la calle voces que fueron subiendo de tono. Dos hombres ebrios discutían violentamente y alguien los increpaba desde una ventana amenazando con avisar a la fuerza pública. Valentine abrió el balcón y se asomó con el niño en brazos. Frédérique entró en el salón en ese instante y vio a la criada. La reprendió. Hacía frío. Se acercó al balcón y le quitó al niño. Vio a los dos borrachos que peleaban en la calle. Uno cayó al suelo y el otro empezó a darle patadas en la espalda. Frédérique se sobresaltó con los gritos. El pequeño Jesús hizo un movimiento entre los brazos de su madre. Valentine gritó. Las manos de Frédérique temblaron, y el niño se le escapó. Se precipitó al vacío y dio contra el suelo un golpe seco que durante el resto de su vida iba a sonar cada noche, día tras día, año tras año, en la cabeza de la madre. La hija del Gran Moullet cerró los ojos y tardó varias semanas en abrirlos. Cuando lo hizo, ignoraba dónde estaba, no reconocía a sus dos hijos ni a su marido, pero sabía que el pequeño Jesús estaba muerto. Olvidó el idioma de su marido y borró de su memoria los últimos años de su vida. Valentine, cuando su señora fue capaz de levantarse de la cama, se convirtió en su lazarillo, en su traductora, en sus ojos y su voz. Jamás volvió a hablarse en la familia de aquella tragedia, excepto algunos comentarios velados. Se trasladaron a vivir al paseo de Gracia, una gran avenida en las afueras, hacia donde se extendía la ciudad.

La familia Moullet recibió la noticia de la muerte del pequeño a través de una escueta carta en la que Natanael Deulofeu contaba lo ocurrido de forma lacónica. Después, mucho después, volvieron a recibir cartas de Frédérique, y enseguida el Gran Moullet comprendió que la hija había emprendido el mismo camino que la madre.

Casi siempre era Hubertine la que respondía. Solo de vez en cuando lo hacía el Gran Moullet personalmente. En realidad, Hubertine imitaba tan bien el estilo y la letra de su padre que resultaba difícil distinguir las cartas originales de las escritas por ella.

La tía Hubertine se acostaba tarde y se levantaba después del mediodía. Fumaba unos cigarros puros que le birlaba a su padre. Tienes que decidir lo que quieres hacer con tu vida durante el tiempo que estés en París, le dijo Hubertine a los pocos días de su llegada, a no ser que pretendas de verdad convertirte en un editor de biblias y esas cosas que imprime tu padre. Quiero vivir como tú, tía. Entonces mañana escribiremos a tu padre para informarle del duro trabajo al que estás siendo sometido por tu abuelo, ¿no te parece?

A la tía Hubertine le gustaba pasear por la biblioteca fumando su cigarro y leyendo teatro en voz alta. Su sobrino se acostumbró a escucharla y a darle la réplica cuando ella se lo pedía. Luego, cuando el joven se quedaba a solas, buscaba papel y pluma, y empezaba a escribir escenas que le sugerían las que acababa de escuchar.

Le tomó gusto a recorrer las calles de Saint-Germain antes de que su tía se despertara. Se sentaba en los cafetines y leía el periódico. La suya era una bohemia inocente, apartada de los hampones, sin alejarse muchas manzanas de la casa de los Moullet. Después, cuando su tía se lanzaba a la calle, él la acompañaba cargado con un pesado armatoste. Para Hubertine la fotografía era el arte del futuro. Sostenía que la pintura era una disciplina caduca, condenada a desaparecer. ¿Quién querrá hacerse un retrato si con este artefacto puedes obtener tu imagen en tan poco tiempo y con tanta exactitud?, decía. Fotografiaba a los traperos, a los chatarreros, a las mujeres que cargaban con los niños. Utilizó a su sobrino de modelo, junto al Sena o en las calles transitadas, donde lo obligaba a permanecer inmóvil, expuesto a la mirada curiosa de los transeúntes, mientras su imagen se fijaba en una placa impregnada por una solución química que ella misma preparaba.

Ezequiel Deulofeu regresó a Barcelona a finales del verano de 1890, cuando terminaba la estancia de la familia en Caldetas. Traía en el equipaje varios retratos y un par de obritas dramáticas que había escrito en la biblioteca de los Moullet. A su vuelta, el joven encontró una ciudad conmocionada por las huelgas y las revueltas obreras. De vez en cuando explotaba algún artefacto en mitad de la calle, y se desataba el pánico. El miedo a los atentados empezaba a cambiar las costumbres de la gente. No se hablaba de otra cosa en los cafés. Pero en casa de los Deulofeu no había cambiado nada. Teresita Borrás, por el contrario, estaba irreconocible. En un año había templado su carácter y ya no era la niña alocada que pronunciaba sus pensamientos en voz alta, que revolucionaba a Magdalena y le metía pájaros en la cabeza. Por el contrario, Ezequiel Deulofeu encontró a una chica que parecía una mujer. Su vestido, el peinado e incluso su comportamiento eran los de una dama. Te ha sentado bien este año, le dijo el chico cuando la besó, casi no te reconozco. No ha sido el mejor año de mi vida, pero no puedo quejarme, respondió ella con un desparpajo impropio de su edad. ¿Sigues queriendo ser actriz? Sí, y cantante, en eso no he cambiado. Teresita, con trece años, utilizaba corsé y mostraba bajo los encajes de su escote unos pechos adolescentes y prietos. Ya eres una mujer, le dijo Ezequiel Deulofeu. Y ella le respondió con una sonrisa que era una afirmación, sin ruborizarse, sin rehuir la mirada del chico, como si lo retara.

Natanael Deulofeu recibió a su hijo con la misma frialdad con que lo había despedido el año anterior. Apenas intercambiaron unas frases de compromiso en su encuentro. Las energías del muchacho estaban reservadas para su madre, que lo recibió con lágrimas y besos, susurrándole en francés palabras de amor. Tenemos que hablar, dijo el señor Deulofeu interrumpiendo la escena, mañana te espero en la imprenta.

En Ediciones Deulofeu el tiempo parecía haberse detenido. Los cafés y los mercados eran un hervidero de gente que se amontonaba frente a las pizarras que reproducían lo que publicaban cada día los periódicos. El descontento de los obreros hacía presagiar más huelgas. Algunas tabernas se estaban convirtiendo en focos revolucionarios. Pero en la imprenta todo transcurría a otro ritmo. Virgilio Reche saludó al joven Deulofeu en el patio como si no hubiera estado casi un año fuera. ¿Qué tal todo, Virgilio? Con normalidad. ¿Algo nuevo por aquí? Nada, lo de siempre. ¿Y qué es lo de siempre? Pues ya sabe, la cosa anda revuelta en los textiles. ¿Solo en los textiles? De momento no pasa de ahí. ¿Está mi padre arriba? Sí, en su despacho. Virgilio Reche siguió con la vista al hijo del dueño mientras subía por la escalera exterior que conducía a las oficinas. Luego continuó leyendo el periódico, pero sin dejar de mirar de reojo a los ventanales del primer piso.

Felip Gascón, el corrector de Ediciones Deulofeu, seguía sentado frente a la misma mesa, como si no se hubiera movido de allí durante el último año. Ezequiel pasó por su cuartucho antes de entrar en el despacho de su padre. Bienvenido, dijo escuetamente Gascón. ¿Qué tal está su prometida?, ¿o se ha casado ya?, preguntó el hijo del dueño. No, casarme no, el sueldo no da para tanto a pesar del pluriempleo.

Natanael Deulofeu no estaba en su despacho. Había dejado sobre la mesa las gafas, fuera de su funda, como si hubiera tenido que salir precipitadamente. Papeles y carpetas permanecían en un orden perfecto, alineados, simétricos. A la derecha la correspondencia, a la izquierda un libro de balances. El único elemento que desentonaba entre tanto orden era una carta olvidada junto al sobre con el membrete del Ministerio de la Guerra. El muchacho, intrigado, cogió el papel y lo leyó. En el primer párrafo aparecía su nombre, aunque la carta iba dirigida a su padre. Palideció. En aquel documento oficial se comunicaba a Ezequiel Deulofeu Moullet que iba a ser reclutado por el ejército para servir en Cuba. Se le daba un plazo para presentarse en el cuartel de Atarazanas y se mencionaban varias leyes y decretos enrevesados, salpicados de fechas y números que el joven leyó por encima, con prisa.

Natanael Deulofeu sorprendió a su hijo con la notificación en la mano. El chico la dejó sobre la mesa, y el padre fingió que no lo había visto. El empresario se colocó al otro lado, pero no se sentó. Tú tienes la última palabra, dijo el señor Deulofeu sin preámbulos, o trabajas aquí conmigo o estudias en la universidad. Estudiaré. La respuesta sonó contundente, como un golpe sin eco. El rostro del padre se relajó. No llegó a ser una sonrisa, pero sus labios perdieron la tensión. Eso es lo que esperaba oír. Natanael Deulofeu lo tenía todo previsto. Tendrás que venir una vez a la semana a la imprenta, este negocio será tuyo cuando yo muera y no quiero dejarlo en manos de un novato que desconozca los secretos de la empresa. El joven Deulofeu asintió. Entonces clavó los ojos en la carta que tenía su padre sobre la mesa. La he leído, le confesó el chico, y me temo que los estudios tendrán que esperar al menos uno o dos años, depende. Natanael Deulofeu cogió el papel y lo rompió sin apartar la mirada de su hijo. Luego echó los trocitos a la papelera que tenía a los pies. Ya veo que eres una persona curiosa. Me pareció ver mi nombre escrito en esa carta, se justificó torpemente el chico. Este asunto está olvidado. ¿Olvidado? Yo me encargaré de eso, respondió el empresario, sobran patriotas dispuestos a dar su sangre por el país y tú no serás uno de ellos, tu lugar está aquí y con tu trabajo ayudarás más a tu patria que desangrándote en esas selvas donde no vive más que gente incivilizada. Ezequiel Deulofeu levantó la cabeza y vio el retrato de la reina regente María Cristina, que presidía el despacho. No dijo nada. Se dio la vuelta y se marchó.

La universidad se parecía bastante a lo que Ezequiel Deulofeu imaginaba. Comenzó las clases de Derecho con poco entusiasmo. Olor a madera y cera; catedráticos con cuellos de celuloide, barbas sin recortar, bastón con empuñadura de plata y reloj con leontina de oro que sacaban al comienzo y al final de las clases magistrales para comprobar la hora. Todo tenía un aire rancio y caduco. Sobre tarimas desgastadas, el cátedro miraba al infinito, con un dedo en el chaleco, en postura estudiada, casi retadora. Pronunciaba frases largas, con nexos imposibles que a veces lo conducían a callejones sin salida. Entonces el sabio rectificaba, tosía o acariciaba la leontina con fingido descuido. Luego retomaba el hilo. Siempre mirando al infinito, un infinito que se extendía por encima de las cabezas de los alumnos, masa informe, sin rostro, sin voz, sin existencia.

A las nueve menos cinco, un bedel uniformado abría las puertas del aula con una solemnidad que desentonaba con el aspecto soñoliento y aletargado de los estudiantes. Los jóvenes entraban como ovejas al redil, guiados por la voz del bedel que les metía prisa. Un minuto después el catedrático salía de su despacho con el cigarro en la mano, rodeaba el claustro y entraba en el aula cuando aún no se habían sentado los últimos alumnos. Se hacía un silencio casi absoluto. Solo se escuchaban algunas tosecitas incontroladas. Después venían los bostezos disimulados y la voz del cátedro elevándose por las bancadas, como su mirada, hasta perderse en el horizonte imaginario de su parnaso particular.

Lo más interesante, sin duda, ocurría fuera de las aulas. Las tabernas alrededor de la universidad eran un hervidero de «enmucetados», como llamaban los bedeles a los estudiantes. Los jóvenes bebían sin preocuparse por guardar las formas, se pasaban unos a otros la picadura y el papel de fumar, hablaban de mujeres y de política. A Deulofeu le gustaba quedarse por los alrededores después de las clases. Era una manera de respirar aire fresco tras cuatro horas oliendo a papel viejo y cera.

El principal entretenimiento para los novatos era observar a los estudiantes de cursos superiores, a los que pronto empezaban a imitar. Los veteranos se pavoneaban entre los nuevos con gestos estudiados y frases pronunciadas a gritos, en el fragor de la taberna, para que todos las oyeran. El vestuario era como el uniforme que los distinguía: sombrero flexible claro, botitos charolados, lazo en el cuello y barba recortada; a veces, apenas un bigotillo fino que se adivinaba sobre el labio. Casi todos vestían con el mismo patrón, con trajes salidos de La Tijera de Oro. Hablaban a gritos, fanfarroneaban en proporción al prestigio de su carrera. Toda la sumisión que mostraban en el aula la convertían en bravuconería cuando se reunían a beber y a celebrar en las cantinas. Piropeaban a las criadas jóvenes y a las modistillas que entraban y salían de los talleres. Si se juntaban varios estudiantes en el tranvía, sus voces destacaban sobre las demás.

Pero Ezequiel Deulofeu se cansó pronto de aquel ambiente de señoritos. No conseguía sentirse uno más entre ellos. Sus antiguos compañeros de los Escolapios no lo trataban como antes. Habían pasado de los juegos de patio de colegio a sentirse herederos de una tradición familiar, hombres con futuro. Algunos se miraban como rivales y marcaban distancias. Deulofeu asistía desganado a las clases, tomaba notas, leía los libros recomendados y estudiaba. No quería dejarse vencer por la sensación de fraude que le producía la universidad. Regresaba a casa dando largos paseos para desintoxicarse de una vida que le parecía ficticia, impostada. En ocasiones se acercaba hasta las Ramblas y se sentaba en el velador de algún café que le recordaba el aire de los cafetines de París. Abría una libreta y anotaba argumentos para las obras de teatro que escribía por las noches de forma clandestina.

En una de aquellas ocasiones, sentado frente a la mesa de un café, ocurrió algo que iba a romper la monótona sucesión de los días y que, con el tiempo, tendría consecuencias para la vida del muchacho. Mientras Ezequiel Deulofeu esbozaba en su cuaderno un salón para la escena que pretendía escribir, escuchó un revuelo algunas mesas más allá. Un hombre de prominente barriga, embutido en una levita, le gritaba indignado a un camarero. Los gritos estaban llamando la atención de los que pasaban por la acera. Es usted un asno, decía el hombre con aspecto de caballero, este café no hay quien lo beba, está más frío que el cadáver de mi santa esposa. Señor, hace ya un buen rato que lo tiene sobre la mesa. A mí no me discuta, mentecato, he dicho que está frío y basta. El camarero, un muchacho barbilampiño, se disculpó azorado. Ni perdón, ni leches, es usted un memo. Con los nervios, la bandeja del camarero resbaló de sus manos y cayó en el pie del señor. El hombre se levantó y le dio una bofetada que sonó como un petardo. Luego lo golpeó con el bastón. El empleado se echó la mano a la cara y se protegió la cabeza con el otro brazo. Ezequiel Deulofeu se levantó precipitadamente. La escena lo había soliviantado. Se acercó al camarero y le preguntó si se encontraba bien. El chico no fue capaz de responder, aturdido y confuso. Entonces el joven Deulofeu se volvió, agarró al hombre por la chalina y tiró de ella, desmontándole el cuello de celuloide. Aquel tipo no tuvo tiempo de reaccionar. Gritaba, pero no se entendían sus palabras. Es usted un auténtico patán, le dijo Ezequiel Deulofeu sin levantar la voz. Lo empujó y el hombre cayó con todo su volumen sobre la silla, la derribó y quedó en el suelo panza arriba. Era como un tonel con levita. Sobre el suelo de la acera perdió toda su dignidad. Deulofeu tomó de la mesa la taza, motivo de la queja, y le arrojó el café a la cara. Y dé gracias de que esté frío, dijo. Recogió enseguida sus cosas y se marchó a grandes zancadas. Los camareros habían salido a la calle y la gente se arremolinaba alrededor del tonel humano sin conseguir levantarlo.

Acudió puntual a las clases al día siguiente, sin saber aún que su futuro se estaba decidiendo. Se sentó desganado en la banqueta de madera. Observó la entrada solemne del cátedro y, cuando se disponía a abrir un libro, oyó que el compañero de su derecha le decía algo. Tengo que felicitarte, amigo, ayer estuviste espléndido. Se volvió, sorprendido por su vozarrón. ¿De qué hablaba aquel mozo de piel colorada y cabellos revueltos que tenía poco aspecto de señorito? Alguien pidió silencio entre las primeras filas. Ezequiel Deulofeu miró al desconocido con una curiosidad que pareció descaro. No sé de qué hablas, te estás equivocando de persona. El otro estudiante no dejaba de sonreírle. He venido a clase únicamente para felicitarte, si no fuera por eso me habría quedado en la cama. El cátedro dio un golpe en la mesa y se hizo un silencio sagrado. El estudiante imitó el balido de una oveja, y todos volvieron la mirada hacia ese punto. Los que estaban cerca se justificaban. Yo no he sido, a mí no me miréis.

Salió de clase algo confuso. El desconocido lo siguió y se puso a su altura. No llevaba libros, ni cuadernos, ni nada. Le dio la mano a Deulofeu y se quitó el sombrero sin dejar de caminar. Me llamo Alfredo Sandoval y he madrugado por primera vez en dos años únicamente para conocerte, estuviste soberbio, chico, magistral, ¿cómo te llamas? Ezequiel Deulofeu. Ese hombre se merecía mucho más, pero fuiste comedido, a veces la mesura es señal de sabiduría, yo lo habría pisoteado en el suelo. Deulofeu cayó en la cuenta de lo que estaba sucediendo y se detuvo. ¿Estabas allí?, preguntó. Precisamente te estaba viendo sentado frente a mí, en ese café, y me decía yo conozco esta cara, ¿de qué la conozco?, y de pronto te levantaste y le diste un sopapo a aquel tipejo, me hubiera gustado dárselo yo, lo confieso, pero te adelantaste, entonces recuperé la memoria y me dije pero si es el compañero triste de la universidad. Deulofeu lo dejó hablar. No sabía si se trataba de un chiflado o de un tipo estrafalario. Yo me fijo mucho en la gente, ¿sabes?, mi madre dice que eso es un defecto, pero ella hace lo mismo, y tú no pasas desapercibido, se ve a la legua que eres de la misma clase que yo. ¿De qué clase hablas? De la clase de los desganados, ¿me equivoco? Puede ser, respondió Ezequiel Deulofeu.

Alfredo Sandoval resultó una caja de sorpresas. No parecía un estudiante. Sus modales ordinarios, su piel coloradota, su cara ancha y cubierta por una barba espesa le daban el aspecto de un campesino robusto y saludable. Por el contrario, su palabrería mezclada con algunos brotes de oratoria lo hacía parecer un hombre instruido o un político de pacotilla, según las circunstancias. Tenía veintiún años y repetía por tercera vez el primer curso de Derecho. Solo acudía, de vez en cuando, a la última clase de la mañana. Su padre era un juez de Zaragoza que desconocía la naturaleza crápula de su hijo y la bohemia en que vivía desde que llegó a Barcelona para estudiar en la universidad donde él mismo había obtenido el título. Estaba convencido de que pronto su primogénito terminaría la carrera y entraría en el cuerpo judicial. Le pasaba a su hijo una renta que, dilapidada en tabernas y casas de mala nota, apenas le llegaba a mitad de mes. El joven había adoptado como propios todos los vicios que estaban a su alcance. Para sobrevivir, Alfredo Sandoval trabajaba de plumilla en *El Diluvio,* un periódico de izquierdas con aspiraciones revolucionarias. Vivía en una pensión mísera, en la calle Puertaferrisa, donde era tratado por la dueña como un ministro.

Ezequiel Deulofeu comenzó a faltar a algunas clases a partir del día en que conoció a Sandoval. Lo hipnotizaba la verborrea y el desparpajo de aquel joven mayor que él. Admiraba su espíritu de supervivencia. Alfredo Sandoval hablaba de todo sin saber de casi nada. Es la esencia del hombre público, del político, del periodista, reconocía el aragonés sin avergonzarse, tener opinión para todo, no quedarse callado, el silencio es la muerte del intelectual, te estarás preguntando si yo me considero un intelectual, no, no lo soy, pero puedo dar gato por liebre, como la mayoría.

La pensión donde se hospedaba Alfredo Sandoval se llamaba La Deliciosa. La dueña sentía devoción por su huésped desde que sacó a Paloma de los calabozos de la comisaría del distrito III. Paloma, la hija de la patrona, robaba las flores del cementerio de Pueblo Nuevo y luego las vendía en las Ramblas. Un día el vigilante del cementerio, que hacía meses que estaba detrás de su pista, la sorprendió con el botín en un saco, cuando saltaba la tapia, y la entregó a la policía. La madre, que no conocía la diferencia entre un abogado y un estudiante de Derecho, acudió desesperada a Sandoval pidiéndole ayuda. Este se presentó en la comisaría con un cartapacio lleno de papeles debajo del brazo y se hizo pasar por abogado. Recitó de memoria leyes y artículos, lanzó su tela de araña sobre un inspector de barba canosa, que mostraba en la piel los estragos de la sífilis, y lo hizo caer en la trampa. La muchacha salió libre después de pagar una multa que se quedó en el bolsillo del inspector.

Paloma era una chica de rostro infantil y espíritu resuelto. Había perdido la virginidad a los trece años con un cliente de La Deliciosa, sin que su madre lo supiera hasta mucho tiempo después, cuando intentó vender el virgo de su hija a un representante de mercería. Desde que Sandoval la libró del calabozo, Paloma se dejaba caer por la habitación del joven con cierta frecuencia y le demostraba así su agradecimiento. Para el estudiante, Paloma era un alma pura, una víctima de la mezquindad humana. La recibía en la cama, se agazapaba con ella bajo la manta y esperaba a que le enseñara todo lo que había aprendido en los últimos tres años en compañía de huéspedes solitarios, circunstanciales, tristes.

La habitación de Alfredo Sandoval era como un santuario del conocimiento y las chinches. No es un palacio, pero hay cosas peores, le dijo a su amigo Deulofeu la primera vez que lo llevó a La Deliciosa. Sobre la mesa, en el suelo, debajo de la jofaina, se amontonaban libros viejos, periódicos, revistas y cachivaches imposibles de definir. No tengo tiempo para leer tanto, chico, pero no dejo de acumular estos mamotretos de los que algún día daré cuenta. Ezequiel Deulofeu miró los lomos de los libros y abrió dos o tres. Olían a humedad. Son de baratillo, claro, le explicó Sandoval, unos me los regalan, otros me los encuentro abandonados en la redacción del periódico y la mayoría los robo, no soy un cleptómano, al menos todavía, pero soy de la opinión de que la cultura debe estar al servicio del pueblo, de la masa proletaria, y yo soy ambas cosas, igual que la comida, no debería haber mercados donde se comerciara con los alimentos, el hombre debe servirse de lo que la naturaleza le ofrece, ¿has leído al poeta Virgilio?, yo tampoco, pero dice algo así sobre la Edad de Oro. Ezequiel Deulofeu tomó al azar dos libros que le llamaron la atención por estar escritos en francés. *Dios y el Estado,* tradujo de la portada, de Mijaíl Bakunin. ¿Sabes idiomas?, preguntó sorprendido Sandoval. Mi madre es francesa. El aragonés se acercó a su compañero y le puso las dos manos en los hombros. No dejas de sorprenderme, amigo mío, eres un revolucionario que sabe francés. No soy un revolucionario. Lo eres, aunque no pareces saberlo. Sandoval tomó otro libro en francés y se lo entregó. ¿Puedes leer esto? Ezequiel Deulofeu tradujo el título, *¿Qué es la propiedad?,* y leyó las primeras líneas. Extraordinario, dijo Sandoval, ¿conoces a Proudhon? No, respondió Deulofeu. Yo, sin embargo, conozco su doctrina de oídas, pero soy incapaz de entender esos textos, llévate los libros, a ti te serán más útiles. El chico los aceptó con cierta desconfianza. Alfredo Sandoval sacó una botella de aguardiente de un pequeño armario en el que guardaba sus pertenencias más preciadas. Me lo consigue mi patrona, no creas que yo puedo permitirme estos dispendios, explicó el aragonés, y ahora brindemos, ¿tú bebes? Ezequiel Deulofeu negó con timidez. Extraordinario, soberbio, un buen revolucionario no debe ser víctima de los vicios terrenales, los vicios son la muerte del hombre, lo dice Proudhon, creo, Pedro José Proudhon, ahí lo tienes, léelo, a un revolucionario como tú le resultará muy útil, yo no soy un revolucionario, yo soy un charlatán, como te habrás dado cuenta, por eso brindaré conmigo mismo, en tu honor, por nuestra amistad, por la revolución anarquista.

Era la primera vez que oía aquella palabra, anarquista. Por la noche, encerrado en su cuarto, comenzó a devorar las obras de Bakunin y Proudhon. Al amanecer abrió el cajón de su escritorio, sacó las obritas de teatro que había empezado a escribir en París y las destruyó, cuartilla a cuartilla, en una especie de catarsis revolucionaria, con la convicción de que estaba matando a un Ezequiel viejo para dejar paso a un hombre nuevo. Al salir de casa, cambió el rumbo a la universidad y se dirigió a un café de la plaza de Cataluña. Allí, viendo pasar los carruajes y los tranvías, empezó a escribir una obra que comenzaba en un local como aquel, cuando un cliente le reprochaba a un camarero que el café estaba frío y, sin atender a las disculpas del empleado, lo golpeaba con el bastón.

La redacción de *El Diluvio* se encontraba en un edificio ruinoso de la calle del Huerto de la Bomba, cerca del Paralelo. El portal era como una chatarrería improvisada. El periódico ocupaba la segunda planta. En la primera tenían sus oficinas dos prestamistas y una tienda de empeño. El aire de la redacción estaba permanentemente oscurecido por el humo del tabaco. El director, Adelardo Figuerola, era un viejo cascarrabias que se paseaba entre las mesas con las manos en la espalda, como si con su presencia quisiera recordar a cada uno sus obligaciones. El enemigo declarado de *El Diluvio* era *La Dinastía,* periódico conservador y monárquico. Leyendo los dos, se diría que se publicaban en países diferentes. Todas las campañas que emprendía *El Diluvio* a favor de la República eran combatidas por su rival con proclamas monárquicas y favorables a la tradición de España desde los Reyes Católicos. Por el contrario, cuando *La Dinastía* defendía el endurecimiento del Código Penal en las condenas a los delincuentes, *El Diluvio* desplegaba toda su artillería a favor de la desaparición de la pena de muerte y la humanización de las cárceles.

Alfredo Sandoval tenía una pequeña mesa en la redacción, compartida con dos meritorios. Su trabajo consistía en escribir breves notas de sociedad que luego un redactor inflaba o tiraba a la papelera, según las necesidades del momento. A su lado, un niño de apenas diez años llamado Eliseo, el más bajo en el escalafón, tenía una silla desvencijada en la que se sentaba en los escasos minutos de descanso. Se encargaba de sacar punta a los lápices, rellenar los tinteros, traer agua, barrer las barbas de papel, colgar los abrigos, los sombreros y recibir la reprimenda de todos.

Eliseo, te presento a un amigo que ha venido a conocer las tripas del periódico, le dijo Sandoval al niño el primer día en que Deulofeu visitó la redacción. El muchacho lo saludó con un gesto tímido, sin mirarlo a los ojos, y no se decidió a darle la mano. Hombre, Sandoval, por fin se le ve el pelo, lo interrumpió Adelardo Figuerola que salía de su despacho, ¿ha estado enfermo? No, señor, yo no enfermo nunca, no puedo permitirme ese lujo. Ni ese, ni ningún otro, Sandoval, los lujos son para la gente rica y nosotros no lo somos. Por supuesto, señor Figuerola, y créame que no he perdido el tiempo, tengo motivos para pensar que en *La Dinastía* están tramando algo. ¿Algo?, ¿a qué se refiere? Todavía no estoy seguro, señor Figuerola, pero mi olfato no suele fallar, hace días que vengo observando que sus plumillas entran y salen mucho del Hotel Cuatro Naciones, y allí tenemos ahora a una representación parlamentaria de Madrid. Interesante, murmuró Adelardo Figuerola acariciándose el mentón, ¿y este quién es?, ¿un confidente del hotel? No, señor, es un amigo al que me gustaría enseñarle el periódico, un intelectual, un revolucionario que ha leído a Proudhon en francés, se llama Ezequiel Deulofeu. El muchacho alargó la mano y el director le ofreció la suya con desgana. ¿Deulofeu?, ¿no será familia de ese editor de biblias? El joven recibió la pregunta como una bofetada. Sí, soy hijo de Natanael Deulofeu. Vaya, vaya, eso sí que es una novedad, dijo el director. También ha leído a Bakunin en francés, insistió Sandoval. Figuerola miró de arriba abajo a Deulofeu, con una mezcla de curiosidad y desprecio. Luego dijo: Averigüe todo lo que pueda sobre esas idas y venidas al Cuatro Naciones y manténgame informado.

Pocos días después Ezequiel Deulofeu se presentó en La Deliciosa en busca de Sandoval. Lo encontró en su habitación; fumaba picadura y escribía febrilmente en unas cuartillas sucias y viejas. Pasa, estoy terminando una cosa para el periódico. Deulofeu entró, se sentó en la cama y aguardó en silencio. Sandoval arañaba las hojas con un lápiz al que apenas le quedaba punta; tachaba y seguía escribiendo. De pronto dijo: Ya está, no es más que una nota de sociedad, pero levantará ampollas, ¿qué traes ahí? Su amigo sacó un puñado de cuartillas manuscritas y se las entregó. Drama en tres actos, ¿es tuyo?, esto es formidable. Sandoval empezó a leer en silencio. Ezequiel Deulofeu intentó interrumpirlo, pero no se lo permitió. Siguió leyendo. De vez en cuando hacía un gesto de aprobación con la cabeza o pronunciaba palabras sin sentido. Continuó la lectura con la misma fruición con que minutos antes redactaba la nota para *El Diluvio*. Se tomó su tiempo para terminar. Extraordinario, Deulofeu, esto es extraordinario, siempre dije que eras un revolucionario auténtico.

5.

Tenía el cuello dolorido y sufría pinchazos en la espalda, pero me sentía incapaz de interrumpir la lectura. De vez en cuando aparecían notas de Victoria, intercaladas en los documentos de la Brigada Social y en el sumario, y eso despertaba más mi curiosidad. Ya no me hacía daño encontrarme con su letra. Era como oír una voz que apenas reconocía. Sí, había conseguido distanciarme de los recuerdos.

Cuando me di cuenta, eran casi las seis de la mañana. Silencio absoluto en la casa. Incluso el reloj de péndulo del estudio se había parado. No sabía si interpretarlo como un augurio. Había empezado a tomar notas de forma espontánea. El sumario estaba incompleto, y resultaba difícil saber quién era cada uno en aquel montón de anexos y declaraciones que regresaban de un pasado muy remoto. Me dejé caer sobre el respaldo del sillón y cerré los ojos para descansar. No tenía sueño. Me sentía satisfecho, sin ningún motivo especial; quizá porque pensaba en Victoria sin necesidad de hacerme trampas a mí mismo.

Oí unos pasos sigilosos en la escalera. Demasiado temprano para que se levantara nadie. Tal vez no era el único que se había desvelado. Virginia asomó por el resquicio de la puerta. Me miró como a un fantasma.

—¿Tan pronto levantado?

—Aún no me he ido a la cama.

Le hice un gesto para que entrase.

—¿Problemas? —me preguntó.

—Creo que me desvelé con el café. ¿Y tú?

—Yo me suelo levantar a estas horas.

—¿Tan temprano?

—Ya llevo un rato despierta. Cada vez duermo menos.

Se acercó a la mesa. Me pareció que sentía curiosidad por lo que yo estaba haciendo. Reconocí su perfume.

—Tu hijo se te parece mucho —le dije y me sentí ridículo, como si no supiera de qué hablar.

—Sí, eso dice todo el mundo —respondió de forma automática, mirando los papeles que tenía sobre la mesa—. ¿Estás trabajando?

—Es ese sumario del que habló Martín ayer.

—¿Has estado toda la noche con eso?

—Pues sí. Te parecerá una tontería...

—No es ninguna tontería. ¿Es interesante?

—Verás, al principio no era más que curiosidad, pero ahora me empieza a resultar interesante.

Permanecimos un rato en silencio. Le mostré algunos documentos y los leyó como si supiera de lo que trataban. Entonces levantó la cabeza y me miró fijamente.

—¿Lo haces por tu esposa? —me preguntó muy seria.

—¿Por Victoria? Creo que no lo hago por ella. Además, no era mi esposa.

Virginia se había ruborizado. Era evidente que se arrepentía de su pregunta.

No, nunca llegué a casarme con Victoria. En realidad, lo hablamos alguna vez, pero no era una cosa que nos preocupara. Yo sabía los problemas que tendría con su padre si se casaba conmigo. Y también sabía lo que significaba su padre para ella. Lo supe siempre y jamás intenté entrometerme, a pesar de que me habría resultado muy fácil. Ella no se enteró de los celos que yo sentía de él.

Victoria y yo nos conocimos en la universidad. Fuimos compañeros de clase dos años. No fue un flechazo.

Durante el primer año de la especialidad, no llegamos a hablar. Ni siquiera sé cuándo despertó mi interés. Algunas veces se sentaba cerca de mí, y luego pasaba semanas sin verla, perdida en la marabunta del aula. Era guapa, especial, pero tenía un punto frívolo que no me gustaba. Estaba convencido de que invertía mucho tiempo delante del espejo antes de salir de casa. Si me fijé en ella fue porque detrás de esa fachada había algo que desentonaba. Parecía inalcanzable. Una noche coincidimos en una fiesta de Químicas: la coronación del Rey Sol, o algo así. Eran esas tonterías que nos inventábamos los estudiantes para hacer la vida divertida y que en el fondo no eran más que una manera de prolongar nuestra adolescencia. Ella iba con un grupo de clase; yo, con mi amigo Marcial. No sé cómo ocurrió, pero me puse a bailar con Victoria. Tuvo la delicadeza de no burlarse de mi torpeza. Tiempo después hablamos muchas veces de aquel primer encuentro. Ella decía que fui yo quien empezó el juego de la seducción; yo le replicaba que fue ella quien se insinuó. Nunca defendí mi teoría con demasiada convicción. Probablemente fui yo quien se dejó caer en su hombro, buscando la suavidad de su cuello, quien le acarició la nuca. Teníamos veintidós años, y nunca me habían besado así. No ocurrió mucho más. La acompañé a su casa caminando y en el portal volví a besarla; era la cuarta o quinta vez en la noche. Pero el último fue un beso arrebatador, apasionado, hasta sentir que me temblaban las manos. Cuando levanté su jersey y acaricié su piel fría, ella me detuvo y con una sonrisa se despidió hasta el día siguiente.

Pero no hubo día siguiente. Victoria tardó más de una semana en aparecer por clase. Supe después que había sufrido un ataque de apendicitis y tuvieron que operarla. Cuando volvió a la universidad, todo se había enfriado. Nos sentábamos cerca, nos saludábamos, nos sorprendíamos el uno al otro buscándonos con la mirada entre las cabezas de los compañeros. Y ninguno se atrevió a dar el siguiente paso. Entonces creíamos que el amor era un yugo, una cárcel de los sentimientos de la que debíamos liberarnos para no ser esclavos. Los compromisos no estaban bien vistos.

El final de curso nos separó. Creo que para entonces me había olvidado bastante de ella. Sí, la veía en clase, coincidíamos en los pasillos, alguna vez en la cafetería. Ya no me parecía la chica frívola que ella misma trataba de aparentar. Sin embargo, el paso del tiempo había difuminado el recuerdo de aquella única noche. En alguna ocasión la vi de la mano de un chico, sentada en las escaleras de la facultad, y no sentí nada. Esa era la prueba definitiva de que no había sido importante para mí, pensaba yo.

No volvimos a vernos hasta tres años más tarde. Yo estuve en Zaragoza, haciendo la mili, y a mi regreso me sentía fuera de lugar, incapaz de encontrar de nuevo mi espacio. Luego murió mi madre y fue como si una parte de mí desapareciera con ella. Un día entré en una papelería y me encontré a Victoria. No había cambiado apenas. Quizá vestía de una forma más descuidada. Seguramente lo pensé porque aún no sabía que aquellos zapatos y los pantalones que llevaba costaban tanto como la entrada que yo acababa de pagar para comprarme una moto. Me sonrió como si hiciera solo unos días que nos hubiéramos visto. Y, cuando me besó, retuve un instante más de la cuenta mi mejilla contra la suya. No sé por qué lo hice, o sí, no estoy seguro, pero ella se dio cuenta, y sin alterarse me pasó la mano por la cara y me sonrió. Esa misma tarde nos acostamos por primera vez. En alguna ocasión reconstruimos las dos horas y media que transcurrieron entre el encuentro en la papelería y el momento en que llegamos a mi casa, nos desnudamos apresuradamente y nos metimos en la cama. Fueron dos horas y media delirantes, de confesiones, de reproches y de seducción. Hacía pocos meses que vivía solo. Desde que mi hermano Julián se marchó de casa, todo aquel territorio me pertenecía, y era la primera vez que me sentía dueño absoluto de él. Victoria quería saber cosas de mí, de mi familia. Mientras reponíamos fuerzas, sin abandonar la cama, le conté la enfermedad de mi madre. Ella me escuchó muy triste, sin decir nada. Yo no conocía la relación de Victoria con la suya, pero empecé a suponer algo cuando vi sus ojos llenos de lágrimas, muy enrojecidos.

Se marchó muy tarde. No quería que la acompañara. Tengo una moto nueva, insistí, podemos estrenarla. Se rió como una adolescente, fingiéndose escandalizada por mi proposición. Recorrimos las calles de Barcelona, sin tráfico apenas. La dejé frente al portal de su casa. Era el mismo portal en que la había besado años atrás. Le propuse revivir aquel instante, pero ella me rechazó con un gesto de tristeza. Aquí no, me dijo. ¿Por qué?, le pregunté. Sí, estaba muy triste, lo recuerdo. Me caso dentro de cinco meses, me confesó. Y yo me quedé clavado sobre el asiento de la moto, sin reaccionar, mientras la veía empujar la puerta, dar la luz y desaparecer.

No era fácil saber lo que pasaba por la cabeza de Victoria. A veces permanecía horas callada, seria, y al cabo de un rato me decía que estaba planeando un viaje a Canadá para avistar ballenas. Otras sonreía y hablaba sin parar y, cuando le preguntaba por qué estaba tan contenta, respondía que estaba triste, muy triste, porque a una amiga suya le habían diagnosticado una enfermedad grave. Siempre fue así. Me desconcertaba. Por eso mismo me sorprendió que me llamara para quedar a comer dos días después de confesarme que estaba a punto de casarse. Fui a esperarla a la universidad con la moto. Ella tenía una beca de colaboración en el Departamento de Contemporánea y trabajaba con Martín Clarés. Victoria eligió el restaurante. Yo me limité a conducir la moto. Hablamos como si el último encuentro no hubiera sucedido. Me resultó incómodo y chocante al mismo tiempo. Me contó cosas de su familia. Sus padres se separaron cuando ella tenía quince años; a su madre no volvió a verla. Su padre no se casó después; Victoria creía que lo había hecho por ella. Cuando hablaba de él, se le iluminaba el rostro. Su abuela paterna era francesa. Había muerto apenas dos años antes. El padre era constructor y le iban muy bien los negocios. Viajaba mucho, era un hombre hecho a sí mismo, y su mayor debilidad era Victoria. De su madre hablaba poco. En realidad, todo lo que me contaba era porque yo le hacía preguntas; pero era evidente que le incomodaba o le dolía hablar de aquella mujer a la que se refería como a una extraña. Sus padres se conocieron en un viaje a Nueva York. Su madre era muy joven. Fue un flechazo. Se casaron a los pocos meses. Ella vino a España, se adaptó a su nueva vida de rica y tuvo a Victoria. Luego surgieron problemas en la pareja y su madre se marchó con otro hombre. No me contó mucho sobre las circunstancias de aquella huida. Tampoco ella conocía todos los detalles.

Yo no vi más que en tres o cuatro ocasiones al padre de Victoria. La última fue en el hospital, cuando me trasladaron de Burgos a Barcelona. A pesar de mi estado y de las lagunas de memoria que padecía, lo reconocí en cuanto lo vi aparecer por la puerta. No había vuelto a dirigirse a mí desde aquel día en que me esperó a la puerta del instituto. Tenía el aspecto de ser un hombre seguro, más bien insensible. No puedo guardar un buen recuerdo de él. Se plantó delante de la cama y me dijo: Si hay algo de mi hija que no le pertenezca, quiero que me lo entregue. Y dejó una tarjeta de visita sobre la mesilla. No podía responderle. Mi hermano Julián le pidió que saliera de la habitación y él lo calló con un gesto. Hasta entonces nadie me había dicho que Victoria estaba muerta, aunque tenía la certeza de que era así. Julián siempre fue un libro abierto. No sabía mentir. La entrada ruda de aquel hombre en la habitación del hospital supuso el comienzo de mi caída. Pero en ese momento no podía imaginar siquiera en lo que se iba a convertir mi vida. Quiero que sepa que para mí usted es el responsable de la muerte de mi hija. Nunca antes había visto a mi hermano perder los nervios. Se abalanzó sobre él y lo agarró del cuello. Forcejearon, hasta que Julián lo empujó contra la puerta y el hombre, herido en su orgullo, recompuso su corbata y salió sin decir nada más. La tarjeta seguía sobre la mesilla, como una invitación a visitar el infierno.

El siguiente encuentro con Victoria lo provoqué yo. Me presenté en el Departamento de Contemporánea sin avisar. Ella estaba escondida entre papeles y libros. No disimuló su alegría al verme. Me besó y me pidió que me sentara. Empezó a hablarme del trabajo que llevaba entre manos. Era sobre el anarquismo catalán y formaba parte de su tesis. Fuimos a comer en mi moto. Ella eligió de nuevo el sitio y no me permitió pagar. Terminamos en casa, en mi cama. No le hice preguntas sobre su boda, ni sobre su futuro marido, ni sobre nada que estuviera fuera de aquel cuarto. Creo que se sintió aliviada con mi silencio. Volvimos a vernos seis o siete veces en dos meses. No eran encuentros planeados. Nos llamábamos y quedábamos un par de horas más tarde. Siempre terminábamos en mi casa. Lo que vino después ocurrió muy deprisa.

Un día se presentó en casa. Era la primera vez que lo hacía sin avisar. Me dijo que venía de la universidad, pero yo sabía que a esas horas no podía ser cierto. Se sentó en el salón y apagó el televisor. Tengo que tomar una decisión, me dijo, y me da miedo equivocarme. ¿Una decisión? Yo suponía a lo que se refería, pero no estaba preparado para abordar aquel asunto así, de una forma tan inesperada. Solo tienes que pedirme que no me case, y no me casaré, siguió Victoria. ¿Tengo que pedirte, dices? Nunca la había visto tan vulnerable y tan indecisa. Ella no solía comportarse así; tenía el carácter de su padre, fuerte, seguro. Se quedó en silencio, mirándome. No te cases, le dije. No se movió, no hizo ningún gesto. No te cases, repetí. De repente me pareció que ella estaba pensando en otra cosa. Se puso en pie, me dio un beso apresurado y se marchó como si se le hiciera tarde. Me resulta difícil describir la sensación que tuve cuando me quedé solo en el sofá. Llegué a pensar que aquello no era real, que no había sucedido.

Victoria me telefoneó esa misma noche. Estaba quedándome dormido y me sobresalté. ¿Te encuentras bien?, me preguntó. Sí, ¿y tú? También, pero quiero que sepas que en unos días no voy a poder verte, tengo que solucionar unos asuntos. Después me dijo que me quería y colgó. No la vi hasta tres semanas más tarde. Vino a casa, otra vez sin avisar. Está resuelto, me dijo, ya podemos querernos sin tener mala conciencia. Tal vez en aquel momento pudiera resultar frívolo, pero aún no sabía por lo que Victoria había tenido que pasar hasta verse libre de su compromiso.

Empecé a saberlo el día en que me encontré a su padre en la puerta del instituto, a la salida del trabajo. Lo reconocí enseguida. Lo había visto alguna vez en fotografías. Me hizo un gesto con la mano, autoritario, y yo me acerqué. Se presentó. Me pareció que más que hablar sobre su hija lo que pretendía era ponerme a prueba. Seré claro, me dijo después de un breve preámbulo, Victoria es lo que más quiero en el mundo. Hice un gesto afirmativo. No sé si sabe los trastornos que le ha ocasionado usted, siguió diciendo. En realidad, desconocía los pormenores. Me relató por encima los detalles de los preparativos de la boda, del traje de novia, del futuro de su hija. Fue muy desagradable. He averiguado algunas cosas sobre usted, me dijo, y no creo que sea una persona obstinada, al contrario, pienso que podemos llegar a entendernos. Por supuesto que podemos entendernos, contesté ingenuamente. Usted no puede destrozarle así la vida a Victoria, continuó como si no me hubiera oído, además no voy a consentirlo. Yo no quiero destrozarle la vida a nadie. Me interrumpió.

Sacó algo del bolsillo de la chaqueta y me lo ofreció. Era un cheque. No podía creerlo. Si tiene dos dedos de frente, cobrará ese dinero y desaparecerá para siempre, podrá comprarse una casa mejor que la que tiene y vivir de las rentas durante una temporada. Traté de devolvérselo, pero lo rechazó. Lo rompí en trocitos pequeños y los mantuve en el puño, sin atreverme a arrojárselos a la cara. Todo resultaba muy irreal.

Tardé algunos días en contárselo a Victoria. Una tarde trajo la máquina de escribir y una pequeña maleta con ropa. Luego fueron llegando los libros y haciéndose su propio espacio. Ella trató de restarle importancia a la reacción de su padre. No quería reconocer en voz alta que lo adoraba, a pesar de todos los defectos que le veía. No volvimos a hablar del asunto. Mucho después, en la intimidad de las confesiones, me enteré de que Victoria había dejado un apartamento de lujo amueblado que le había regalado su padre para compartirlo con su futuro marido; me habló de los regalos que le habían enviado con anticipación algunos invitados y que tuvo que devolver; me enteré también del proyecto de un viaje de novios alrededor del mundo y de no sé cuántas cosas más. Nunca hablábamos de su padre, pero de vez en cuando almorzaba con él, lo visitaba con frecuencia, hablaban por teléfono. De alguna manera siempre estaba presente. No tuve más remedio que acostumbrarme. Del hombre con quien pensaba casarse no quise saber nada cuando intentó hablarme de él.

Virginia no se parecía a Victoria. Viéndola clavada junto a la mesa del estudio de Martín, me pregunté por un instante qué aspecto tendría Victoria si no hubiera muerto. Era una cuestión en la que pensaba de vez en cuando, hasta que escondí todas sus fotografías y dejé de planteármelo.

—¿Vas a acostarte? —me preguntó Virginia.

—No, ya se pasó mi hora.

—¿Quieres venir con nosotros a la muralla?

José Miguel, Luisa y ella pretendían ver amanecer sentados sobre la muralla de Urueña, con una taza de té en la mano. Me contó que lo habían hecho otras veces.

—Es una forma diferente de empezar el año —me dijo Virginia.

Calculé que en el exterior habría tres o cuatro grados bajo cero en aquel momento. Se lo dije.

—Ocho —me corrigió—, pero no hay que temerle al frío.

Desde lo alto de la muralla, sentados con las piernas cruzadas, la vista era espectacular. El sol comenzó a anunciarse como una lucecita en el horizonte. Luisa trajo un termo con té y unas galletas. Durante unos segundos el viento cesó, enmudecieron los gallos y una luz rojiza empezó a salpicar los campos. Teníamos las narices coloradas por el frío, pero merecía la pena aquel instante. Virginia apretaba las manos con sus guantes contra la taza. Nos mantuvimos en silencio hasta que los gallos volvieron a cantar. De repente sentí pereza de regresar a Barcelona. Imaginé cómo sería mi vida si me quedara allí una temporada, quizá para siempre. Hacía tiempo que la ciudad se había convertido en una cárcel. Virginia pareció adivinarme el pensamiento.

—¿Cuándo te marchas? —me preguntó después de romperse el hechizo.

—Mañana. Tengo que trabajar el 3.

—Yo también. ¿Quieres viajar con nosotros?

Me pareció una estupidez no aceptar la invitación.

—Claro que sí.

Pasé la tarde con Martín en su estudio. Me mostró los archivos de la Brigada Social que había comprado. Según me contó, lo más probable era que alguien los hubiera robado hacía años o que los hubiera conseguido con un soborno. De otra manera resultaba imposible hacerse con ellos.

—¿Y por qué iba a tomarse alguien tantas molestias en conseguir estos documentos?

—Quién sabe. Tal vez fuera un historiador que buscaba información, o una persona que trataba de borrar las huellas del pasado. Todo es posible.

—¿Y realmente son interesantes?

—Al principio no lo parecía, porque están bastante incompletos. Pero después de revisarlos varias veces me encontré con este sujeto y me acordé de otras cosas que guardaba en mis archivos relacionadas con él —cogió uno de los documentos y me lo alcanzó, luego leyó en voz alta—: Gabino Medrano Rus. ¿No te acuerdas de este tipo?

—No.

—Es el agente de la Brigada Social que puso la denuncia en el juzgado, por la que se abrió el sumario que has estado leyendo.

—¿Y eso qué significa?

—¿No te parece mucha coincidencia? Es la misma persona que realiza estos informes, tres años antes, en los que aporta información sobre las actividades de algunos anarquistas que luego fueron encarcelados o desaparecieron durante los procesos de Montjuïc.

—¿Adónde quieres ir a parar?

—A que el tal Medrano llevaba mucho tiempo detrás de aquella gente. Ezequiel Deulofeu aparece por todas partes. Es como si este Medrano tuviera una fijación con él.

Me sumergí en los papeles del archivo de la Brigada Social. Resultaba complicado sacar algo en claro de todo aquello. Estaba muy cansado. Me senté un rato en un sillón diseñado por un estudiante de la Bauhaus y me quedé dormido. Cuando me desperté, Virginia estaba a mi lado, con una taza de té en la mano.

—Duermes como un niño —me dijo—. Eso es señal de que estás en paz contigo mismo.

6.

Alfredo Sandoval aseguraba que para derrotar a los burgueses era necesario hacerse pasar por uno de ellos y ganarse su confianza. Por eso escribo estas indignas notas de sociedad en el periódico, le confesó al joven Deulofeu, no creas que lo hago por gusto. El director de *El Diluvio* le había dado una invitación para el baile del Círculo Ecuestre, y el plumilla se atrevió a pedirle otra. Pero, Sandoval, ¿va a decirme que llevará pareja?, preguntó Figuerola. Es precisamente lo que estaba pensando, si usted no tiene inconveniente. Faltaría más, Sandoval, ya iba siendo hora de que se le conociera novia, no está bien andar siempre con putas. No, señor Figuerola, no está bien. Y además es peligroso, Sandoval, a su edad es muy peligroso, la sífilis es la plaga de nuestro tiempo, ¿sigue usted asistiendo a las clases en ese antro universitario de corrupción ideológica? Apenas, señor, mi padre me ha retirado la renta y ahora tengo que buscarme la vida como puedo. Muy bien, Sandoval, muy bien, es usted un hombre de recursos, no me cabe duda.

El padre de Alfredo Sandoval se enteró, al cabo del tiempo, de que el chico no había aprobado una sola asignatura de la carrera. Años sin ver a su hijo, ni siquiera en las vacaciones de verano, le hicieron sospechar. Se presentó en Barcelona de incógnito, indagó en la pensión, en la universidad, y descubrió la naturaleza crápula de su primogénito. Luego se marchó a Zaragoza sin decirle nada. Desde allí le mandó una carta extensa y ceremoniosa, en un lenguaje jurídico cargado de futuros del subjuntivo, que parecía una sentencia condenatoria sin posibilidad de apelación. El juez Sandoval le retiró a su hijo la renta que le tenía asignada y lo desheredó. Aceptó la decisión de su padre con resignación. Se acabaron los remordimientos de conciencia, si es que alguna vez los tuvo. Ya podía mirar a la cara, sin avergonzarse, a sus compañeros proletarios, a los que soñaban con la revolución.

Ezequiel Deulofeu no había estado nunca en el Círculo Ecuestre, pero conocía bien aquel ambiente. Cuando Sandoval le mostró las dos invitaciones, no entendió lo que pretendía. Si quieres vencerlos, únete a ellos, le dijo el plumilla, para derrotar al enemigo tienes que fingir que eres como él. Deulofeu rechazó la invitación de su amigo. Tengo que estudiar, no puedo perder el tiempo en esas frivolidades. Finalmente, al ver el gesto desolado de Sandoval, aceptó.

Para Ezequiel Deulofeu, la universidad se había convertido en una cuestión de amor propio. Su relación con los antiguos compañeros de los Escolapios de Sarriá se había roto. No olvidaba las burlas crueles a las que fue sometido cuando el señor Deulofeu intervino ante el padre rector para que le aprobaran el último curso. Algunas veces se dejaba caer por el aula, se ponía al corriente de las cuestiones académicas y desaparecía durante una temporada. Consiguió aprobar las asignaturas del primer curso sin asistir apenas a clase. No le resultó difícil entrar en el juego.

Los bailes del Círculo Ecuestre en el cambio de temporada gozaban de mucha fama en Barcelona. Pretendían rivalizar con las veladas del Círculo del Liceo, donde solo excepcionalmente entraban las mujeres. Ezequiel Deulofeu le consiguió a su amigo un frac de su padre en desuso. Alfredo Sandoval, que al principio no apartaba la vista de los cuerpos comprimidos de las jóvenes, terminó pendiente de la comida, de las bandejas que transportaban licores, de las enormes fuentes de cristal rebosantes de ponche. Qué bien viven los ricos, Deulofeu. Como si tú no lo hubieras sido, le reprochó Ezequiel. Sí, amigo, tienes razón, pero ya casi no me acuerdo. Un quinteto de cuerda sonaba acompañado por un piano, mientras las mujeres salían y entraban en la pista de baile requeridas por hombres vestidos de etiqueta. Deulofeu observaba el ir y venir de la gente, cuando un camarero con chaquetilla blanca se acercó a él: ¿Quiere tomar algo? Gracias, no bebo. Puedo traerle otra cosa si lo prefiere. No es necesario, se lo agradezco. ¿Agua? Ante la insistencia, lo miró con curiosidad. Estaba seguro de que lo había visto antes. ¿Nos conocemos? Sí, señor, hará cosa de un año, en el Café de la Rambla. Ezequiel Deulofeu lo reconoció. Es cierto, lo recuerdo. No tuve tiempo de darle las gracias, dijo el camarero. No era necesario, solo hice lo que me pareció de justicia. El camarero sonrió tímidamente al tiempo que recolocaba los vasos en la bandeja. ¿Dejó su trabajo en aquella cárcel?, preguntó Deulofeu. Me echaron. ¿Cómo es posible? El cliente se lo exigió al dueño y me quedé sin trabajo. Créame que lo lamento. Unas manos femeninas, enguantadas, sujetaron a Ezequiel por detrás y le taparon los ojos. ¿Quién soy?, preguntó una voz con falsete. Intentó zafarse, pero no podía moverse sin resultar brusco. Le llegó un perfume intenso de mujer. ¿Quién soy?, repitió. Y creyó reconocer la voz de Teresita Borrás. No podía ser otra, dijo él. ¿Por qué? Porque no conozco a ninguna mujer que huela como tú. Teresita se sonrojó. Se besaron en las mejillas y en el segundo beso ella acercó sus labios al oído de Deulofeu. Eres la última persona a la que esperaba encontrar aquí, le susurró.

Teresita Borrás no estaba sola. La acompañaba un hombre con aspecto de galán de comedias. Este es Marcos Juliá, dijo la chica, el actor. Ezequiel le dio la mano. Mi amigo se llama Alfredo Sandoval, dijo a su vez el joven Deulofeu, abogado frustrado. El aragonés contemplaba a Teresita como si siguiera con la mirada el vuelo de una mariposa. Le tomó la mano, se la acercó a los labios y aspiró su perfume. Es usted una de las mujeres más bellas que he visto nunca, créame. Teresita sonrió sin alterarse. Y usted, todo un caballero, ¿podrías traerme algo de beber?, le dijo distraídamente a su actor de comedias. Marcos Juliá asintió y se marchó. Quiero presentarte a una amiga, si me lo permites, dijo Teresita y tiró de Ezequiel en dirección al jardín. Hechizado por la muchacha, Sandoval los siguió. Se llama Paulina. Tu actor no te encontrará si no volvemos al salón, dijo Deulofeu. Si tiene algún interés me buscará, respondió Teresita incómoda, y si no lo tiene lloraré su pérdida sobre mi almohada cuando llegue a casa. Te has hecho mayor, Teresita. Sí, hace tiempo.

El jardín del Círculo Ecuestre estaba iluminado por pequeñas lámparas de gas que se alineaban delante de los setos y dejaban los rostros en penumbra. Sandoval empezó a divagar sobre cuestiones mundanas hasta que Teresita consiguió que Paulina copara la atención del aragonés. ¿Qué te parece mi amigo?, le preguntó Ezequiel a Teresita en cuanto tuvo oportunidad. Muy interesante, respondió ella, pero me temo que tiene demasiados pájaros en la cabeza. Tú también los tenías no hace mucho, Teresita. Y los tengo, no creas, pero trato de que no vuelen muy alto. La silueta de Marcos Juliá se divisó a lo lejos. Ahí está tu galán. Ella hizo un gesto de fastidio. ¿No quieres verlo? Ahora no. Teresita tomó a Ezequiel del brazo y tiró de él. Quedaron ocultos tras un arco que formaban los setos. Se oyó la voz del actor. ¿Y Teresa? Te está buscando, mintió Paulina. Marcos Juliá se alejó con una copa en cada mano. Sácame de aquí, dijo Teresita. ¿Adónde quieres ir? A donde sea, da igual, pero sácame de aquí. La chica le puso la mano en un hombro y apoyó la cabeza en el otro. Su perfume volvió a turbar al joven Deulofeu.

Abrió la puerta de la pensión con la llave de Sandoval, único huésped con semejante privilegio. El cochero aguardaba abajo, siguiendo instrucciones de Teresita. Condujo a la chica por un pasillo oscuro hasta encontrar la habitación de su amigo. Los cristales de la galería estaban tan sucios que apenas entraba la luz de la luna. Teresita lo siguió sin hacer preguntas. Ezequiel encendió un fósforo y lo acercó a un candil. Apágalo, dijo ella. Había tenido tiempo de ver la cama sin hacer, un plato con restos de comida sobre la mesa y las colillas por el suelo. Ezequiel Deulofeu se avergonzó de llevar allí a Teresita. Bésame, dijo ella. Y volvió a besarla como lo había hecho en el coche, durante el trayecto entre el Círculo Ecuestre y La Deliciosa. Se quitó el sombrero. Palpó con los dedos la ropa de la chica hasta encontrar los corchetes. El vestido le cayó a los pies. La ayudó a soltarse el corsé. Dime que te gusto, le suplicó Teresita. Me gustas. Dime que te vuelvo loco. Me vuelves loco. Dime que mañana pensarás en mí. Mañana pensaré en ti. Ezequiel alcanzó el pezón de Teresita, lo acarició y lo atrapó entre los labios. Me gustas, me vuelves loco, mañana pensaré en ti. Se hizo un lío al quitarse en la oscuridad la chaqueta del frac y el chaleco. Teresita se dejó caer en la cama, esperándolo. Él le acarició el vientre y siguió buscando bajo el calzón. Suave, dijo ella. La besó y terminó de desnudarla. No eres ninguna niña, Teresita. Ya lo sé. Le separó las piernas con torpeza. Quítate los pantalones, le ordenó. Deulofeu obedeció. ¿Tú has hecho esto antes, Teresita? No, pero sé todo lo que tengo que saber, y lo que no sé me lo enseñarás tú. No, Teresita, yo no tengo experiencia. ¿Ni con fulanas? Ni con fulanas, la prostitución es una forma de esclavitud. Teresita buscó su boca y abrió las piernas. Ezequiel Deulofeu siguió el camino que ella le mostraba. Teresita. Dime. No le cuentes nada de esto a mi hermana. Ella sonrió y luego hizo un gesto de dolor. No se lo contaré. Teresita. Dime. ¿Tú no estarás enamorada de mí? ¿Y qué más da? Era por saberlo. ¿Te molesta si lo estoy? No me molesta, pero me dolería que sufrieras por mi culpa. Cállate, tonto, y olvídate ahora de eso, tengo que volver pronto al baile.

El domingo por la mañana la redacción de *El Diluvio* se parecía mucho al campo horas después de una batalla. Únicamente el pequeño Eliseo y el anciano Mompó habían aparecido por allí. Cuando llegó Alfredo Sandoval, le pidió al niño una jarra de agua, un vaso y una bolsita de bicarbonato. Aunque no hacía frío, Enric Mompó estaba sentado ante su mesa con el abrigo y unos guantes que le dejaban los dedos al aire. Mompó era una gloria del periodismo caída en desgracia. Había trabajado en los grandes periódicos y dirigió varias publicaciones hasta que fue juzgado por un delito de prensa. Le cayeron cuatro años de cárcel que cumplió en el penal de Cartagena. Al salir, ya no era el mismo hombre. Enric Mompó, desde el otro extremo de la redacción, le hizo un gesto a Sandoval para que se acercara. Va usted a echarme una mano en ese asunto de Isidro Mompart, le dijo el anciano. ¿Del asesino?, ¿y la nota de sociedad de anoche? Eso carece de interés, respondió el periodista, solo sirve para mantenerlo a usted entretenido. Pero el señor Figuerola me dijo... Figuerola puede decir misa cantada, yo le enseñé a Adelardo todo lo que sabe sobre este oficio y, además, no está aquí, como sería su obligación. Lo que usted diga, don Enric. El anciano le entregó varios periódicos. Búsqueme todo lo que dice la competencia sobre el juicio de ese desgraciado y hágame un refrito, luego yo haré el resto. Es un honor para mí, don Enric, le agradezco la oportunidad... Déjese de pamplinas, joven, y póngase a trabajar inmediatamente. Ahora mismo, don Enric, y a mandar.

¿Quién es ese?, preguntó Ezequiel Deulofeu cuando llegó a la redacción el domingo a mediodía. Había estado en La Deliciosa y la patrona le había dicho que Sandoval se había marchado al periódico. Enric Mompó, respondió Sandoval en voz baja, una vieja gloria venida a menos. Deulofeu no había podido dormir. ¿Quieres tomar algo? No, tengo el estómago revuelto. Ezequiel Deulofeu se había levantado temprano y había estado dando vueltas por su habitación muy inquieto. Poco antes de las doce se marchó a misa con su hermana. Se detuvo en la puerta de la iglesia y le dijo a Magdalena que tenía que resolver un asunto importante. ¿Hoy domingo? Le hizo prometer que no diría nada al volver a casa. La chica estaba molesta porque su hermano no le había querido hablar sobre el baile del Círculo Ecuestre.

¿Qué escribes?, le preguntó Ezequiel a Sandoval. Recopilo información sobre un desgraciado al que quieren dar garrote. ¿Y la nota de sociedad de anoche? Eso ya es pasado y a nadie le interesa, excepto a ti, por lo que veo. Eres como una veleta, Sandoval. Una tosecita interrumpió la conversación. Felip Gascón, el corrector de Ediciones Deulofeu, había entrado con sigilo y se había plantado frente a la mesa de Mompó. No se había percatado de la presencia de Ezequiel. Parecía nervioso. Estoy buscando al director, le dijo Gascón al anciano. Seguramente no vendrá hasta la tarde, respondió Mompó, ¿qué se le ofrece? El señor Figuerola me dijo..., en fin, que me pasara por el periódico, que tenía trabajo para mí. Sí, aquí siempre hay trabajo, lo que falta es gente que lo haga bien, se lamentó Mompó, ¿es usted periodista? Corrector, puntualizó Gascón, pero puedo hacer cualquier cosa, tengo experiencia. ¿Le gusta el teatro? Es una de mis pasiones, aunque carezco de tiempo. Enric Mompó le aconsejó que volviera por la noche. Deulofeu siguió a Gascón con la mirada hasta la salida y luego fue tras él. Lo abordó en la escalera. ¿Usted por aquí, Gascón? El corrector se aturdió al ver al hijo de su jefe. Tosió para aclarar la voz. Ya lo ve, señor Deulofeu. ¿Ha dejado usted la imprenta? No, por supuesto que no, qué disparate, pero el sueldo no da para mucho y necesito casarme. Lo siento de verdad, Gascón, no sabía que mi padre pagara tan mal a sus empleados. Señor Deulofeu, no le diga a su padre que me ha visto aquí, dijo muy apurado mientras estrujaba con las dos manos su sombrero. No se lo diré, si usted tampoco le menciona que me ha visto.

Hacía meses que los periódicos multiplicaban sus tiradas escribiendo sobre el juicio de Isidro Mompart, declarado culpable de robo, violación y doble asesinato. No se había utilizado el garrote en España en dos décadas. Las condenas a muerte terminaban en indulto y en cárcel a perpetuidad. Por eso, la expectación era máxima ante la ejecución inminente. La prensa se alineó en dos bandos: los partidarios de mano dura contra los criminales, y los que rechazaban la pena de muerte y denunciaban las malas condiciones de los presos en las cárceles. En el primer grupo estaba *La Dinastía,* y en el segundo *El Diluvio.*

La ejecución se fijó para el amanecer del sábado 16 de enero de 1892. Los periodistas se sirvieron de todas las artimañas para entrevistar a Isidro Mompart, pero nadie lo consiguió. Alfredo Sandoval, que pretendía hacer méritos en *El Diluvio,* utilizó su ingenio para localizar al verdugo y ofrecerle fama y fortuna a cambio de que le contara detalles sobre los últimos momentos de la vida del reo. Nicomedes Méndez, hombre taimado y de mirada esquiva, aceptó los dos duros de anticipo que le ofreció Sandoval a cuenta de hablar con él después de la ejecución. Ya sabe usted lo que me interesa conocer, le dijo el plumilla al verdugo, lo que comió la noche de antes, si se confesó, qué dijo cuando lo conducían al cadalso o cuando sintió en el cuello la presión del garrote. Los dos duros se los había dado Figuerola a Sandoval con muchos reparos, pero confiado en que las declaraciones del verdugo harían subir las ventas y el prestigio del periódico.

La noche antes de la ejecución las tabernas del distrito V estaban más concurridas que de costumbre. Alfredo Sandoval no podía controlar ni la emoción ni la verborrea. Tenía miedo de quedarse dormido y perderse el espectáculo previsto al amanecer. Entraba y salía de los antros acompañado de Deulofeu, que lo escuchaba con paciencia, perdido en sus propios pensamientos. No le atraía la idea de asistir al espectáculo, pero no sabía cómo decírselo a su amigo. Sandoval estaba entusiasmado porque iba a hablar con el verdugo después de que le partiera el gaznate a Mompart. Creía que aquello le abriría muchas puertas en la profesión. Aunque no era la primera vez que recorría aquellas tabernas infectas, Deulofeu observaba sobrecogido las caras inexpresivas de las prostitutas, mientras Sandoval bebía su ajenjo y fumaba sin callar un momento. Mujeres melladas y de moños desgreñados se les acercaban de vez en cuando, iban y venían sin rumbo. Alguien había corrido la voz de que en el puerto había atracado por la tarde un barco finlandés, y la noticia atrajo a prostitutas de otros distritos.

Antes del amanecer se dirigieron los dos al Patio de los Cordeleros. A Mompart le iban a dar garrote delante de los muros de la cárcel de la calle Amalia. A esas horas Alfredo Sandoval apenas se sostenía en pie por la borrachera. La explanada estaba tomada por la muchedumbre. Algunos llevaban allí desde la tarde anterior para conseguir un buen sitio. Es el morbo de la masa ignorante, el pan y circo de nuestros días, dijo Sandoval cuando vio que apenas podía avanzar, ese periodicucho de *La Dinastía* es el culpable de la sed de venganza del pueblo. Los niños trepaban a los árboles o se subían a los carruajes. Únicamente se abrió un estrecho pasillo cuando aparecieron los encapuchados de la Archicofradía de la Purísima Sangre, que traían un Cristo en procesión desde la plaza del Pino. Detrás apareció Isidro Mompart, y la gente estalló en gritos de júbilo. Enseguida los gritos se convirtieron en carcajadas. El reo iba vestido con hopa y birrete. La comicidad de su aspecto era lamentable. Los que estaban más cerca le lanzaban a su paso bolas de papel de periódico en las que habían envuelto las sardinas para pasar la madrugada. La Guardia Civil y la Guardia Urbana apenas podían mantener el orden. Tengo que subir a ese árbol, Deulofeu, necesito verlo para contarlo, ayúdame, compañero. Fue inútil. El aragonés pesaba demasiado. He bebido más de la cuenta, Deulofeu, no puedo. No sé cómo estás tan gordo con lo poco que comes, le reprochó Deulofeu. Es herencia paterna, ya ves, ironías, mi padre me excluye de la herencia y me deja a cambio sus carnes y sus grasas. Tú eres un revolucionario, Sandoval, para qué quieres sus riquezas. Yo no soy más que un borracho, amigo, ya lo estás viendo, ¿por qué no intentas subir tú y me dices lo que se ve? Ezequiel Deulofeu se desgarró la ropa, se arañó las manos y los brazos, pero consiguió encaramarse al árbol. Cuando Nicomedes Méndez dio la última vuelta de tuerca y el cuello de Mompart se partió, la muchedumbre dejó escapar un rugido que se mantuvo en el aire multiplicado por el eco.

Levántate, Sandoval, le gritó su amigo, ya terminó todo. El plumilla dormía a los pies del árbol sobre su propio vómito, pisoteado por la multitud. Tienes que escribir la crónica y llevarla a la redacción. Sandoval roncaba lanzando efluvios de ajenjo y aguardiente. Lo espabiló con mucho trabajo. Le metió la cabeza en la fuente y lo obligó a caminar. Tengo que hablar con el verdugo, repetía. En tu estado nadie querrá hablar contigo, olvídate de eso y ponte a escribir. El trayecto fue penoso. Llegaron una hora después a La Deliciosa, cuando el primer sol del sábado asomaba ya sobre los edificios más bajos. Lo acompañó hasta su habitación, le quitó el chambergo como si fuera la piel de un chorizo y lo sentó delante de la mesa. Tienes que escribir esa crónica, Sandoval. Primero debo ver al verdugo, le pagué dos duros. Dalos por perdidos y ponte a escribir. Le di mi palabra a Figuerola. Invéntatelo, nadie se dará cuenta. Deulofeu le puso el lápiz entre los dedos y se lo dirigió hasta el papel. Pero el cuerpo de su amigo no se sostenía erguido. Ezequiel Deulofeu se dejó caer sobre la cama vencido por el desánimo. Eres un irresponsable, Sandoval, le dijo aunque sabía que ya no podía oírlo.

Pocos minutos antes de las once Ezequiel Deulofeu entraba en la redacción de *El Diluvio*. Se dirigió al despacho del director y entró sin llamar. La irrupción sobresaltó a Adelardo Figuerola. Se atragantó con el humo de su cachimba y empezó a toser. Lo siento, señor Figuerola. ¿Qué es lo que siente, joven? El retraso, respondió poniendo sobre la mesa unas cuartillas escritas de su puño y letra, Sandoval ha sufrido un accidente. ¿Quiere decir que se está muriendo?, porque eso es lo único que puede librarlo de que lo despelleje con mis propias manos. No, señor, no se está muriendo, pero ha sufrido una caída y es posible que tenga alguna costilla rota. ¿Una caída?, preguntó el director suavizando el tono. Sí, señor Figuerola, estaba subido a un árbol viendo la ejecución de ese desgraciado cuando resbaló y se cayó, pero me dictó su crónica. ¿Y la información del verdugo? Ahí la tiene, señor Figuerola, a pesar del dolor pudo hablar con ese tipo, ahora creo que le tiene que pagar otros dos duros. El director cogió las cuartillas y las miró por encima, sin convencimiento. Empezó a leer. Cuando terminó, las dejó sobre la mesa. Bien, está bien, dijo a regañadientes, se puede publicar, pero cinco minutos más tarde nos habríamos quedado fuera de imprenta para la edición especial de esta tarde. Lo sé, señor Figuerola, me di toda la prisa que pude en venir. Se lo entregaré a Mompó para que lo pula un poco, haga el favor de decirle que venga a mi despacho.

Ezequiel Deulofeu salió corriendo de la redacción. Su aspecto era lamentable: ropa desgarrada, arañazos en las manos, sangre en las muñecas. Estaba agotado. Se proponía llegar a casa antes de que su padre regresara para el almuerzo. Las únicas que conocían sus salidas nocturnas eran Magdalena y Valentine, y no quería comprometerlas. Cuando tomó la Rambla de Canaletas en dirección a la plaza de Cataluña, vio a un hombre que salía de un café en compañía de una señorita. Algo le hizo detenerse y esperar a que la pareja se acercara. La mujer tenía poco más de veinte años. Sonreía. Natanael Deulofeu también sonreía. Nunca había visto reír a su padre antes. Aquel detalle le impresionó. Ezequiel se mantenía pegado al suelo, incapaz de huir. El comportamiento de la pareja no era comprometedor: charlaban y celebraban alguna ocurrencia. Entonces Natanael Deulofeu se detuvo frente a su hijo y lo cubrió con su sombra. Se miraron muy serios, retándose. La joven se contagió. ¿Qué pasa, Natanael?, ¿lo conoces? Sí, lo conozco, le respondió sin descomponer el gesto. Miró de arriba abajo a Ezequiel y le reprochó su aspecto. Pareces un mendigo. Y usted un pervertido, le contestó con voz temblorosa. Natanael Deulofeu, en un arranque de ira, levantó el bastón e hizo el amago de golpear a su hijo. Ezequiel lo sujetó en el aire y forcejearon. El empresario se desequilibró y estuvo a punto de caer al suelo. Es usted un hipócrita, un burgués y un explotador. Natanael Deulofeu aflojó la mano y se dejó arrebatar el bastón. Ezequiel lo arrojó lejos. Su padre estaba lívido, con la mirada perdida. Apártate de mi vista, gritó el empresario, no quiero volver a verte nunca. No me verá. El joven Deulofeu echó a correr. Miraba hacia delante, pero no podía apartar de la cabeza la imagen de su padre clavado en el mismo sitio, con el rostro desencajado, humillado, rabioso. Y a su lado, aquella *cocotte* que podría ser su hija, apurada, incrédula, sin terminar de entender lo que había sucedido.

Ezequiel Deulofeu se despidió de su hermana y de su madre aquella misma mañana. Frédérique Moullet lloraba sin consuelo mientras se abrazaba a su hijo, incapaz de entender lo que estaba sucediendo. Mi padre y yo no podemos vivir bajo el mismo techo, fue la única explicación que dio. Frédérique no se soltaba de su cuello. El joven se marchó de casa con un hatillo improvisado, los ahorros de Magdalena y los libros revolucionarios que Alfredo Sandoval le había regalado. Vagó por las calles de Barcelona, confuso, hambriento. Al anochecer, el frío y la humedad lo obligaron a buscar cobijo. Se dirigió a La Deliciosa y le pidió hospedaje a la patrona. Alfredo Sandoval seguía durmiendo.

Cuando abrió los ojos, sacudido por Deulofeu, no sabía dónde estaba. Tengo que entregar esa crónica antes de las once, dijo Sandoval en mitad del sobresalto. No te molestes, ya la entregué yo esta mañana. ¿Me dio tiempo a escribirla antes de dormirme? No, claro que no, estabas borracho, la escribí yo, firmé con tu nombre y le dije a Figuerola que habías sufrido un accidente. Sandoval, en un arrebato, abrazó a su amigo. Olía a vómito y ajenjo. Deulofeu lo apartó. Quiero contarte algo, Sandoval, he roto con mi padre. El gesto del aragonés se transformó. ¿Eso qué significa? Eso significa que soy un hombre libre, como tú. Alfredo Sandoval se emocionó. Volvió a abrazarlo y Deulofeu no opuso resistencia. Eres un auténtico revolucionario, amigo mío, lo supe desde el día en que te vi abofetear a aquel burgués, estoy orgulloso de ti, todo lo que es mío ahora es también tuyo, ya lo sabes, ¿verdad que lo sabes? Lo sé, Sandoval, lo sé.

Alfredo Sandoval no apareció hasta el lunes por la redacción de *El Diluvio*. Necesitaba reflexionar sobre la decisión que había tomado. Para su sorpresa, Adelardo Figuerola se alegró al verlo entrar en su despacho. Lo felicitó por la crónica del sábado. Sin apartar la mirada del director, Sandoval le confesó que la crónica sobre la ejecución de Isidro Mompart no la había escrito él, sino Deulofeu. Evitó entrar en muchos detalles. Figuerola lo escuchó sin interrumpirlo, tragando el humo de su cachimba. Después se hizo el silencio. Su confesión lo honra, Sandoval, no estamos acostumbrados a esos arrebatos de honestidad, pero esto no es óbice para que le diga que es usted un auténtico zoquete. Lo sé, señor Figuerola, y si me despide no tendré más remedio que irme dándole la razón. No pienso despedirlo por ahora, dijo el director. En ese caso, abusaré de su confianza una vez más y le pediré algo. No está usted en condiciones de pedir nada, joven. Por supuesto que no, pero al menos óigame antes. Hable de una vez. Deulofeu es una persona extraordinaria, continuó el plumilla, además de un buen amigo, y ha roto con su padre, un burgués de la peor calaña, como usted bien sabrá. Sí, conozco a ese editor de biblias. Bien, como le digo, Deulofeu ha renegado de su progenitor y ahora está instalado en mi pensión esperando encontrar un trabajo para sobrevivir, y yo había pensado que quizá usted... A ver, Sandoval, ¿me está pidiendo trabajo para su amigo? Es un muchacho muy inteligente, continuó el aragonés, sabe idiomas, su madre es francesa y él recita de memoria a Baudelaire. El director contemplaba las brasas de su cachimba. Bien, Sandoval, ahora tengo mucho trabajo. Piénselo al menos, señor Figuerola. Lo pensaré, lo pensaré.

Ezequiel Deulofeu comenzó a trabajar como meritorio en *El Diluvio* a comienzos de 1892. Estaba a punto de cumplir veinte años. A los dos meses empezó a cobrar una peseta diaria, que apenas le alcanzaba para pagar la pensión. Abandonó la universidad para siempre. Figuerola temía que su periódico se convirtiera en un refugio de burgueses con mala conciencia. Nunca se dirigía a él, ni para darle órdenes. Todo lo hacía a través de Sandoval o de Eliseo. No le asignó ningún trabajo concreto. Durante los primeros meses Deulofeu rivalizaba con el niño en sacar punta a los lápices y vaciar las papeleras. A comienzos del verano Alfredo Sandoval le entregó un montoncito de publicaciones francesas atrasadas. Figuerola quiere que traduzcas estos periódicos. ¿Traducirlos? Sí, elige lo que te parezca de mayor interés sobre la hermana Francia, ya sabes, *liberté-igualité-fraternité,* o como se diga, cualquier cosa con la que Mompó pueda hacer un refrito y sacar una noticia que pase por nueva.

Un día se presentó Teresita Borrás en la pensión con un enorme hatillo que portaba un criado. Esto es de parte de tu madre y de tu hermana, le dijo a Ezequiel. Lo abrió emocionado. Un chambergo, el traje de paño oscuro con su chaleco, tres camisas y algunos enseres: la navaja y la brocha de afeitar, un par de ligas, el reloj. Y esto de mi parte, dijo Teresita y sacó un par de botas con elástico, esos zapatos que llevas no llegarán a final de año. Ezequiel la abrazó. Además, tengo un recado para ti, añadió Teresita, tu madre y tu hermana quieren que vayas a casa alguna vez. No, eso no pueden pedírmelo. ¿No lo harías siquiera por verlas felices? Después de un tira y afloja, Ezequiel Deulofeu consintió en las visitas.

Subía a casa cuando tenía la certeza de que su padre estaba en la imprenta. Eran encuentros breves, apresurados. Aquellos instantes le devolvían la salud a su madre. Y Ezequiel Deulofeu se marchaba cargado de butifarras, hogazas de pan y dulce de membrillo. Pero la comida duraba poco, porque la compartía con Sandoval. A veces Teresita se presentaba en la pensión con provisiones. Luego las visitas se fueron espaciando. La chica sufría por la desidia y el abandono de Ezequiel, que no se atenía a razones. Cuando se marchaba de La Deliciosa, lo hacía llorando, con el corazón encogido y el pulso tembloroso.

En 1893 Barcelona era una ciudad convulsa. Las noticias de la mañana ya eran historia por la tarde. La primavera se estrenó con una bomba que explotó en la calle Baja de San Pedro, le provocó un colapso a una anciana y, poco después, la muerte. Algunos días después murió abatido por la policía un anarquista llamado Momo y se descubrió en su casa un laboratorio para fabricar explosivos. Como consecuencia de la investigación, se encontraron bombas preparadas para explotar en el Palacio de Bellas Artes, en Gracia y en Montjuich. Y, mientras, en el interior de la iglesia de San Justo estalló un petardo que dañó el altar mayor. Los enfrentamientos entre la fuerza pública y los huelguistas eran frecuentes.

Un año después de llegar al periódico, Ezequiel Deulofeu seguía haciendo el mismo trabajo ingrato. Se pasaba los días trasladando de un sitio a otro un montón de periódicos franceses atrasados, hasta que encontraba una mesa libre y la ocupaba. Enseguida llegaba algún plumilla y tenía que cederle el sitio. Los únicos que tenían consideración con él eran Sandoval y el pequeño Eliseo. De vez en cuando Figuerola salía de su despacho, paseaba entre las mesas, se detenía un instante junto a Deulofeu y continuaba su ronda. A veces Deulofeu sorprendía a Enric Mompó observándolo por encima de la montura de las gafas, y el chico agachaba la cabeza, intimidado por la mirada inquietante de aquel hombre. El anciano seguía siendo un enigma para el joven Deulofeu. Mompó parecía vivir en la redacción. No firmaba ningún artículo, pero casi todos pasaban por sus manos. Era un hombre que apenas hablaba con nadie, ni mostraba interés en lo que había a su alrededor. La mirada de Mompó le producía desasosiego. Ezequiel Deulofeu se creía vigilado. Estaba seguro de que el anciano sentía hostilidad hacia él.

Felip Gascón entraba todos los días en la redacción del periódico al filo de las once de la noche. Saludaba, se colocaba unos manguitos negros en los antebrazos y buscaba una mesa libre. Siempre llegaba cansado, cada vez más viejo a sus treinta años ya sobrepasados. Sacaba un papel que solía traer en el bolsillo de la chaqueta, con anotaciones tomadas al vuelo, y redactaba su crónica teatral. Poco después de las doce se marchaba a casa. A Deulofeu le parecía triste la vida de Gascón; más triste que la suya. Entraba a trabajar en la imprenta antes del amanecer y salía de noche. Corría entonces al teatro y dos horas después tenía que estar en *El Diluvio*. Con frecuencia se quedaba dormido durante la función y abría los ojos, sobresaltado, cuando estallaban los aplausos o los pitos. En esos casos solía medir el éxito de la obra por la reacción del público. Otras veces llegaba tarde, y los acomodadores no le permitían entrar. Aprovechaba para dormir un rato en el ambigú y, a la salida, prestaba atención a los comentarios del público. Luego inventaba una crónica que no solía ser muy distinta de la que se publicaba en la competencia.

Una noche Felip Gascón estaba esperando a Deulofeu en la puerta de la pensión y le dijo que necesitaba hablar con él. ¿Quiere usted pasar? Será mejor que se lo explique fuera, respondió lacónico Gascón. Como usted prefiera. Se alejaron paseando por la calle desierta. Dígame, ¿ha ocurrido algo en la imprenta? No, no se trata de eso. ¿Entonces? El corrector comenzó a relatarle al joven algunas penalidades: la miseria de su sueldo, los horarios de trabajo y el escaso tiempo que le quedaba para dormir o visitar a su prometida los domingos. Ya tengo cierta edad, don Ezequiel, y siento que la vida se me pone cuesta arriba. No me llame don Ezequiel, se lo ruego. De acuerdo, como le decía no soy capaz de llegar a la noche sin dar dos o tres cabezadas a lo largo del día, yo soy un hombre responsable, señor Deulofeu, no quiero que piense que soy un inmoral por lo que voy a proponerle. No me llame señor Deulofeu. Disculpe. ¿Y qué es lo que va a proponerme? Con voz temblorosa y la mirada perdida en el suelo, Gascón le propuso escribir en su nombre las crónicas teatrales y de espectáculos para *El Diluvio*. Usted tiene un horario razonable en el periódico y puede ausentarse por las noches. Deulofeu no podía entender tanta generosidad por parte del corrector. ¿Y cree que Figuerola lo aceptará?, preguntó el joven. No, claro que no, él no lo aceptaría. ¿Entonces? Gascón le reveló su plan. Yo me refiero a escribir las crónicas y pasármelas a mí, y a cambio un servidor le pagaría a usted diez reales a la semana, que es la mitad de lo que yo cobro. Ezequiel Deulofeu sonrió. ¿Se ha ofendido?, preguntó Gascón, lo siento, no pretendía... No me ofende, todo lo contrario, me honra usted con su propuesta, y además esos diez reales me vendrán muy bien. ¿Habla usted en serio, señor Deulofeu? No me llame señor Deulofeu. ¿Y cómo quiere que lo llame? Llámeme compañero. Caminaron bajo la humedad de la noche, deprisa, buscando la luz peregrina de alguna farola para no tropezar. Se despidieron al volver una calle. Adiós, señor Deulofeu, es decir, compañero. Adiós, compañero.

El 24 de septiembre de 1893 se produjo un acontecimiento casual que iba a cambiar la rutina de Ezequiel Deulofeu y a determinar su futuro. El capitán general de Cataluña organizó aquel domingo un desfile para celebrar la onomástica de la princesa de Asturias. Se encontraba el joven Deulofeu en compañía de Alfredo Sandoval en el Café Español, cuando le llamó la atención un hombre sentado en una mesa próxima. En el Café Español se reunían obreros, sindicalistas, anarquistas que no se diferenciaban unos de otros por el aspecto. Pero aquel hombre llevaba zapatos de cuero limpios, reloj y fumaba tabaco emboquillado Gener. Además, escribía con estilográfica en una cuartilla limpia. Ezequiel Deulofeu lo observaba con disimulo mientras Sandoval hablaba sin mesura. Cuando su amigo le dijo que no lo acompañaría al desfile, el aragonés se sintió muy decepcionado. Deulofeu se quedó un rato más en el café, pendiente de lo que hacía el desconocido. De repente el hombre dobló la cuartilla, la introdujo en un sobre que sacó del bolsillo de su chaqueta y escribió una dirección. Se puso en pie, miró a su alrededor y se acercó a Ezequiel Deulofeu, como si ya lo tuviera previsto. ¿Me disculpará usted si le pido un pequeño favor? El joven lo escuchó intrigado. Parto de viaje en dos horas, dijo, y me gustaría enviar esta carta antes, pero hoy es día de fiesta y la estafeta de correos está cerrada, por eso me preguntaba si usted sería tan amable de timbrar mañana esta carta por mí y depositarla en la estafeta. El hombre dejó el sobre en la mesa y colocó encima una peseta. Siento no haber previsto este inconveniente, pero ha sido una decisión de última hora, le explicó el desconocido. Lo haré con mucho gusto, respondió Deulofeu, pero no hará falta tanto dinero. Lo sé, sin embargo me gustaría gratificarle por su generosidad. El hombre se marchó, y sobre la mesa quedaron el billete y el sobre con la tinta aún fresca.

Ezequiel Deulofeu leyó con curiosidad la dirección. La carta iba dirigida a una mujer llamada Narcisa que vivía en Pueblo Nuevo. Dejó correr la imaginación. Supuso que eran dos enamorados que habían roto. Tal vez ella fuera su amante y aquel hombre estuviera casado. ¿Amores imposibles? Luego trató de olvidarse.

Al llegar a la pensión, se enteró de lo que había sucedido. Se cruzó con Alfredo Sandoval en las escaleras; estaba muy excitado. Bajaba corriendo y hablaba a voces. Han atentado contra el general Martínez Campos en la Gran Vía, le dijo a Deulofeu. ¿Lo han matado? Eso va diciendo la gente. Pero ¿tú no estabas allí? No, demonios, no estaba allí, debería haber estado pero no estaba. Ezequiel Deulofeu no había visto nunca a su amigo tan alterado. Me encontré con Teresita y ya sabes... ¿Teresita Borrás? Sí, ella... Alfredo Sandoval se precipitó escaleras abajo con un puñado de cuartillas en la mano que había garabateado en unos minutos para entregar algo en *El Diluvio*.

El lunes 25 todos los periódicos daban la noticia del atentado y contaban los detalles en varias columnas. En *La Dinastía* la crónica venía acompañada de un dibujo a plumilla del asesino. Se llamaba Paulino Pallás y tenía treinta y un años. Según toda la prensa, excepto *El Diluvio,* Pallás había herido levemente al capitán general de Cataluña, Arsenio Martínez Campos, pero había matado a un guardia civil y herido a varios militares y civiles. Sin embargo, *El Diluvio* contaba que Martínez Campos había muerto con las dos piernas amputadas por la explosión. Era lo que Alfredo Sandoval había escuchado a todos los que venían en dirección contraria, huyendo en desbandada, cuando se produjo la explosión. Cuando Deulofeu entró en la redacción, vio al director abatido en una silla, con la cara entre las manos, desesperado. Esto es una catástrofe, le gritaba a Sandoval, es la ruina, somos el hazmerreír de la competencia, la vergüenza de la profesión, pensarán que no contamos lo que ocurre sino lo que nos gustaría que ocurriese. Es usted un irresponsable, un memo, un... Agarró a Sandoval de las solapas e intentó zarandearlo; pero el aragonés era muy voluminoso y apenas se movió. Apártese de mi vista, gritó Figuerola, lárguese de este periódico y no vuelva jamás, ¿me oye?, jamás, es usted una deshonra para el periodismo. El anciano Enric Mompó seguía trabajando en su mesa, sin inmutarse, aunque levantaba de vez en cuando la cabeza y hacía movimientos difíciles de interpretar. Por un instante las miradas de Mompó y Deulofeu se cruzaron, y al joven le pareció que el periodista lo miraba con lástima.

Ezequiel no comprendió la verdadera dimensión del acontecimiento hasta que no tuvo los periódicos delante y prestó atención al dibujo de Paulino Pallás que traía *La Dinastía* en primera página, junto al anuncio publicitario de un corsé higiénico. Lo reconoció enseguida. Se trataba del individuo que el día anterior le había entregado una carta en el café. Se llevó la mano al bolsillo interior de la chaqueta y palpó el sobre. Lo sacó y abrió la carta. Querida Narcisa, empezaba diciendo, cuando recibas estas letras es posible que yo esté muerto. Era Paulino Pallás, sin duda. El joven temblaba y apenas podía sostener la cuartilla entre los dedos. Había conocido al anarquista poco antes del atentado, y aquello le parecía algo inaudito. De repente levantó la cabeza con la sensación de que todo el mundo en la redacción estaba pendiente de él. Nadie lo miraba. Siguió leyendo: Quiero que entiendas el motivo por el que no he querido contarte nada hasta el último momento. Leyó hasta el final. La carta terminaba con un ¡Viva la anarquía!, que según el periódico fue el grito que dio Pallás al ser detenido. No podía creer que el tal Paulino le hubiera confiado a él una carta de despedida para su novia. La leyó dos veces. La letra y el tono que empleaba no se correspondían con la descripción del anarquista que hacían los periódicos: un obrero analfabeto y sanguinario. Enric Mompó tosió y Deulofeu dio un salto en la silla. Se guardó la carta en el bolsillo y salió de la redacción intentando disimular el nerviosismo. El pequeño Eliseo lo siguió hasta la escalera. Don Ezequiel, lo llamó el muchacho, ¿cree usted que don Alfredo volverá? Me temo que no, respondió Deulofeu conmovido. El chico apretó las mandíbulas, dijo algo ininteligible y corrió escaleras abajo con el propósito de no volver a pisar la redacción de *El Diluvio*.

Narcisa vivía en una barraca pegada a las tapias del Cementerio del Este, en Pueblo Nuevo. A Ezequiel Deulofeu no le resultó fácil encontrar la vivienda. Jamás había pisado aquella parte de Barcelona. Dio vueltas por los almacenes, por los depósitos de trigo, hasta que alguien le dio noticia de Narcisa. La encontró con los ojos enrojecidos por las lágrimas, frente a un puchero que ardía en el fuego. Vivía con su padre, viudo, y un batallón de hermanos desarrapados. Soy amigo de Paulino, dijo Deulofeu y el llanto de la chica arreció. ¿Cómo me ha encontrado? Él me dio una carta para usted. ¿Una carta?, preguntó limpiándose las lágrimas con el delantal. Ezequiel sacó la cuartilla sin el sobre y se la entregó. No sé leer. Querida Narcisa, cuando recibas estas letras es posible que yo esté muerto. Mientras se la leía, Narcisa se iba hundiendo en el silencio. Al terminar, le arrebató la cuartilla a Deulofeu y la apretó contra el pecho. ¿Qué van a hacerle?, preguntó la novia del anarquista. No lo sé, lo juzgarán. ¿Y lo matarán? Ezequiel Deulofeu no respondió, aunque conocía bien el destino de Pallás. ¿Son ustedes buenos amigos? Sí, lo somos. Él era muy suyo, dijo Narcisa, no contaba las cosas para no comprometerme. Sí, era muy suyo, repitió Deulofeu consciente de que habían empezado a hablar en pasado.

Sandoval no regresó aquella noche a la pensión. Ezequiel Deulofeu lo estuvo esperando despierto hasta muy tarde. No podía quitarse de la cabeza a Pallás. Tenía la sensación de conocerlo hacía años. Narcisa le había contado cosas de él, y Deulofeu la había dejado hablar sin interrumpirla. Cuando se convenció de que Sandoval no vendría ya, empezó a escribir compulsivamente en la habitación de su amigo. Se durmió sobre la mesa, con las cuartillas como almohada. Llegó a la redacción de *El Diluvio* muy temprano. Mompó era el único que había madrugado, o tal vez no se había movido de allí. Aguardó a que llegara Figuerola y lo siguió hasta su despacho. No quería que nadie oyera lo que tenía que decirle. Me gustaría que leyera esto y considerase si se puede publicar en el periódico. El director le arrebató las cuartillas de un manotazo sin apartar de él la mirada. ¿Qué demonios es esto? Es una semblanza del autor del atentado de Martínez Campos. ¿Y lo ha escrito usted? Figuerola pensó decirle que se marchara, que estaba despedido, pero se le atravesó otro pensamiento, y en vez de eso arrojó las cuartillas sobre la mesa y dijo: Ahora tengo mucho trabajo, cierre la puerta al salir.

Ezequiel Deulofeu empezó a preocuparse por Sandoval la segunda noche en que no apareció por la pensión. Durmió en el cuarto de su amigo, por si llegaba de madrugada. En *El Diluvio* todos se habían olvidado de Alfredo Sandoval; nadie hablaba de él. Era como si nunca hubiera trabajado allí. Figuerola no mencionó el artículo de Deulofeu al día siguiente. También a él lo ignoraban, pensó. Al tercer día alguien se acercó a su mesa y le dijo que lo esperaban en el despacho del director. Allí encontró a Figuerola y a Mompó. ¿Qué hacía allí Mompó? Lo primero que se le vino a la cabeza fue que iban a echarlo, como habían hecho con Sandoval. ¿Ha escrito usted esto?, le preguntó el director sin mediar saludo. Figuerola hablaba y expulsaba el humo de su cachimba a la vez, sin mirar al joven a la cara. Sí, señor, lo escribí yo. ¿De dónde ha sacado toda esta información?, siguió preguntando el director y ante el silencio de Deulofeu insistió, ¿no va a decírmelo? Él seguía callado. ¿Conocía usted a Paulino Pallás? Hubo un largo silencio. Figuerola y Mompó no apartaban la mirada del muchacho.

Deulofeu contó brevemente el encuentro con Pallás el mismo día del atentado contra Martínez Campos. Luego habló de la visita que le había hecho a Narcisa en Pueblo Nuevo. Los dos hombres se quedaron mudos. Caramba con el mozalbete, dijo Figuerola con la cachimba en la boca, nosotros no podemos publicar esto, joven, aunque reconozco que si lo hiciéramos *El Diluvio* sería la envidia de la competencia, pero no podemos, ¿me entiende? No, señor Figuerola, no le entiendo. Usted habla aquí de Pallás como si se conocieran de toda la vida, como si hubieran ido juntos al colegio. Todo lo que digo ahí es cierto, señor. No lo dudo, joven, pero si lo contamos nosotros el gobernador militar creerá que estábamos al tanto de todo, que somos sus cómplices, nos cerrarán el periódico y nos acusarán de colaboradores con los anarquistas, y una cosa son las ideas y otra los ejecutores de las ideas, ¿me entiende? Creo que sí, señor. Yo no sé quién estará detrás de este héroe que se llama Paulino Pallás, continuó el director, pero *El Diluvio* no puede convertirse en mártir de su causa, no podemos permitirnos que nos procesen, que nos condenen al destierro o nos apliquen la pena capital, no podemos. Ezequiel Deulofeu salió confundido del despacho del director. No sabía qué pensar. Se sentó ante su mesa y siguió leyendo los periódicos franceses. Nadie lo miraba. Al final del día Enric Mompó se acercó y le dijo: Usted llegará lejos. Luego el anciano regresó a su mesa y no volvió a levantar la cabeza.

Alfredo Sandoval no dio señales de vida durante cinco días. Cuando volvió a la pensión, llegó muy desmejorado, aunque traía ropa nueva y no tenía aspecto de haber dormido en la calle. ¿Dónde te has metido?, le preguntó Deulofeu, me tenías preocupado. ¿Preocupado?, ¿por qué?, dijo Sandoval a la defensiva, estoy perfectamente. Sí, pero no sabía nada de ti. Bueno, he estado muy ocupado. ¿Has encontrado un trabajo? Sandoval se mostraba nervioso. Por supuesto, yo no me dejo humillar por esos revolucionarios de pacotilla. Bajó la voz y le pidió a su amigo que se sentara. Ahora trabajo para *La Dinastía*. Deulofeu creyó que estaba bromeando. Sonrió. Sin embargo, el gesto de Sandoval era de seriedad. Le confesó a su amigo que el periódico de la competencia le abrió las puertas en cuanto les contó su situación. No había mayor placer para los directores que robarse los plumillas unos a otros. Ahora escribo avisos y cobro tres pesetas diarias, casi lo mismo que un obrero del textil. ¿Y con semejante miseria te has podido comprar ese traje?, preguntó Deulofeu. ¿Comprar?, ¿quién se ha comprado nada?, este traje es del padre de Teresita. El aragonés se arrepintió de haber hablado tanto, pero ya era tarde. Ezequiel Deulofeu no se atrevió a hacer más preguntas. Prefería no conocer los detalles.

Paulino Pallás fue fusilado el 6 de octubre de 1893 tras un juicio sumarísimo. Un mes después estalló una bomba en el Gran Teatro del Liceo durante la representación de la ópera *Guillermo Tell*, que inauguraba la temporada. El autor del atentado fue un anarquista de Teruel. Las calles de Barcelona se convirtieron en un mentidero donde se hablaba con inquietud de los acontecimientos. Los periódicos agotaban las ediciones y se duplicaban en ediciones vespertinas que convertían las redacciones en máquinas de hacer noticias. Ezequiel Deulofeu había empezado a notar que Mompó le demostraba cierta simpatía. O eso creía él. Lo saludaba cuando pasaba cerca de su mesa y a veces se interesaba por su trabajo, que seguía siendo el de traductor de periódicos viejos.

A mitad de diciembre Ezequiel Deulofeu se cruzó con Teresita Borrás en la calle. En realidad, fue ella quien lo vio caminar por la acera. Le pidió al cochero que parase, salió a su encuentro, y durante un instante no supieron qué decirse. Luego se reprocharon el tiempo que llevaban sin verse. Ella le quitó algo que el viento le había dejado prendido en el pelo a Ezequiel. Y a ti ¿cómo te va?, preguntó el chico. Han pasado muchas cosas desde que nos vimos la última vez, respondió Teresita con amargura. ¿Buenas o malas?, quiso saber él. Mi padre se arruinó y está enfermo desde que cerró la fábrica, dijo Teresita sin afectación. Lo siento, no sabía nada. La chica no tenía ganas de hablar de aquel asunto. Se despidieron apretándose con fuerza las manos. Ella montó en la berlina y, al pasar a su lado, a Ezequiel Deulofeu le pareció ver dentro, fugazmente, la silueta de un sombrero de hombre y una barba.

El día de Navidad los periódicos no salían a la calle. La noche anterior las redacciones estaban vacías. Sin embargo, Deulofeu se había dirigido aquella tarde a *El Diluvio* porque no soportaba la soledad de su habitación. Desde que Sandoval trabajaba en la competencia apenas salían juntos. Ezequiel Deulofeu pensaba que su amigo sentía cierta vergüenza por su nuevo trabajo y temía que aquello los distanciara. Ni siquiera se atrevía a preguntarle cómo le iban las cosas. Lo único que sabía con certeza era que el pequeño Eliseo ahora trabajaba con él en *La Dinastía*. Aquel 24 de diciembre Sandoval estaba encerrado en su habitación con Paloma, y su amigo sabía que tardaría horas en salir.

Si se dirigió a la redacción de *El Diluvio,* fue porque sabía que el vigilante pasaría la noche solo, entre las mesas vacías y los despachos cerrados, y seguramente a ninguno de los dos le vendría mal un poco de compañía. Pero no esperaba encontrar allí a Enric Mompó, frente a la mesa de trabajo, en la misma postura de siempre, escribiendo con sus mitones. El vigilante estaba pegado a la estufa, acompañado de una botella de vino. Deulofeu dio una explicación absurda para justificar su presencia. Se sentó y desplegó unas cuartillas que guardaba en el fondo de un cajón. Era una obrita de teatro que tenía empezada desde hacía semanas y que viajaba de una parte a otra de la redacción, junto con los periódicos franceses. Cuando empezó a oscurecer, Enric Mompó se acercó a la mesa del muchacho. Sospecho que no tiene usted con quién pasar la noche, dijo el anciano. Deulofeu estaba cohibido y tardó en responder. Pensaba quedarme aquí, dijo. Si me lo permite, me gustaría invitarlo a compartir la cena con un par de viejos solitarios. Ezequiel Deulofeu no hizo preguntas. Apagó el quinqué de su mesa, se puso el chambergo y salió de la redacción detrás de Mompó, que arrastraba los pies.

La librería de Gabriel Reyero estaba en el número 7 de la calle de Cambios Nuevos. Era una librería de lance, pequeña, a la que nunca llegaba la luz del sol. Cuando Mompó y Deulofeu llegaron, los serenos ya habían empezado sus rondas. El periodista sabía muchas cosas sobre Ezequiel y su familia. Incluso conocía el nombre de su madre. Se detuvieron frente al escaparate, y el anciano llamó a la puerta con el bastón. Espero que nos oiga, no tiene buen oído. Golpeó con más fuerza. Al cabo de un rato abrió un hombre de pelo blanco, largo y enmarañado. Este es Deulofeu, dijo el periodista, el joven del que te hablé. El hombre de las greñas hizo un gesto de asentimiento y los invitó a pasar. Le presento a Reyero, Gabriel Reyero, háblele por el oído izquierdo para que le oiga, el derecho lo perdió con la explosión de un barreno.

Gabriel Reyero era asturiano y había trabajado en la mina hasta los veinticinco años. Lo encarcelaron por liderar un levantamiento obrero en Mieres contra la *Asturian Mining Company*. Aprendió a leer y escribir en prisión. Después de cumplir la condena se marchó a Francia y allí conoció las teorías anarquistas. Empezó a estudiar a los treinta y cinco años. Regresó a España cuando la Comuna de París fracasó y los que habían participado en aquel gobierno efímero empezaron a ser perseguidos. Cumplió cuatro años en el penal de Cartagena por robar dinamita en La Unión. Después se marchó a Barcelona y terminó siendo dueño de la librería de lance en la que empezó a trabajar haciendo el inventario. El local era pequeño. Lo más interesante estaba en la trastienda. Gabriel Reyero vivía allí desde que se quedó viudo. En el centro tenía una mesa, unas cuantas sillas alrededor y miles de libros que hacían de paredes y tabiques. En un rincón había instalado un pequeño brasero en el que cocinaba y una cama turca para dormir al calor del picón.

Gabriel Reyero estaba preparando una sopa en el brasero. La librería, cerrada a cal y canto, olía a apio y coliflor. En la mesa, sobre unas hojas de periódico que servían de mantel, había dos platos, dos vasos y dos cubiertos. Si hubiera sabido que traerías compañía, me habría esmerado más en la cena, dijo el librero. Abrió un pequeño armario que servía de despensa y librería, colocó otro vaso y sacó una botella de vino. Me va a permitir que brindemos por usted, dijo Reyero. ¿Por mí? Sí, quiero felicitarlo por esas cosas que escribió sobre Paulino Pallás y que nunca se publicaron. Vertió vino en los vasos y los repartió. Deulofeu no podía entender lo que estaba sucediendo. Tiene usted madera de revolucionario, dijo el librero levantando el vaso. Brindaron alrededor de la mesa, en pie, y Ezequiel Deulofeu se bebió aquel trago de vino amargo que le quemó las entrañas. Cuando se terminó la sopa, Gabriel Reyero se levantó y puso sobre la mesa unos libros que cogió de la misma estantería que el vino. El joven los hojeó con pulso inseguro: Malatesta, Owen, Federico Urales, Bakunin. Ahí tiene usted la esencia del anarquismo, dijo Reyero, aunque sospecho que ya conoce a alguno de estos. Ezequiel Deulofeu asintió. Mompó permanecía en silencio, amodorrado por los efectos del vino. Fue a coger la botella, pero cayó al suelo y se rompió. Estaba vacía.

Desde aquel día Ezequiel Deulofeu empezó a frecuentar la librería de Gabriel Reyero. Se sentía bien en la trastienda, arropado por el silencio de los libros que amortiguaban los ruidos de la calle y del patio interior. Unas veces pasaba horas hablando con el librero, y otras se limitaba a permanecer callado, leyendo, mientras el anciano trabajaba en la misma mesa en que comía. Enric Mompó le había insistido a su amigo para que se dejara ayudar por Deulofeu en la traducción de unos encargos que se estaban convirtiendo en una pesadilla para el librero; pero él se mostró reacio. Mi madre es francesa, le dijo Deulofeu cuando vio por primera vez las hojas desplegadas y un diccionario sin tapas. Lo sé, pero este trabajo debo hacerlo yo. El librero pasaba horas pegado a una lámpara de petróleo que apenas iluminaba, quemándose la vista castigada durante años. El problema no es la gramática, decía con frecuencia Reyero, sino estos ojos que se van apagando. Al cabo de unas semanas, conmovido por el esfuerzo del anciano, Deulofeu insistió: ¿Por qué no le hace usted caso a don Enric y me permite que lo ayude? Gabriel Reyero clavó en él sus ojos de miope, sin brillo, y lo miró como si no lo viera. Quizá sí, hijo, quizá sea el momento de reconocer que necesito ayuda. Ezequiel Deulofeu empezó así a traducir los encargos que le llegaban al librero. Eran artículos de publicaciones francesas de mala calidad, casi todas anarquistas. Y cartas, muchas cartas, dirigidas a un tal Jaume Molist, y también las respuestas. ¿Quién es este hombre?, le preguntó un día Deulofeu cuando venció el miedo a resultar indiscreto. ¿Molist?, es una persona inteligente, un revolucionario que ha pagado muy caras sus ideas. El joven no se atrevió a hacer más preguntas. Con la correspondencia fue conociendo un poco a Jaume Molist, a través de sus artículos políticos y sus cartas, dirigidas siempre a personas con nombres rusos o franceses. Así, la curiosidad de Deulofeu fue creciendo.

El librero enfermó en el verano. Le costaba trabajo moverse y apenas comía. Tiene que verlo un médico, don Gabriel. Son estos calores, le quitó importancia Reyero. Tampoco Enric Mompó consiguió convencerlo para que acudiera a un médico. El joven empezó a quedarse con el anciano por las noches. Le parecía una crueldad dejarlo solo. Cada día lo encontraba más débil. Cuando lo vio ponerse una camisa limpia para salir a la calle, Deulofeu se alarmó. ¿Adónde va usted, don Gabriel? A entregar estas traducciones. Eso puedo hacerlo yo, si me lo permite. El librero insistió en hacerlo personalmente, pero el joven lo convenció con buenas palabras y paciencia. Yo las entregaré donde usted me diga. Finalmente consintió: le dio la dirección y le explicó lo que tenía que hacer.

Casa Jordá era una tienda de partituras musicales en la Rambla de San José. Estaba en la planta baja del Palacio de la Virreina y años atrás había sido un callejón que unía la Rambla con el mercado. El establecimiento conservaba la forma estrecha y alargada de callejón de tránsito. Delante y detrás del mostrador, las estanterías cargadas de archivadores y carpetas atadas con lazos se elevaban hasta el techo. Al fondo, una cortina roja dividía el comercio en dos. Cuando entró Ezequiel Deulofeu, sonaba un piano tras la cortina. Aguardó sin hacer ruido. De repente el piano enmudeció y apareció una mujer. La reconoció enseguida: era Carlota Rigual. Traigo esto de parte del señor Reyero, dijo azorado. Ella lo miró con desconfianza. Se aguantaron la mirada sin decir nada, hasta que él rompió el silencio. Hola, Carlota, soy Ezequiel Deulofeu, el hermano de Magdalena. Se puso colorada. Intentó fingir una sonrisa. ¿El hermano de Magdalena? Sí, yo he cambiado, dijo el joven, pero usted está igual. Carlota se mostraba nerviosa, le tembló la voz. ¿Y quién dice que le ha dado esto? Don Gabriel, el librero, está enfermo y me encargó que le trajera estas traducciones. El semblante de Carlota se iba endureciendo. Deulofeu puso una carpeta sobre el mostrador y la empujó con los dedos hacia ella. La mujer no la tocó. ¿Qué es? Ezequiel empezó a desconcertarse. Las traducciones para Jaume Molist, dijo muy serio. Carlota miró a la puerta como si temiera que alguien entrara en ese momento y pudiera escuchar aquel nombre. No sé de qué me habla, respondió. Don Gabriel me dijo... ¿Don Gabriel?, no conozco a ningún don Gabriel. El muchacho miró hacia la cortina roja que separaba la trastienda. ¿No puede hablar?, preguntó en voz baja. Sí, claro que puedo hablar, pero se ha confundido. Comprendió que Carlota desconfiaba de él. Intentó darle explicaciones. Le confesó que había roto con su padre, que trabajaba en *El Diluvio,* que ayudaba al librero en las traducciones. Ella escuchaba sin hacer ningún gesto. Cuando Ezequiel se quedó callado, la mujer cogió la carpeta y la guardó deprisa bajo el mostrador. Dígale a Gabriel que hablaré con él sobre este asunto en cuanto pueda, dijo lacónicamente. El joven se marchó decepcionado. No entendía la desconfianza de Carlota.

Dos días más tarde, cuando Ezequiel salía de la redacción, se encontró a Carlota Rigual en la calle. Lo estaba esperando. ¿Qué hace aquí tan tarde, Carlota?, preguntó extrañado Deulofeu. Quiero hablar con usted. ¿Hablar conmigo? Sí, verá, me gustaría pedirle disculpas por mi comportamiento del otro día. No es necesario, entiendo lo que le pasa. ¿Lo que me pasa? Sí, usted no puede dejar de ver en mí al burgués al que conoció en casa de mi padre. Ella guardó silencio. ¿Ha cambiado acaso su opinión?, preguntó el joven. La verdad es que estoy un poco confusa después de hablar con los compañeros. ¿Habló con don Gabriel? Sí, y con Enric. ¿Conoce usted al señor Mompó? Sí, hace años. Permítame que la acompañe, dijo Deulofeu invitándola a caminar, a estas horas la ciudad no es segura. No me da miedo la ciudad, respondió ella mirándolo a los ojos, los que me dan miedo son los patronos, y a estas horas están todos en casa rezando el rosario con sus esposas, o durmiendo. Guardó silencio; sus palabras habían sonado como un trueno. Se alejaron calle adelante, sin hablar. Dígame una cosa, dijo Deulofeu al cabo de un rato, ¿conoce usted a Jaume Molist? Ella dulcificó su expresión. Sí, lo conozco, lo conozco muy bien. Se agarró al brazo de él y caminaron perseguidos por el ruido de sus propios pasos.

Jaume Molist vivía en la calle del Arco del Teatro. Había cumplido cuarenta años cuando Deulofeu lo conoció, pero su salud y su aspecto eran los de un hombre mucho mayor. Extremadamente delgado, con el pelo muy corto, sin bigote ni barba. Sus dedos parecían sarmientos, y al hablar le temblaba la barbilla. Vestía siempre el mismo pantalón oscuro sujeto con una cuerda de pita, alpargatas viejas y una camisa blanca. Su mirada era viva: unos ojos inquietos que se movían de un sitio a otro. Sin embargo, su presencia transmitía tranquilidad. Cuando Carlota se lo presentó a Deulofeu, le dio la mano al joven y la retuvo un instante. Ella me ha contado muchas cosas de ti y tenía ganas de conocerte. Yo, sin embargo, solo sé de usted por las cartas y por esos artículos que publica en Francia. Entonces me conoces mejor que la mayoría de la gente.

La vivienda de Molist estaba en un segundo piso cuyas ventanas daban a un patio interior. Era un edificio que amenazaba ruina. La mayoría de la finca estaba habitada por viejas prostitutas o por familias obreras que cambiaban de domicilio continuamente. Jaume Molist dormía en un colchón de lana apelmazada tendido en el suelo. Apenas tenía muebles. El único elemento que desentonaba con la sobriedad de la vivienda era una rosa blanca que Molist tenía sobre la mesa y que Carlota se encargaba de renovar cada pocos días. Por las noches siempre se reunía gente en la casa. La única mujer era Carlota Rigual, siempre pendiente de Molist. Ella era su lazarillo, le cocinaba, lo cuidaba, vivía con él. Allí acudían algunos domingos Enric Mompó y otros anarquistas a los que Ezequiel fue conociendo en los meses siguientes. El primero con el que consiguió tener cierta confianza fue Pep Campalans, un obrero extrovertido y hablador que, sin embargo, en las reuniones siempre permanecía callado.

Campalans era un hombre rudo. Tenía poco más de treinta años y había enviudado hacía tres. Trabajaba en el textil. Era alto y fuerte, de mirada dura. Sus ideas sobre cómo debía hacerse la revolución eran muy radicales y no encajaban con las ideas pacíficas de Molist. Al salir de casa de Jaume Molist, solía coger aparte a Deulofeu y le recitaba su repertorio revolucionario. Este Molist es una buena persona, le decía Campalans, pero vive fuera de la realidad, está muy bien todo eso que predica, pero el anarquismo solo puede triunfar haciendo añicos el sistema y empezando de cero, todo lo demás son pamplinas. Campalans no atendía a otras razones. A Ezequiel Deulofeu no le molestaba escucharlo, pero no podía tomarlo en serio. Yo no he leído todos esos libros de los que él habla, decía Campalans, pero tampoco lo necesito. Los dos fueron tomando confianza y Deulofeu le contó algunas cosas de su vida, de su familia. Campalans lo escuchaba con incredulidad. Pero entonces, dime, ¿tú eres o no eres un revolucionario? Ezequiel Deulofeu se metió las manos en los bolsillos del pantalón y dijo: Sí, creo que soy un revolucionario. Pero ¿lo crees o estás seguro? Estoy seguro, Campalans, soy un revolucionario.

7.

No sé por qué decidí pasarme por la agencia de viajes de Carolina el primer día en que me incorporé al trabajo. No había pensado en ella durante los últimos días; no la había echado de menos. Tal vez fue una huida. ¿Huía de Virginia? Sin saberlo aún, estaba huyendo de ella.

Virginia y su hijo Pau se entendían muy bien. Yo no estaba acostumbrado a tratar con adolescentes que no vivieran en conflicto casi permanente con la generación de sus padres.

—No siempre se comporta así —me confesó Virginia en voz baja mientras pedíamos café en un bar de carretera—. Creo que hoy se está esforzando porque estás tú y no te ve tan carroza.

Me pareció que exageraba. Pau era un chico bastante razonable. Estudiaba COU y piano. Durante una parte del trayecto hablamos de música. Yo había estudiado en el conservatorio hasta los doce años. Después se me hizo insoportable la disciplina, la presión, el ambiente. Me confesó que también él había tenido un par de crisis parecidas, pero las había superado.

Virginia y yo hablamos poco durante el viaje de regreso a Barcelona. La presencia de su hijo me cohibía para tratar cuestiones de su vida que me interesaban. Me enteré de que mantenía el estudio de arquitectura de su padre. Su marido y ella seguían siendo socios después del divorcio. Tenían una buena relación. La mayor parte de las cosas de las que hablaba me resultaban tan lejanas que llegó un momento en que dejé de prestar atención. Cuando me preguntó por mi trabajo, le contesté con desgana. Creo que se dio cuenta y no volvió a tratar el asunto. Me dejó en la puerta de casa. Me dio una tarjeta con su número de teléfono y anotó el mío en una agenda de la que nunca se separaba. Seguramente, al despedirnos, los dos tuvimos la sensación de que nos íbamos a llamar al día siguiente. Pero no fue así.

Cuando Carolina me vio entrar, me sonrió. No estaba seguro de cómo se tomaría mi silencio de los últimos días. La encontré radiante, como si acabara de vender un paquete turístico para Egipto. Se levantó y me besó en la mejilla.

—¿Saliste de Barcelona en Nochevieja? —le pregunté para demostrar algún interés.

—No, al final vinieron Javier y unos amigos a casa y estuvimos hasta las tantas.

Javier era su ex. Ella esperó mi reacción. Debí de hacer un gesto extraño, porque me besó en los labios e hizo un mohín de niña consentida.

—Pero no dejé de pensar en ti.

La esperé a la salida. Pasamos dos horas metidos en su cama, hasta que dijo que tenía hambre. Preparó algo de comer y nos tomamos un descanso en la cocina.

—¿Dónde está la fuente, Virginia?

Sí, la llamé Virginia y ella no dijo nada. Me di cuenta enseguida. Yo estaba de espaldas y no quise volverme para ver su reacción. Fingí que no me había dado cuenta de mi metedura de pata. Tardó exactamente diez minutos en preguntar:

—¿Quién es Virginia?

—La hija de Pau.

—¿Y quién es Pau?

Demasiadas cosas para explicar. Me di cuenta de lo poco que nos conocíamos Carolina y yo.

Esa noche, al volver a casa, rompí la tarjeta con el teléfono de Virginia y la arrojé a la papelera. Luego entré en el estudio de Victoria y me senté frente a su máquina de escribir. Estuve más de una hora sin hacer nada. Aquellos libros, los archivadores, las carpetas, las fotografías, todo formaba parte de mí. Y de pronto, viendo los documentos fotocopiados que me había traído de Urueña, tuve la sensación de que tampoco había llegado a conocer a Victoria.

Sin pensarlo mucho, abrí un gran archivador de hierro que tenía siempre la llave puesta y empecé a curiosear. Fue como entrar en una máquina del tiempo. Primero pasé la mano por encima de los separadores, luego abrí alguna carpeta al azar. Me entretuve un rato ojeando cosas que ya había visto hacía años y otras que me resultaban desconocidas. Mis dedos tropezaron con un sobre grande que sobresalía entre los documentos. Su asimetría desentonaba en el orden de todo lo que había allí. Lo empujé para colocarlo en su sitio, pero se resistió. Insistí. Tiré de él para sacarlo y volverlo a guardar bien alineado. Y, entonces, por primera vez vi aquel nombre que no me decía nada y, sin embargo, me llamó la atención: Ovidio Morell. Lo leí en voz alta un par de veces: Ovidio Morell. Era un sobre de un blanco viejo. Me resultó curioso que el nombre estuviera rodeado con un círculo rojo grueso, como si quisiera insistir en él. Era la letra de Victoria, en mayúsculas, no me cabía duda. Lo abrí. Vacié el contenido en la mesa y me di cuenta de que allí guardaba cosas que en su momento fueron importantes para ella. Enseguida reconocí fotocopias del sumario que Martín Clarés me había proporcionado. Algunas de aquellas incoaciones y declaraciones las había leído yo en Urueña. Había muchas hojas manuscritas por Victoria. Llegué a la conclusión de que trataba de recopilar datos sobre Ezequiel Deulofeu. No parecía un trabajo de investigación, sino más bien una biografía. Encontré un árbol genealógico de los Deulofeu y de los Moullet, fechas y acontecimientos que parecían cotidianos: «1890, E. Deulofeu regresa de París, se matricula en la Universidad de Barcelona, n.º de expediente 636/90, Facultad de Derecho». Encontré también una fotocopia de *La Vanguardia* en la que se describía el atentado y detención del anarquista Paulino Pallás. Y de repente, entre los folios, apareció una fotografía que me provocó un sobresalto. Era una foto de boda. No habría tenido nada de particular, si no hubiera reconocido enseguida al novio: era el padre de Victoria. A pesar del tiempo transcurrido, ya a los treinta años tenía esos rasgos de persona segura, mirada firme, casi desafiando a la cámara. Debo reconocer que era un hombre guapo, mentón ligeramente elevado, pómulos muy marcados y labios sensuales. La fotografía estaba rota por la mitad y pegada por detrás con celo, en una reconstrucción que se me antojó minuciosa, como si tratara de recomponer en el papel lo que la vida había roto definitivamente. Me fijé en la novia. Sin duda se trataba de la madre de Victoria. Era la primera vez que veía aquella cara. Madre e hija tenían un gran parecido. La mujer miraba con timidez a la cámara y trataba de sonreír. Tenía un rostro dulce y mirada de niña. Debía de tener alrededor de veinte años, quizá menos. Permanecí hipnotizado, mirando aquella fotografía durante mucho tiempo. Le pasé la yema de los dedos por encima, como si el papel desgastado y roto pudiera revelarme algo. El celo con el que estaba pegada la foto por el reverso amarilleaba, reseco, a punto de despegarse. No me atreví a quitarlo y ponerle uno nuevo; me parecía una profanación. Busqué algún dato más, pero la fotografía no tenía fecha. Calculé que estaría hecha entre 1947 y 1948, el año en que nació Victoria. Ella siempre me dijo que no conservaba ninguna foto de su madre. ¿Por qué me mintió?

Victoria solo mencionaba a su madre cuando tenía que justificar el comportamiento de su padre, que a mí siempre me pareció mezquino. Para Victoria, el hecho de que su madre los hubiera abandonado a los dos cuando ella tenía quince años explicaba la postura exageradamente protectora que el padre adoptaba con la hija. En los cinco años en que vivimos juntos, apenas la oí hablar de su madre más que en tres o cuatro ocasiones. La mayor parte de las cosas que yo conocía sobre aquella historia era a través de fragmentos que Victoria iba dejando en algunas conversaciones, siempre de forma superficial, sin mucho interés por ahondar en el asunto. Enseguida me di cuenta de que el pasado la hacía sufrir. La frialdad que mostraba me parecía la prueba de que aquel asunto le seguía haciendo daño después de tanto tiempo.

Los padres de Victoria se conocieron en un vuelo entre Buenos Aires y Nueva York. Eso me contó ella. Quizá fuera en 1947 o 1948. Él tenía treinta años, y ella no había cumplido veinte. Amor a primera vista, sin duda. El hombre de negocios que transpiraba éxito, la chica joven, llena de sueños, que pretendía abrirse paso en Estados Unidos. No conozco los detalles, pero imagino que fue un deslumbramiento por parte de ella, una sacudida en las hormonas de él. No sé. Cuando aterrizaron en Nueva York seguramente llevarían varias horas el uno junto al otro, charlando sin parar, al principio como dos desconocidos, luego al oído, en susurros, para no molestar a los pasajeros que trataban de dormir. Los planes de la chica se rompieron. Pensaba pasar el resto de su vida en el país de las oportunidades y apenas estuvo cinco días: el tiempo que duró la estancia de aquel hombre, hijo de un español y una francesa, que parecía dispuesto a comerse el mundo. Así fue como siempre lo imaginé.

Se casaron en Barcelona, con el disgusto de los padres del novio. Los familiares de la novia no pudieron venir de Latinoamérica. Demasiado apresurado todo; demasiado lejos. Yo no sabía si la madre de Victoria estaba embarazada cuando se casó. Eso podría explicar, quizá, el disgusto de los suegros con la boda. Sin embargo, conociendo un poco a la familia, estoy convencido de que cualquier mujer que no hubiera pertenecido a su clase social habría sufrido el mismo rechazo. Por supuesto, Victoria nunca lo contó así. Ella había tomado partido por su padre, y yo nunca quise opinar sobre sus asuntos familiares. Imagino que su madre debió de sentir frente a los suegros algo parecido a lo que yo sentía cada vez que el padre de Victoria se cruzaba en nuestras vidas, aunque solo fuera en una conversación.

Las cosas se debieron de tranquilizar, probablemente, con el nacimiento de la niña. Al menos durante casi quince años fueron algo parecido a una familia feliz. Yo no tengo razones para pensar lo contrario. Victoria conoció a su familia materna. La abuela pasó algunas temporadas en Barcelona, aunque la niña nunca viajó a Latinoamérica. Me puedo imaginar por qué. Y finalmente aquella armonía se rompió. La madre de Victoria desapareció de casa con una maleta y sin apenas dinero. Abandonó a su marido y dejó a una hija que acababa de cumplir quince años. La primera vez que Victoria me lo contó, lo hizo con los ojos humedecidos por las lágrimas. Ya tenía veintiséis años, una vida plena y un padre al que adoraba; pero algo seguía roto allí dentro. Le pedí que se tranquilizara, que cambiara de tema, pero ella insistió. Fue la única vez que me habló de su madre con tanta sinceridad. Se marchó con un representante de comercio. Para la niña fue como si el mundo se le hubiera caído encima. Su padre, por el contrario, actuó como si no hubiera sucedido nada. Victoria no volvió a tener noticias de su madre: ni una llamada, ni una carta, absolutamente nada. Eso me contó. Dejó de comer, de dormir, de estudiar. Estuvo un año en París, con su abuela. Su padre se trasladó durante un tiempo allí para estar con ella. Su nueva vida la ayudó a seguir adelante. Cuando volvió a Barcelona, las heridas no estaban cicatrizadas, aunque empezaban a cerrarse. A Victoria le dolía hablar del asunto, pero aquella vez lo hizo sin que yo le preguntara nada, sin venir a cuento, quizá porque en su memoria guardaba aún imágenes, voces, rostros, caricias. Yo sabía que no podía ayudarla y por eso no jugué al psicólogo aficionado. Me limité a abrazarla cuando rompió a llorar. Intenté ponerme en su lugar y hacerme una idea de cómo podía sentirse una chica a los quince años cuando descubre que su madre se ha ido de casa para siempre.

Realmente aquella fotografía guardada en un sobre con el nombre de Ovidio Morell me desconcertó. Igual que todos los papeles de los que nunca me habló Victoria. Cuando conseguí centrarme, fui ordenando el contenido del sobre encima de la mesa de trabajo que yo había hecho mía. Me costó entender el sentido de lo que tenía delante de mis ojos. Se trataba de un trabajo interrumpido. Tal vez el trabajo de unos meses o de un año. La recopilación de datos personales sobre Ezequiel Deulofeu no tenía mucha explicación para mí. No parecía una investigación sobre el atentado del Corpus de 1896, sino más bien información sobre el personaje de Ezequiel Deulofeu a partir de los datos que se deducían de un sumario judicial. Entendí que ni siquiera Martín Clarés estaba al tanto de lo que Victoria se llevaba entre manos. Quizá tampoco ella misma supiera muy bien qué quería hacer. Al menos eso era lo que yo pensaba entonces. Fui leyendo con paciencia todo lo que había redactado. Y hubo un momento en que las páginas mecanografiadas dieron paso a las notas manuscritas. Por las fechas y las anotaciones comprendí que el trabajo había quedado interrumpido pocas semanas antes del accidente. Me sentí como un intruso entre las paredes de mi propia casa. Necesitaba hablar con alguien, contarle lo que estaba sucediéndome. Sabía que Carolina no mostraría ningún interés por el asunto. A ella apenas le había hablado de Victoria. Miré en la papelera y busqué los trocitos de la tarjeta de Virginia. Demasiado tarde. ¿Cómo habría reaccionado si la hubiera llamado a casa a esas horas para contarle que estaba sentado frente a una mesa, rodeado de fantasmas y confuso? Me arrepentí de haberme deshecho del número de teléfono. Le quité la funda a la máquina de escribir, metí un folio en el carro y empecé a teclear. Sin ser consciente del todo, estaba pasando a limpio las notas manuscritas de Victoria, ayudándola en un trabajo que ya no servía para nada, y que además no podía entender. Y, sin embargo, lo hice como si ella fuera a juzgar el resultado y a felicitarme por el esmero con que lo había hecho.

Fui a trabajar sin haber dormido apenas. No había ningún motivo concreto para el insomnio. No me sentía mal. En dos ocasiones tuve el teléfono en las manos y empecé a marcar el número de la agencia de viajes de Carolina. En las dos ocasiones colgué en el último momento. La jornada se me hizo larga. Al salir estuve dando vueltas, haciendo tiempo no sabía para qué. No comí nada. No podía entender por qué estaba tan inquieto. Fui al cine por la tarde, cuando me cansé de estar sentado en los bancos, de leer un periódico al que ya le había dado dos vueltas. Elegí una película de la filmoteca: *La Raulito*. Era una película argentina que contaba la vida de una chica que se hacía pasar por un muchacho para sobrevivir en las calles duras de Buenos Aires. Hubo una escena que me conmovió. La Raulito dormía en un parque, debajo de un árbol. Entonces se levantaba y daba unos pasos. Miraba a la derecha y a la izquierda, y en el primer plano de su rostro se veía que le daba igual ir para un sitio que para otro. Era una sensación que yo había tenido hace años, no muchos, y que me resultaba desagradable recordar. Lloré en la oscuridad de la sala. Hacía años que no lloraba.

Cuando salí del cine, había oscurecido. Me detuve en la puerta. Miré a un lado y a otro. Sentí una gran congoja. No quería volver a enfrentarme con aquellos demonios. Comencé a caminar deprisa, con determinación, intentando convencerme de que sabía adónde me dirigía. Llegué al portal de Carolina y pulsé el portero automático. Oí su voz. No respondí. Ella preguntó de nuevo quién era. Seguí en silencio. Y cuando colgó el telefonillo me alejé de allí con la seguridad de que no volvería a verla.

8.

Los años que pasó Jaume Molist en el penal de Cartagena habían minado su salud. Las penalidades sufridas en prisión le habían afectado al sistema nervioso. Dormía poco y, cuando lo hacía, las pesadillas lo atormentaban. Había perdido parte de la visión, y le costaba trabajo leer y escribir. Por eso se pasaba las noches dictando. Primero fue Carlota Rigual quien recogía por escrito sus palabras. Luego llegó Ezequiel Deulofeu, y la mujer le cedió con gusto aquella tarea. Molist conseguía editar con muchas dificultades dos pliegos impresos bajo la cabecera de *Libertarios*. Era una publicación semanal que contaba con colaboraciones extranjeras que traducía Deulofeu, una vez que Gabriel Reyero reconoció que su salud y su vista no eran buenas. La calidad de la publicación era ínfima y se sufragaba con la suscripción de cincuenta lectores. Sin embargo, la mayor parte de la tirada se repartía en las barriadas de la periferia de Barcelona o a la salida de las fábricas. Molist proclamaba la necesidad de instaurar el colectivismo, pero como resultado natural de un proceso de conciencia. Aseguraba que para que la revolución triunfara y se impusiera el anarquismo comunitario era preciso implicar en el proyecto a los burgueses y a los ricos, de lo contrario la revolución sería efímera y estaría condenada al fracaso. No se trataba de ganar pequeñas batallas, sino de ganar una guerra.

Ezequiel Deulofeu, como la mayoría de los que acudían a aquella vivienda mísera de la calle del Arco del Teatro, sucumbió a la atracción de Jaume Molist. Iba casi a diario a su casa, cuando salía del periódico, muy tarde. Era una especie de santuario que algunos visitaban en busca de respuestas. Pero Molist escuchaba más que hablaba. Hacía preguntas, se interesaba por las cuestiones personales de la gente que lo visitaba y a veces no hacía falta que dijera nada para saber lo que pensaba. El joven Deulofeu se debatía entre el poder que Molist ejercía sobre él y los celos que le provocaba la veneración que Carlota sentía por el anarquista. Cuando la encontró detrás del mostrador de Casa Jordá, volvió a escribir versos. Luego, avergonzado por su comportamiento adolescente, rompió todas las cuartillas. Sin embargo, continuó con sus dramas sociales en los que no había más personajes que obreros y patronos.

La relación entre Carlota y Molist lo inquietaba. En privado, la mujer le hablaba al anarquista como si fueran amantes, pero en público se comportaba como su sirvienta. Cuando la casa se llenaba de hombres, no intervenía nunca en las conversaciones. Se limitaba a llenar los vasos, a retirar las colillas, a ofrecer acomodo a los que iban llegando. Recibía órdenes de Molist a través de gestos apenas perceptibles. Siempre estaba pendiente de él, de sus movimientos, de sus palabras. Ezequiel sabía que los dos vivían en la misma casa, pero tenía la certeza de que no dormían juntos. Ella misma se lo confesó cuando Deulofeu venció su timidez. No, Jaume y yo no somos amantes, le explicó mientras él la sujetaba para que no rodara por los desmontes que rodeaban Barcelona, pero es la persona más extraordinaria que conozco y si alguna vez decidiera entregarme a un hombre sería a alguien como él. Deulofeu se sintió roto, abrasado por los celos, desengañado una vez más. ¿Sigues escribiendo versos?, le preguntó inesperadamente Carlota, que había cedido al deseo del joven de que lo tuteara. Se puso colorado. Le ardían las orejas. Sabía que se refería a aquel poema juvenil que había dejado entre las partituras de la profesora de piano, y sintió una gran vergüenza. Así que lo leíste, pensó. ¿Versos?, no, ya no escribo versos, ahora escribo teatro revolucionario. ¿Teatro revolucionario?, eso es mucho más interesante, ¿se lo has contado a Jaume? No, claro que no, él está muy ocupado con sus cosas. Díselo, le interesará.

De todos los que acudían a la casa de Molist, los únicos que parecían darse cuenta de la presencia de Carlota eran Deulofeu y Campalans. Los demás no reparaban en ella. Es una mujer muy lista, le dijo Pep Campalans al joven, lástima que se marchite de esa manera. ¿Marchitarse?, ¿qué entendía aquel gigantón por marchitarse? Campalans y Deulofeu formaban una pareja extraña. El obrero era un hombre muy alto, fuerte, que intimidaba con su presencia. El plumilla a su lado se veía vulnerable, insignificante. Deulofeu se lo presentó a su amigo Sandoval y enseguida se dio cuenta de que aquellos dos nunca podrían congeniar. El aragonés había sufrido una transformación en los últimos meses. Desde que abandonó *El Diluvio,* se había vuelto callado y desconfiaba de todo el mundo. Alfredo Sandoval experimentó una metamorfosis que a su amigo le preocupaba: se aseaba con frecuencia, llevaba ropa limpia y no solía contarle a Deulofeu lo que hacía cuando pasaba días sin aparecer por la pensión. A Sandoval, que en sus años de estudiante no se preocupó por el mundo universitario, le inquietaban ahora las maniobras de algunos jóvenes que levantaban sus voces en las aulas contra Cánovas del Castillo. Además, pensaba que el levantamiento militar en Cuba y las levas que se estaban produciendo en el país terminarían con derramamiento de sangre. Eso era precisamente lo que Campalans esperaba, que los obreros se rebelaran y su sangre sirviera para despertar las conciencias revolucionarias. Después de los primeros encuentros de los tres, Sandoval decidió quitarse de en medio. Deulofeu, cuando regresaba de madrugada, lo encontraba a veces en la pensión. Veía luz por debajo de la puerta y llamaba. Hasta que una noche lo sorprendió con Paloma, la hija de la patrona, y ya no volvió a tocar a su puerta.

Un día Pep Campalans llegó eufórico a la casa de Molist. Nunca intervenía en las conversaciones, pero en aquella ocasión tenía ganas de desahogarse. Empezó hablando en contra del gobierno; luego, de los patronos, y finalmente hizo apología de la violencia para librarse del yugo que oprimía a los trabajadores. Nadie tomó en consideración semejantes bravuconadas, pero Ezequiel Deulofeu se dio cuenta de que hablaba en serio. Al salir, ya muy tarde, caminaron por las calles vacías y oscuras. Campalans estaba sobrio, aunque hablaba como si hubiera bebido. Son una pandilla de alcahuetas que solo saben cacarear, le dijo a su amigo, no son auténticos revolucionarios, ¿tú crees que son auténticos revolucionarios? No, no lo son, respondió Deulofeu por no llevarle la contraria. De repente Campalans se detuvo y tiró del brazo del joven. Tú y yo sí somos revolucionarios de verdad, ¿o no? Sí, Campalans, lo somos. Vamos a enseñarles a esos cómo se gana el respeto de los patronos, tú y yo, ¿me entiendes? No, Campalans, no te entiendo. Tú eres amigo de ese librero que sabe francés, ¿o no? Sí, soy su amigo. Entonces sabrás que lo llaman el Barrenero. Algo he oído. Ese hombre sí es un revolucionario de verdad, ¿sabes lo que hizo? No, ¿qué hizo? Robó cincuenta kilos de dinamita para volar la vía del tren de Cartagena a Madrid, eso es ser revolucionario. Campalans conocía bien los antecedentes de Gabriel Reyero; incluso sabía los años que había pasado en el penal con Molist y Mompó. ¿Tú crees que el Barrenero nos ayudaría a dar un golpe sonado?, preguntó Campalans. ¿A qué te refieres? Me refiero a conseguir dinamita, explosivos, cualquier cosa que haga saltar por los aires todo lo que se ponga por delante. ¿Estás hablando en serio, Campalans? Nunca en mi vida he hablado más en serio.

Pep Campalans no volvió a manifestar sus ideas en casa de Molist. Se limitó a escuchar a los demás, como había hecho hasta entonces. Una noche se presentó en mitad de una reunión Virgilio Reche, el vigilante de la empresa Deulofeu. Campalans lo conocía. Ese sí es un auténtico revolucionario, le dijo a Ezequiel. El joven se sobresaltó cuando Virgilio se acercó y le dio la mano. Me alegro de verlo, compañero, dijo el vigilante con gesto serio. Y no cruzaron más palabras. Volvió a encontrar a Virgilio Reche en casa de Molist en alguna otra ocasión. Deulofeu se enteró de que se encargaba de la impresión clandestina de *Libertarios,* pero no quiso averiguar si se hacía en la imprenta de su padre. Tuvo oportunidad de preguntarlo, pero prefirió no saber nada. Cada semana Virgilio Reche subía a la casa de Molist con cuatro fardos de papel impreso y los dejaba allí. Eran visitas breves. Se marchaba siempre deprisa. El reparto de la publicación corría a cargo de los más jóvenes. Carlota también participaba. Ella los llevaba a la barriada de Pekín. ¿Quieres acompañarme a repartirlos?, le preguntó a Ezequiel un domingo por la tarde. Y él dijo que sí. Montaron en el tranvía, con los ejemplares camuflados bajo una tela de saco, y se bajaron donde la ciudad no era más que desmontes y barracas de madera y alambre que cada cierto tiempo se llevaban los temporales.

Ezequiel Deulofeu descubrió una parte de Barcelona que desconocía. El barrio de Pekín era un poblado construido a base de tablones y desechos que crecían sin orden junto al mar. Los niños pasaban los días revolcándose en la arena, recogiendo todo lo que el flujo de las olas iba dejando en la costa. Los hombres que tenían trabajo pasaban el día fuera. Por la noche regresaban cansados y sucios, tan pobres como se habían ido por la mañana. En la barriada todo el mundo conocía a Carlota Rigual. Todos los domingos se acercaba por allí con un montoncito de ejemplares de *Libertarios* que la gente recibía con escepticismo, pero dándole las gracias. La mayoría no sabía leer. Por eso Carlota se sentaba en la puerta de alguna barraca y leía en voz alta, mientras las mujeres y algunos hombres trataban de entender aquellas palabras que hablaban de un tiempo nuevo que se abría para los pobres y los explotados. Luego se marchaba, sabiendo que las hojas terminarían en el fuego, para encender el carbón. Pero sus palabras no podía borrarlas nadie. Ezequiel Deulofeu empezó a acompañar a Carlota los domingos por la tarde. Cuando oscurecía, tiraba de ella y le advertía que debían regresar. Caminaban por los desmontes, hacia las casas, con cuidado de no caer. Ella se dejaba llevar, satisfecha, feliz, pensando en las frases que había leído. Carlota. Dime. ¿Molist y tú sois amantes? No, le respondió en la oscuridad, agarrada de su brazo para no caer, Jaume y yo no somos amantes, pero es la persona más extraordinaria que conozco y si alguna vez decidiera entregarme a un hombre sería a alguien como él. Las palabras de Carlota se grabaron en su memoria; las recordaba con frecuencia. Y tú ¿sigues escribiendo versos? Por suerte para Deulofeu, la oscuridad impidió que Carlota percibiera el rubor en sus mejillas y el fuego en las orejas. ¿Versos?, no, ya no escribo versos, ahora escribo teatro revolucionario. ¿Teatro revolucionario?, eso es mucho más interesante.

Ezequiel Deulofeu eligió la obra de teatro de la que se sentía más orgulloso y decidió llevársela a Jaume Molist para que le diera su opinión. Era un drama en tres actos. Molist leyó el título y prestó atención a las explicaciones que le daba el joven. No se mostró sorprendido por aquella faceta de dramaturgo. Parecía que ya estuviera al tanto. La leeré con mucho gusto, dijo el anarquista y la dejó sobre la mesa. Para Deulofeu aquellas palabras ya eran un reconocimiento. Tres días después, cuando se quedaron a solas, Molist le pidió que se sentara. Lo que has escrito es muy interesante, le dijo, Carlota me lo ha leído y creo que tienes madera de artista, pero no olvides que la revolución necesita más manos que cabezas y el arte a veces puede ser una trampa. Ezequiel Deulofeu le dio muchas vueltas a aquella frase durante los siguientes días. Le habría gustado escuchar más elogios del que consideraba su maestro, pero Molist había sido parco, austero en los halagos. Decidió, entonces, hablar con Carlota y pedirle su opinión. La encontró en Casa Jordá, vendiendo partituras detrás del mostrador. Aguardó a que se quedara sola. ¿Qué haces aquí?, preguntó ella con acritud. He venido a hablar contigo. ¿Y no podías esperar hasta la noche? Quería hacerlo a solas, sin que nos oyera Jaume. Ella se puso a la defensiva. ¿Y por qué no puede oírnos Jaume? Porque es algo personal. Date prisa, dijo ella con impaciencia, podría entrar algún cliente. Sé que has leído mi obra. Sí, la he leído. ¿Y qué te ha parecido? El rostro de Carlota se relajó; respiró aliviada. Lo pensó antes de decir nada. Creo que es bazofia burguesa. ¿Eso piensas?, dijo Deulofeu cuando fue capaz de reaccionar, a Jaume le gustó. Pero me lo estás preguntando a mí, le respondió Carlota, y eso es lo que pienso, creo que tratas de ponerte en la piel de los obreros sin serlo, que quieres hacer daño a los patronos porque tu padre es uno de ellos y estás resentido con él por alguna razón. Ezequiel Deulofeu palideció. Ella suavizó el gesto y le cogió la mano. Siento decirte esto, pero me has preguntado. El joven estaba paralizado, sin habla. Disculpa si te he herido, insistió Carlota al ver su reacción, pero no soy capaz de mentirte, y además yo no soy una entendida, sino una ignorante que no sabe nada de teatro ni de poesía.

Aquella misma noche Ezequiel Deulofeu destruyó toda su obra teatral dándole fuego en el brasero de su habitación. La quemó cuartilla a cuartilla, primero con lágrimas en los ojos, después llorando con el desconsuelo de quien sufre un desengaño amoroso. El humo empezó a salir por debajo de la puerta, invadió los pasillos y despertó a la dueña de la pensión, que salió gritando a la calle porque creía que había fuego en su casa.

El joven Deulofeu buscó consuelo donde pudo y se refugió en la compañía de Pep Campalans. Empezó a acompañar al anarquista en su peregrinaje por las tabernas. Campalans no tenía amigos; era una persona solitaria. Se sentaba en una mesa y pasaba horas observando el ir y venir de la gente, rumiando ideas que rara vez compartía con alguien. Esa Carlota es una víctima, le dijo un día a Deulofeu antes de que los efectos del vino lo embrutecieran del todo, no creas que no me he dado cuenta de cómo la miras. ¿Y de quién es una víctima? De Molist, ¿de quién iba a ser? No te entiendo, Campalans, siempre hablas con enigmas. Pues te lo diré muy claro, lo que esa mujer necesita es un hombre como tú y como yo, alguien que le dé lo que merece una hembra, lo que ese medio hombre de Molist nunca le dará. Estás borracho, Campalans, ¿por qué hablas así de Molist? El gigante sacudió a Deulofeu por los hombros. Porque es un invertido y a los invertidos no les gustan las mujeres, solo los culos de los jovencitos como tú. Ezequiel Deulofeu se deshizo de las manazas del hombre. Estás loco. Campalans soltó una risotada y derribó el vaso al moverse. No puedo creer que no te hayas dado cuenta con qué ojos te mira Molist. Estás borracho, Campalans. Sí, es verdad, pero eso no quita para que nuestro amigo sea un bujarrón, los reconozco con los ojos cerrados, por el olor, y si no, pregúntale a tu amiguita, ella lo sabe mejor que nadie.

Durante semanas Ezequiel Deulofeu no dejó de darle vueltas a aquella idea. Las miradas furtivas de Molist lo intranquilizaban. Descubrió que Carlota no los perdía de vista cuando los dos hombres se quedaban a solas. ¿Estaría celosa de él? Lo último que deseaba era que lo viera como a un intruso. Se propuso hablar con ella, pero no encontraba la forma de abordar aquel asunto. En vez de eso, dejó de visitar con tanta frecuencia la casa de Molist. Y Campalans fue en aquellos tiempos el único que parecía comprenderlo.

Un día su amigo le anunció que lo habían despedido de la fábrica. Estaba furioso, fuera de sí. Soltaba veneno por la boca contra los patronos. Y le propuso a Deulofeu lo que llevaba rumiando desde hacía meses. Tenemos que hacer algo serio, compañero, tú ya sabes lo que yo pienso sobre esto, ¿verdad? Sí, lo sé, Campalans. Hay un grupo de valientes que está preparando algo gordo, no como estos revolucionarios de pacotilla, seguro que tú también has oído algo por ahí. No sé a qué te refieres, Campalans. ¿Vas a decirme que no te han contado nada?, preguntó el hombre. ¿Contarme?, ¿qué habrían de contarme? Pregúntale a tu amigo el Barrenero, creo que él está con ellos y sé que necesitan gente con arrestos, como tú y como yo, auténticos revolucionarios. El grandullón le puso una mano sobre el hombro y apretó. Te hablaré claro, compañero, nosotros dos podríamos serles muy útiles. Ezequiel Deulofeu se quedó pensativo, no sabía si creer a Campalans; el vino solía transformarlo en un hombre zafio. ¿Hablarás con el librero y le dirás que cuenten con nosotros? Lo haré, le respondió para que se olvidara de aquel asunto. Él conocía bien a Gabriel Reyero y no creía que le ocultara nada. Pero sé discreto, muchacho, que no lo sepa nadie más. Descuida, tendré cuidado. Ezequiel Deulofeu no habló nunca sobre el asunto con el librero. Le fue dando largas a Campalans, mintiéndole, hasta que las cosas se precipitaron.

El domingo 7 de junio de 1896, Ezequiel Deulofeu se encontraba en la redacción de *El Diluvio* cuando alguien llegó con la noticia de que había estallado una bomba en la calle de Cambios Nuevos. Mompó y Deulofeu se miraron; era la calle de la librería de Reyero. Los plumillas se pusieron enseguida a trabajar. Había muertos y muchos heridos. Alguien lanzó una bomba desde un tejado al paso de la procesión del Corpus. El tipo había huido, pero a nadie se le escapaba que era un anarquista. Aprovechando la confusión, Ezequiel Deulofeu se acercó a la mesa de Mompó. ¿Qué va a pasar ahora, don Enric? No lo sé, hijo, pero esto se veía venir. Yo me voy a la librería. Mompó intentó detenerlo. Espera, puede ser peligroso. Tendré cuidado, don Enric. El joven llegó sin aliento a la calle de Cambios Nuevos. Toda la zona estaba tomada por policías que impedían el paso. Imposible acercarse a la librería. Regresó cabizbajo al periódico. Aquello no pintaba bien.

Corrió entonces hasta la calle del Arco del Teatro. Por el camino el aspecto de la ciudad resultaba desolador. La poca gente que circulaba por las calles, una vez entrada la noche, lo hacía deprisa y con recelo. Encontró a Jaume Molist en su casa, sentado ante la mesa; trataba de escribir algo con mucha dificultad. Carlota acababa de llegar de la calle. Estaba muy asustada. Cuando vio a Ezequiel, lo abrazó. El joven temblaba. Tenemos que marcharnos enseguida, le dijo la mujer, están deteniendo a mucha gente, pero Jaume se niega. Solo los cobardes huyen cuando la situación se complica, dijo él. Las cosas se están poniendo feas, van a culparnos a todos de esas muertes. Tenemos las manos limpias de sangre, insistió Molist, todo el mundo lo sabe. La policía está entrando en las casas del barrio y llevándose a los que están fichados, tienen listas con nombres y direcciones. Molist seguía tranquilo. Carlota tiene razón, dijo Deulofeu, debéis salir de aquí cuanto antes. La mujer rompió a llorar y se abrazó de nuevo al joven. Después de un tira y afloja, Molist entró en razón y accedió a refugiarse en la pensión de Deulofeu. Hablaré con mi patrona y os dará una habitación, allí no os buscarán, yo no estoy en ninguna lista, nadie me conoce.

Pasada la medianoche Ezequiel Deulofeu seguía esperando. No se veía a nadie en la calle; ni siquiera policías. Carlota había convencido a Molist para destruir todo lo que pudiera comprometerlos. Después irían a La Deliciosa, cada uno por un camino distinto, sin equipaje; así era como lo habían acordado. Molist no quería huir como un delincuente, pero accedió para no ver sufrir a Carlota.

Alfredo Sandoval llegó a la pensión muy tarde, cuando se cerró la edición de *La Dinastía*. Al enterarse de que Deulofeu iba a traer a dos anarquistas a La Deliciosa, se asustó; pero no dijo nada. Decidió quedarse al lado de su amigo para tranquilizarlo. Sabía muy bien lo que estaba ocurriendo en algunos barrios de Barcelona.

Pasaron la noche en vela, Sandoval fumando y Deulofeu paseando de la puerta a la ventana del cuarto, asomándose de vez en cuando a la calle. No se veían más que sombras. Les ha ocurrido algo, dijo Deulofeu al ver que empezaba a amanecer. Escúchame y trata de tranquilizarte, lo que deberías hacer es marcharte lejos. Su amigo se volvió hacia Sandoval. ¿Marcharme?, ¿por qué tendría que marcharme? Tu nombre debe de estar en un montón de listas de la policía, dijo el aragonés. Eso es imposible. No, amigo, eso es lo más probable, hay delatores infiltrados en todas partes, en las calles, en las tabernas, incluso puede que alguno de tus compañeros del periódico sea confidente de la policía. Deulofeu lo miró como si hubiera perdido el juicio. Créeme, sé muy bien de lo que hablo.

En cuanto se hizo de día, Ezequiel Deulofeu se lanzó a la calle a pesar de las advertencias de Sandoval. Las tabernas del distrito V, que permanecían abiertas toda la noche, amanecieron cerradas. Entró en el portal de Molist y subió las escaleras de dos en dos, angustiado. Pegó la oreja a la puerta, pero no escuchó ruidos en el interior. Dio unos golpes muy suaves. Abrió un hombre con aspecto rudo. Deulofeu fingió que se había equivocado de piso, se disculpó y se dio la vuelta dispuesto a marcharse. Entonces encontró a otro tipo a su espalda que parecía un calco del anterior. ¿Adónde vas con tanta prisa? El joven no se movió. ¿Buscas a alguien? Deulofeu volvió a repetir que se había equivocado. ¿Cómo te llamas? Emilio, dijo. ¿Emilio qué más? Pérez Abellán, recitó como si ya tuviera preparado el nombre por si lo necesitaba. Apareció una sombra siniestra tras el primer hombre que había abierto la puerta. Era un individuo de rostro vulgar que a Deulofeu le resultaba conocido; un vecino, tal vez. Es uno de ellos, dijo el tipo. El que estaba a la espalda del joven le puso la mano en el hombro y se lo apretó como si fuera una garra de hierro. Vaya, vaya, otro gorrión enredado en la red. Ezequiel Deulofeu fue a protestar, pero el policía le dio una bofetada y se tambaleó.

Se llevó una mano a la cara, humillado. A callar, gorrión, si no quieres que te corte las alas aquí mismo.

Después, todo ocurrió muy deprisa. Bajaron a la calle y buscaron a dos individuos que no estaban muy lejos de allí. Llevaba cada uno un palo enorme en la mano y los sacudían como si fueran porras. Condujeron a Deulofeu al portal de una casa ruinosa y lo dejaron junto a otros dos muchachos con aspecto de raterillos. Permaneció allí tres o cuatro horas; resultaba imposible medir el tiempo en aquel lugar. De vez en cuando traían a otro hombre, a veces una prostituta. Todos se conocían. Se preguntaban unos a otros cómo los habían pillado. ¿Qué pasó con el Nicolás? Lo cazaron anoche donde su hermana. *Jodíos* comunistas con sus bombas de mierda, que se las metan por el culo, yo no he hecho *na,* oiga, yo no soy de esos, agente, oiga, yo soy un hombre *honrao*. Y yo también, agente, pregunte por ahí y verá lo que le dicen de mí. Cuando el portal estuvo lleno, los condujeron en fila, escoltados por hombres con porras. Luego entraron en un carro de presos tirado por mulas y los amontonaron unos sobre otros. A Ezequiel Deulofeu lo apartaron antes de subir. Uno de los raterillos lo sujetó del brazo y tiró de él. ¿Y este?, preguntó un policía. Está *callao to* el rato y no conoce a los otros, respondió el raterillo. Se viene conmigo, a ver si averiguamos quién coño es, dijo el policía. Lo empujó y se lo llevó caminando hasta la Rambla de Capuchinos.

Se enteró en la comisaría de lo que estaba ocurriendo. La información le llegaba poco a poco, según iban trayendo detenidos. Se estaban produciendo detenciones en todos los barrios. A la mayoría la llevaban al castillo de Montjuich para interrogarla. Las mujeres iban a parar a la cárcel de la calle Amalia. Los que tenían alguna filiación política o levantaban sospecha por su comportamiento pasaban por las comisarías antes de que los subieran a la fortaleza, donde se terminaban confundiendo con la masa de carteristas, timadores y buscavidas. Ezequiel Deulofeu pasó la primera noche en la celda de una comisaría con otras seis personas. Por la mañana encontró finalmente una cara conocida: Enric Mompó. Lo traían con grilletes en las muñecas. Deulofeu lo llamó por su nombre y enseguida se arrepintió de haberlo hecho. El periodista no volvió la cabeza ni hizo gesto alguno. El joven alcanzó a ver su cara atravesada por un reguero de sangre que le caía desde la frente hasta la barbilla. El aspecto de fragilidad y desolación del anciano lo conmovió. Lo encerraron en una celda próxima a la suya. No se atrevió a llamarlo de nuevo, pero cuando todo quedó en penumbra reconoció la voz de Mompó sobre la de los otros detenidos. Muchacho, ¿eres tú? Sí, soy yo. ¿Cuánto tiempo llevas aquí? Desde ayer. Era difícil entenderse en medio del griterío. ¿Sabe usted algo de Molist y Carlota? Nada, hijo, no sé nada, pero aunque lo supiera este no es el mejor lugar para contarlo, estamos rodeados de confidentes. ¿Y don Gabriel?, insistió Deulofeu desesperado. Muerto, dijo Mompó. Se sintió desfallecer. Miró a su alrededor. No se fiaba de sus compañeros de celda. Se tiró al suelo y decidió no decir una palabra más.

Por la tarde un policía abrió la puerta de la celda y señaló a tres hombres. Ezequiel Deulofeu fue uno de ellos. Los hizo salir y cerró de nuevo. Parecía una elección al azar. Los sacaron a la luz de la comisaría y los dejaron en una habitación destartalada, con humedades en las paredes, donde había otros policías de paisano. Iban a interrogarlos. Cuando llegó su turno, oyó una voz inconfundible a su espalda. Vaya, vaya, pero si es Deulofeu, el burgués anarquista, yo removiendo Barcelona para encontrarte y resulta que estabas aquí metido. El joven sintió un pinchazo en el estómago. Antes de volverse ya sabía que se trataba de Pep Campalans. El gigante se acercó a él y le agarró el brazo con su manaza. Supongo que ya conocerás la suerte de tu amigo el sarasa y de su putita. Ezequiel Deulofeu no podía controlar los temblores. Dijo que no con la cabeza. Alguien se dirigió a Campalans y entonces supo que se apellidaba Medrano. Trató de no mostrarse débil, pero no conseguía sobreponerse a la sorpresa. Yo no he hecho nada, tú lo sabes, Campalans. Le apretó el brazo con todas sus fuerzas. Medrano, dijo, agente Medrano, no Campalans. Y soltó una risotada que sonó como un disparo. A mí no me puedes engañar, Deulofeu, aunque llevas tiempo intentándolo. Eres un miserable, Campalans. El policía cambió la sonrisa por un gesto de rabia y le dio tal golpe en la cara que lo hizo caer sobre una silla y dar la voltereta hacia atrás. Ezequiel se quedó en el suelo sin moverse. A pesar del dolor, sonreía. El agente Medrano le dio una patada en las nalgas y Deulofeu se retorció de dolor. Lo levantó con violencia y lo apoyó contra la pared para que no volviera a caer. El joven sintió muy cerca el olor a vino de su aliento. Sepárame a este, dijo el policía a uno de sus compañeros, luego me ocuparé de él.

Lo sacaron al pasillo y lo dejaron junto a otros dos detenidos. El tiempo se le hizo interminable; vigilado por un policía, pegado a la pared, sin poder hablar, sin moverse apenas, cambiando la posición de la pierna con cierta frecuencia para aliviar el hormigueo. Por delante pasaba gente que parecía no ir a ningún sitio. Al final del pasillo, al otro lado de una puerta de cristales, se distinguía la silueta de dos policías uniformados que hacían guardia con sus armas colgadas del hombro. Ezequiel Deulofeu no se quitaba de la cabeza las palabras de Sandoval que le advertían de los confidentes. No podía fiarse de nadie. Estaba arrepentido de no haberle hecho caso, aunque era tarde para lamentaciones. De repente se produjo un tumulto junto a la puerta de cristales. Se oyeron gritos. Un detenido forcejeaba con los dos policías de guardia. Los demás acudieron en ayuda de sus compañeros, que gritaban y trataban de defenderse. Entonces se oyó un disparo y el pasillo se llenó de gente. Salieron policías de los despachos. Los que custodiaban a Deulofeu se alejaron unos metros de allí. Respiró profundamente y sin pensarlo dio los tres pasos que lo separaban de una puerta que alguien había dejado entreabierta. Entró y permaneció inmóvil. Era un despacho que se comunicaba con otro. No había nadie, pero vio un cigarrillo que humeaba en un cenicero. La ventana estaba abierta, a pocos metros de él, a su alcance. Era una planta baja, y solo tuvo que acercarse y salir a la calle. Nadie lo vio. Empezó a caminar sin apretar el paso. Se limpió sobre la marcha la sangre de la nariz con la manga de la camisa y agachó la cabeza para ocultar su mal aspecto. Esperaba oír gritos a su espalda en cualquier momento, pero nadie gritó. Se metió por una callejuela estrecha y desapareció.

Encontró a la hija de su patrona en los alrededores del mercado de la Boquería, donde vendía flores robadas cuando había mucha vigilancia en la Rambla. Paloma se alarmó al ver la cara hinchada de Deulofeu. Necesito que encuentres a Sandoval y le digas que tengo que hablar con él. La muchacha adivinó enseguida la gravedad de lo que estaba sucediendo. No tardó en volver al mercado acompañada por Alfredo Sandoval. ¿Qué te ha pasado? Me detuvieron en casa de Molist, el cabrón de Campalans es un policía. Deulofeu esperaba los reproches de su amigo, pero no fue así. Sandoval escuchó el relato arrebatado y confuso de su amigo. Luego dijo: Ese grandullón no me gustó desde el primer día, ¿no te fijaste en sus manos? ¿Qué les pasa a sus manos? No son las manos de un trabajador. No tuvo más remedio que darle la razón. Ezequiel Deulofeu le pidió ayuda para esconderse. Será solo durante un tiempo, hasta que esto se calme un poco. Tardará mucho en calmarse, dijo Sandoval, están haciendo una buena purga. No sé dónde puede estar Carlota, dijo Deulofeu sin escucharlo, seguramente en alguna comisaría. Primero tienes que salvar tu pellejo, le gritó Sandoval. Entonces intervino Paloma, juiciosa, sensata: Estáis llamando la atención, deberíais marcharos a otra parte. Se me ocurre un sitio donde no te buscarán, respondió su amigo.

Teresita Borrás reprimió un grito cuando vio la cara hinchada de Ezequiel. No es nada, Teresita, estoy bien. Era una vivienda coqueta, no muy grande, en un tercer piso de la calle Princesa. Hizo pasar a los dos amigos y antes de cerrar la puerta se aseguró de que ningún vecino los hubiera visto entrar. Suponía que estabas sola, dijo Sandoval. Sí, hasta mañana lo estaré, respondió Teresita sin apartar los ojos de Ezequiel. Cuando se enteró de lo que le había sucedido, cerró las cortinas de los balcones que daban a la calle, como si alguien pudiera verlos. A Deulofeu lo desconcertó la familiaridad con que se trataban Sandoval y Teresita. ¿Desde cuándo vives aquí?, le preguntó a la chica. Eso qué importa. Discúlpame, no quería ser indiscreto. Te puedes quedar hasta mañana, pero luego tendrás que buscar otro sitio. Teresita Borrás había cumplido diecinueve años, aunque con aquellas ropas, con el peinado y la rotundidad con que hablaba parecía una mujer adulta, acostumbrada a organizar y disponer.

Durmió en un pequeño cuarto reservado para invitados. Se despertó muy temprano y tardó un rato en recordar dónde estaba. Vio a Teresita sentada a los pies de la cama. ¿Has pasado la noche ahí? Ella no respondió. Sí, ya sé que debo marcharme. Puedes quedarte hasta mediodía. Teresita, dime una cosa. ¿Qué quieres saber? ¿Has roto la relación con tu padre? Mi padre se voló la cabeza hace tres meses, respondió Teresita con brusquedad y él apartó la mirada avergonzado por su ignorancia. Solo atinó a decir: Lo siento, no lo sabía. No quería distraerte de tus cosas, así que les pedí a Sandoval y a Magdalena que no te contaran nada. Ezequiel se sintió insignificante a su lado. ¿Sigues con tu idea de ser actriz? Ella sonrió. Sí, claro, muy pronto lo seré. Ezequiel se puso ropa limpia y nueva que le estaba grande. No se atrevió a preguntarle a Teresita a quién pertenecía. Alfredo vendrá a recogerte y te acompañará a un lugar seguro, no te dejaremos solo. Gracias, Teresita.

Durante la primera semana estuvo escondido en la vieja fábrica de Salvador Borrás. El edificio, abandonado tras la ruina de la empresa, tenía un aspecto fantasmal, rodeado de cristales rotos, herido de muerte. Sandoval abrió una puerta lateral con la llave que le había proporcionado Teresita. Buscaron un rincón en la antigua zona de oficinas. Le dejó comida y, siguiendo las instrucciones de la joven, le explicó dónde encontrar agua. Si no te mueves de aquí, no te pasará nada, es peligroso si te dejas ver por los alrededores, le advirtió Sandoval. No iré a ninguna parte. Yo vendré siempre que pueda.

Al cabo de unos días su amigo se presentó en la antigua fábrica acompañado por Magdalena Deulofeu. La muchacha se arrojó a los brazos de su hermano. No podía controlar el llano. Estuvo la policía en casa, dijo sollozando, hablaron con padre. ¿Sabe él que has venido aquí? Por supuesto que no, me lo habría impedido, dice cosas terribles de ti. Ezequiel la abrazó hasta que ella dejó de llorar. Traía ropa y comida; también un paño rojo en el que había envuelto unas joyas. Son de Teresita, ella no puede venir. Devuélveselas, dijo Ezequiel, no puedo aceptar eso, dile que mi deuda con ella es demasiado grande ya. Las envolvió con cuidado y se las entregó a su hermana. Se despidieron como si los dos adivinaran que no volverían a verse.

A medianoche Deulofeu oyó ruidos en el exterior de la fábrica abandonada. Contuvo la respiración y permaneció quieto. Cuando no pudo soportar más la incertidumbre, se acercó a una de las ventanas. Se oían voces. No quería moverse para no pisar algún vidrio roto. Entonces distinguió, a la luz de la luna, una capa oscura; luego otra. Eran dos guardias civiles. Esperó a que siguieran dando la vuelta al edificio. Probablemente estaban asegurándose de que no hubiera gente escondida entre las ruinas. Se dirigió a la puerta, abrió con la llave y salió caminando con normalidad, sin correr. Esperó a estar lejos para emprender una carrera frenética que terminó cuando le faltó la respiración y cayó al suelo confundido con las sombras.

Se acostumbró a dormir en los burdeles. Pasaba los días cerca de los mercados, a la espera de encontrar algo en la basura. A veces Paloma le conseguía alguna descarga o un porte en la Boquería, a cambio de unos céntimos que le permitían pasar la noche dormitando frente a una mesa en la que las prostitutas ociosas jugaban a las cartas y comían las verduras podridas que traía Deulofeu. Cuando no había clientes, le dejaban dormir en una cama.

Durante meses los periódicos se alimentaron con los procesos abiertos a los detenidos por el atentado del Corpus. Con frecuencia los datos eran contradictorios. Lo que sucedía realmente en el interior de la prisión de Montjuich era pura especulación. Se solían publicar nombres de detenidos ilustres que nadie había relacionado antes con los movimientos anarquistas. El número de presos, meses después, superaba los cuatrocientos. A mitad de diciembre de 1896 se celebró el primero de los consejos de guerra. A falta de que fueran ratificadas por el Tribunal Supremo de Guerra y Marina, se dictaron las primeras sentencias de muerte. Otros fueron condenados a veinte años de prisión. Hubo condenas menos severas; incluso destierros. De los prisioneros que finalmente fueron juzgados, los tribunales absolvieron a poco más de sesenta.

A Sandoval le costó trabajo averiguar que Carlota Rigual había sido condenada a siete años de cárcel. El nombre de Jaume Molist no aparecía por ninguna parte. Es como si se lo hubiera tragado la tierra, le explicó Sandoval a su amigo. Tal vez consiguió escapar. Ezequiel Deulofeu se quedó desolado. Eso es poco probable, le dijo a Sandoval, más bien es posible que no haya sobrevivido a los interrogatorios. Intentó imaginar el padecimiento de Carlota. Pensaba que no podría soportar siete años de cárcel. Tengo que verla, Sandoval, es necesario que no se sienta sola. Olvídate de eso, amigo, es un disparate, lo que tienes que hacer es marcharte tan lejos como te sea posible.

¿Y adónde voy a ir? Fuera del país, a Francia, a cualquier sitio, déjame tiempo para encontrar una solución.

El abatimiento pudo con Ezequiel Deulofeu. Ya no se molestaba en buscar cobijo en los burdeles. Pasaba los días en los desmontes que rodeaban la ciudad. Vagaba de un sitio a otro sin comer y, cuando se sentía desesperado por el hambre, acudía de madrugada a los vertederos y les disputaba la comida a los perros. Estuvo desaparecido durante semanas, hasta que Alfredo Sandoval lo encontró gracias a Paloma. Te irás a Filipinas, ya he encontrado la manera de embarcarte. ¿A Filipinas? Sí, es un lugar seguro, la frontera con Francia está muy vigilada. Alfredo Sandoval lo tenía todo previsto para la huida. A través del director del periódico había conocido a un tipo que trabajaba en la Compañía Trasatlántica Española. Consiguió que Deulofeu se enrolara en un barco que partía a mitad de enero. Nadie te hará preguntas ni te pedirá explicaciones, le dijo Sandoval. ¿Cómo lo has conseguido? Tú no te preocupes por eso, la gente me debe favores, esto funciona así. Ezequiel Deulofeu le dio las gracias. En Manila tendrás que sobrevivir por tus propios medios, no conozco a nadie allí. Eso no será un problema. Cuando todo se tranquilice te lo haré saber y buscaré la manera de que vuelvas.

El 14 de enero de 1897 partió del puerto de Barcelona en el *San Agustín,* un barco de vapor con destino a Manila. La figura de Ezequiel Deulofeu pasaba desapercibida entre los pasajeros y la tripulación que se repartían entre el puente y la cubierta. Llevaba ropa que le venía grande y un puñado de billetes en el bolsillo que habían reunido entre Magdalena y Teresita Borrás. Abajo, en el muelle, no había nadie para despedirlo. Sus ojos no miraban hacia el puerto, sino hacia el mar. Cuando el barco empezó a moverse, tuvo la premonición de que nunca volvería a aquella ciudad.

9.

En febrero me llegaron a casa cinco ejemplares del libro. Leí el título, mi nombre en la portada y sentí que aquello no tenía nada que ver conmigo. Les había dedicado mucho tiempo a las correcciones, a los añadidos de última hora, y cuando lo tuve en mis manos comprendí que ya no me pertenecía. En ese momento aún tenía cierta esperanza de que *Anarquistas catalanes en Manila* pudiera aportar algo a los estudios que se habían publicado durante tantos años. Sin embargo, no podía evitar cierta sensación de intrusismo en un mundo al que yo no pertenecía.

Los dos primeros ejemplares fueron para Martín Clarés y Pedro Luis Angosto. Se los envié inmediatamente, dedicados con todo mi agradecimiento. Y después me acordé de Virginia. No sé por qué ocurrió, pero empecé a pensar en ella cuando tuve los libros entre las manos. En las últimas semanas me había arrepentido en más de una ocasión de haber roto su tarjeta con el número de teléfono. Sabía que era fácil localizarla, pero no terminaba de tomar la iniciativa. Decidí, entonces, que ya había llegado el momento.

El estudio de Virginia estaba en la décima planta de un edificio moderno donde había, sobre todo, oficinas. Desde el ventanal del recibidor se veían las obras de la Villa Olímpica. Los cristales tamizaban la luz del sol y convertían aquel espacio en una cámara aislada de los ruidos. Me sentí cohibido al pisar la moqueta y tener que darle explicaciones a la secretaria que se parapetaba tras un pequeño mostrador. Cuando le respondí que no tenía cita con Virginia, la mujer me miró como si le estuviera haciendo perder el tiempo.

—Doña Virginia no podrá recibirlo hoy. ¿Quiere que le concierte una cita para otro día?

—No, mire, no soy un cliente, es solo que perdí su número de teléfono y quería hablar con ella.

—Dígame su nombre y su teléfono, y ella lo llamará.

Me pareció que la voz salía de una máquina. Era un sonido mecánico, repetición de frases aprendidas. La mujer tenía más o menos mi edad y una cara que habría olvidado cinco minutos después, si no hubiera sido por lo que ocurrió días más tarde.

—Es igual, no se moleste —le dije dispuesto a darme la vuelta y marcharme, pero lo pensé mejor y le dejé sobre el mostrador el libro que traía para Virginia y una invitación para la presentación del viernes en la librería Laie—. Dígale que estuvo aquí Matías Farré y dele esto de mi parte.

Para facilitarle las cosas, escribí mi número de teléfono en un papel que ella me ofreció. La mujer cogió el libro y la invitación. Yo esperaba que lo dejara sobre su mesa, apartado, y que tal vez lo olvidara o se acordara de él muchas horas después, cuando descubriera que le estorbaba. Pero no fue así. Aquella mujer miró el libro, luego me miró a mí, y me pareció que pasaba la mano sobre la portada, como si buscara con la yema de los dedos el relieve inexistente de las letras. Me sentí incómodo, pero no me dio tiempo a darme la vuelta. La mujer dijo:

—¿Es usted el autor?

Aquello se salía del guión.

—Sí, soy yo. ¿Se lo entregará a Virginia? —le pregunté con un tono que sonó a impertinencia.

Ella no respondió, seguía mirando la portada. Le dio la vuelta y empezó a leer la contraportada. ¿Qué estaba pasando?

—Aguarde, por favor —me dijo.

Descolgó el teléfono y habló en voz muy baja. Solo entendí mi nombre en medio de aquel bisbiseo.

—No se vaya. Doña Virginia está reunida, pero lo recibirá en quince minutos.

No fueron quince, sino cinco minutos. Me senté frente a la secretaria y vi que de vez en cuando me miraba por encima de sus gafas. Incluso me pareció en algún momento que me sonreía. Me pregunté si estaría coqueteando conmigo.

Virginia salió a recibirme. Estaba transformada. Vestía una chaqueta corta, con unos pantalones a juego que se iban ensanchando hasta los pies. Llevaba el pelo recogido e iba perfectamente maquillada. Me dio dos besos con una seguridad que me intimidó. Su voz sonaba firme. ¿Dónde estaba la mujer a la que yo había conocido en Urueña?

Su despacho era amplio y muy iluminado. Los ventanales llegaban desde el techo hasta el suelo. Mientras yo contemplaba las obras de la Villa Olímpica desde las alturas, ella examinó el libro y cumplió algunas formalidades preguntándome sobre mi vida.

—Es fantástico —dijo finalmente cerrándolo—. Esto merece una lectura detenida.

Se acercó a mí y los dos estuvimos mirando un rato la ciudad. Reconocí su olor, un perfume muy suave que se abría paso a duras penas en el aire.

—Pensé llamarte antes —le confesé sin mirarla, con la vista clavada en las obras—, pero perdí tu tarjeta. Además, no sabía si sería buena idea.

—Yo tampoco estaba segura —dijo mirando también hacia el vacío que teníamos delante—. Incluso llegué a marcar tu número.

Me gustó que me hiciera aquella confidencia. Sonó el teléfono y se acercó a la mesa. Me alegré en ese momento de la interrupción. Me hizo un gesto para que me sentara. Cuando colgó, me dijo:

—Te agradezco que te hayas acordado de invitarme. El viernes estaré allí, pase lo que pase.

Le pregunté por su hijo Pau. Estaba fuera de Barcelona, me explicó, en un viaje a la nieve con el instituto. Hablamos durante un rato de cuestiones relacionadas con el libro y la presentación. Su entusiasmo por el proyecto me pareció excesivo. Intenté no mostrarme derrotista. No quise decirle que se trataba de una editorial muy pequeña, poco conocida, que hacía tiradas de mil ejemplares y contaba con una pésima distribución. En realidad, esos asuntos me venían demasiado grandes.

Salí de aquel despacho con sensaciones contradictorias. No estaba seguro de que Virginia fuera la misma mujer a la que yo había conocido en Nochevieja. Nos cruzamos en la puerta con un tipo que se paró y le dijo algo. Ella lo interrumpió y me presentó. Nos dimos la mano sin mirarnos apenas. Cuando se marchó, me dijo:

—Es mi ex marido.

—¿De verdad? —pregunté como un estúpido.

—Sí, además de mi socio, claro.

Cuatro días después recibí la llamada de un periodista al que la editorial le había enviado mi libro. Quería hacerme una entrevista antes de la presentación, así que me cité con él en el Archivo para charlar durante el rato del almuerzo. Era un chico joven que trabajaba para un periódico pequeño. Se presentó con una grabadora, una cámara de fotos y un ejemplar del libro. Reconoció que no había tenido tiempo de leerlo. Empezó preguntándome de qué trataba. Creo que se dio cuenta enseguida de mi sorpresa. Se lo conté en un lenguaje llano, pero veía que me iba enredando en incisos, explicaciones innecesarias, digresiones. Por un momento estuve a punto de pedirle que empezáramos de nuevo. Entonces me preguntó si el libro aportaba algo nuevo a lo que se había escrito sobre el anarquismo catalán hasta entonces. Fue como un golpe en el estómago. Aquel aprendiz de periodista me había dado en la línea de flotación.

—Aportar algo nuevo a estas alturas ya resulta difícil —respondí con la mayor dignidad posible—. Pero hay algunas cosas que al menos pueden servir para aclarar ciertas sombras de la historia.

Demasiada ambigüedad en mis palabras, demasiado afán por hacerme el interesante.

—¿Como por ejemplo? —preguntó el periodista.

—Por ejemplo, aportar información inédita a lo que se conoció como los procesos de Montjuïc. No sé si sabe usted que la autoría de aquel atentado de 1896 nunca se aclaró, a pesar de que hubo fusilamientos y condenas de cárcel considerables, además de destierros y deportaciones.

—¿A qué atentado se refiere?

—A la bomba que alguien arrojó al paso de la procesión del Corpus en la calle de Canvis Nous.

El periodista arqueó una ceja y siguió preguntando. Hablé brevemente de Ezequiel Deulofeu y del sumario abierto contra él mucho tiempo después de que se ejecutaran las sentencias contra gente inocente. Le conté que ningún investigador había hablado hasta entonces de la autoría de Deulofeu. Además, le dije que había dado con su paradero en Manila, después de que huyera de Barcelona. Lo que no le precisé era que todo fue una casualidad y que yo no sabía quién era Ezequiel Deulofeu hasta que el libro estuvo terminado. Quiso conocer más detalles sobre aquel personaje, hasta que vi que el tiempo de mi almuerzo acababa, y concluí:

—Sin embargo, Ezequiel Deulofeu murió en Manila, probablemente en una acción anarquista, y nunca se le pudo juzgar por el atentado de Canvis Nous.

El periodista parecía satisfecho con su trabajo. Al ver que llevaba una cámara en las manos, le pregunté si pensaba hacer fotos, y me respondió que iría por la tarde a la presentación. Prefería imágenes en la librería.

Pero no fue a la presentación. Apenas hubo gente. Si exceptuamos a dos personas de la editorial, otra de la librería y a Virginia, solo hubo seis asistentes. Todos nos dábamos las mismas excusas: es una fecha muy mala, los viernes son mal día, la gente no lee como antes, no hay interés por la historia. Me sentí un poco responsable del escaso interés que había despertado el libro, pero enseguida me quité la idea de la cabeza. Hablé para Virginia, que estaba sentada en la segunda fila, muy atenta a mis palabras. Sonreía, seguramente para darme ánimos. Pero yo no los necesitaba.

Terminé agotado por el desgaste emocional. Firmé cuatro libros a los lectores espontáneos. Me llevé algunos ejemplares más que me dieron los editores. Ellos no parecían desanimados por el escaso éxito de la presentación.

—Estas cosas no sirven para nada —me dijo el editor—, pero es necesario hacerlas por puro formulismo. Forman parte del ritual.

Yo asentí sin saber qué decir.

Virginia había reservado mesa en su restaurante favorito. Fuimos en taxi. Era un lugar muy tranquilo, justo lo que yo necesitaba. Durante los primeros veinte minutos fui yo quien habló sin parar. Después empecé a sentir el cansancio, y las palabras no me salían con facilidad. Virginia tomó el relevo. El *maître* la conocía y la trató con familiaridad. Cuando trajo la botella de vino, debí de mirar las copas con tristeza. Eso fue lo que me dijo ella. Y seguramente tenía razón.

—El vino me trae a la memoria a mi hermano Julián —le confesé y ella me miró sin entender—. Sí, Julián forma parte de una etapa de mi vida en la que me costó levantar el vuelo.

No se sorprendió de lo que le contaba.

—¿Os veis alguna vez?

—No —le respondí—. Julián murió hace unos años.

—Lo siento.

—No te preocupes, para mí es como si estuviera vivo. Cuando sufrí aquel accidente de coche y abrí los ojos en el hospital, lo primero que vi fue su cara. Luego, al enterarme de su enfermedad, me propuse que lo último que viera Julián antes de morir fuera la mía.

—¿Y lo conseguiste?

—Sí, cuando entró en coma, yo estaba a su lado. Cerró los ojos y ya no despertó nunca.

Virginia estaba en silencio. Me observaba, tal vez sin saber muy bien qué decir. Eché un poco de vino en la copa y me lo puse en los labios.

—No bebas, si no quieres.

—Gracias a Julián estoy aquí contigo —seguí hablando como si no la hubiera oído—. Eso es una realidad. Sin su ayuda, yo no habría salido del pozo. ¿Sabes que fue él quien me convenció para que me presentara a esas oposiciones de bedel? —sonreí y dejé la copa sobre la mesa—. Esta noche estaría orgulloso de mí: por el libro y por la compañía.

Fue la primera noche que Virginia y yo nos acostamos. Fue la primera mujer que entró en mi casa después de la muerte de Victoria. Fue la primera vez que le abrí mi corazón a alguien en los últimos diez años. Y creo que ella se estaba dando cuenta de todo. Se quitó aquella máscara que llevaba cuando la vi en su oficina. Volvió a ser la mujer de Urueña, la que miraba con timidez, la que decía cosas sin hablar apenas.

—Hace años que no hago esto —me dijo cuando empecé a explorar su cuerpo desnudo sobre la cama.

—¿Quieres decir que te has olvidado?

Se rió y se apretó contra mi cuerpo, reaccionando a mis caricias.

—Quiero decir que esto es importante para mí.

—Y para mí también.

Nos quedamos dormidos muy tarde. A las diez de la mañana el teléfono me sobresaltó. Abrí los ojos y vi a Virginia a mi lado, contemplándome. Al parecer llevaba horas despierta.

—¿Nunca duermes? —le pregunté.

—Solo si es muy necesario.

Me levanté deprisa y corrí al salón para coger el teléfono. Respondí con voz cavernosa. Era el editor. Sorprendentemente, se publicaba la entrevista que me habían hecho el día anterior en el Archivo. Me leyó alguna frase por teléfono. Parecía contento, sin llegar al entusiasmo. Volví dando saltitos de alegría a la cama, como un niño, y se lo conté a Virginia. Me besó. Hicimos el amor de una forma arrebatada y nos quedamos desnudos boca arriba, mirando el techo.

—¿Volverás a darme tu teléfono? —le pregunté.

—¿Me llamarás si te lo doy?

—¿Tienes alguna duda?

—Tengo todas las dudas del mundo.

Estuvimos en la cama hasta mediodía. Virginia tenía que irse porque su hijo regresaba del viaje a la nieve y debía recogerlo.

—El fin de semana que viene estaré sola. ¿Querrás conocer mi casa?, ¿o voy demasiado deprisa?

—Las dos cosas —le dije bromeando.

En cuanto se marchó, bajé corriendo a la calle a comprar el periódico. Estaba emocionado. Acababan de vender el último ejemplar en el quiosco de la esquina. Tuve que recorrer varios hasta conseguirlo. ¿Se vendía mucho o se editaban pocos ejemplares? Quise pensar que era lo primero. La entrevista era amplia. No daba la sensación de que el periodista no hubiera leído el libro. Sin embargo, las anécdotas le ganaban espacio al contenido. Demasiadas líneas dedicadas a Ezequiel Deulofeu, que en realidad en el libro no aparecía mencionado con su nombre, sino con su seudónimo periodístico de el Francés. La leí dos veces, sentado en el sofá, delante de una bandeja de comida que había devorado. En un impulso llamé a Virginia para contarle los detalles de la entrevista. Ya la había leído. Había comprado el periódico al salir de casa y la había leído en el taxi.

—Me alegro mucho por ti —me dijo.

Luego caí dormido en una siesta profunda de la que me costó revivir. Me despertó el teléfono. Respondí sin haber espabilado del todo. Era una voz de mujer. Preguntó por mí con el nombre y apellido. Después se disculpó por lo que consideraba una intromisión en mi vida privada. Mientras hablaba, traté de ponerle rostro a aquella voz. Me pareció que no era una mujer joven. Me dijo su nombre, pero no presté atención.

—Verá, usted no me conoce, pero he leído la entrevista que publican hoy sobre su libro del anarquismo catalán y no he podido evitar la tentación de llamarlo. Anoche usted me firmó su libro. Yo vivo en Pau Claris, justo enfrente de la librería. Apenas he leído tres capítulos, pero no lo llamaba por eso. De lo que quería hablarle era sobre lo que dice usted en la entrevista.

Intenté recordar la cara de las cuatro personas que se acercaron a que les dedicara un ejemplar. Rescaté rápidamente de la memoria a dos mujeres mayores. Una iba acompañada por su marido, según me explicó. Con la otra apenas crucé un saludo. ¿Cuál de ellas sería?

—¿Y qué es lo que digo? —pregunté sin disimular mi incomodidad.

—Verá, usted asegura que Ezequiel Deulofeu fue el autor de ese atentado anarquista y que murió en Filipinas.

—Sí, eso es exactamente lo que digo.

—Pues verá, yo puedo asegurarle que Ezequiel Deulofeu no tuvo nada que ver con aquel asunto, ni tampoco murió en Manila —me quedé callado, recapacitando sobre lo que acababa de oír. Ella hizo una pausa y siguió hablando—. El señor Ezequiel Deulofeu vivió una temporada en Manila, eso es cierto, pero luego se marchó a Chile, donde entró con el nombre falso de Ovidio Morell. Vivió en Valparaíso...

La mujer continuó, pero yo me había quedado atascado en aquel nombre que acababa de pronunciar: Ovidio Morell. En cuanto lo oí, me vino a la cabeza el sobre que había encontrado en el archivador de Victoria con el nombre escrito en mayúsculas. Me hablaba demasiado deprisa.

—Disculpe, me estoy haciendo un pequeño lío. ¿Cómo me ha dicho usted que se llama?

—Julia Torrelles —contestó—. Perdone que lo haya abordado de esta manera. Soy una estúpida y a veces me precipito.

—Eso no importa, pero me está dando demasiados datos sobre algo que no conozco muy bien. Usted me dice que Ezequiel Deulofeu viajó de Filipinas a Chile.

—Así es.

—¿Y que utilizó un nombre falso?

—Sí.

—Explíqueme una cosa —dije, cambiando de tema—. ¿Cómo ha conseguido usted mi número de teléfono?

Acababa de caer en la cuenta de que mi número no venía en la guía. Mi madre había muerto hacía dieciséis años, pero la titular seguía siendo ella.

Julia Torrelles guardó silencio durante unos segundos. Yo esperé su respuesta con paciencia.

—Lo del número es otra cuestión y no me gustaría mezclar las dos cosas.

—Sí, pero para mí no deja de ser un misterio —insistí.

—Mire, si le parece le voy a dar mi número de teléfono y cuando usted quiera puede venir a verme y le cuento —tomé nota—. Tengo algunas cartas personales dirigidas al señor Deulofeu desde Valparaíso. Bueno, a Ovidio Morell, quiero decir.

¿Cartas? Aquello despertó mi interés. Hasta ahora, todo lo que sabía sobre aquel hombre era a través de informes y documentos oficiales.

—¿Le parece bien que nos veamos esta misma tarde? —le pregunté.

Julia Torrelles tardó unos segundos en contestar.

—Mejor mañana.

—Entonces dígame el número de su casa y mañana voy a verla, si no tiene inconveniente.

—Inconveniente, ninguno —respondió con amabilidad.

10.

El *San Ignacio de Loyola* medía casi cien metros de eslora; proa de violín, tres palos y chimenea. Tenía capacidad para doscientos pasajeros de cámara y ochocientos en bodega. Llevaba cuatro días en el puerto de Manila, a la espera de zarpar rumbo a Valparaíso. Desde la cubierta, hasta donde alcanzaba la vista, el espectáculo que ofrecían los muelles era desolador. Los soldados que iban a ser evacuados se alineaban en camillas de lona bajo un sol que les agrietaba la piel y favorecía que las moscas se posaran en la supuración de las heridas. Había otros barcos de la Compañía Trasatlántica Española, todos esperando para transportar a las tropas en retirada. Existía el riesgo de que el bloqueo de la flota norteamericana les impidiera zarpar; pero, mientras tanto, sus bodegas se iban llenando con soldados maltrechos y heridos. Apenas se diferenciaban los muertos de los vivos.

Ovidio Morell fue uno de los primeros en subir al barco, después de pasar los trámites de la aduana. En cuanto se instaló, se dedicó a observar el panorama desde la cubierta superior. Los pasajeros iban llegando al muelle en coches de caballos que tenían que dejar lejos, porque las camillas les cortaban el paso. Luego los criados cargaban con los baúles hasta la pasarela del *San Ignacio de Loyola*. Aquella operación duró todo el día. Resultaba un espectáculo ver a las señoras recogiéndose las faldas para no mancharse con los charcos de sangre. Sombrillas, vestidos con abundancia de encajes y puntillas, abanicos para aliviar el olor nauseabundo de las heridas. Entonces lo reconoció en la cubierta inferior, apoyado en la barandilla. Observaba el embarque, como él. Llevaba ropas elegantes que lo hacían mayor. Pero, al quitarse el sombrero para limpiarse el sudor, vio a un hombre de su misma edad, con bigote, pelo muy corto y mentón pronunciado. No pudo resistir la curiosidad; bajó las escalerillas que unían las dos cubiertas y se colocó a su lado. Volvemos a encontrarnos, dijo Ovidio Morell sin apartar la vista del muelle. El desconocido se sobresaltó y enseguida reconoció al hombre que días antes pudo haberlo matado en la casa del falsificador. Sí, eso parece. Continuaron hablando sin mirarse. Yo no creo en las casualidades, dijo Morell. El hombre lo miró durante un instante muy breve. Estoy en deuda con usted. No me debe nada, me llamo Ovidio Morell, dijo tendiéndole la mano. Fabián Lodeiro, respondió. Y los dos sabían que estaban mintiendo. ¿Conoce usted Valparaíso?, preguntó Morell. No, ¿y usted? Hasta hace un par de días ni siquiera sabía ubicarlo en un mapa. Siguieron contemplando a los pasajeros que subían por la pasarela del barco. Los dos miraban al mismo punto. Un hombre que fumaba un gran cigarro avanzaba agarrado al pasamanos, cargado de anillos, con un abrigo de pieles y un sombrero de fieltro impropios de aquellas latitudes. Estaba tan gordo que apenas podía subir la rampa. Detrás caminaba una dama vestida como para una fiesta: guantes hasta los codos, collar de perlas, sombrero con pluma y una sombrilla de encajes. Es Freddy Pacheco, dijo Fabián Lodeiro, que pareció adivinar el pensamiento de Morell, es el dueño de la mitad de las salas de juego de Manila.

Ovidio Morell compartía camarote con otros tres hombres. Durante horas los pasillos del barco estuvieron colapsados por sirvientes que iban y venían cargados con sombrereras, maletines, jaulas con pájaros exóticos. Morell se encontró en el gran salón con uno de sus compañeros de camarote. Era un hombre que frisaba los sesenta años; largos bigotes que se unían con las patillas, pelo alborotado, traje de lino blanco muy arrugado y salpicado de ceniza. En una mano sostenía un vaso y en la otra un cigarro puro recién encendido. Le hizo un gesto de reconocimiento a Morell cuando se acercó a pedir soda. Él respondió con un movimiento amable de la cabeza y sonrió. ¿Es usted chileno? No, español, respondió Morell. Ya me pareció, dijo tendiéndole la mano, me llamo Práxedes Salmerón. Morell se presentó a su vez. ¿Está usted enfermo?, preguntó Salmerón. He tenido fiebre últimamente. No tiene buen aspecto, ¿me permite?, dijo el hombre dejando el vaso y abriéndole los párpados a Morell con una sola mano, sin soltar el puro. ¿Es usted médico? Me temo que sí, pero no tiene por qué asustarse. Morell sonrió y se dejó examinar. Luego el hombre le hizo algunas preguntas. Si no me equivoco, tiene usted la malaria, dijo el doctor con la mayor naturalidad. ¿Debería preocuparme? Debería, claro que debería, aunque usted parece fuerte.

El barco zarpó pasada la medianoche para evitar el temido bloqueo de la bahía por parte de la marina norteamericana, que parecía inminente. De madrugada la gente permanecía aún en cubierta, huyendo del calor de los camarotes. En el salón, una orquesta mediocre tocaba valses y canciones populares. Ovidio Morell empezó a sentirse mal. Primero pensó que era por el movimiento del barco, pero enseguida volvió a reconocer los síntomas de la fiebre. El ambiente asfixiante del camarote le impedía dormir. En cuanto cerraba los ojos, aparecían las pesadillas.

El miedo a quedarse dormido lo obligó a pasar la segunda noche en cubierta, tumbado en una hamaca. Prefería una pulmonía a seguir encontrándose con sus fantasmas en sueños. Cuando la música se extinguió, se oyó el alboroto de las mesas de juego. Algunas mujeres paseaban por cubierta con sus damas de compañía, agarradas del brazo para no resbalar en el suelo escurridizo. Escuchaba sus conversaciones intrascendentes, olía sus perfumes al pasar cerca, y trataba de distraer su mente. Cualquier cosa menos cerrar los ojos. Y, entonces, algo llamó su atención. Al principio no fue más que una silueta, una sombra que avanzaba despacio. Luego pasó ante él, sin verlo, y se fijó en ella. Llevaba sin elegancia un vestido de falda voluminosa. Tenía el pelo recogido en un moño y sobre los hombros una mantilla de lana para protegerse del frío. Cojeaba ligeramente, apoyada en un bastón que sostenía con la mano izquierda. Con la derecha se sujetaba a la barandilla. Vio mejor su rostro al pasar cerca de un fanal. Tenía una nariz grande y no era una mujer bonita. Demasiado alta y desgarbada, pensó Morell. Treinta años, quizá un poco más. La siguió con la mirada y la observó durante un rato. La mujer se detuvo a unos metros de él y se mantuvo agarrada a la barandilla, confundida con las sombras, quieta. Se hizo casi invisible. Ovidio Morell llegó a olvidarse de ella.

Estaba a punto de cerrar los ojos, cuando percibió un movimiento extraño de la mujer. Se había encaramado a la barandilla del barco. Se sentó de espaldas al mar, se recogió la falda y pasó una pierna al otro lado. Con un ligero golpe de viento o un movimiento brusco del barco, la mujer podía caer al vacío y ser engullida por las aspas del motor. Nadie se daría cuenta, no la echarían de menos hasta muchas horas después. No se encontraría rastro de ella. ¿Estaba pensando en tirarse? Ovidio Morell contuvo la respiración. La desconocida intentó levantar la segunda pierna con mucho esfuerzo. No lo haga, gritó Morell sin atreverse a acercarse. La mujer se volvió y tardó un rato en distinguirlo entre las sombras. Estaba tan sorprendida como él. Sería una estupidez morir de esa manera, insistió. Se levantó y se acercó muy despacio. Ella miró al agua, luego miró al hombre que se aproximaba, y Morell supo que estaba dispuesta a tirarse. Déjeme en paz, lárguese de aquí. No conseguía pasar la pierna al otro lado. Se ayudó con las dos manos, pero la falda se enredó. Se dio impulso para dejarse caer al vacío, y entonces el vaivén del barco la tiró hacia atrás. Se golpeó con la cabeza en el suelo y ya no se movió. Fue un golpe seco. Ovidio Morell corrió hasta ella y se arrodilló a su lado. Sangraba y había perdido el conocimiento. Miró a un lado y a otro. No había nadie. Se levantó para pedir ayuda, pero la mujer abrió los ojos y él volvió a arrodillarse. Morell trató de incorporarla. Es usted un estúpido, márchese. Tuvo la tentación de irse y dejarla allí tirada, maltrecha. Me temo, señora mía, que los dos somos igual de estúpidos y tercos. Ella cerró los ojos y rompió a llorar. Su aspecto era lamentable. A su fealdad se añadía el maquillaje de los ojos que emborronaban las lágrimas. Será mejor que busque ayuda, dijo Morell. Ella lo retuvo por el brazo. No lo haga, se lo ruego, no quiero que nadie me vea así. Ovidio Morell sacó un pañuelo y empezó a limpiarle la cara. No tiene mal aspecto, mintió. Ella le sujetó la mano. Discúlpeme, dijo la mujer, no sabía lo que decía. ¿Cómo se llama usted? Catalina Santalla. Debería verle esa herida un médico, dijo Morell. Sí, tiene razón, se resignó la mujer.

Jacobo Santalla viajaba con sus dos hijas, un secretario y una sirvienta con rasgos mapuches. Además, lo acompañaba su médico particular: el doctor Práxedes Salmerón. Era el fundador y presidente de la Banca Santalla. Había nacido hacía casi sesenta años en España, pero cuando murió su esposa emigró con las dos niñas a Valparaíso. Allí fundó la Banca y echó raíces. No volvió a casarse. Era un hombre sociable, orgulloso de la estirpe a la que pertenecía. La familia Santalla y el doctor Salmerón habían pasado unos meses en Manila, donde un cirujano de prestigio había operado de la cadera a su hija mayor. Era la última operación de un largo rosario que comenzó cuando Catalina no era más que una niña. Al nacer, un problema en el parto le provocó una cojera que con los años se fue acentuando hasta convertirse en una tortura por los terribles dolores que le provocaba.

El doctor Salmerón fingió que se creía la historia que Ovidio Morell le contó sobre el accidente de Catalina al resbalar en la cubierta del barco. Pidió vendas y agua para limpiarle la herida y mandó a un empleado de la Trasatlántica para que le trajera su maletín del camarote y diera aviso al padre de Catalina. Enseguida apareció Jacobo Santalla con su hija menor. Cuando el doctor le contó lo que había sucedido, insistió en los agradecimientos a Morell. Práxedes Salmerón aseguró que la herida en la cabeza era superficial; nada grave. El señor Santalla era un hombre alto y enjuto, algo desgarbado, como su hija mayor, con la misma nariz grande y el mentón prominente. Si puedo hacer algo por usted, no tiene más que decirlo, le repitió varias veces a Morell. No ha sido nada, solo la casualidad de que yo estuviera cerca. Sea casualidad o una mano divina, lo cierto es que me siento en deuda con usted. Olvídelo, no merece la pena. Al menos, espero que acepte almorzar con nosotros mañana, insistió Santalla. Morell no encontró argumentos para negarse sin resultar descortés.

Catalina Santalla, al contrario que su padre, era mujer de pocas palabras. Se diría que trataba de hacerse invisible. Estuvo callada y ausente durante la mayor parte del almuerzo. La hermana menor se llamaba Arminda. Entre las dos había diez años de diferencia. Arminda era una joven discreta, que no destacaba por su belleza, aunque tenía unos ojos bonitos e inquietos que iban de un sitio a otro sin pararse en nada. Era tan callada como su hermana, pero a diferencia de Catalina, sonreía cada vez que alguien se dirigía a ella. Estaba pendiente de la conversación, y de vez en cuando asentía con un gesto. Ha sido una suerte que usted se encontrara anoche en la cubierta, dijo el doctor Salmerón, aunque Catalina es fuerte y la herida no resulta preocupante, no hay que olvidar que sufrió una conmoción. Así es, dijo Jacobo Santalla, mi hija es fuerte como un roble y si no fuera por ese carácter que tiene... La mujer levantó la mirada del plato y la clavó en su padre. Él le tomó la mano quitándole importancia a su comentario. Estarás de acuerdo conmigo en que eres una mujer de carácter, insistió el banquero. Ella fue a protestar, pero su padre la interrumpió. ¿A qué se dedica usted, señor Morell?, si me permite la indiscreción. Ovidio Morell observaba de reojo a Catalina. Trató de ganar tiempo echándose un poco de agua en la copa antes de responder. Soy historiador, dijo finalmente. Las miradas de los cuatro se clavaron en él. Bebió un trago largo y fingió que no se daba cuenta. Eso es muy interesante, ¿verdad?, dijo el doctor. Muy interesante, afirmó el banquero. Jacobo Santalla parecía impresionado. Catalina volvió a hundir la mirada en el plato. ¿Y cuántos años tiene usted?, preguntó Santalla. Veintiséis. Es usted muy joven, señor Morell, créame que lo envidio, y no tanto por la edad como por el futuro que le espera. ¿Viaja a Valparaíso por cuestiones profesionales?, preguntó el doctor Salmerón. Empezaba a sentirse incómodo con aquel interrogatorio. Pergeñó una serie de mentiras que fue urdiendo sobre la marcha. Arminda lo escuchaba atentamente, con curiosidad, mientras la hermana andaba perdida en sus pensamientos. Ovidio Morell, sin pretenderlo, consiguió despertar el interés del señor Santalla con sus mentiras improvisadas. Pues créame que me alegro de haberlo conocido, y si va a quedarse un tiempo en Valparaíso, como dice, me gustaría que viniera a visitarnos cuando le plazca y que se sienta en nuestra casa como si estuviera en la suya. Padre, quizá el señor Morell prefiera elegir a sus propios amigos, dijo con hosquedad Catalina Santalla. Su hermana le dio con la pierna por debajo de la mesa y las copas temblaron sobre el mantel.

Por la noche, en el camarote, el doctor Salmerón le dio a Morell un frasquito que sacó de su botiquín. ¿Qué es? Quinina para la malaria, querido amigo, le dijo el médico, tiene usted mal aspecto y ese color de piel no me gusta nada. Ovidio Morell miró al trasluz el contenido y guardó el frasco en su chaqueta. Con cuatro gotas al día será suficiente, pero si se marea o escucha ruidos en el interior del oído, deje de tomarla, podría padecer vómitos o incluso sordera, no se preocupe mucho por eso.

La travesía se hacía larga y tediosa. Ovidio Morell pasaba la mayor parte de las noches en cubierta. Paseaba o permanecía tumbado en una hamaca. En ocasiones aparecía Fabián Lodeiro y le hacía compañía un rato. Luego regresaba al salón, a jugar a las cartas. Lodeiro apenas se apartaba de la mesa de juego hasta que el sol asomaba por la línea del horizonte. Empezó perdiendo su dinero con Freddy Pacheco, pero al cabo de una semana la suerte cambió y Pacheco se sentaba cada noche con la esperanza de resarcirse frente a aquel pipiolo que le estaba vaciando la cartera. Lo felicito por sus amistades, le dijo a Morell en uno de aquellos encuentros en la cubierta. ¿A qué se refiere? A los Santalla, cómo no. ¿Los conoce?, preguntó Morell. Todo el mundo en el barco los conoce, pero no tan bien como usted, por supuesto. No soy amigo suyo, zanjó el asunto Ovidio Morell. Pues yo en su lugar no dejaría pasar la ocasión de intimar con el señor banquero. Miró a Lodeiro como si quisiera calibrar sus intenciones. Por el contrario, dijo Morell, usted no cuida mucho la elección de sus amistades. ¿Se refiere a Pacheco? Precisamente. Es un perro viejo, pero debería preocuparse más por que no le roben a su mujer que por el dinero que le llevo ganado. Ovidio Morell lo miró sin saber si fanfarroneaba o realmente estaba seduciendo a la mujer del gánster a sus espaldas. Lleve cuidado con eso, le dijo Morell, ese tipo no es trigo limpio. Le agradezco el consejo, pero no era necesario.

La mujer de Freddy Pacheco se llamaba Fernanda. Tenía el aspecto de una artista de variedades venida a menos. Sin embargo, en el ocaso de su juventud conservaba aún una belleza a punto de marchitarse, arropada por un estudiado toque de sofisticación. Pacheco se pasaba los días y las noches en la mesa de juego, y ella solía matar el aburrimiento yendo de un sitio a otro, paseando con otras mujeres o tumbada en una hamaca de la cubierta inferior, al amparo del viento. Algunas tardes, cuando el sol declinaba, coincidía en la cubierta con las hermanas Santalla y charlaban un rato. Ovidio Morell se dio cuenta de que en esos momentos solía acercarse Fabián Lodeiro y hablar con ellas. Después Lodeiro se alejaba, y Morell suponía que las tres estarían un rato hablando de aquel hombre con tan buena planta, que además era divertido. Fue entonces cuando Ovidio Morell observó que no muy lejos de Fernanda siempre había dos hombres que no le quitaban ojo. Trabajaban para Freddy Pacheco.

A veces Morell se cruzaba con las hermanas Santalla en los paseos por cubierta y las saludaba quitándose el sombrero a la vez que hacía una ligera reverencia. En alguna ocasión intercambiaron frases de cortesía, breves, formularias. Catalina siempre se mostraba distante, huidiza a las miradas de él. Arminda, por el contrario, lo trataba con cierta confianza. A pesar de la diferencia de edad entre las dos hermanas, parecía que lo compartían todo y nunca se separaban la una de la otra. Una tarde en que las dos se cruzaron con Morell, el intercambio de frases se prolongó un poco más. Hablaron de lo larga que se estaba haciendo la travesía. Le gustará Valparaíso, dijo Arminda. En ese momento, de forma inesperada, hizo un gesto de fastidio mal disimulado. Catalina se dio cuenta. ¿Te ocurre algo? He olvidado las pastillas de papá en el camarote, si me esperas volveré en un momento. La hermana mayor no se mostró contenta con la idea de quedarse esperando. ¿La acompañará usted mientras tanto?, le preguntó Arminda a Morell. Por supuesto, marche tranquila. Era la primera vez que los dos se veían a solas desde el accidente de Catalina. No podía disimular que la presencia del hombre le resultaba incómoda. No es necesario que se quede aquí conmigo, dijo ella, no quiero que se vea en ese compromiso. No es ningún compromiso, créame. Guardaron silencio, el uno frente al otro, sin mirarse a los ojos, hasta que Morell preguntó: ¿Le apetece pasear? No, la verdad es que estoy cansada, y sin el bastón me siento bastante insegura. Morell le ofreció el brazo. Se acercaron a la barandilla y Catalina se apoyó con las dos manos. Siguieron un rato en silencio, contemplando el océano. De repente la mujer lo miró. Quiero agradecerle su discreción sobre lo que ocurrió aquella noche. Luego volvió de nuevo la cabeza hacia el mar. Morell fue a decir algo, pero ella lo interrumpió. No diga nada, se lo ruego, no suelo sincerarme de esta manera con desconocidos, pero me siento en deuda con usted, estuve a punto de cometer una estupidez. Hablaba sin mirarlo. He sufrido mucho durante toda mi vida, tengo más de treinta años y llevo padeciendo este castigo desde que era una niña, le dijo señalando su cadera. No tiene que darme explicaciones, la interrumpió Morell. Lo sé, pero quiero hacerlo. Con frecuencia pienso que mi vida ha sido un castigo por algún pecado que no me dio tiempo a cometer. Le habló de los terribles dolores que padecía, de las innumerables operaciones, de las largas convalecencias, del fracaso de la cirugía. Después se quedó callada, respirando con fatiga. Lo miró y sonrió por primera vez. Arminda tardaba demasiado en regresar del camarote. Morell no podía sospechar que lo hacía premeditadamente. ¿Quiere que la acompañe dentro?, empieza a refrescar. Como usted prefiera. Al darse la vuelta, Morell reconoció a Fabián Lodeiro en la cubierta superior. Estaba hablando con una mujer a la que veía de espaldas. Ella se volvió. Era Fernanda, la mujer de Freddy Pacheco.

Esa misma noche ocurrió algo que iba a terminar con la rutina de la travesía pocos días antes de llegar a puerto. El insomnio, después de varias semanas de viaje, había servido para unir al doctor Salmerón y a Morell. Cuando la cubierta se quedaba vacía, cuando cesaba la música y la mayoría de la gente se retiraba a sus camarotes, los dos hombres buscaban cualquier excusa para hacerse compañía. Si el viento era moderado, salían a pasear a cubierta. El doctor llevaba una botella de aguardiente en el bolsillo de su chaqueta, y le daba tragos a escondidas. Cuando la vaciaba, se volvía silencioso y se dirigía a su camarote arrastrando los pies, perdido en sus pensamientos. Aquella noche, después de acompañar a Práxedes Salmerón hasta el pasillo de los camarotes, Morell decidió continuar paseando hasta la popa. Al acercarse, vio sombras que se movían junto a un mástil y se detuvo. Distinguió varias siluetas y se dio cuenta de que dos hombres estaban golpeando a un tercero. Escuchó un grito de dolor apagado. Se acercó sin estar seguro de lo que debía hacer. No lo vieron, pero él reconoció a Fabián Lodeiro como la víctima de la paliza. Su indeterminación duró unos segundos. A su lado, en el suelo, había una maroma gruesa, enrollada. Agarró un cabo y se lanzó contra el hombre que golpeaba a Fabián. El otro lo sujetaba por la espalda. Morell le rodeó el cuello con la maroma y tiró de él hacia atrás. Cayeron los dos y rodaron por la cubierta. En el forcejeo la cabeza del desconocido golpeó contra el mástil, y dejó de moverse. Tiene un arma, quítesela, gritó Lodeiro. Buscó entre las ropas y encontró un revólver. Fabián Lodeiro, inmovilizado por un brazo que le atenazaba el cuello como si fuera una pinza, trataba de librarse de su verdugo. Dispárele, volvió a gritar Lodeiro con la voz quebrada. Morell apuntó, pero se movían demasiado y la luna se había escondido. Temblaba. Fabián Lodeiro cayó al suelo, y el matón se precipitó sobre Morell. Apretó el gatillo, le disparó a quemarropa y el hombre se desplomó a sus pies. Le había alcanzado en el pecho. El ruido del agua que rompía en las aspas del barco amortiguó la detonación. El otro se estaba moviendo. Ovidio Morell le apuntó y le disparó en la cabeza sin titubear. Inmediatamente sintió un vómito que le subía a la garganta, y su estómago se vació sobre la cubierta. Estaba asustado. Dejó el arma en el suelo, sobre una mancha negra de sangre. ¿Está bien?, le preguntó a Lodeiro. Querían tirarme al mar, respondió. Eso me pareció. Morell lo ayudó a incorporarse. No puedo respirar, me han roto las costillas. Tardaron un rato en recuperar el aliento.

Esperaban que de un momento a otro apareciera alguien en la popa, pero no fue así. ¿Quiénes son? Los hombres de Pacheco, respondió Lodeiro. Morell los miró y comprendió las consecuencias que aquello le acarrearía. Creo que me he cavado mi propia tumba. Nadie los echará de menos, excepto su jefe, lo tranquilizó Fabián Lodeiro, ahora debemos arrojarlos al agua. Tuvo que hacerlo Morell sin ayuda. Su amigo estaba maltrecho y apenas podía moverse. De nuevo estoy en deuda con usted, dijo Lodeiro. No me debe nada, respondió Morell. Yo creo que sí.

Estaba previsto que el *San Ignacio de Loyola* avistara la bahía de Valparaíso en dos días. Por la mañana Freddy Pacheco apareció en el salón hecho una furia. Estaba fuera de sí. Se produjo un gran revuelo. Gritaba y daba órdenes a todo el mundo, pero la tripulación no se dejó amedrentar por sus amenazas. Sus dos guardaespaldas habían desaparecido, y el gánster le exigía una explicación al capitán. Los buscaron por todas partes. No había rastro de ellos. Alguien dijo que tal vez habrían caído al mar en mitad de la noche mientras todo el mundo dormía. Por desgracia no es algo infrecuente, le explicó el contramaestre. Freddy Pacheco gritaba cada vez más, pero sus gritos espantaban a la gente, y terminó quedándose solo. Fernanda no apareció por el salón ni por la cubierta hasta el final de la travesía.

Mientras tanto, Fabián Lodeiro permanecía inmovilizado en su camarote, con muchos dolores en el pecho y en la espalda. El doctor Salmerón le aconsejó que se moviera lo menos posible. Tenía varias costillas rotas, tal vez cuatro o cinco, no estaba seguro, y contra aquello no se podía hacer otra cosa que permanecer en reposo hasta que los huesos soldaran sin otra ayuda que la naturaleza. Es muy doloroso, le dijo Práxedes Salmerón cuando Morell lo llevó al camarote, pero no se morirá por esto, además, tal y como están las cosas no le conviene dejarse ver por ahí arriba. Sin sus dos matones, Freddy Pacheco se movía por el barco como alma en pena, perdido, sin rumbo. Nadie se le acercaba.

Al amanecer del segundo día Morell le anunció a su amigo que se avistaba tierra. La actividad en el barco fue frenética a partir de ese momento. Las mujeres se encerraron en los camarotes para ponerse sus mejores vestidos; los hombres apuraban sus copas en el salón, la tripulación iba de un sitio a otro sin tregua. Morell se cruzó con Arminda Santalla en la escalera que unía las dos cubiertas. Aunque él lo ignoraba, no fue un encuentro casual. Ella le dio la mano, en una especie de despedida anticipada. Quizá después no tengamos tiempo de hacerlo, dijo la joven. Es posible, respondió Morell. Quiero que sepa que usted ha sido como un rayo de luz para mi hermana, dijo sonrojándose. Le había costado decirlo, tal vez porque llevaba tiempo planeándolo y no sabía cómo hacerlo. Me temo que exagera usted. No exagero, créame, ella ha pasado por momentos muy duros en los últimos tiempos. Sí, lo sé. Sin embargo, cada vez que habla de usted el rostro se le transforma. Está exagerando, sin duda. Ovidio Morell empezó a sentirse incómodo. No sé cuáles son sus planes, siguió diciendo Arminda Santalla, ni si se quedará mucho tiempo en Valparaíso, pero quiero que sepa que siempre tendrá abiertas las puertas de nuestra casa. Se lo agradezco, respondió Morell. Venga a vernos cuando quiera o cuando disponga de tiempo. Lo haré.

Práxedes Salmerón lo esperaba en el salón. Me temo que tenemos que despedirnos, dijo el doctor. Así es. Pero sospecho que no será una despedida definitiva, me necesitará. Morell sonrió. Es posible. Y sería una estupidez no acudir a mí. El doctor Salmerón metió la mano en el bolsillo exterior de su chaqueta y sacó media cuartilla garabateada. Aquí podrá encontrarme siempre que quiera. Ovidio Morell la guardó. Aunque no necesite su ayuda, iré a visitarlo igualmente.

La costa se acercaba, se iba agrandando. La bahía de Valparaíso era una enorme media luna. Detrás, los cerros y las quebradas formaban un gran escenario de piedra salpicado de casitas. Y al fondo, las nubes amenazadoras. Las maniobras de atraque fueron muy lentas. Ovidio Morell se entretuvo contemplando los edificios de las aduanas, el paseo portuario, los muelles. Nunca había visto semejante concentración de barcos. Una multitud se movía por los muelles: mozos que tiraban de carretones, estibadores, policías, curiosos. Freddy Pacheco fue uno de los primeros en desembarcar. Detrás iba su mujer, con la sombrilla en la mano, cerrada. Caminaba con la cabeza agachada, pendiente de no perder la estela de su marido. Pacheco apartaba a la gente con su bastón y le hablaba a Fernanda sin volver la cabeza, a gritos. Entre los últimos en desembarcar distinguió a Jacobo Santalla y a su familia. Detrás iban el secretario y la sirvienta. De repente Catalina se dio la vuelta y miró hacia el barco. Ovidio Morell se sintió descubierto. Era como si ella hubiera sabido todo el tiempo que estaba allí, observándola. El sonido estridente de la sirena lo sobresaltó. Se apartó de la barandilla. Fabián Lodeiro lo esperaba en el camarote para que lo ayudara a desembarcar.

El Hotel Inglaterra estaba cerca de la plaza de Echaurren, una explanada abierta adonde se trasladaba durante la mañana la agitación del mercado del puerto, a poca distancia. Desde el balcón de su habitación, Ovidio Morell distinguía los mástiles de los trasatlánticos y escuchaba las sirenas de los barcos que zarpaban al amanecer. Era un hotel reformado que, sin embargo, mantenía un aire lánguido de decadencia. Las paredes de su habitación estaban enteladas con un tejido violeta, salpicado de pequeñas florecillas que, siete meses después de haberse instalado allí, a Ovidio Morell le seguían pareciendo moscas. Enormes cortinones, entre azul y gris, cubrían las ventanas y la puerta del pequeño gabinete.

Morell llevaba dos días sin salir de su habitación. El presagio de una catástrofe le impedía tomar una decisión con serenidad. Sobre la mesita del gabinete tenía abierto *El Mercurio* con la noticia del asesinato de un prefecto de policía. El cuerpo había aparecido tres días atrás flotando en los muelles. Le habían partido el cráneo antes de arrojarlo al agua. Sabía que no podían acusarlo de aquel crimen, pero no podía estar seguro de nada. Pasaba las horas mirando a través de los cristales de su balcón. Llovía con furia. La bahía de Valparaíso estaba abierta a los vientos del noroeste y a finales del invierno todavía se colaba algún temporal tardío.

Valparaíso era una ciudad cosmopolita de extraños contrastes. Desde el refugio de su habitación, Morell contemplaba los carruajes conducidos por cocheros con uniforme y sombrero de copa. Los edificios de los consulados, de lujosas fachadas y artísticas puertas de rejería, desentonaban con el batallón de pícaros que dormía en los alrededores de la estación de ferrocarril del puerto. Los teatros, al anochecer, se convertían en un desfile de señoras vestidas con sedas y puntillas, sombreros de plumas y rejilla. Los empleados de la Compañía de Telégrafo Trasandino entraban en las oficinas todas las mañanas vestidos con pulcritud, uniformados con sombreros de calañé, lazos al cuello y zapatos con lustre. Sin embargo, un poco más allá, al subir una pendiente uno se daba de frente con barrios muy pobres, conventillos de casas ruinosas y mujeres harapientas que se dedicaban a fabricar cestos de mimbre y lavar botellas mugrientas con un agua casi negra. Los niños que tenían más suerte conseguían unos pesos a cambio de vocear, todas las mañanas y todas las tardes, el nombre de los periódicos y los titulares, a veces en alemán o en italiano, calzados con botas agujereadas, gorras con remiendos, o ropas heredadas de algún difunto que solían venirles muy grandes. Los extranjeros se agrupaban según las nacionalidades en pequeñas colonias pegadas a los cerros.

La habitación del Hotel Inglaterra se había convertido en una prisión para Ovidio Morell. Estaba desesperado por la falta de noticias de Fabián Lodeiro. Angustiado por la incertidumbre, decidió salir a la calle en cuanto anocheciera, pero las cosas se precipitaron. Llamaron a la puerta y aquellos golpes secos, violentos, le hicieron presagiar alguna catástrofe. Contuvo la respiración y se mantuvo en silencio. Volvieron a aporrear la puerta. Pensó fugazmente que podría ser Lodeiro, aunque le parecía poco probable que formara tanto alboroto. Dos hombres de rostro vulgar, vestidos con trajes viejos y arrugados, lo miraron con desgana. Documentación, dijo uno de ellos mientras el otro enseñaba su credencial de policía y metía un pie para que no pudiera cerrar la puerta. Ovidio Morell tardó en reaccionar. Entró en la habitación y los dos lo siguieron. Buscó sus documentos en un cajón y se los entregó. Los ojearon con pereza, sin leerlos. ¿Se llama usted Ovidio? Sí. ¿Es usted español? Sí. ¿Cuánto tiempo lleva en Valparaíso? Siete meses. Respondió a unas preguntas inútiles que estaban reflejadas en aquellos papeles. Acompáñenos, dijo uno de ellos. ¿Adónde?, ¿estoy detenido? Los policías hicieron un gesto de desgana. Mire, don, ahora no tenemos tiempo de explicaciones, usted se viene con nosotros sin alboroto y la autoridad le solucionará lo que sea, ¿entendido? Solo quiero saber si estoy detenido. De acuerdo, está detenido, se acabó la jodienda. Ovidio cogió la chaqueta del perchero y metió sus documentos en un bolsillo.

Vio a Fernanda a lo lejos, junto al mostrador de recepción del hotel. Acababa de preguntar por él. Le traía un mensaje de parte de Fabián Lodeiro. Tenía que advertirle que se marchara cuanto antes de la ciudad. La mujer comprendió que había llegado tarde. En cuanto vio a los dos tipos que acompañaban a Morell, supo que eran policías. Respiró hondo y decidió jugársela. Se hizo la encontradiza con los tres. Casi tropezaron. Ah, es usted, dijo Fernanda fingiendo sorpresa. Se abrazó cariñosamente a Morell, dispuesta a decirle algo al oído, pero fue ella quien oyó el susurro del hombre. Dígale al doctor Salmerón que me han detenido, necesito su ayuda. No puede hablar con nadie, dijo uno de los policías, no lo permite el reglamento. Morell se apartó y se dejó empujar hacia la puerta.

Valparaíso actuaba como un imán sobre Ovidio Morell. Durante meses no pudo entender qué lo retenía allí. Y, sin embargo, no daba el primer paso para marcharse. La ciudad lo atraía y a ratos le provocaba un gran rechazo. Durante las primeras semanas permaneció al lado de Fabián Lodeiro, hasta que mejoró y pudo valerse por sí mismo. Entonces su amigo decidió buscarse la vida, y Morell se quedó varado en el Hotel Inglaterra, preguntándose cada noche por qué no se marchaba. A veces Lodeiro iba a buscarlo y lo llevaba a las tabernas del puerto, a los lugares donde se movía como pez en el agua. Al poco tiempo le presentó a su socio, Justo Urquiza.

Urquiza era un vasco que llevaba veinte años anclado en la ciudad. Era viudo y tenía una hija de catorce llamada Leonora. Decía Urquiza que Valparaíso atrapaba a la gente. Eso mismo pensó Ovidio Morell cuando se lo oyó por primera vez. El vasco era dueño de la taberna El Gato. En su trastienda se podía comprar cualquier cosa que se moviera en el mercado negro. Urquiza se había asociado con Fabián Lodeiro, y al cabo de dos meses el negocio había duplicado su volumen.

El Gato era un antro de mala muerte. Lo frecuentaban, sobre todo, marinos, estibadores y prostitutas. Los días de paga se producían peleas, y de vez en cuando se pasaba por allí algún grupo de señoritos que solían visitar los prostíbulos de los alrededores. Si alguien buscaba a Fabián Lodeiro, sabía que podía encontrarlo en la taberna de Urquiza. A Lodeiro le gustaba llevar allí a Ovidio Morell y hacerlo sentir como en su casa. En cuanto los veía entrar por la puerta, la hija del dueño les buscaba una mesa y les servía vino y agua. Morell era el primer hombre que Leonora conocía al que no le gustara el vino. Aquella anomalía despertaba gran curiosidad en la muchacha.

Una noche se presentó en la taberna un tipo que no era de aquellos barrios. Saltaba a la vista que venía de El Almendral o de Delicias. Entró acompañado por una mujer. Ovidio Morell la reconoció enseguida. Se lo dijo a su amigo. Era Fernanda, la mujer de Freddy Pacheco. Pero no era la primera vez que Lodeiro se encontraba con ella. Hacía meses que permanecía varada en Valparaíso, como le había pasado a Urquiza hacía veinte años, como le estaba ocurriendo a Morell. ¿Tú lo sabías? Sí, la veo algunas veces, las cosas no le han ido muy bien desde que ese malnacido de Pacheco la abandonó como a un trapo. Fabián Lodeiro se levantó y se acercó a la mesa de la pareja. Se limitó a saludar, pero el hombre se tomó a mal la intromisión y le respondió de malos modos. Todo ocurrió muy rápido. Lodeiro dijo algo sobre su mala educación, y aquel tipo se puso en pie. Fernanda trató de retenerlo por el brazo, y él dio un manotazo a la mujer en la cara. Se hizo el silencio alrededor. Urquiza se acercó a poner paz. Le habló al oído a su socio, y este se calmó. Fernanda se había puesto en pie, dispuesta a marcharse. El hombre la retuvo. Tú te quedas aquí, mameluca, le dijo y cuando tiró de ella sintió que alguien le agarraba el brazo por detrás. Era Ovidio Morell. Suelte a la señora. El tipo se revolvió. Era un hombre alto y robusto, de manos grandes. Tenía el rostro descompuesto. Le dio una bofetada a Ovidio y lo hizo retroceder. En unos segundos Morell se lanzó sobre él y cayeron al suelo por el impulso. Arrastraron la mesa y rodaron algunas sillas por el suelo. El hombre consiguió agarrarlo por el cuello. Ovidio Morell le clavó las manos en las mandíbulas como garfios y le golpeó la cabeza una y otra vez contra el suelo, hasta que sintió que cedía la presión de los dedos en su garganta. Lo había dejado sin conocimiento. A Morell le faltaba el aire. Se puso en pie. ¿Se encuentra bien?, le preguntó a Fernanda. Ella asintió. ¿Quién es este pendejo?, dijo Lodeiro. Creo que trabaja en la aduana, respondió la mujer, eso fue lo que me contó, me prometió un pasaje para Estados Unidos. Vamos, todo el mundo fuera, gritó Urquiza dando palmadas, se acabó el espectáculo, cerramos por hoy. Urquiza se agachó y encontró una cartera de piel en el bolsillo interior de la chaqueta. ¿Está muerto?, preguntó Fernanda a punto de romper a llorar. No se preocupe, dijo el tabernero, saldrá de esta.

Se llamaba Santiago Jaramillo y era prefecto de policía. En cuanto Urquiza se dio cuenta de la gravedad del asunto, se guardó la cartera en el bolsillo y corrió a atrancar por dentro la puerta de la taberna. Es un pez gordo, dijo el vasco, esto traerá problemas. Fernanda se abrazó a Lodeiro, llorando. Estamos metidos en un buen lío, se lamentó Justo Urquiza. Su hija Leonora rompió a llorar también. El único que está metido en un lío soy yo, dijo Morell. Durante un rato estuvieron discutiendo la manera de salir de aquel atolladero. Finalmente, Fabián Lodeiro decidió que lo mejor era llevarse a Fernanda de allí enseguida. Necesito tiempo para pensar qué hacemos con este paco, dijo.

La mujer se había instalado en un hotelito modesto cerca del mercado del Cardonal. Ovidio Morell se encargó de acompañarla. Por el camino, Fernanda se desahogó con él. Estaba desesperada. No tenía apenas dinero, debía varias semanas de alojamiento y no encontraba ninguna salida a su situación. Morell trató de levantarle el ánimo. ¿No conoce usted a nadie en Valparaíso que pueda ayudarla? Fernanda lo miró con tristeza, enjugándose las lágrimas. Sí, conozco a algunas personas, pero la ayuda que me ofrecen nunca es desinteresada, ni siquiera suficiente.

Dos días después, mientras desayunaba en el hotel, leyó en *El Mercurio* la noticia del asesinato del prefecto de policía. El cuerpo de Santiago Jaramillo había aparecido flotando en el Muelle Fiscal. Según el periódico, había muerto de un golpe en la cabeza, y después lo habían arrojado al agua. Morell se levantó de la mesa y dejó el desayuno a medias. Recorrió los lugares donde sabía que podía encontrar a Lodeiro. No lo encontró. La taberna El Gato estaba cerrada y no había rastro de Urquiza ni de su familia. Regresó al Hotel Inglaterra cuando anochecía. Lodeiro lo esperaba en la entrada. Se sentaron en un rincón apartado y hablaron procurando no levantar la voz ni llamar la atención. No hubo más remedio, le explicó, era él o nosotros. En cualquier caso fui yo quien se enfrentó a ese tipo, replicó Morell, vosotros no teníais nada que ver en el asunto. Su amigo dibujó una sonrisa irónica. Tú no sabes cómo se las gasta la policía, le dijo Lodeiro. Sí, algo sé, ¿pero hacía falta matarlo? Su amigo no respondió. No te muevas del hotel, no respondas al teléfono, no hagas nada hasta que venga a decirte algo. ¿Qué vas a hacer? Todavía no lo sé, pero buscaré la manera de que desaparezcamos sin dejar rastro.

La Tercera Comisaría era un lugar cochambroso y sórdido. Olía a letrinas y amoníaco. Los dos policías condujeron con desgana a Ovidio Morell a una habitación con pocos muebles, donde había otro detenido a la espera de que le tomaran declaración. A través de una puerta abierta se veía un despacho; de vez en cuando entraba o salía alguien. Se oían voces dentro. El detenido era un hombre mayor, más de sesenta años, de escasa estatura, barriga prominente, barba espesa y blanca, bien vestido. Un agente tiró del anciano y lo condujo hasta el despacho contiguo. Luego cerró la puerta. ¿Quién es ese gallo?, preguntó a su compañero uno de los policías que habían arrestado a Morell. Es Palazuelos, respondió el otro, el anarquista. Pucha, ¿ese viejito es Palazuelos?, parece inofensivo. Se oyeron entonces voces airadas al otro lado de la puerta. Era el tal Palazuelos, que tronaba como un rayo. Hablaba a gritos, pronunciando una especie de discurso solemne que Morell apenas conseguía entender. De pronto sonó un revuelo de muebles y se apagó aquella voz. Ahora el que gritaba era un policía. Al cabo de un rato se abrió la puerta y aparecieron dos hombres que arrastraban a Palazuelos. Le sangraba la boca y tenía desgarradas las solapas de la chaqueta. Alguien empujó con brusquedad a Morell hasta el despacho del que había salido el anciano. Un inspector levantaba las sillas del suelo y recogía todo lo que había caído de la mesa. El interrogatorio fue breve. Nombre, nacionalidad, residencia. Cuando le preguntaron si conocía al prefecto Jaramillo, se mostró tranquilo y dijo que no lo conocía más que por lo que había leído en *El Mercurio*. Le preguntaron por Urquiza, por la taberna El Gato, por una prostituta que respondía a la descripción de Fernanda. Mantuvo la sangre fría, y los nervios no lo delataron. Llléveselo, dijo finalmente el inspector a un agente de uniforme.

Los calabozos parecían urinarios. Hacía frío, y la humedad subía por las paredes. Cuando Morell entró en la celda, José Palazuelos estaba sentado en un pequeño banco de obra adosado a la pared, con los codos apoyados en las piernas ligeramente abiertas. Había poca luz; la suficiente para distinguir la sangre en su boca y la congestión en los ojos. Permanecieron un rato largo en silencio, hasta que Morell decidió presentarse. ¿Es usted forastero?, preguntó Palazuelos. Español, respondió Morell. No tiene aspecto de ratero ni de delincuente, dijo Palazuelos. Me han detenido por la muerte de un prefecto de policía, creo. ¿Jaramillo?, era un auténtico energúmeno. No tuve el gusto de conocerlo, mintió Morell, ¿por qué lo han detenido a usted? Por lo mismo, respondió Palazuelos, por la muerte de ese mujerero, pero no debe preocuparse, siempre actúan igual, detienen a la gente sin ton ni son, nos tienen aislados unos días y luego nos sueltan, yo estoy el primero en la lista de sospechosos pase lo que pase, y usted..., algún confidente habrá dado una descripción que coincida con la suya, lo habrá visto en alguna taberna o en algún burdel gastando su dinero y habrá ido con el chivateo para ganarse un plato de comida, o lo que sea, mejor estar del lado de la policía que entrar en la lista negra, como yo, esto funciona así, amigo mío, no hacen más que dar palos de ciego. La verborrea de Palazuelos no tenía fin. Ovidio Morell estudió con atención a aquel sujeto de voz ronca y segura, maltrecho, que intentaba mantener su dignidad en aquella cloaca. Al cabo de un rato le preguntó: ¿Es usted anarquista? Palazuelos lo miró a través de la abertura de sus párpados, cada vez más hinchados. Sí, dijo con desconfianza, ¿tiene usted algo que objetar? En absoluto, respondió Morell, no es más que curiosidad. Palazuelos guardó silencio.

Habían pasado dos o tres horas —era imposible calcular el tiempo allí dentro—, cuando un agente abrió la puerta del calabozo y le pidió a Morell que lo acompañara. Lo condujo a un patio donde había un pilón y una bomba de agua. Lávese, por favor. Morell lo miró desconfiado. ¿A qué venía ahora tanta amabilidad? Se lavó las manos y la cara. Acomódese bien la ropa. ¿Qué significa esto?, ¿van a llevarme a una fiesta? El agente no respondió. Hizo un gesto negativo y le señaló una puerta a Morell. Subieron por una escalera estrecha que desembocaba en un pasillo. Espero que no tenga queja del trato que le hemos dado, dijo el policía. Luego lo hizo pasar a un despacho recargado de muebles, al que entraba la luz del sol. Enseguida comprendió lo que estaba ocurriendo.

Jacobo Santalla se dio la vuelta en cuanto oyó que se abría la puerta. Se acercó a Morell y le apretó la mano. Hablaba atolondradamente, interesándose por su estado. Estoy bien, dijo Morell, no tiene que preocuparse, sin duda ha sido una confusión. De eso estamos seguros, afirmó el banquero mirando al hombre que había al otro lado de la mesa. Era Nicolás Weber, subcomisario y conocido de la familia Santalla. El policía rodeó la mesa y se acercó a Morell; rostro serio, frente surcada por arrugas, cejas erguidas. Era evidente que la situación le resultaba violenta. Me temo que mis hombres pueden haber cometido un error por exceso de celo, dijo el subcomisario. Empezó algunas frases que parecían disculpas, pero no terminó ninguna. Entonces guardó silencio, tomó unos papeles de la mesa y los ojeó por enésima vez. No parecía muy convencido del paso que iba a dar. Quizá estuviera tratando de ganar tiempo. ¿Podemos irnos ya?, preguntó Jacobo Santalla. Sí, cómo no, ya pueden marchar. El banquero tomó a Morell por el brazo y lo empujó hacia la salida. El subcomisario fue a decir algo, pero se arrepintió en el último momento. Que tenga un buen día, señor Weber, dijo Santalla antes de cerrar la puerta.

Santalla estaba muy contento de ver de nuevo a Ovidio Morell. Por alguna razón creí que se encontraría ya lejos de Valparaíso, dijo el banquero, pero ya veo que estaba equivocado. Morell improvisó una sarta de mentiras relacionadas con su labor de historiador. Pues créame si le digo que me alegro de que no se haya marchado de la ciudad. Montaron en un carruaje que los aguardaba en la puerta de la comisaría. El doctor Salmerón enseguida me mandó aviso de este lamentable incidente, como se imaginará, y si no ha venido conmigo es por la alergia que le producen las comisarías. Morell lo miró incrédulo. Sí, sí, el doctor Salmerón tiene un pasado revolucionario del que no le resulta fácil desprenderse, pero no me extraña que no le haya hablado de eso. Sonrió para quitarle importancia al asunto. ¿Querrá acompañarme, si es tan amable?, me gustaría enseñarle algo y charlar un rato con usted. Morell fingió hacerlo con agrado.

La Banca Santalla se encontraba en la plaza Victoria, esquina con Independencia. Era un edificio de tres plantas que ocupaba la mayor parte de la manzana. Jacobo Santalla tenía su despacho en el último piso. A través de él se accedía a una enorme estancia que parecía un almacén de objetos de desecho. Vitrinas, muebles desemparejados, armarios, archivadores. El banquero se lo mostró como si fuera el interior de una caja fuerte. Esto le sorprenderá, pero quería que lo viera antes de contarle algo más. Santalla le mostró colecciones de minerales, de mariposas, de caracolas. Había libros de biología, enciclopedias francesas y británicas, libros en todos los idiomas. Le enseñó los archivos, cajas con documentos. Sin duda, se estará preguntando qué significa todo esto, dijo el banquero. En un rincón había una mesa ordenada con tinteros, plumines, papel, secantes. Este es mi refugio, ¿qué le parece?, todos deberíamos tener uno. Jacobo Santalla desplegó su oratoria y se definió como un filántropo, amante de las humanidades, de la ciencia, del arte. Se proponía fundar en Valparaíso un Museo de Historia Natural que llevaría su nombre. Le contó a Morell sus planes sin ahorrarse detalles, sin disimular su entusiasmo. El doctor Salmerón será el director del museo, le dijo, y yo el mecenas que aportará los fondos, además de todas mis colecciones. Luego abrió un gran armario y le mostró el interior a Morell como si fuera un lugar sagrado. Pero no era de eso de lo que quería hablarle, aquí está mi gran obra por construir, se trata de los archivos de mi familia desde el siglo XV hasta la actualidad, títulos de propiedades, árboles genealógicos, biografías, documentos de todo tipo, partidas de nacimiento y defunción. El banquero empezó a desplegar papeles y legajos sobre la mesa. Es el trabajo de toda una vida, pero yo me hago viejo y el tiempo corre en mi contra. Jacobo Santalla estaba intentando construir una gran enciclopedia de su familia a lo largo de cuatro siglos. ¿Conoce usted el espíritu de los enciclopedistas franceses?, pues eso es lo que pretendo, pero aplicado a la familia Santalla, el mundo es muy amplio y yo no puedo aportar más que un pequeño grano de arena al conocimiento. Le contó los pormenores del proyecto durante casi una hora. Ovidio Morell lo escuchó tratando de no manifestar lo absurda que le parecía aquella megalomanía. Según el banquero, su familia había mostrado siempre interés en todos los campos de la ciencia y del conocimiento. Sacó unos papeles manuscritos que guardaba en una carpeta y se los dio a leer. ¿Qué es?, preguntó abrumado por tanta información. También escribo poesía, si me permite que le dé ese nombre. ¿Estos versos son suyos? Así es, y tal vez debería ser más pudoroso para enseñarlos, pero ya lo considero como un amigo, usted es una persona instruida, un hombre de mundo, y me gustaría que los leyera y me diera su opinión sincera, por supuesto. Morell lo miró con apuro y mantuvo los versos entre las manos, sin atreverse a dejarlos sobre la mesa. Si le he mostrado todo esto, es porque quiero hacerle una propuesta: me gustaría que me ayudara en esta tarea ingente, que trabajara para mí. ¿Yo?, ¿y en qué podría ayudarle yo? En mucho, amigo Ovidio, en mucho, ¿me permite que lo llame Ovidio? Morell asintió. Verá, creo que usted ha aparecido en mi vida en el momento en que más lo necesitaba, ¿cree usted en los designios divinos?, yo sí, por supuesto, y por eso se lo digo, yo creo en la providencia, y me parece que no es casualidad que nos hayamos encontrado en este momento. Jacobo Santalla, después de su discurso, le pidió a Morell que trabajara en la gran enciclopedia de la familia Santalla. Llevaba años enredado en aquella empresa, pero el escaso tiempo con el que contaba impedía que la obra progresara. Le mostró fichas, entradas, pequeños artículos redactados por él. Le confesó que la mayor parte del material estaba ordenada, pero necesitaba darle forma. Morell permaneció en silencio, incapaz de decirle al banquero lo ridículo y desatinado que le parecía su proyecto. ¿Qué me contesta, Ovidio? Esto es un trabajo complejo para una sola persona, respondió Morell. Lo sé, lo sé, por eso le estoy pidiendo su colaboración, y créame que le pagaré generosamente su trabajo. Estuvo a punto de decirle que pensaba marcharse de Valparaíso, que tal vez se fuera a Francia, que tenía compromisos que atender, cualquier cosa, pero en vez de eso permaneció en silencio. Dígame al menos que lo pensará. Lo pensaré, señor Santalla. Llámeme Jacobo, se lo ruego, y tómese su tiempo antes de darme una respuesta.

Ovidio Morell se presentó en casa del doctor Salmerón para darle las gracias. Vivía en El Almendral, en compañía de una sirvienta huraña a la que le incomodaban las visitas. La vivienda era de una sola planta, con un patio interior invadido por las buganvillas y los gatos, a los que Práxedes Salmerón alimentaba todos los días. Lo recibió en pijama y pantuflas. Disculpe mi aspecto, pero no esperaba a nadie a estas horas. Es usted quien tiene que disculparme. Lo hizo pasar a un gabinete con estanterías vencidas por el peso de los libros. Quería agradecerle... El médico lo interrumpió. No tiene que agradecerme nada. Lo invitó a sentarse frente a una mesa baja en la que había un tablero de ajedrez con una partida iniciada. ¿Juega usted?, preguntó Práxedes Salmerón. Jugaba cuando era niño, pero he perdido la práctica. Esto no se olvida nunca. Colocó cada pieza en su lugar de inicio y le cedió las blancas a Morell. La aurora los sorprendió jugando la cuarta partida. Práxedes Salmerón empezaba a sentirse vencido por el alcohol. A requerimiento de su invitado, le relató algunos desmanes de juventud y su paso por la cárcel. A los veinte años es fácil caer en todas esas patochadas, dijo el doctor con el puro en la boca, pero la vida siempre ofrece la oportunidad de redimirse. ¿Y usted se considera redimido? Digamos que ya he pagado mi deuda. Morell lo escuchaba sin apartar la vista del alfil que amenazaba a su rey. ¿Quién es José Palazuelos?, preguntó de repente Ovidio Morell sin mirarlo. El médico se quitó el puro de la boca y expulsó el humo que acababa de aspirar. ¿De qué conoce usted a ese politiquero?, preguntó el anciano. Morell le contó su encuentro en el calabozo. Práxedes Salmerón sonrió en su limbo de alcohol. Se levantó con esfuerzo, buscó algo en un armario lleno de papeles y le puso en las manos un periódico antiguo con el título de *La Revolución*. Este es Palazuelos, le explicó y volvió a sentarse. Ovidio Morell pasó las páginas con mucho cuidado. Era un ejemplar muy viejo, con los bordes rotos, que amarilleaba por el paso del tiempo. Empezó a leerlo y se olvidó de la partida de ajedrez. Cuando levantó la cabeza, ya era de día y el doctor Salmerón se había quedado dormido en su mecedora. Se levantó con cuidado de no hacer ruido, se puso la chaqueta y salió de la casa con una idea que no podía quitarse de la cabeza.

José Palazuelos estaba casado con una mujer treinta años menor que él. Clarisa Ugarte era hija de un terrateniente de Iquique, dueño de una docena de pueblos y de inmensas extensiones salitreras. Cuando era una adolescente, Clarisa oyó hablar a alguien de su familia sobre José Palazuelos y quiso saber quién era aquel hombre de largas barbas que iba por los poblados mineros como un profeta, proclamando una doctrina que no era la que le habían enseñado a ella desde niña. Se vistió de hombre y asistió a un mitin de José Palazuelos en un teatro abarrotado de tipos rudos con rostros ajados. Ella tenía quince años, y el anarquista cuarenta y cinco. José Palazuelos poseía el don de la palabra y sabía ganarse a las masas con su oratoria revolucionaria. Cuando subía a la tarima, todo se desdibujaba a su alrededor. Esa fue, al menos, la sensación que tuvo Clarisa la primera vez que acudió a escucharlo. No estaba segura de entender sus palabras, pero se sintió arrebatada, en medio de temblores, y perdió la voluntad.

José Palazuelos había nacido en Valparaíso. Su padre era dueño de una fábrica de aceite de ballena. Palazuelos estudió Derecho en su juventud, pero pronto abandonó la universidad para conocer el mundo. Aprendió inglés, ruso y sánscrito. Recorrió la mayor parte de América y pasó dos años en Europa. Conoció a Kropotkin en Suiza y lo convirtió en su guía revolucionaria. Cuando regresó a Chile, tras quince años de ausencia, no reconoció su país. Fue diputado durante dos años, hasta que la radicalidad de sus ideas y su desprecio por el Estado le granjearon enemistades y fue expulsado del partido. Creó entonces el suyo propio y viajó por el país buscando adeptos para la nueva doctrina. La vida en familia era un lastre para él. Hasta que conoció a Clarisa Ugarte. Cuando la joven lo escuchó por primera vez, decidió escaparse de casa con unos cuantos pesos y apenas equipaje. Viajó detrás de Palazuelos sin que él lo supiera. Asistía a sus mítines, siempre rodeada de hombres, lo rondaba mientras comía, mientras pensaba, mientras iba de un sitio a otro. A los pocos meses, la muchacha se quedó sin dinero. Entonces se presentó ante José Palazuelos y le dijo que ella quería pertenecer al partido del que hablaba. Yo soy el partido, respondió el hombre, por ahora no he conseguido a nadie que me siga. Yo lo sigo, le confesó Clarisa, lo sigo desde hace tiempo. Cuando el anarquista se enteró de que la chica se había escapado de casa, se alarmó. Trató, sin éxito, de hacerla entrar en razón. Clarisa era dulce, despierta, ilusionada con todo lo que hacía. Se convirtió en su secretaria. Palazuelos le dictaba las cartas y los discursos que luego imprimía en pequeñas imprentas y repartía entre los maestros de los pueblos para que los leyeran a los mineros. En pocos meses terminaron durmiendo en casas de huéspedes míseras, quitándose las chinches el uno al otro. El padre de Clarisa no paró hasta dar con ellos en un pequeño pueblo de Coquimbo: treinta casas y un burdel. Lo acusó de secuestro. Pasó seis meses en la cárcel, hasta que fue juzgado y absuelto. El día en que salió de prisión, Clarisa lo esperaba en la puerta. Traía el consentimiento paterno para casarse. Palazuelos nunca averiguó cómo lo había conseguido. Volvió arruinado a Valparaíso para hacerse cargo de la fábrica de aceite de ballena de su padre, que había muerto al enterarse de las acusaciones contra su hijo.

Clarisa Ugarte tenía poco más de treinta años. Aún mantenía algunos rasgos de niña. José Palazuelos recibió a Morell con desconfianza. Pero en pocos días su actitud fue cambiando, y le abrió las puertas de su casa. Ovidio Morell le contó su pasado. Se atrevió a revelarle cómo había ocurrido la muerte del prefecto Jaramillo. Palazuelos lo dejó hablar. Luego le preguntó abiertamente: ¿Qué quiere de mí? Morell no estaba seguro de lo que quería. Permítame trabajar con usted. ¿Trabajar en qué?, ¿en la fábrica de aceite? No, usted ya sabe a lo que me refiero, yo hablo de otra cosa. Sí, Palazuelos lo sabía. Le contó a Morell que había abandonado la publicación de *La Revolución* porque no le daba más que disgustos. Yo fui en otro tiempo el azote de los políticos corruptos, de los explotadores, la conciencia de la clase obrera, todo eso fui yo. ¿Y ya no queda nada de eso? Palazuelos se miró las manos; tenía un ligero temblor. Yo he trabajado en la prensa, conozco el mundo de la impresión, podría ayudarlo, insistió Ovidio Morell. El anciano dejó la mirada perdida y trató de retener los últimos coletazos de las palabras de aquel joven. Clarisa estaba sentada entre los dos, en silencio. Tomó a Palazuelos de la mano y se la apretó. Hazlo, dijo la mujer, escúchalo al menos.

José Palazuelos empezó a pensar en serio en volver a la actividad política. Leyó algunas cosas que Ovidio Morell había escrito en los últimos meses. Se ilusionó con las reflexiones de aquel hombre al que había conocido en un calabozo de la Tercera Comisaría. De acuerdo, dijo al cabo de unos días, volveremos a la lucha revolucionaria. Morell se marchó aquella noche de su casa con el ánimo recuperado. Decidió dar un largo paseo; estaba muy alterado. Caminó por las calles ya vacías, con la cabeza llena de proyectos. Al pasar por la puerta del Hotel Internacional, vio un carruaje que acababa de detenerse. Lo reconoció por el cochero, que permanecía erguido en su asiento: era el coche de Jacobo Santalla. Se detuvo a unos metros y permaneció quieto hasta que la portezuela se abrió y apareció el banquero. Enseguida vio a una mujer que salía y se agarraba a su brazo. Se trataba de Fernanda. Los dos subieron las escaleras y se perdieron en la puerta giratoria del Hotel Internacional. Ovidio Morell se marchó dando grandes zancadas, sin poder quitarse de la cabeza la imagen de la pareja.

Durmió apenas dos horas y se despertó despejado. Permaneció en el pequeño gabinete, frente a una mesa de estilo francés donde solía escribir, y esperó a que se hiciera de día. Para entonces ya había decidido su futuro. Se puso el más nuevo de los dos trajes, desayunó en abundancia y salió a caminar. Los pasos se fueron adaptando a su pensamiento, hasta que logró la conjunción perfecta. Hacía tiempo que no tenía las ideas tan claras. Cuando la mañana estuvo avanzada, se presentó en la sede de la Banca Santalla. Su fundador lo recibió en el despacho de la última planta con un abrazo fuerte. Pensaba que ya se había olvidado de mí. En absoluto, Jacobo, en realidad no he dejado de pensar en usted ni un solo instante. Eso me halaga, amigo Ovidio. Si estoy aquí es porque ya he tomado una decisión sobre su propuesta. El banquero lo interrogó con la mirada. Siéntese, se lo ruego. Ovidio rechazó la invitación. He venido para decirle que será un placer trabajar para usted y colaborar en su proyecto. Santalla abrió los brazos y le puso las manos en los hombros durante unos segundos. No sabe usted cuánto me alegra oír eso, le confesaré que me hace muy feliz y me honra tenerlo como colaborador. La puerta se abrió de repente y los dos hombres quedaron en silencio. Arminda Santalla se detuvo en el umbral cuando vio que su padre no estaba solo. Discúlpame, no sabía que tenías visita. El banquero le hizo un gesto para que entrase. No es una visita, hija, se trata de Ovidio, ¿no lo recuerdas? La joven se azoró. Se dejó besar la mano y recibió halagada la ligera reverencia que le dedicó Morell. De repente hizo un mohín extraño y se fingió enfadada. Es usted un ingrato, después de tantos meses no ha tenido aún la cortesía de venir a visitarnos a casa. Ovidio Morell se disculpó con torpeza. Créame que lo siento de veras, pero pensé que su padre le habría contado... Bueno, bueno, lo cortó el banquero, eso de hacer reproches a los amigos no está bien, además, creo que Ovidio estará encantado de venir a casa esta misma semana, ¿no es así?, tenemos muchas cosas que celebrar, amigo mío. Así es, repitió Morell, muchas cosas.

11.

Julia Torrelles vivía en la calle Pau Claris, frente a la librería Laie, donde yo había presentado el libro dos días antes. Fui a su casa un domingo de febrero, una tarde desapacible por la tramontana. Mientras llamaba al portero automático, me preguntaba qué hacía acudiendo a la casa de una desconocida que me había telefoneado para matizar una cuestión que yo contaba en una entrevista a un periódico que nadie leía. Pero en realidad no tenía nada mejor que hacer y las tardes de domingo siempre me producían mucha tristeza.

El ascensor tardaba demasiado, así que subí por las escaleras hasta el segundo piso. Antes de tocar al timbre, alguien abrió la puerta y el misterio de la llamada telefónica empezó a desvanecerse.

—Adelante —me dijo una mujer cuyo rostro no me resultaba del todo desconocido—. Mi madre lo está esperando.

—¿Nos conocemos?

La mujer sonrió con cierto apuro.

—Sí, hace apenas unos días —me dijo tendiéndome la mano—. Soy Ángela Torrelles. Trabajo para doña Virginia.

Me quedé parado frente a ella, con su mano retenida en la mía. Efectivamente, era la secretaria de Virginia, pero había varias razones para que no la hubiera reconocido tan fácilmente. La encontré distinta, más joven tal vez, quizá por la ropa informal, por el pelo suelto, porque no llevaba gafas. Me sonreía. Solté su mano y recogí la mía torpemente en el bolsillo.

—Espero que me disculpe por haberle dado su número de teléfono a mi madre.

—No tiene que disculparse por nada, al contrario. Y será mejor que nos tratemos de tú.

—Pasa, mi madre está emocionada con tu visita.

En 1989, cuando yo la conocí, Julia Torrelles tenía poco más de sesenta años. Era una mujer menuda, muy delgada, con el pelo tintado de un castaño oscuro. Me recibió vestida como si fuera a salir a la calle, y yo diría que había ido a la peluquería el sábado. La reconocí enseguida. Efectivamente, era una de las dos mujeres a las que había firmado un libro el viernes anterior. Se levantó para saludarme y me pidió que me sentara. La casa era antigua, con elementos modernos que desentonaban. Sobre un aparador de los años cincuenta había un número considerable de portarretratos de plata con fotografías en blanco y negro. Ángela nos sirvió un café y se retiró.

—Ángela es mi única hija —me explicó la mujer cuando nos quedamos solos—. Ella vive muy cerca, en esta misma calle, y todos los días viene a verme.

—¿Vive usted sola?

—Sí —dijo después de un suspiro—. Me quedé viuda muy joven, cuando Ángela tenía doce años, así que imagínese lo que ha sido mi vida. Pero ya estoy acostumbrada. Y la soledad no es lo peor.

Julia Torrelles me enseñó el libro que yo le había firmado y el ejemplar del periódico con mi entrevista.

—He terminado de leer su libro esta misma mañana.

—¿Le interesa a usted el tema del anarquismo? —le pregunté.

Me miró con una sonrisa.

—Me interesa todo. Siempre me ha interesado la historia, pero en este caso hay algo que me toca muy de cerca.

Julia Torrelles transmitía desasosiego con la mirada. Sus ojos eran claros e iban de un sitio a otro, inquietos. Me pareció que estaba nerviosa.

—¿Le dice algo el nombre del doctor Esteban Torrelles?

Le respondí que no. Supuse que era alguien de su familia.

—Sí, era mi padre. Fue un hombre extraordinario. Cuando murió, yo tenía veinticinco años, y créame si le digo que todavía a veces tengo la sensación de que está vivo y va a entrar por esa puerta.

—Sí, conozco esa sensación.

—Mi padre fue un hombre excepcional en todos los sentidos. Era hijo único, como yo, como Ángela. Los Torrelles tenemos una larga tradición de hijos únicos. Cuidó de su madre hasta que murió con casi cien años. Seguramente eso condicionó su vida. No era una persona de alternar, de ir a los bares. Pasó toda su vida pendiente de mi abuela. Y cuando se casó ya era un hombre mayor. Tenía cuarenta y siete años. Pero la vida aún le tenía reservada alguna sorpresa. Se quedó viudo a los cincuenta, con una hija de dos años por criar. Porque mi padre me sacó adelante solo. No volvió a casarse.

En realidad, no me molestaba todo lo que me estaba contando aquella mujer a la que acababa de conocer, pero me pareció que lo que buscaba era alguien con quien hablar, una compañía nueva a quien contar todas esas historias que, sin duda, le habría escuchado innumerables veces su hija, quizá sus nietos. Julia Torrelles debió de ver algo en mi expresión, porque enseguida frenó su verborrea.

—Disculpe que le cuente todo esto. Estará pensando que soy una vieja que necesita recordar de vez en cuando para sentirse viva.

Eso era exactamente lo que estaba empezando a pensar.

—No, lo que ocurre es que tengo una cita dentro de un rato y no dispongo de mucho tiempo —mentí y al momento me sentí despreciable.

—Si le explico todo esto, es porque quería contarle que mi padre fue médico de la familia Deulofeu durante años.

Julia Torrelles se quedó en silencio y observó mi reacción. Le echó sacarina al café y empezó a darle vueltas sin dejar de mirarme.

—Mi padre y Ezequiel Deulofeu eran como la noche y el día, ¿me entiende?

—No estoy seguro.

—Mi padre era un hombre religioso, muy tradicional, ¿cómo le diría?

—Un hombre conservador.

—Sí, era amante de la tradición, del orden...

—Y Ezequiel Deulofeu era todo lo contrario, un anarquista, un revolucionario...

—Eso es. Pero hubo algo que los unió. Cuando Deulofeu se marchó definitivamente de Barcelona, creo que dejó una huella muy importante en mi padre. En los últimos años de su vida hablaba de aquella época con una nostalgia muy grande. A veces parecía que había perdido la cabeza, pero enseguida contaba anécdotas de los Deulofeu, de la madre, de la hermana menor. Pobrecita. Mi padre la apreciaba mucho. Él era un buen cristiano con terribles dudas, y creo que esas dudas me las transmitió a mí.

—¿Cree usted que Ezequiel Deulofeu influyó en la forma de pensar de su padre?

—En absoluto —respondió con contundencia—. Ni tampoco lo contrario. Su relación no fue ideológica, sino de otro tipo. Creo que en el fondo eran dos hombres solitarios con muchas cosas en común —Julia Torrelles dio un pequeño trago a su café y retuvo la taza entre las dos manos, como si temiera que fuera a caérsele—. Dígame una cosa —continuó la mujer—, ¿usted tiene algún interés especial en Ezequiel Deulofeu?

Acababa de hablarme como si lo hiciera mi propia conciencia. Su pregunta me dejó desarmado, y creo que Julia se dio cuenta. ¿Qué interés tenía yo en aquel personaje, en aquellos acontecimientos que habían sucedido hacía tantos años? Sí, era una buena pregunta.

—Verá —le respondí después de un instante de zozobra—, a ver cómo se lo puedo explicar. Yo no soy un historiador ni un investigador ni un experto en el tema. Yo trabajo como bedel en el Archivo Histórico de la Ciudad de Barcelona. Es un trabajo que me permite ir viviendo, nada más. Hubo un tiempo en que la historia fue una parte importante de mi vida, digámoslo así, pero eso ya quedó atrás. Este es un libro de encargo —le confesé señalando mi propio libro—. Lo escribí con gusto, le mentiría si le dijera lo contrario, pero no es algo importante en mi vida. Cuando lo terminé, alguien que sabe mucho sobre este asunto me dijo que había dado con la pista del autor del atentado de Canvis Nous. Eso fue todo. Luego, sin pretenderlo, los datos me fueron saliendo al paso, encontré más información sin esforzarme, me hicieron esa entrevista...

Me quedé callado. Sentía fatiga por el esfuerzo de buscar una justificación que nadie me había pedido. ¿Qué hacía yo dándole explicaciones a una desconocida sobre asuntos de mi vida que únicamente me incumbían a mí? Julia Torrelles esperó un rato antes de decir nada. Creo que me estaba adivinando el pensamiento.

—No ha respondido a mi pregunta. Solo quería saber si usted tiene algún interés en Ezequiel Deulofeu —mi silencio resultó una confirmación a algo que yo no quería reconocer aún—. ¿Un poco más de café?

—No, gracias.

—Ezequiel Deulofeu fue un hombre importante en la vida de mi padre, pero eso no quiere decir que tenga que serlo en la de nadie más. Ni siquiera en la mía. Es posible que mi llamada de ayer no fuera otra cosa que puro egoísmo. No sé si hice bien, pero a veces parece que las cosas te van saliendo al paso sin buscarlas, y cuando mi hija me habló de la presentación de su libro me acordé de mi padre. ¿Ve usted esos libros de ahí? Todos tratan sobre anarquismo. ¿Puede creerlo? Un hombre religioso, de misa diaria, célibe hasta los cuarenta y siete años, leyendo libros de anarquismo, de pistoleros a sueldo, de huelgas, de revoluciones. Así era mi padre.

De repente se quedó callada y me dio la sensación de que había terminado todo lo que tenía que decir. Se sirvió más café.

—Siga, por favor —le dije al cabo de un rato—. Cuénteme más cosas de su padre.

Esteban Torrelles había sido un médico prestigioso en Barcelona hasta que se jubiló en los años cuarenta. Su vida se limitaba a su trabajo y su familia, es decir, su hija. Al doctor Torrelles le gustaba hablar del pasado. Julia escuchó muchas historias de la familia Deulofeu: de Ezequiel, de Frédérique, de Magdalena. Pero Ezequiel Deulofeu fue quien caló más hondo en el médico y, a la larga, terminó dejando huella. Durante años jugaron al ajedrez todos los días en casa de los Deulofeu. Apenas hablaban, pero de vez en cuando Ezequiel le contaba alguna confidencia del pasado, y el doctor Torrelles lo escuchaba sin juzgar, sin hacer comentarios. Tal vez Deulofeu lo hacía por eso, porque Torrelles nunca opinaba, nunca se escandalizaba, no fruncía el ceño ni hacía gestos de extrañeza. Pasaban dos horas delante del tablero de ajedrez, y en los últimos quince minutos Ezequiel Deulofeu, como si el tiempo se le escapara o no fueran a verse más, empezaba a contar una parte de su vida que él mismo definía como oscura.

—Cuando Deulofeu se marchó por segunda vez de Barcelona, le entregó veintitrés cartas en una cajita que había encargado construir para guardarlas —siguió contándome Julia Torrelles—. Formaban parte de su pasado en Chile, pero seguían siendo el presente de aquel hombre atormentado. Después no volvieron a verse. Pero le escribía a mi padre de vez en cuando. Mi padre hablaba mucho de eso. Y créame que en sus últimos años mencionaba a Ezequiel Deulofeu casi a diario.

—¿Y usted conserva esas cartas que le escribió a su padre? —me atreví a interrumpirla.

Julia Torrelles hizo un gesto ambiguo que no supe interpretar. Luego dio un sorbito muy corto al café.

—No, esas no las tengo, por desgracia. Cuando mi padre estaba ya muy enfermo, pocos días antes de morir, me pidió que le pusiera en el ataúd las cartas, varios sobres con fotografías y otros recuerdos de su madre. Quería evitar que esas fotos y esos papeles fueran de un sitio a otro cuando él faltara. Mi padre no quería dejar huella, era un hombre modesto, extraordinario pero modesto. Y yo lo obedecí: metí las cartas y todo lo demás en su ataúd, tal y como me había dicho. Y créame que lo he lamentado muchas veces. Sin embargo, pocos meses después de su muerte, ordenando su despacho encontré una caja vieja que contenía cosas de la familia Deulofeu: un reloj, una biblia, estampas de santos, papeles. Y también apareció una cajita de madera preciosa que yo no había visto antes. Guardaba dentro las veintitrés cartas de las que mi padre me había hablado alguna vez, aunque nunca me las había enseñado. Estaban fechadas en Valparaíso y habían sido escritas a lo largo de varios años. El destinatario era Ovidio Morell. Pero yo sabía que Ovidio Morell era Ezequiel Deulofeu. Era la identidad que utilizó durante los años en que vivió en Chile, donde se casó. Esa historia la conocía bien; mi padre me la había contado muchas veces. ¿Había olvidado decirme que las metiera en el ataúd?

—Probablemente no —la interrumpí.

—Eso pienso yo también. Tal vez mi padre consideró que no le pertenecían, que él no era quién para destruirlas. Creo que se sentía como el albacea de la memoria de Ezequiel Deulofeu. Tal vez quería que yo siguiera conservándolas para que no se perdiera el testimonio después de su muerte. Es difícil saber qué pasaba por su cabeza.

Se quedó callada de nuevo, y por la expresión de su cara me pareció que no tenía nada más que decir. Sus ojos brillaban por unas lágrimas que no terminaban de romper. Se levantó y salió del salón. No me dijo nada, pero al pasar a mi lado me tocó ligeramente en el hombro en un gesto que me pareció cariñoso. Regresó enseguida.

La caja de hojalata tenía una pátina de tiempo que hacía difícil reconocer su color original. Julia sacó algunos objetos, una libreta con anotaciones y me dejó leerla. La otra, en efecto, era una caja realmente bonita, como me había dicho. La trajo apretada contra el pecho, como si llevara un tesoro. La abrió con sumo cuidado.

—Ezequiel Deulofeu la hizo a medida para guardarlas —me explicó Julia—. Nadie se toma esa molestia si no quiere conservar algo importante. ¿No le parece bonito?

No supe qué decir. Todavía desconocía la naturaleza de aquellas cartas; todavía ignoraba muchas cosas. Sacó la primera y me la entregó.

—Están ordenadas por fechas —sacó el resto y las colocó sobre la mesa—. Ábrala con mucho cuidado. Yo las he leído unas cuantas veces. Hay fragmentos que he aprendido de memoria. No sé por qué lo hago. Es una tontería, la verdad, pero me gusta sacarlas, leerlas y transportarme a ese tiempo.

La abrí con cuidado, con una emoción inexplicable que la mujer me había contagiado. El papel olía a viejo. Me gustó aquel olor. Amarilleaba. La carta había sido escrita unos ochenta años atrás, y en el momento de leer el encabezamiento se me pasó por la cabeza que su autora nunca pudo imaginar que tanto tiempo después un tipo como yo, a miles de kilómetros de distancia, iba a leerla y a conocer una parte pequeña de su vida. Aunque su vida fuera una mentira.

Querido Ovidio:

Hace dos días que sufrimos temporal del norte. Con este tiempo desapacible, lo único que realmente deseo es quedarme en casa y aprovechar para contarle cómo va todo por Valparaíso. Además, a mi esposo le desagrada que ande por ahí en un día como el de hoy, expuesta a un accidente.

Los barcos balleneros están atracados en el puerto a la espera de que amaine el temporal. Sé que le gustaba contemplar esa imagen invernal. A mí el invierno me entristece, pero pronto llegará la primavera y volveremos a tener lindo el jardín.

El domingo pasado asistimos a un partido de cricket en el Campo de Marte. Lo organizaba el Consulado Británico y fue muy emocionante. Estrené un vestido que había comprado en la Casa Francesa. Supongo que se acordará de aquella tienda que estaba en la calle Condell, donde solía comprar las camisas y le confeccionaban unos ternos que nadie más sabía llevar como usted...

12.

Ovidio Morell y Catalina Santalla se casaron en marzo de 1906, cuando el verano iniciaba su declive. Él tenía treinta y cuatro años; Catalina, treinta y ocho. Aunque ella manifestó su deseo de celebrar una boda discreta, la nueva mansión de Playa Ancha se llenó de invitados que agasajaban a los novios y felicitaban a la familia. Jacobo Santalla contrató una orquesta de doce músicos que se instaló en el jardín, bajo un toldo que los protegía del sol. Mientras las parejas bailaban valses, polcas y tangos, la novia permanecía sentada en una silla, acompañada de su esposo, abanicándose. Morell, en pie, devolvía los saludos con una sonrisa, incapaz de saber quién era cada uno.

La casa de los Santalla en Playa Ancha era la mejor construcción de la avenida Gran Bretaña. El banquero se la había encargado a un arquitecto alemán y tardaron casi cuatro años en terminarla. Tenía luz eléctrica, y desde las buhardillas se alcanzaba a ver la bahía de Valparaíso como si estuviera pintada en los cristales de las ventanas. Jacobo Santalla no soportaba la idea de separarse de su hija, aunque sabía que antes o después los recién casados querrían tener su propio hogar. Ovidio Morell no puso ningún inconveniente a vivir bajo el mismo techo que su suegro y su cuñada. En realidad, la idea de quedarse a solas con Catalina le producía un enorme desasosiego.

Arminda se acercó a la pareja y le dio la mano a su hermana. ¿No va a sacarme a bailar?, le dijo a Morell, si Catalina me da su permiso, por supuesto. La hermana mayor hizo un gesto de asentimiento. Ovidio Morell no sabía bailar. Trató de dirigir los movimientos de su cuñada, pero sus piernas se enredaban con el vestido. Arminda fingía no darse cuenta y poco a poco le fue guiando los pasos. Parece usted la mujer más feliz de la fiesta, le dijo Morell. Y lo soy, después de la novia, cómo no, pero creo que tengo motivos, ¿no le parece? Poco a poco se fueron confundiendo con el resto de las parejas. Quiero pedirle algo, dijo de repente Arminda congelando su sonrisa, prométame que hará feliz a mi hermana. ¿Acaso duda de mí? No, por supuesto, pero me gustaría oírle decir que va a hacer todo lo posible por que mi hermana sea una mujer dichosa. Haré todo lo que de mí dependa. Catalina es especial, aunque a veces muestre esa fachada de mujer dura e insensible. Ovidio Morell sintió en su hombro una mano que lo presionaba como una garra. Se volvió. Era Nicolás Weber. Creo que me debía usted este baile, dijo el subcomisario tendiéndole la mano a la mujer. Los dos hombres se sostuvieron la mirada durante unos segundos. Arminda aceptó la mano del subcomisario, y Morell se alejó hacia el lugar en que había dejado a su esposa. ¿Por qué le provocaba tanto rechazo aquel hombre? No le gustaba su mirada torva y desconfiada ni el sigilo con que se movía, siempre acechando como un animal que sale de caza. Su presencia lo inquietaba.

Jacobo Santalla le salió al paso acompañado por el cónsul de Estados Unidos y su esposa. Su suegro me ha dicho que harán ustedes un viaje a mi país, creo que ha sido una magnífica elección. Norteamérica es el sueño de Catalina desde que era una niña, dijo el banquero, y qué mejor oportunidad que una luna de miel para conocer el país. Jacobo Santalla le echó el brazo por encima a Morell y lo empujó hacia un lado. Si me disculpa, le dijo al cónsul, tengo que enseñarle algo a mi yerno. Morell se dejó guiar a través del jardín. Entraron en la biblioteca y Santalla cerró las dos puertas. Se colocó junto a la chimenea y adoptó una postura solemne, con un gran cigarro en una mano y la otra en la sisa de su chaleco. Verá, Ovidio, no hemos tenido la oportunidad de hablar tranquilamente del futuro y no quiero que pase más tiempo. Morell fingió estar tranquilo. Quiero que sepa que confío plenamente en usted. Se lo agradezco. No hace falta que le diga lo importante que es Catalina para mí, ¿verdad?, continuó el banquero, no es que Arminda no lo sea, ni mucho menos, pero Catalina siempre ha necesitado más atenciones, porque es más frágil, a pesar de esa fachada. Santalla se puso el puro en la boca y se detuvo como si buscara las palabras adecuadas. La vida me ha sonreído, no se lo negaré, pero Dios no me concedió un hijo varón, por eso quiero que sepa que usted es para mí como un hijo, no me interrumpa, por favor, usted dirigirá algún día mis negocios... Me temo que va demasiado deprisa, se apresuró a decir Morell. Sonaron unos golpes en la puerta a la vez que asomaba la cabeza el secretario de Santalla. ¿Qué quiere, Rodrigo? Era un hombre alto y muy delgado, de ojos hundidos tras unos lentes gruesos. El señor Morell tiene una llamada telefónica. El banquero le hizo un gesto de reprobación a su secretario. ¿Y quién puede llamar en un día como hoy?, ¿acaso no le ha dicho que estaba casándose? Yo tampoco puedo comprenderlo, señor, dijo Rodrigo desolado, ya le dije que hoy no era el mejor momento, pero insistió. Morell buscaba la manera de salir airoso de aquella situación. Lo solucionaré enseguida. Se dirigió a la puerta y al pasar junto al secretario le oyó decir: El teléfono está en el gabinete. Sé dónde está el teléfono, respondió Morell.

Pesadas cortinas amortiguaban la música que llegaba desde el jardín. Ovidio Morell cerró la puerta del gabinete y cogió el teléfono. Oyó una tos seca y enseguida reconoció la voz de Palazuelos. Tiene que disculparme por importunarlo con esta fregatina el día de su boda, pero realmente no sé cómo debería actuar en una situación tan particular. ¿Le ha ocurrido algo a Clarisa? No, Clarisa está perfectamente, se trata de su amigo. ¿De Lodeiro? Así es, parece que se ha metido en problemas. ¿Qué clase de problemas? Palazuelos tomó aire antes de hablar. Tengo a mi lado a una joven que dice llamarse Leonora, ¿sabe quién es? Sí, la hija de Urquiza, un viejo amigo, ¿qué le pasa a Lodeiro? Lo han detenido, según dice esta señorita que insiste en que usted debe saberlo. Ovidio Morell escuchaba el llanto de la muchacha tras las palabras de Palazuelos. Clarisa está tratando de consolarla, pero es inútil, quiere hablar con usted a toda costa para que lo saque de allí, asegura que le han dado una buena chanca en comisaría, que es inocente... Permítame hablar con ella, dijo Morell.

Fabián Lodeiro entraba y salía sin avisar de la vida de Morell. Después del revuelo que provocó la muerte del prefecto Jaramillo, desapareció de Valparaíso y no regresó hasta meses más tarde. Justo Urquiza lo siguió, consciente de que su vida ya no valía nada si lo relacionaban con el policía muerto. Sin embargo, el vasco no regresó a la ciudad. Fabián Lodeiro se hizo cargo de su hija Leonora. Un año después recibió una carta de Urquiza desde Bolivia en la que daba largas a su regreso, y entonces supo que su socio ya no volvería nunca. Los negocios de Lodeiro eran oscuros. Morell nunca supo con certeza en qué andaba metido. Un día lo encontraba vestido como un señor, oliendo a perfume de mujer caro, con una flor en el ojal de la solapa, y pocos meses después lo veía vagar por las tabernas del puerto, mezclado con los estibadores, bebiendo y pidiendo prestado para jugar.

Ovidio Morell abandonó el Hotel Inglaterra cuando comenzó a trabajar en el absurdo proyecto de Jacobo Santalla. El banquero le había dado libertad para contratar ayudantes y organizar el trabajo a su manera. Se instaló en una casa de huéspedes en el Cerro Barón, al norte de la ciudad. Se mandó confeccionar tres camisas y un traje de paño oscuro en la Casa Francesa, en la calle Condell; también compró unos botitos como los que llevaban los empleados de la Compañía de Telégrafos, un bastón flexible y un sombrero de calañé negro. Y empezó a visitar a los Santalla un viernes al mes.

Las reuniones en casa del banquero eran célebres en Valparaíso. Vivían entonces los Santalla cerca del Teatro de la Victoria, en un edificio antiguo, de mármoles y maderas envejecidos, que empezaba a causar problemas a sus dueños por el deterioro. Allí se reunía una vez al mes un grupo de amigos y conocidos de la familia Santalla. El momento de mayor expectación se producía cuando Arminda se sentaba frente al piano y su hermana se disponía a cantar. El salón de la casa se quedaba pequeño para escuchar la prodigiosa voz de Catalina. Su fealdad se desdibujaba cuando comenzaba a interpretar los *lieder* de Schubert o unas arias que se escapaban por los balcones abiertos de par en par y llegaban hasta la calle. A su alrededor se hacía un silencio absoluto y en las pausas de Catalina se oían los dedos de Arminda percutiendo el marfil de las teclas. Fernanda asistía con frecuencia a aquellas veladas. Morell y ella se saludaban con cordialidad, se interrogaban con la mirada, y de vez en cuando escuchaban a Catalina el uno al lado del otro. El subcomisario Nicolás Weber era uno de los asiduos. Morell lo buscaba con la vista en cuanto entraba en el salón de los Santalla. No era difícil dar con él. Siempre estaba solo, pegado a la pared, expectante en la distancia, como al acecho. Solía vestir una levita que desentonaba en el ambiente distendido de las reuniones, y con frecuencia aparecía con un bastón que no sabía usar. Mientras Catalina cantaba, él se contemplaba la punta de las botas y se las acariciaba con el extremo del bastón. Fingía disfrutar de la música, y de vez en cuando levantaba la cabeza para contemplar las molduras del techo. Morell y Weber nunca se saludaban, aunque sus miradas se cruzaban con frecuencia.

Catalina Santalla esperaba las visitas de Morell con entusiasmo contenido. Conforme se acercaba la fecha, su alteración crecía: su carácter cambiaba, se volvía más habladora, dedicaba más tiempo a vestirse, a peinarse. Elegía con cuidado las joyas, los zapatos; incluso daba la sensación de que los dolores de su cadera desaparecían. Arminda sabía que las visitas de Morell elevaban el ánimo de su hermana. Por eso buscaba la manera de dejarlos a solas unos minutos para que pudieran intercambiar unas frases sin testigos molestos. Ovidio Morell se acostumbró a improvisar mentiras. Fue alimentando la gran farsa de una vida que se inventaba visita a visita. Lo envidio, señor Morell, es usted una persona afortunada. ¿De verdad lo piensa? Sí, estoy convencida. Sin embargo, Catalina tenía repentinos cambios de humor. Bastaba que alguien le pisara el vestido accidentalmente para que sufriera un cambio brusco. Un jarrón colocado fuera de sitio, un vaso que se derramaba sobre la alfombra podían ser el detonante de un arrebato de furia que no era capaz de controlar.

Mientras tanto, Ovidio Morell acudía todos los días a casa de José Palazuelos. El proyecto de publicar de nuevo *La Revolución* le había devuelto la ilusión al viejo anarquista. Clarisa se daba cuenta de la influencia que Morell ejercía sobre su marido. Los dejaba hablar durante horas y planificar el trabajo. Empezó a tratar a Morell como a alguien de la familia. Lo solía recibir en casa con alguno de sus guisos, lo obligaba a sentarse a la mesa y compartirla con ellos. Los domingos le preparaba cazuela de gallina y se desvivía para que se sintiera a gusto. Por fin, después de muchos inconvenientes, salió el primer número de *La Revolución*. Palazuelos se sintió rejuvenecer. Consiguió un batallón de chiquillos que lo repartiera por el puerto. El número estaba escrito entre los dos, utilizando diferentes seudónimos para cada artículo. Sin embargo, no tuvo mucha repercusión. Esto no es más que el principio, dijo el anarquista, lo importante es llegar a los trabajadores como sea y hacerles saber que no están solos.

La huelga de 1903 supuso una verdadera convulsión en la ciudad. Se anunciaba una bajada de salarios, despidos; corrían por los muelles listas negras de trabajadores conflictivos. José Palazuelos llevaba meses participando en asambleas, subiéndose a escenarios improvisados, arengando a las masas de obreros desencantados. Clarisa lo acompañaba como en los viejos tiempos. Lo ayudaba a subir a una silla que hacía las veces de tribuna y se quedaba a su lado. Sus palabras sonaban atronadoras, apocalípticas. Después, al bajar de su estrado de cuatro patas, se volvía un hombre tranquilo, manso.

En mayo estalló la huelga. Se paralizó la actividad en el puerto, y de repente la vida de la ciudad se colapsó. Los barcos no entraban ni salían de la bahía. Empezaron los enfrentamientos con la policía, luego los incendios, que se propagaron más allá del puerto. Los comercios cerraron por miedo a los destrozos. El ejército tomó las calles, y vinieron enseguida las detenciones masivas. Era peligroso circular por Valparaíso. Un día Clarisa tardaba en llegar a casa y Palazuelos tuvo la certeza de que la habían detenido. Sabía, además, que no podía presentarse en ninguna comisaría para exigir que la dejaran libre. Por eso acudió angustiado a Morell y le contó lo que había sucedido. Como no pueden conmigo, tratan de hacerme daño donde más me duele, le dijo desesperado el anarquista. De pronto Palazuelos había perdido toda su fuerza y su entusiasmo. Tranquilícese, don José, yo me ocuparé de este asunto, márchese a casa y déjelo en mis manos.

Morell encontró a Nicolás Weber en la Tercera Comisaría. Se tragó todos sus escrúpulos y le exigió que dejara libre a Clarisa. Aunque el subcomisario se vio abordado en su propio terreno, tardó en reaccionar. Aquí dice que esa mujer está metida en asuntos turbios. ¿Qué asuntos turbios?, preguntó Morell. No supo responderle. Los calabozos estaban llenos, y contra la mayoría de los detenidos no había más acusación que la de formar parte de una lista. ¿Quién es esa mujer?, preguntó Weber tratando de mostrar que la presencia de Morell no le inquietaba.

Trabaja para mí, es una mecanógrafa, mintió. Nicolás Weber se removió en su asiento mientras Morell seguía en pie. ¿Mecanógrafa?, ¿ahora llaman así a una vulgar chusca? Ovidio se inclinó hacia él con las mandíbulas apretadas. Lo creía más inteligente, dijo Morell, pero ya veo que lo juzgué mal, ¿prefiere que pique más alto para dejar libre a esa mujer? Weber dio un golpe sobre la mesa y se puso en pie. ¿Más alto?, ¿va usted a llamar a su jefe para que lo ayude en este asunto?, dijo con desprecio el subcomisario. Morell sonrió y consiguió mostrarse tranquilo. Su serenidad contrastaba con el nerviosismo del policía. Bueno, si se refiere al señor Santalla, no es solo mi jefe, también será mi suegro en el futuro. Nicolás Weber no apartaba los ojos de él, pero la ferocidad de su mirada se fue apagando. Sin conocer la trascendencia de sus palabras, Morell le había hecho verdaderamente daño al subcomisario.

Esa misma noche Ovidio Morell se presentó inesperadamente en la casa de los Santalla. Había ensayado su actuación toda la tarde. La visita de Morell sorprendió al banquero en su pequeño gabinete, donde estudiaba los planos de la nueva casa. He venido a pedirle la mano de su hija Catalina, dijo sin preámbulos. El banquero tardó en reaccionar. Vaya, amigo Ovidio, esto no me lo esperaba. Lo invitó a sentarse. No le negaré que mi hija siente una gran simpatía por usted, pero de ahí a pedir su mano... El gesto de decepción de Morell le hizo rectificar su discurso. ¿Ha hablado con ella sobre este particular? Primero quería hacerlo con usted, respondió Morell. Permítame que me recomponga de la sorpresa, dijo el banquero, como comprenderá no estaba preparado para esto. Hizo sonar una campanilla y apareció un criado de riguroso uniforme. Le pidió una botella de oporto y unas copas. Será mejor digerir esto con un trago. Luego mandó aviso para que Catalina viniera al gabinete. Tardó casi una hora en aparecer. Se presentó vestida de calle. Se había puesto un collar de perlas y caminaba sin el bastón. Estaba desconcertada; parecía que hubiera adivinado lo que iba a ocurrir. Santalla los dejó a solas. Morell no quería dilatar más el trámite. He venido a pedirla en matrimonio. Se sentó sin apartar la vista de él. Ovidio Morell se acercó y se mantuvo en pie. ¿No tiene nada que decir?, se impacientó el hombre. Dígame, ¿por qué lo hace?, preguntó Catalina. Porque usted y yo nos parecemos mucho. ¿De verdad lo cree? Sí, estoy convencido. Catalina permaneció con la mirada perdida, pensativa. Contésteme, dijo la mujer al cabo de un rato, ¿siente pena por mí? Parecía que Morell estuviera esperando esa pregunta y tuviera preparada la respuesta. ¿Pena?, en absoluto, usted es una mujer inteligente, culta, ¿por qué habría de sentir pena? Yo no soy como la mayoría de las mujeres, dijo Catalina. Tampoco yo soy como la mayoría de los hombres.

La alcoba nupcial era amplia: cama con dosel, lámpara de lágrimas en el techo, un biombo delante del tocador, un gran vestidor con bañera de cobre en el centro y agua corriente. El balcón que daba al jardín estaba bien aislado por cortinas de doble tejido. La chimenea permanecía encendida a pesar de que era final de verano. Cuando Ovidio Morell cerró la puerta, dejaron de oírse las voces del piso inferior. Sobre una pequeña mesa de mármol tenían frutas y bebidas. ¿Le apetece tomar algo?, le preguntó a su esposa. Catalina estaba nerviosa. Rechazó la comida. Morell la ayudó a quitarse los zapatos. Luego ella se retiró al vestidor y cerró la puerta. Permaneció allí durante más de una hora. Ovidio Morell se quitó la chaqueta, el chaleco, los zapatos y se tumbó en la cama. Finalmente salió Catalina con una bata sobre el camisón. Se había dejado el pelo suelto y caminaba sin la ayuda del bastón. ¿Se encuentra bien?, preguntó Morell. La mujer hizo un gesto ambiguo, que no quería decir nada. Su rostro reflejaba dolor. Se desprendió de la bata y se metió en la cama. Él terminó de desvestirse. Apague la luz, se lo ruego, dijo Catalina. Obedeció. Se metió también en la cama y se acercó al cuerpo de la mujer. ¿Está usted desnudo? Sí, lo estoy. Ovidio Morell le puso la mano en el pecho. ¿Qué hace?, preguntó sobresaltada, no me toque de esa manera. Le apartó la mano. Haga lo que tenga que hacer, pero hágalo deprisa, dijo Catalina, esto es muy violento para mí. Morell recorrió con la mano el camisón de Catalina y empezó a levantarlo hasta las rodillas. Le agarró un muslo y apretó. Ella dejó escapar un lamento. ¿Le hago daño? Me duele la cadera, respondió. Trataré de no ser brusco. Hágalo como quiera, pero termine de una vez. Le puso la mano en el pubis y ella dio un respingo. Abrió las piernas y apartó los brazos del cuerpo. ¿Le hago daño?, preguntó de nuevo Morell. Siga y no haga preguntas. Se colocó encima de ella y trató de no aprisionarla. Catalina sollozaba. ¿Es tan terrible esto para usted?, preguntó el hombre a punto de perder la paciencia. No es terrible, pero esta noche no puedo soportar el dolor. ¿La cadera? Sí, la maldita cadera, sabía que esto no iba a salir bien. ¿No siente ningún deseo?, preguntó Morell. No como usted, respondió ella. Lo empujó para que se quitara de encima. Ovidio Morell se dejó caer de espaldas en el hueco de la cama. Necesito un poco de tiempo, dijo Catalina con voz lastimera. Él encendió la luz. Vio su propia imagen en el espejo de la cómoda y sintió vergüenza.

Catalina Santalla tardó mucho en salir del vestidor por segunda vez. Apague la luz, dijo cuando reapareció en la alcoba. Ovidio Morell obedeció. Luego oyó unos pasos renqueantes y sintió el cuerpo de la mujer en la cama. Terminemos esto de una vez, dijo Catalina. Su voz sonó diferente, menos brusca. Le puso la mano en el estómago y ella no lo rechazó. Se subió el camisón hasta la cintura y arqueó las piernas. ¿Se encuentra mejor?, preguntó Morell. Sí. Buscó con los dedos su sexo sin que ella respondiera a los estímulos. La acarició sin entusiasmo. Catalina no se movía. Su cuerpo era como un peso muerto. Las piernas perdieron la tensión. Ovidio Morell encendió la luz. La mujer tenía los ojos abiertos, pero el gesto era el de una persona dormida. ¿Qué le sucede, Catalina? No respondió. Contempló la mitad de su cuerpo desnudo. Una de las piernas era más gruesa que la otra. Termine pronto, dijo la mujer y ya no volvió a hablar. Morell le tomó el pulso. Le pareció que el corazón latía desacompasado. Se apresuró a vestirse. De pronto reparó en la puerta entreabierta del vestidor. Entró. La ropa de Catalina estaba en el suelo, desordenada. Sobre un velador de mármol había una cajita de plata. La abrió. Era una jeringuilla con la aguja montada. Al lado había un frasco pequeño: morfina. Lo volvió a dejar todo como estaba y salió aturdido del vestidor.

Arminda Santalla levantó la vista del libro que tenía sobre el regazo y vio a su cuñado en la puerta. Se sobresaltó. ¿Cuánto tiempo llevaba allí observándola? La única luz de la biblioteca era la lamparita junto al diván. ¿Ocurre algo?, preguntó la mujer conteniéndose. Nada, voy a salir. ¿A estas horas?, preguntó con la voz quebrada, ¿está bien Catalina? Su hermana está durmiendo y yo tengo que solucionar un asunto. Dejó el libro en la mesita y se acercó a Morell. Estaba asustada. ¿Va a salir tan tarde?, dígame la verdad, ¿ha discutido con Catalina? La seriedad del hombre la sobrecogió. Entre, por favor, y siéntese, creo que no me quiere contar la verdad. Entró y Arminda entornó la puerta detrás de él. No se marche ahora, no lo haga en una noche como esta. Se sentó en el lugar donde leía su cuñada y se cubrió la cara con las manos. Estoy muy cansado. ¿Quiere tomar algo?, preguntó ella. No respondió. Arminda temblaba y él se dio cuenta. No tiene que preocuparse por su hermana, duerme plácidamente bajo los efectos de la morfina. Arminda rompió a llorar.

Cuando Ovidio Morell terminó de contarle lo que había sucedido, se quedó mirando a su cuñada. Solo el ladrido de un perro callejero rompió el instante de calma. No se oía ningún ruido en la casa. El llanto de Arminda Santalla se había ido apagando. Se acercó a la chimenea y contempló los troncos secos. Yo temía que esto pudiera pasar, le confesó a Morell, hacía más de una semana que no necesitaba la morfina, pero hoy ha sido un día duro para ella. ¿Desde cuándo se inyecta? Desde que volvimos de Manila, respondió Arminda, allí perdió la última esperanza y el doctor Salmerón dijo que era la única manera de paliar su dolor. Ovidio Morell no apartaba los ojos de ella. El sufrimiento ha marcado la vida de mi hermana, tiene que ser paciente con Catalina. Morell permaneció un rato sentado, pero de repente se levantó. Váyase a dormir, dijo dispuesto a marcharse, es muy tarde. No se vaya de casa, se lo suplico. Había corrido hasta la puerta y se había interpuesto en el camino de Morell. Esta noche no, por favor. Lo sujetó por los brazos con rabia. Él reconoció el olor de Arminda, tan diferente al de su hermana. De repente le pareció estar viendo a Carlota Rigual. La mujer lo soltó. Entonces fue él quien la cogió por los brazos y la acercó hasta su pecho. No se resistió. Apoyó la cabeza en el hombro. Ovidio Morell le pasó la mano por detrás de la nuca y acercó los labios hasta la boca de Arminda. Estaba muy alterado; sentía los latidos del corazón. La besó con rabia. Comenzó a soltar el lazo de su escote y ella lo dejó hacer. Buscó torpemente sus pechos con la yema de los dedos. Se recreó acariciándola. Arminda cerró los ojos y se abandonó durante unos segundos. Espere, espere, dijo ella. Se separó y cerró la puerta por dentro. Luego tomó a Morell de la mano y lo llevó hasta el diván. Se sentó y él quedó de rodillas. Con mucha torpeza le quitó los calzones bajo la falda y acarició su piel. Arminda se dejó llevar. Trató de adivinar los movimientos de Morell y anticiparse. Lo ayudó a quitarse la chaqueta, a soltarse los tirantes, a encontrar el camino para entrar en ella. La luz de la lamparita proyectaba sus cuerpos en sombras alargadas sobre la alfombra. El reloj de péndulo dio la hora y después pareció que se paraba.

Permanecieron tumbados en el suelo boca arriba, enredados en las ropas, con las manos entrelazadas. Ovidio Morell respiraba profundamente. No quiero que se haga una idea equivocada de mí, dijo Arminda Santalla al cabo de un rato que se hizo interminable. Aún no tengo ninguna idea sobre usted, respondió Morell. Si mi hermana no puede darle esto, yo se lo daré, pero hágala feliz. Él se incorporó, apoyándose sobre un brazo, y la miró. Por favor, no me mire así, me avergüenza, dijo ella. Morell volvió a tumbarse. No conseguía calmar su agitación. Me resulta muy difícil decirle esto, continuó Arminda, pero no me gustaría que saciase sus necesidades fuera de esta casa. Morell estaba sudando y procuraba no mirarla. Ella se incorporó y empezó a vestirse. Ovidio Morell hizo lo mismo. Cuando Arminda terminó, se sentó en el diván, abrió el libro y dejó el separador sobre la mesita. Ahora suba a descansar, dijo la mujer. Sí, será lo mejor, respondió él, mañana será un día duro. Arminda lo miró y le pareció que le temblaba la barbilla. Muy duro, dijo ella.

Pocos meses después de la boda, en agosto, la tierra tembló como si el mundo fuera a terminarse. Murieron más de tres mil personas. Los cadáveres siguieron apareciendo entre los escombros durante mucho tiempo. Barrios como El Almendral quedaron en ruinas. Se derrumbaron los edificios, y el mar ganó a la ciudad el terreno que esta le había arrebatado a lo largo de los años. Desde los barcos que se acercaban al puerto, Valparaíso parecía una ciudad decapitada. Esa fue la sensación que tuvieron Ovidio Morell y su esposa cuando el trasatlántico que los traía de Estados Unidos se acercaba al puerto. El desembarco fue dramático. El edificio de la aduana estaba apuntalado para que no se viniera abajo. Nubes de humo se levantaban en los cerros, donde los incendios se reproducían y tardaban días en extinguirse. Sin embargo, en Playa Ancha los daños fueron escasos.

Hasta 1909 la ciudad no empezó a recuperarse de la gran catástrofe. Tres años después del terremoto, Ovidio Morell seguía teniendo pesadillas con lo que se encontró a la vuelta precipitada de su viaje de novios. La casa de Práxedes Salmerón había desaparecido, pero el doctor sobrevivió de forma inexplicable. Su criada murió y el médico tuvo que buscar una vivienda modesta donde todo le resultaba hostil. Pero, de todas las catástrofes de las que fue testigo Morell, la que más profundamente le afectó fue la muerte de José Palazuelos. Se lo confirmó Clarisa varias semanas después de la llegada a Valparaíso. Un día la encontró en la calle, vestida con harapos, casi irreconocible. La llamó por su nombre y ella tardó en reaccionar. Cuando reconoció a Morell, la mujer rompió a llorar. Me contaron que usted también había muerto, le dijo él, estuve en el edificio y vi cómo quedó. Y tiene razón, respondió ella, estoy muerta. Clarisa era una de las miles de personas que se habían quedado sin nada. Vivía de la caridad, de los comedores sociales. Vagaba por los nuevos mercados que se improvisaban con las mercancías traídas de las poblaciones cercanas. Escarbaba en las basuras y se arrastraba de un sitio a otro cargada con el peso de su tragedia. Clarisa empezó a hablar de Palazuelos como si estuviera vivo. Luego decía frases sin sentido, mezclando cosas del pasado con las penalidades que estaba padeciendo. Morell entendió enseguida que, más que su propio drama, lo que la había trastornado era la pérdida de su marido. Vayamos a algún sitio y hablemos, dijo Morell, ya no tiene que preocuparse por nada, yo la ayudaré a salir de esto. Ese mismo día Ovidio Morell arrendó una pequeña vivienda en el Cerro Alegre, cerca de la colonia inglesa. Compró algunos muebles y adecentó la casa para que Clarisa se sintiera bien. Desde entonces la visitaba casi a diario.

Mientras la ciudad luchaba por recuperarse, Fabián Lodeiro prosperaba de manera sorprendente. Encontró un filón en el contrabando, en las mercancías que escaseaban, en asuntos turbios de los que nunca le hablaba a su amigo Morell. Abandonó los hoteles y las casas de huéspedes. Compró una casa en los cerros y se llevó con él a Leonora, la hija de Urquiza. En los restaurantes y en los cafés lo conocían por sus propinas generosas.

Morell y Lodeiro apenas se veían. Ni siquiera frecuentaban los mismos lugares. El tiempo que Ovidio Morell pasaba fuera de casa, estaba con Clarisa; le hacía compañía, intentaba que su vida se pareciera a la que llevaba antes de la viudedad. Desatendió el trabajo que hacía para Jacobo Santalla, aunque fingía estar ocupado en él. Morell y su esposa se comportaban como dos desconocidos. Sin embargo, cuanto más distanciamiento se producía entre los dos, más desasosiego iba sintiendo Catalina. Era algo que ni entendía ni podía controlar. Las ausencias frecuentes de su marido la inquietaban, recelaba de sus salidas nocturnas, de sus silencios. Lo aguardaba despierta en la cama hasta muy tarde. Cuando él se desnudaba, lo observaba a través del espejo, sin que se diera cuenta. Luego esperaba que la desease. Lo rozaba por las noches mientras él se fingía dormido. Aprendió a darle algunas satisfacciones que ella misma consideraba escasas. Perdió el miedo a mostrar su desnudez. Cuando se metía en la bañera, dejaba la puerta abierta para que él la viera. Si la tocaba, no podía controlar la excitación. Aprendió a reconocer el olor de su marido, a buscarlo en la almohada o en la ropa que dejaba en la alcoba. Se le aceleraba el pulso al sentir cerca su respiración. Soñaba con frecuencia que su marido la sentaba a horcajadas sobre él, en un taburete, y la hacía enloquecer. Otras veces soñaba que estaban dentro del agua y sus cuerpos se fundían. Consiguió gobernar sus sueños y se sirvió de ellos para combatir la soledad de las noches en que Ovidio regresaba de madrugada. A veces, entre los efectos de la morfina, lo sentía llegar muy tarde. Alargaba la mano, buscaba su cuerpo y decía alguna frase sin sentido. En ocasiones Ovidio se levantaba en silencio, se vestía y bajaba a la biblioteca. Arminda Santalla siempre estaba allí, con el libro en el regazo, sentada en el diván, junto a la mesita con la lámpara. Se sentaba enfrente y la miraba, o contemplaba el fuego de la chimenea y permanecía en silencio. Arminda cerraba el libro y esperaba. Catalina está dormida, decía Morell. Él se acercaba, la tomaba de la mano y tiraba de ella. Arminda se incorporaba, iba a la puerta y cerraba por dentro. Luego se dejaba quitar la ropa, siempre con el mismo rito. Llámeme Catalina, por favor. Y él la llamaba Catalina. Dejó de ser un desahogo precipitado. Ya no había arrebato. Cada vez se recreaban más en el silencio. Después quedaban boca arriba en la alfombra, con los dedos entrelazados. Algunas noches, cuando llegaba tarde de casa de Clarisa, la encontraba en la biblioteca. No me espere más, se lo ruego, no quiero que lo haga. Pero ella estaba allí todas las noches, incluso aquellas en las que Morell regresaba de madrugada.

Una noche, cuando salía de la casa de Clarisa, Ovidio Morell supo que alguien acechaba en las sombras. Fue un movimiento, apenas perceptible, lo que lo hizo ponerse alerta. Mantuvo la calma. Siguió caminando, pegado a la pared, sin forzar la marcha. Al volver una esquina, se quedó quieto. Oyó unos pasos y contuvo la respiración. Estaba a punto de echarse sobre su perseguidor, cuando reconoció a Leonora. ¿Por qué me sigues?, preguntó Morell, ¿te manda Lodeiro? No, el Fabián no sabe nada, se enfadaría si supiera que he hablado con usted. La soltó. ¿Por qué debería enfadarse? El Fabián ha cambiado, ya no es el de antes. Todos hemos cambiado, le replicó con incomodidad. La muchacha empezó a llorar. Me ha echado de casa, dice que quiere estar solo, que las mujeres le estorban, pero es mentira, sé que va con otras, que corteja a la hija del banquero. Morell la hizo callar. ¿A la hija del banquero? Sí, a su cuñada, la corteja, la sigue a todas partes, le manda flores. Ovidio Morell fingió indiferencia. ¿Por qué me cuentas todo eso? Porque estoy en la calle, no sé adónde ir, hace dos días que no como nada, usted era amigo de mi padre, él decía que usted era una buena persona. De acuerdo, la interrumpió Morell, te ayudaré, pero tienes que contarme algunas cosas.

Leonora se fue a vivir con Clarisa a la casa del Cerro Alegre. Quiero que la cuides como si fuera tu madre, ¿entiendes?, no la dejes sola en ningún momento. Leonora dijo que sí, que no se apartaría de su lado, que cuidaría de ella. Pero la mente de Clarisa se iba rompiendo poco a poco. Seguía viviendo en el pasado. Hablaba como si José Palazuelos viviera, como si hubiera salido de viaje y estuviera a punto de regresar. Otras veces trataba a Morell como si fuera su esposo difunto; le preguntaba por los negocios, por *La Revolución*. Morell terminó por seguirle la corriente para no hacerla sufrir. Le traía flores, le compraba novelitas que él mismo le leía.

La relación entre Lodeiro y Arminda lo inquietaba. Sospechaba que su amigo estaba tramando algo, aunque ignoraba hasta dónde podía llegar su ambición. Trató de averiguar más, pero Lodeiro se mostraba esquivo cuando Arminda salía en el tema de conversación. Empezó a observar con discreción el comportamiento de su cuñada; no encontró nada anormal. Ella era quien le recordaba a Morell las fechas de los aniversarios, los compromisos en los que debía acompañar a su esposa; le enviaba flores a su hermana en nombre de Ovidio. Después de tres años sin celebrarse, Arminda decidió organizar de nuevo las veladas musicales en casa de los Santalla. Volvió a tocar el piano y a ensayar con Catalina. Y de repente Fabián Lodeiro apareció por la casa de Playa Ancha y se convirtió en un invitado asiduo un viernes al mes. A Ovidio Morell le incomodaba su presencia. Ideó una manera sutil de apartarlo de la familia Santalla, pero los acontecimientos se precipitaron.

El pulso de Valparaíso revivía después de años muy duros. Los teatros, los cafés y la vida social empezaban a volver a la normalidad. Aunque el esplendor de otros tiempos aún quedaba lejos, a la ciudad llegaban pequeñas compañías que montaban teatros ambulantes en los que representaban vodeviles y operetas. Ovidio Morell pensó que era el momento de empezar a cambiar algunas cosas. Y buscó la ocasión que le pareció más oportuna. Una noche en que cenaban todos en casa, se propuso invitar a Catalina y Arminda a la función de una compañía española que andaba de gira. A la hermana pequeña le pareció una buena idea, pero antes de terminar la frase Catalina estalló en uno de sus arrebatos de celos. Por lo visto, ninguna de sus fulanas ha aceptado acompañarlo hoy. Lo dijo mirándolo a los ojos y con el rostro desencajado. Su padre se apresuró a reprenderla. Ya estaba acostumbrado a las salidas de tono de su hija, pero no podía consentirlas. Catalina agachó la cabeza y siguió comiendo. Su hermana intentó cogerle la mano para tranquilizarla, pero la rechazó. Luego miró a su cuñado y trató de contener las lágrimas.

Ovidio Morell acudió al espectáculo en compañía de Clarisa. Sabía que a la viuda de Palazuelos le haría bien salir de casa y distraerse. Estaba emocionada. Leonora la ayudó a arreglarse y la acompañó hasta la puerta, donde la esperaba Morell. La representación era en un café teatro que se acababa de inaugurar. El público, ruidoso y entregado, celebraba los números con aplausos, silbidos y gritos. A Morell no le interesaba lo que tenía delante, pero se sentía reconfortado al ver cómo disfrutaba Clarisa. Apenas había prestado atención al escenario, hasta que oyó una voz de mujer que cantaba un estribillo vulgar, picante. Sintió una punzada en el estómago. Levantó la mirada y la clavó en la cantante. Exhibía un vestido de grandes vuelos, castizo, pasado de moda. Llevaba el pelo recogido en un moño y estaba muy maquillada. Sin embargo, la reconoció. La había oído tantas veces que era difícil olvidar aquella voz.

La encontró envejecida, pero bella. Clarisa, ajena al desasosiego que había despertado en Morell, seguía con atención los movimientos de aquella mujer sobre el escenario.

El final del espectáculo fue apoteósico, pero Ovidio Morell no podía pensar en otra cosa que en la cantante. Clarisa no quería marcharse aún. ¿No le ha gustado?, le preguntó a Morell, ha sido lindo. Fingió que estaba encantado y se quedó un rato para complacerla. Al salir, algunos actores de la compañía brindaban en una mesa junto a la puerta. Ovidio Morell volvió a verla, pero ahora estaba a escasos metros. Le quedaban restos de maquillaje. Sus miradas se cruzaron y no tuvo más remedio que detenerse. Hola, Teresita. Ella se levantó. Nunca dejarás de sorprenderme, dijo Teresita Borrás tratando de aparentar serenidad. Ha pasado mucho tiempo, respondió él. Mucho, sí. Teresita temblaba y miraba a la acompañante de Ezequiel. Esta es Clarisa. Ella le dio emocionada la mano a la cantante. ¿Tu esposa? No, Clarisa es una buena amiga. No sabíamos si estabas muerto, dijo Teresita, demasiado tiempo sin noticias tuyas. ¿Qué tal te va?, preguntó él para evitar explicaciones, ya veo que cumpliste tu sueño. Ella miró a sus compañeros. Bueno, este no era precisamente mi sueño, pero no me quejo. El silencio se hizo violento. Tu padre murió, dijo Teresita de repente, supongo que no lo sabrás. ¿Y mi madre? Está bien, con su mala salud de hierro, Magdalena la tiene bien atendida, tu hermana se casó y enviudó. Esquivó la mirada de la mujer. Tengo que marcharme, Teresita. Ella lo retuvo por la mano. No puedes irte así después de tanto tiempo, me gustaría hablar contigo, han pasado muchas cosas. Ahora tengo que acompañar a Clarisa. Entonces podríamos vernos mañana, yo estaré dos días más en Valparaíso. ¿Mañana?, preguntó tratando de ganar tiempo. Sí, cuando tú me digas. De acuerdo, vendré después del espectáculo. Ella sintió cómo se le escapaba la mano de Ezequiel y temió que fuera para siempre.

Ovidio Morell regresó a casa caminando. Necesitaba tomar el aire y orillar los pensamientos. Los tranvías circulaban casi vacíos y la avenida Gran Bretaña estaba desierta. Se quedó un rato en la calle, contemplando la fachada. Vio luz en la biblioteca. Sentía la necesidad de hablar con alguien, pero ¿qué podía contarle a Arminda? Entró en casa y se dirigió a la biblioteca sin presentir lo que se iba a encontrar. La puerta estaba abierta. Vio a Arminda sentada en el mismo diván de todas las noches. Pero antes de saludarla reconoció la figura de un hombre frente a la chimenea, de espaldas a la puerta. Cuando su cuñada lo saludó, el hombre se dio la vuelta. Era Nicolás Weber. Nunca antes había visto al subcomisario sonreír. Eso fue lo que más lo desconcertó. Arminda Santalla estaba nerviosa, hablaba atropelladamente. ¿Ha ocurrido algo?, preguntó Morell. Nada malo, respondió la mujer, Nicolás ha venido para hablar con mi padre. Lo siento, dijo Morell, no quería molestar. Usted no molesta, respondió Weber con una amabilidad inusual. Pase, dijo Arminda, papá no ha regresado aún. Sí, entre y siéntese, dijo el subcomisario, está usted en su casa. ¿Qué tenía que tratar Weber con el banquero a aquellas horas? Tendrán que disculparme, pero estoy muy cansado. Morell sabía que Santalla estaba con Fernanda, probablemente en el Hotel Internacional. ¿Era posible que no lo supiera el subcomisario? Hoy he tenido un día duro. Nicolás Weber fumaba, echaba la ceniza del cigarro en la chimenea y expulsaba el humo fingiéndose distraído. Entonces hablamos mañana, dijo Arminda. Sí, mañana, respondió Morell.

En cuanto vio a Catalina en la alcoba, se dio cuenta de que se encontraba en uno de sus escasos momentos dulces. Aquella noche no había necesitado la ayuda de la morfina. Leía en la cama, recostada en los almohadones. ¿Aún no se ha dormido?, preguntó Morell. Quería terminar este libro. Se quitó la chaqueta y se soltó el lazo del cuello. El subcomisario Weber está abajo esperando a su padre. Catalina cerró el libro y lo dejó sobre la mesilla. Lo sé, ha venido a pedir la mano de Arminda. Morell estaba de espaldas, era imposible que la mujer viera su reacción. ¿Por qué le cae tan mal ese hombre?, preguntó Catalina. ¿Mal?, dijo sin darse la vuelta ¿le parece que Weber me cae mal? Conmigo no tiene que disimular. Morell se metió en la cama sin decir nada. Catalina empezó a olisquearlo. Huele a mujer, pero no es un perfume barato. Ya estaba acostumbrado a las extravagancias de su esposa. Había muchas señoras en el café, respondió. Catalina le puso la mano en el pecho y la bajó buscando el sexo de su marido. ¿Le gusta humillarme?, preguntó la mujer. Encontró el pene erecto y lo acarició. ¿Hoy no se ha desahogado con ninguna de sus putas? No hable de esa manera, dijo Morell. Ella empezó a masturbarlo torpemente. ¿Le gusta así?, dígame, ¿lo hago bien? Permaneció quieto. Hágame el amor, dijo Catalina sin parar de masturbarlo. Morell le retiró la mano y empezó a acariciarla. Ella se dejó caer hacia atrás y abrió las piernas. La penetró con menos dolor que otras veces. Quiero que me trate como a esas furcias con las que se acuesta. No sabe lo que dice, Catalina. Las embestidas de su marido iban siendo más intensas. Y, cuando Morell sintió el vértigo del orgasmo, en su mente se dibujó la imagen de Arminda sentada en el diván de la biblioteca, con un libro en el regazo. Dio un manotazo a la mesilla de noche y la lámpara cayó al suelo.

Ovidio Morell no recordaba haberse quedado nunca hasta tan tarde en la cama; ni siquiera en su infancia. Llevaba horas despierto, pensando en su encuentro con Teresita. Se levantó casi a mediodía. Detestaba los domingos. El doctor Salmerón había venido a casa para almorzar con la familia, después de la misa dominical. Jacobo Santalla se mostraba feliz por el compromiso de su hija menor con el subcomisario Weber. Hicieron un brindis, mientras Arminda luchaba para disimular el rubor. Ovidio Morell fingió que bebía, felicitó a su cuñada y permaneció con el pensamiento perdido durante el resto del almuerzo. En cuanto tuvo oportunidad, se levantó de la mesa y se despidió. Catalina lo siguió con la mirada hasta la calle, incapaz de decirle nada para retenerlo.

Pasó la tarde haciéndole compañía a Clarisa. La viuda de Palazuelos lo llamaba por el nombre de su difunto marido, y de repente se interesaba por su esposa, por su trabajo con Santalla. Aquellos quebrantos de su mente le provocaban a Morell una gran inquietud. En un momento de lucidez, Clarisa le preguntó por la actriz con la que había hablado el día de antes. Por primera vez en mucho tiempo no mintió sobre su pasado. Sabía que al día siguiente todo lo que le había contado a Clarisa se podría haber borrado de su memoria. Le habló de su madre, de la tía Hubertine, de la pequeña Magdalena, y se cubrió el rostro con las dos manos en un gesto de angustia. Sacó el papel, el tintero y el plumín que guardaba en el pequeño recibidor. Empezó a escribirle una carta a Teresita. Querida Teresita, espero que me disculpes por esta cobardía. Tachó. Querida Teresita, cuando recibas esta carta yo estaré lejos. Querida Teresita... Hizo una bola con el papel y se lo guardó en el bolsillo de la chaqueta. ¿Qué le impedía comprar un pasaje y marchar a cualquier parte del mundo? Era una decisión que llevaba dilatando diez años.

Llegó al café teatro cuando la función acababa. Teresita estaba en el escenario. La veía y pensaba en Magdalena. Permaneció en pie, junto a una columna, en el fondo del local. Terminó el número y sonaron los aplausos. Sintió una presión en el cuello que fue descendiendo hasta el pecho; le costaba trabajo respirar. Los aplausos sonaban muy lejanos, amortiguados por los pitidos de sus oídos. Se dirigió a la puerta buscando aire fresco y cuando estuvo en la calle echó a correr. Se encaramó al primer tranvía que pasó y no se bajó hasta el final de la línea. No sabía dónde estaba; no quería saberlo.

Regresó muy tarde a casa, cuando supuso que todos dormirían. Pero la luz de la biblioteca estaba encendida.

Comprendió enseguida que Arminda lo esperaba. La encontró en la misma postura de siempre, sentada en el diván con el libro en el regazo. Entró sin decir nada y se acercó a la chimenea. Se colocó en el mismo sitio en que había encontrado al comisario Weber la noche anterior. Arminda lo siguió con la mirada. ¿Se encuentra bien?, preguntó la mujer al cabo de un rato, no tiene buen aspecto. No le respondió. Dígame una cosa, dijo inesperadamente Morell, ¿está enamorada de ese tipo con el que va a casarse? Arminda sintió que la ropa le oprimía el pecho. ¿Qué entiende usted por estar enamorada?, preguntó ella controlando el temblor de su voz. No hubo respuesta. ¿Por qué va a casarse con él?, dijo cuando el silencio se hizo insoportable. ¿Por qué se casó usted con mi hermana? La pregunta sonó dura, retadora. Arminda tenía los dientes apretados y el rostro tenso. Cerró el libro y jugó con él entre las manos, tratando de tranquilizarse. Ella está locamente enamorada de usted, dijo la mujer con mucha suavidad, casi en susurros, usted lo sabe. Ovidio Morell se acercó y le acarició el rostro con el revés de la mano. Arminda Santalla cerró los ojos. No la molesto más con mis impertinencias, dijo a la vez que se dirigía a la puerta. No me ha molestado. Antes de abrir se detuvo, se dio la vuelta y vio las lágrimas de la mujer. No pretendía hacerle daño, Arminda. Usted no me hace daño, respondió. Se levantó, se acercó hasta él y se limpió la cara con un pañuelo. Si me lo pide, mañana mismo anularé mi compromiso con Nicolás, no me asusta el escándalo ni el disgusto que se llevará papá, no me importa nada, solo tiene que pedírmelo. No diga eso, Arminda, yo no tengo derecho a hacer algo así. Usted es el único que tiene derecho. Arminda rechazó la caricia de Morell. Volvió al diván, abrió el libro y fingió que leía.

13.

Yo no había oído hablar nunca de Calaceite hasta que Virginia pronunció por teléfono el nombre del pueblo y me preguntó si quería acompañarla. Me explicó que tenía que ir allí el fin de semana para solucionar un asunto, pero no me dio más información.

—¿Dónde está Calaceite?

—En la provincia de Teruel —me dijo—. Son poco más de doscientos kilómetros.

No hice más preguntas. Le dije que sí, que iría con ella. No estaba seguro de adónde me iba a conducir todo aquello, pero me gustó que tomara la iniciativa de llamarme.

Virginia me recogió con su coche el viernes por la tarde. Eché mi bolsa de viaje en el maletero y me senté a su lado.

—¿Estás bien? —me preguntó antes de accionar el contacto.

—Muy bien. ¿Y tú?

—No sabría decirte. Me siento rara.

Para Virginia, aquel era un viaje especial, una despedida. Me contó lo que no me había dicho por teléfono. Calaceite era el pueblo de su infancia. Allí había nacido su madre y allí pasó ella los veranos de su niñez. Ahora acababa de vender la casa familiar y era la última vez que la vería. Conforme me lo iba contando, me embargaba una inesperada melancolía. Virginia hablaba sin afectación sobre los recuerdos del pueblo, de su madre, de aquella casona enorme de muros anchos y ventanas pequeñas a la que ya apenas iba. Cuando sus padres se separaron, ella se distanció de la madre y tomó partido por el padre. Cuatro años después murió su madre, y Virginia sintió que algo se había roto para siempre. Desde entonces apenas había vuelto al pueblo.

—Cada vez que voy por allí, es como si se removieran todos mis demonios. No me gusta mirar atrás, nunca lo hago, pero cuando no tengo más remedio termino derrotada.

Virginia no se había llevado nada de la casa. Únicamente pretendía conservar los recuerdos bonitos. Sin embargo, deseaba ir una última vez para asegurarse de que no había quedado nada importante que luego pudiera echar de menos.

—No quiero ir sola —me confesó—. Pero tampoco quería ponerte en un compromiso.

No, no era ningún compromiso; se lo dije. Hacía días que planeaba llamarla, pero se había adelantado. No sabía bien cuál era la mejor forma de actuar. A ella le pasaba algo parecido, pero sin duda estaba más acostumbrada que yo a tomar decisiones.

Durante un trayecto corto hicimos el viaje en silencio. Se detuvo en una gasolinera a repostar. Tomamos un café sentados frente a la barra de un bar triste y desolado, con un televisor al que nadie prestaba atención. De repente Virginia fingió que recordaba algo. No era una buena actriz.

—No sé cómo he podido olvidarme: tengo una cosa para ti. Me la dio Ángela. Creo que debes de conocerla.

—Sí, es tu secretaria.

Esperó a que yo dijera algo más, pero guardé silencio. Sabía bien de lo que se trataba. Pocos días antes Ángela me telefoneó para decirme que había fotocopiado las cartas que leí en su casa. Fue una decisión de su madre. «Ella quiere compartir esto contigo», me dijo, «y le gustaría que conservaras al menos las copias». Se lo agradecí. Le pedí que se las entregara a Virginia, porque iba a verla dos días después. No puso ningún inconveniente.

Al entrar en el coche, buscó algo en la cartera que tenía en el asiento trasero y me entregó un sobre grande. Estaba cerrado y llevaba mi nombre manuscrito. Puso el vehículo en marcha y seguimos el viaje.

—¿Tienes un lío con mi secretaria? —me preguntó muy seria, sin apartar la mirada del camión que circulaba delante.

Tardé unos segundos en reaccionar. Abrí el sobre y saqué las fotocopias de las cartas.

—¿Te lo ha contado ella?

Entonces me miró un instante y sonrió.

—Por supuesto que no. Las mujeres no hablan con sus jefas de estas cosas. Pero puedes contármelo tú, si te apetece.

Me pareció que estaba muy intrigada. Le relaté la visita a la casa de Julia Torrelles y le conté todo lo que me había dicho la madre de su secretaria. De vez en cuando me lanzaba miradas fugaces. Finalmente sonrió y me puso una mano en la pierna.

—Me temo que esta historia está empezando a perseguirte —me dijo.

—¿Tú crees?

—No me cabe ninguna duda.

Estuvimos hablando del asunto durante la mayor parte del viaje. Virginia sentía mucha curiosidad. Me lo dijo y luego me pidió que le leyera alguna carta. Leí un rato hasta que empecé a marearme. Ella permanecía con la mirada fija en la carretera. Le dije que después se las dejaría. Seguía sin decir nada.

—¿Qué te pasa? —le pregunté.

—No sé, es esa historia, que me pone triste.

—Entonces no hablaremos más de ella.

—No, al contrario, quiero que sigas contándome cosas.

Le conté lo que sabía sobre Deulofeu y le hablé de las piezas que había conseguido rescatar de aquel rompecabezas que era su vida.

—Hay una cuestión a la que le doy vueltas en la cabeza hace mucho tiempo —le confesé—. Cuando alguien muere, es como si un hilo que nos une con el pasado se rompiera. Y entonces empiezan a contar las cosas los descendientes, la segunda generación, y los testimonios son diferentes, se distorsionan. A Victoria le obsesionaba eso.

Pronuncié el nombre de Victoria y enseguida me di cuenta de que lo estaba haciendo delante de una desconocida, de alguien que apenas sabía nada de ella. Callé de forma brusca.

—Sigue —me dijo.

—A veces la historia se convierte en una especie de madeja enredada de la que no se puede sacar nada, por mucho que tires de un extremo. Pero otras veces las casualidades te van poniendo las cosas en el camino y te abren unas puertas a las que tú ni siquiera has llamado.

—¿Y ese es tu caso?

—Quizá, pero yo estaba pensando en Julia Torrelles, la madre de tu secretaria.

Después de permitirme leer las cartas, Julia me contó que hacía casi veinte años la había tratado un médico que había trabajado con su padre. Se llamaba Ezequiel Sandoval y era ginecólogo. Cuando vio el apellido de la paciente, supo que era la hija de Esteban Torrelles. Tenía los mismos ojos y la misma expresión de su padre. Sí, los doctores Sandoval y Torrelles, a pesar de la diferencia de edad, tuvieron una relación profesional muy buena. Además, Esteban Torrelles había sido el médico de la familia Sandoval, cuando Ezequiel era un niño. Julia y el ginecólogo se vieron con frecuencia en los días siguientes, porque ella permaneció hospitalizada después de una intervención quirúrgica. En una de aquellas visitas rutinarias salió el nombre de la familia Deulofeu, y el ginecólogo le contó que Ezequiel Deulofeu fue su padrino de bautismo. ¿Se trataba del mismo Ezequiel Deulofeu?, ¿el anarquista? Julia Torrelles despejó todas mis dudas. El padre del médico le había puesto el nombre de Ezequiel en honor a su padrino.

Virginia se estuvo conteniendo hasta que no pudo aguantar más y me interrumpió.

—Yo conozco a Ezequiel Sandoval —me dijo emocionada—. Probablemente mi cesárea fue una de las últimas que practicó antes de jubilarse.

Me había quedado a mitad de la historia. Era un círculo que llevaba meses abriéndose y ahora comenzaba a cerrarse. Me vino a la cabeza la imagen de una madeja. Luego traté de pensar en Victoria, pero no conseguí recordar todos los rasgos de su cara. Se estaba desdibujando de mi memoria.

—Vas a tener razón —le respondí tratando de no demostrar el desasosiego que sentía—. Esta historia me persigue.

—Termina, disculpa. No quería interrumpirte.

En realidad, lo más importante de todo era que me había interrumpido. Se lo dije y le pregunté por Ezequiel Sandoval.

—Debe de rondar los ochenta años, pero no hace mucho gozaba de una salud envidiable.

—Y vas a decirme que sabes su dirección.

—No, su teléfono debe de haber quedado en alguna agenda perdida por ahí. Pero es igual, porque conozco a su hija: le hicimos una casita en el Pirineo hace dos o tres años.

Cuando llegamos a Calaceite, era de noche. Al adentrarnos en las calles estrechas, Virginia dejó de hablar. Enseguida comprendí que algo se estaba removiendo en su interior.

Era una casa antigua, de piedra, con aleros en los tejados y muros muy anchos. Olía a cerrado, pero todo estaba como si alguien viviera allí. Hacía mucho frío. Virginia abrió la llave de paso del agua y encendió la calefacción. Se movía con mucha determinación de un sitio a otro. De repente se quedó clavada en medio del salón y miró a su alrededor. Traté de imaginar lo que significaba aquel lugar para ella.

—Una Navidad, cuando Pau tenía dos años, se cayó en la chimenea y pensamos que se había abrasado. Pero llevaba tanta ropa que solo se quemó las manos.

Me acerqué y la abracé. Ella me besó.

—¿Te encuentras bien? —le pregunté.

—Sí, muy bien. Veamos cómo están las habitaciones de arriba.

En la casa hacía tanto frío como en la calle. Esa fue la sensación que tuvimos. La calefacción apenas se notaba. Decidimos ir a cenar a un bar que había en la plaza del pueblo. Antes de salir, Virginia cogió el sobre con las cartas y me lo entregó.

—Quiero que me las sigas leyendo.

Había poca gente en el bar. Nos instalamos en un rincón del pequeño comedor y pedimos casi todas las tapas que anunciaban en una pizarra verde con tiza blanca. Estábamos hambrientos.

—*Querido Ovidio* —empecé a leer cuando conseguí tener un rato la boca vacía—: *Disculpe la tardanza en responder a su carta. Mi salud no ha sido buena últimamente. El doctor Salmerón murió hace tres meses. Se quedó dormido delante del tablero de ajedrez y ya no se despertó. Fue una muerte plácida. Hace años que jugaba contra sí mismo. Lo encontró la mucama por la mañana y vino a casa enloquecida para dar el aviso. Lo echamos mucho de menos.*

Tenía que leer despacio, porque en cada línea creía encontrar doble sentido a las cosas que escribía aquella mujer. Eran cartas tristes donde se mezclaban las cuestiones trascendentales con las cotidianas.

—Continúa —me pidió Virginia.

—*Las buganvillas se han adueñado del jardín* —seguí leyendo—. *Estoy cansada. Hay cosas que han dejado de interesarme. Otras, por el contrario, me mantienen viva.*

Volvimos a casa en silencio. La lectura de aquellas cartas había provocado una extraña reacción en los dos. Tuve la misma sensación de melancolía que la primera vez que las leí.

En cuanto Virginia cerró la puerta, la besé y empecé a quitarle la ropa.

—Estoy deseando hacer esto desde que te marchaste el otro día de mi casa.

—Yo también —me dijo muy seria—. Espera.

Me cogió de la mano y me guió hasta el piso de arriba. Nos desnudamos el uno al otro apresuradamente.

—Apaga la luz —me pidió Virginia y ante mi gesto de extrañeza dijo—: Son manías que no voy a cambiar a estas alturas.

Apagué la luz, pero a través de la ventana se colaba el resplandor triste de una farola. Las sábanas estaban frías, aunque la sensación apenas duró unos minutos. Virginia se colocó encima de mí y no me dejó hacer nada. Estaba muy excitada. Mientras se movía, hablaba en voz baja, como si temiera que alguien la oyera.

—¿Qué esperas de mí? —me preguntó.

Me tocaba el rostro con la yema de los dedos, intentando percibir en el tacto algo que sus ojos le impedían ver.

—No espero nada, porque tampoco puedo darte nada.

—¿Es esto lo único que buscas?

Empezó a moverse con más fuerza. La sujeté por las caderas y me adapté a sus movimientos.

—No sé lo que busco. Aún estoy perdido.

—¿Por qué crees que no puedes darme nada?

Sus movimientos se fueron suavizando. Mis pupilas se habían adaptado a la penumbra del cuarto y podía ver su cara, el brillo de los ojos. Cogió mi mano y me la puso en su pecho. La acaricié. Cuando se dejó caer sobre el colchón, me besó y me echó una pierna por encima.

—Ya me has dado mucho —me dijo al cabo de un rato.

—¿Te refieres a esto?

—No, no me refiero a esto.

Nos dormimos muy tarde y nos despertamos muy temprano. Abrí los ojos sobresaltado por el silencio. No era la primera vez que me ocurría algo así. Virginia ya estaba despierta. La besé y permanecimos abrazados un rato. Luego se levantó y salió de la habitación.

Fue un día extraño. Mientras yo paseaba por el pueblo, Virginia estuvo dando vueltas por la casa. Podía hacerme una idea de lo que pasaba por su cabeza. Al final del día apenas había guardado unos pocos objetos en una caja. Era todo lo que quería llevarse.

—Si hay algo que te interesa, cógelo sin pedir permiso.

—¿Vas a dejar los libros?

Se encogió de hombros. Eché un vistazo a los títulos ordenados en la estantería del salón. Ella me observaba sentada junto a la ventana. Saqué al azar un libro de Julio Verne: *Tribulaciones de un chino en China*.

—¿Lo has leído? —le pregunté.

Lo cogió y pasó las páginas.

—Hace demasiado tiempo. Trata sobre el destino y lo difícil que resulta escapar de él. Pero yo no creo en el destino, sino en las casualidades. ¿Lo quieres?

Lo volví a dejar en su sitio.

—Por lo que veo, pretendes romper con todo —le dije.

—Con casi todo. Hay cosas con las que no se puede romper nunca.

Lo dijo con amargura, como si se estuviera reprochando algo.

—Eso no es cierto.

Se volvió y me abrazó.

—Tienes razón, se puede romper con lo que uno quiera. Pero es preciso enfrentarse a las cosas. Y no es necesario hacerlo sola. Por eso estoy aquí, y por eso quería que vinieras conmigo. No soy tan fuerte.

Nos sentamos en el sofá y permanecimos con las manos entrelazadas, en silencio.

—¿Quieres que nos vayamos esta misma noche? —le pregunté.

—No. Quiero pasar aquí la última noche contigo.

Algo empezó a moverse bajo su jersey. Era el busca. Lo sacó, miró el número e hizo un gesto de fastidio.

—Hablando de romper con el pasado... —dijo con una sonrisa.

—¿Qué pasa?

—Es Ricardo —me respondió señalando al aparatito—. Tengo que llamarlo. Pau está con él —se levantó y tiró de mí—. ¿Me acompañas al bar?

—Te espero aquí.

Tardó apenas quince minutos. Volvió con una mirada que me puso alerta. Algo había ocurrido.

—¿Malas noticias? —le pregunté.

—Falsa alarma. Unos informes que tengo que presentar con urgencia el lunes.

—Entonces ¿por qué traes esa cara?

Se miró en el espejo y se arregló el cabello.

—No sé si he hecho bien. Quizá me estoy entrometiendo en tus cosas.

Tiré de ella y cayó sobre el sofá, a mi lado.

—¿Entrometerte? ¿Qué estás pensando hacer?

—Me temo que ya lo he hecho.

—Por favor, Virginia, me estás poniendo muy nervioso.

—He llamado a Marisa.

—¿Y quién es Marisa?

—La hija del doctor Sandoval. Solo le he pedido su teléfono, pero si tú no quieres no lo llamo.

—¿El doctor Sandoval?

—Sí, pensé que te gustaría hablar con él. He sido una estúpida, creo.

—No, claro que no.

Me quedé un rato pensando en aquel hombre al que no conocía. Tal vez no era tan fácil librarse del pasado. Pero entonces yo aún no lo sabía.

—¿Quieres que lo llame? —me preguntó. Hice un gesto afirmativo con la cabeza, pero no dije nada—. ¿Me dejarás que te acompañe?

—Me lo debes. Yo te he acompañado hasta aquí.

14.

El cadáver de Catalina Santalla apareció flotando en las aguas del puerto de Valparaíso en agosto de 1910. No muy lejos, sobre el espigón, encontraron los zapatos, el sombrero, un camafeo, un collar y el bastón. Lo había dejado todo bien colocado, como si estuviera en el vestidor de su casa. Descubrieron el cuerpo unos niños. Llevaba más de dos días en el agua. Estaba sucio y tenía la cara hinchada, de un color azulado. No pudieron cerrarle los ojos. Parecía un suicidio; a la policía no le cabía duda. En los últimos cuatro años los suicidios eran tan frecuentes que los jueces no podían acudir a todos los levantamientos. Se disponían a llevar el cadáver a la morgue, cuando se presentó Nicolás Weber, que había sido ascendido a comisario. Apartó la manta que cubría el cuerpo de Catalina Santalla y dio orden de que no la movieran. ¡Barájoles con la cojita!, dijo entre dientes. El comisario llevaba dos días buscándola.

Hacía tiempo que Ovidio Morell apenas aparecía por casa. El trabajo era su excusa. A veces se ausentaba durante días. Jacobo Santalla nunca le hizo un reproche. Justificaba las ausencias de su yerno por el exceso de trabajo y por el comportamiento extravagante de su hija mayor. Morell pasaba las noches en casa de Clarisa, haciéndole compañía. Se acostumbró a que lo llamara por el nombre de su difunto esposo, a interpretar un papel que no le correspondía. La mente de Clarisa se había roto y su vida se había detenido, como un reloj, en un día de agosto de 1906, cuando la tierra tembló. Sin embargo, la viuda de Palazuelos tenía momentos de lucidez en que se daba cuenta de lo que ocurría a su alrededor. Entonces sufría y Morell procuraba no dejarla sola. Váyase a su casa, Ovidio, yo estoy bien. Me iré en cuanto se duerma, respondía Morell. Pero Clarisa se dormía y él no se marchaba. Se sentaba en una mecedora y pasaba la noche en un duermevela, con la ropa puesta, alerta, temiendo que en cualquier momento Clarisa se despertara y notara la ausencia de su marido.

Catalina Santalla se había convertido en un tormento para Morell. El doctor Salmerón se lo dijo: Si usted pudiera conocer la naturaleza del sufrimiento de Catalina, seguramente la miraría con otros ojos. Pero Ovidio Morell no era capaz de hacerse una idea. El comportamiento de su esposa lo desquiciaba. Cuando no estaba bajo los efectos de la morfina, era una mujer irritable, celosa. Se había cansado de sorprenderla olisqueando sus ropas y registrándole los bolsillos. Los celos la estaban consumiendo tanto como los insoportables dolores de su cadera.

Una tarde, mientras Ovidio Morell y el doctor Salmerón jugaban al ajedrez, Fabián Lodeiro se presentó en casa del médico. Venía vestido elegantemente, aparentando normalidad, pero Morell se dio cuenta enseguida de que tenía un problema. Se trata de ese comisario, le confesó a Morell cuando se quedaron a solas. ¿Weber? Sí, ese cabrón. ¿Qué pasa con él? Lodeiro le contó que el comisario iba detrás de él desde hacía unos meses. Le había puesto dos sabuesos que no se le despegaban. Morell esperaba que ocurriera algo así. ¿Y de qué te extrañas?, hace tiempo que rondas a su prometida y eres un peligro para sus aspiraciones. Fabián Lodeiro se quedó sin respuesta. Sabía que no podría engañar a Morell. No hace falta que digas nada, le dijo Ovidio Morell, pero en realidad está en tus manos solucionar este problema, yo no puedo ayudarte. ¿Y qué puedo hacer?, preguntó Lodeiro desesperado. Su amigo permaneció un rato en silencio. Déjame pensarlo.

Hacía tiempo que Weber se había convertido en una obsesión para Ovidio Morell. Y, sin pretenderlo, la solución para librarse de él le salió al paso. Una noche se encontró de manera fortuita con el comisario. Se cruzaron por la acera, pero Weber caminaba cabizbajo y no lo vio. El policía entró en un café y estuvo sentado durante una hora junto a un ventanal, sin hablar con nadie. Tenía la mirada fija en la mesa y sostenía una taza con las dos manos como si se la fueran a robar. Morell lo observaba desde el otro lado de la calle, incapaz de continuar su camino. Sentado allí, pensativo, el comisario le pareció un ser vulnerable, débil. Cuando Weber salió del café, decidió seguirlo hasta su casa. Unos días después Ovidio Morell volvió a pasar por delante del café, a la misma hora, y vio de nuevo al comisario en la misma mesa, en la misma postura. Sin duda era un hombre acomodado en la rutina. A la noche siguiente lo encontró en el mismo sitio. De nuevo lo siguió hasta su casa. Vivía solo, en un edificio de aspecto humilde. Entonces empezó a materializar su odio en un plan para matarlo. Soñaba con la muerte del comisario. Imaginaba que se acercaba por detrás en la oscuridad de la noche, mientras caminaba por la calle, que lo golpeaba con un martillo y el comisario caía muerto al suelo. Debía ser un golpe contundente, con fuerza, que le rompiera el cráneo. Lo siguió varias noches, del café a su casa, hasta que un día descubrió que también a él lo estaban siguiendo.

Fue un descubrimiento fortuito. Al entrar un día en un café, vio reflejada en el espejo la imagen de un hombre. No supo por qué le llamó la atención; quizá por su aspecto descuidado, por el sombrero que le estaba pequeño, por algún gesto. Pocos días después volvió a ver al mismo tipo. Caminaba Morell por la calle y de repente recordó que había olvidado algo. Se volvió y allí estaba él, con el sombrero pequeño, ladeado sobre una cabeza vasta. Era un hombre de aspecto vulgar. A lo largo de los días comprobó que lo estaba siguiendo. Supuso que era un hombre de Weber. Quizá había subestimado al comisario. Entonces jugó a despistarlo y no le resultó difícil. Ni siquiera un policía novato se dejaría engañar así. ¿Quién demonios eres?, ¿por qué me sigues? Tal vez era una estrategia de Weber para ponerlo nervioso, para que diera un paso en falso. Estaba desconcertado.

Fabián Lodeiro escuchó sin pestañear el plan de Morell para matar al comisario. Le contó que Weber era un hombre de rutina, previsible, que todos los días cumplía unos ritos. Le reveló la costumbre del policía de acudir al mismo café cada noche. No tienes más que esperar a que salga, caminar detrás de él, ponerte a su altura y golpear aquí, dijo señalándose la nuca. Fabián Lodeiro se puso nervioso. ¿Te asusta lo que te estoy diciendo? No respondió. Miraba a Morell con desconfianza. Si no quieres hacerlo tú, puedes pagar a alguien para que lo haga. Matar a un comisario es algo muy grave, respondió al cabo de un rato. No más que matar a un prefecto de policía, dijo Morell muy serio, y si dependiera solo de él ten la seguridad de que ya hace tiempo que estarías un metro bajo tierra. Fabián Lodeiro no apartaba la mirada de su amigo. Está bien, dijo Morell, si no lo haces tú lo haré yo. Se puso en pie. Espera, esto no es cosa tuya. Le pidió a Morell que se sentara. Tengo que pensarlo, dijo Lodeiro.

Todo se precipitó, sin embargo, con el empeoramiento de Catalina Santalla. La esposa de Morell estaba llegando al límite. Las dosis de morfina eran cada vez mayores y el efecto duraba menos tiempo. Después de hablar con Lodeiro sobre la manera de acabar con Weber, llegó a casa confuso. Las dos hermanas interpretaban una pieza al piano a cuatro manos. Cuando Catalina vio entrar a su esposo, se le descompuso la expresión. Enseguida Ovidio Morell tuvo la premonición de que iba a ocurrir algo. ¿Están ocupadas todas las putas de la ciudad esta noche?, preguntó su mujer sin mirarlo. Arminda fue a protestar, pero Morell le hizo un gesto para tranquilizarla. No se acerque, dijo Catalina cuando vio la reacción del hombre. Cogió el bastón e intentó ponerse en pie, pero al apoyarse en el piano su brazo flojeó y estuvo a punto de caer al suelo. No me toque, le gritó a su marido. Arminda intentó ayudarla, pero también la rechazó. Catalina lloraba. Váyase de esta casa, no soporto ese olor a perfume barato. No le haga caso, Ovidio, no sabe lo que dice. Y tú no te metas en mis asuntos, le gritó a su hermana. Ovidio Morell se dio la vuelta y se marchó de casa sin decir nada, bajo una lluvia torrencial.

El secretario de Jacobo Santalla se presentó en casa de la viuda de Palazuelos cinco días después. Ha ocurrido una desgracia, dijo Rodrigo sin preámbulos, su esposa ha sufrido un accidente. Lo escuchó como si estuviera dirigiéndose a otro. Encontraron su cuerpo flotando en el puerto. Morell no reaccionaba. Clarisa se cubrió el rostro con las manos y se dejó caer en una silla. El secretario mantenía la mirada clavada en Morell, rabioso, desolado. ¿Quién le ha dicho que podía encontrarme aquí? Me envía la señorita Arminda, respondió Rodrigo. ¿Cómo ha ocurrido? Hable con la señorita Arminda. Sintió deseos de abofetear al secretario. Clarisa lloraba. Márchese y no se preocupe, dijo Leonora, yo cuidaré de ella.

El ataúd que contenía el cuerpo de Catalina Santalla parecía un barco encallado en las rocas, grande, lujoso, excesivo. El sacerdote leía el libro de oraciones y, de vez en cuando, su mirada se cruzaba con la de Ovidio Morell. Señor, dale el descanso eterno y brille para ella la luz perpetua. Desde el cementerio número 3 de Playa Ancha se alcanzaba a ver la bahía oscurecida por los nubarrones. Los barcos balleneros seguían atracados en el puerto desde hacía una semana por culpa del temporal. Te encomendamos, Señor, el alma de tu sierva Catalina para que muerta a este siglo viva para ti y los pecados que cometió por la fragilidad humana bórralos. Ovidio Morell deseaba terminar con aquella farsa cuanto antes. De vez en cuando se levantaba un viento frío que rizaba la superficie de los charcos. Por fin cesó la letanía. El sacerdote roció con agua bendita el féretro. Ahora no se oía más que el llanto apagado de Jacobo Santalla. A su lado, con los ojos clavados en el suelo, Arminda se aferraba a su brazo.

¿Ha sido un suicidio?, le había preguntado Morell al doctor Salmerón apenas unas horas antes, durante el velatorio en casa del banquero. Práxedes Salmerón bajó la mirada y con eso respondió a la pregunta. El féretro permanecía cerrado; el cuerpo estaba en descomposición. ¿Sufren los ahogados?, preguntó Morell. Es una muerte rápida, le respondió el médico. ¿Sabía usted que la noche en que la conocí intentó tirarse al mar desde el barco? El doctor lo miró. No era la primera vez, le respondió. Tal vez, si no se lo hubiera impedido, le habría ahorrado mucho sufrimiento, continuó diciendo Morell. Es posible, a veces no hay mucha diferencia entre la vida y la muerte. Ovidio Morell no dejaba de buscar con la mirada al comisario Weber. Se había presentado en el velatorio acompañado de dos policías y no se separaba de Arminda. Parecía el dueño de la casa. Su mirada era altiva. Le dio el pésame a Morell con un gesto de desprecio, sin mirarlo a los ojos más que unos segundos. Nicolás Weber se había hecho cargo de todos los trámites legales. Tendrá un entierro cristiano, oyó que le decía a Jacobo Santalla el comisario, yo me ocuparé de todo. El banquero estaba roto por el dolor. Se desorientaba y a ratos perdía la memoria. Fernanda permanecía a cierta distancia, observándolo con impotencia, fingiendo. Ovidio Morell seguía con la mirada a Arminda. Apenas habían cruzado unas palabras. La mujer se mostraba esquiva. Parecía refugiarse en la compañía de Weber. Intentó acercarse a ella en varias ocasiones, pero la presencia del comisario lo cohibía.

Los empleados del cementerio de Playa Ancha comenzaron a descolgar el ataúd en el foso. Únicamente se oía el ruido seco de las cuerdas al rozar la madera. Arminda Santalla no se pudo contener más y rompió a llorar. El comisario Weber observaba las caras de todos como si estuviera tomando nota. Y de nuevo Morell vio a aquel tipo grande al que le venía pequeño el sombrero. Fingía rezar delante de una tumba. Demasiado indiscreto y torpe para ser un hombre de Weber. Ovidio Morell buscó con la mirada, entre las cabezas, a Fabián Lodeiro. También él estaba pendiente del comisario. La gente empezó a dispersarse. Lodeiro se acercó a su amigo. Ese hombre acabará contigo si tú no te adelantas, le dijo Morell. Sabía bien a quién se refería, pero le sorprendió que lo hiciera en aquellas circunstancias. Entonces Morell lo sujetó del brazo. Necesito tu ayuda, le dijo a Lodeiro, ¿ves a aquel tipo de allí?, quiero que averigües quién es. Fabián Lodeiro observó en la distancia a un desconocido que permanecía clavado frente a una tumba, mirando con disimulo la comitiva que se dispersaba. Hace unos días que me sigue, pero no parece un policía. Lo averiguaré. Hazlo con discreción, dijo Morell. No te preocupes. Y no olvides lo que te he dicho sobre el comisario.

Arminda Santalla se separó de su padre y se acercó a Morell cuando se alejaba del grupo. Venga con nosotros a casa, Ovidio, por favor. La mujer tenía los ojos irritados por el llanto. Debo resolver unos asuntos. Déjelos para otro momento, se lo ruego. Morell la abrazó. Empezaban a caer unas gotas. De acuerdo, iré a casa. Arminda empezó a caminar hacia el coche de caballos. Venga, le dijo a su cuñado cuando vio que no la seguía. Prefiero caminar.

Comenzaba a llover fuerte cuando Ovidio Morell salía del cementerio. Se alejó por el sendero que bajaba hasta la avenida Gran Bretaña. Cuando llegó cerca de casa, reconoció el carruaje en el que había venido Nicolás Weber. Pasó de largo sin detenerse, empapado por la lluvia.

Mientras bajaba del cerro, se distrajo contemplando los barcos balleneros que permanecían en el puerto a la espera de que pasara el temporal.

Se llamaba Fermín Fuisly y era un hombre desgarbado, cabeza grande y andar cansino, vencido por su peso. Frisaba los cuarenta años, viudo. Comía una sola vez al día. Pasaba la mayor parte del tiempo en los burdeles, aunque tenía una pequeña habitación en una casa de huéspedes a la que iba poco.

A Fabián Lodeiro solo le faltaba saber por qué seguía a Morell. Se hizo pasar por policía y se presentó en la casa de huéspedes. Le resultó fácil engañar a la dueña. El cuarto de Fuisly olía a gato. La patrona aseguró que no le debía dinero y que no era un hombre que se metiera en líos. ¿Ha cometido algún delito?, preguntó la mujer. No, señora, no tiene que preocuparse, y sobre todo no le cuente a su huésped que la policía ha estado aquí. Lodeiro registró el armario, los cajones. Encontró restos de comida, ropa sucia. En el fondo de un cajón, vuelta bocabajo, descubrió una fotografía. Reconoció la imagen de inmediato: era un retrato de Ovidio Morell con veinte años menos. No le cabía duda. Su parecido era sorprendente a pesar del paso del tiempo; seguía teniendo la misma mirada. Le dio la vuelta y leyó un nombre escrito con tinta negra que se había desdibujado. Luego se la guardó en el bolsillo de la chaqueta. El señor Fuisly trabaja ahora para un abogado, dijo la patrona, que no se había separado del falso policía, es un trabajo honrado, eso dice él. ¿Sabe cómo se llama ese abogado? La mujer lo sabía. Le dio todos los detalles. ¿Van a detenerlo? No, señora, todavía no. Es un hombre decente, pero si ha cometido algún delito me gustaría saberlo. Lodeiro había llegado a la conclusión de que Fermín Fuisly no era un tipo peligroso, sino un estúpido.

Ovidio Morell contempló la partida de los barcos balleneros desde el ventanal de la casa del doctor Salmerón. Pensó que aquello podía ser una señal. Hacía cuatro días que no salía de la casa del médico. Pasaban las noches jugando al ajedrez. Cuando el anciano se desplomaba borracho en su cama, Morell se dedicaba a ojear los libros y contemplar la bahía. Permanecía horas clavado en el pequeño mirador desde el que tenía una vista privilegiada. Siente usted envidia de esos barcos, le dijo el doctor, ¿o me equivoco? Morell trató de comprender el sentido de sus palabras. Sí, tiene razón, el temporal ya no es una excusa para seguir aquí. No, no lo es. El doctor puso bocabajo la botella que tenía en la mano; estaba vacía. Necesitamos provisiones. La sirvienta entró en el gabinete sin llamar. Han venido a traer aviso de la casa de los Santalla, dijo la mujer muy alterada, al señor le ha dado un ataque, apúrese. Práxedes Salmerón se acercó a ella con pasos torpes, como un animal herido. Cogió el maletín, el sombrero y luego se echó un sobretodo por encima de los hombros. Voy con usted, dijo Morell.

La casa de los Santalla olía a muerte. Los sirvientes caminaban sin hacer ruido y hablaban en voz baja. Los cuadros estaban cubiertos por telas negras que daban un aspecto tétrico a las habitaciones. Ovidio Morell se encontró al comisario Weber hablando con el secretario del banquero en la puerta del gabinete. No cruzaron ninguna palabra. Subió las escaleras de dos en dos, seguido del doctor Salmerón, que llegó sin aire a la alcoba de Jacobo Santalla. Arminda estaba junto a la cama en la que yacía su padre. Está muy mal, se apresuró a decir la mujer cuando vio entrar a los dos hombres. El banquero iba vestido con ropa de calle. Solo le faltaban los zapatos. Tenía los ojos cerrados. El doctor Salmerón se los abrió y le tomó el pulso. Sufre una parálisis facial, dijo. Empezó a sentirse mal de repente, le explicó Arminda llorando, dijo que no veía, se levantó pero no podía mantenerse en pie, lo tuvieron que subir entre Rodrigo y Nicolás. Es una apoplejía, la interrumpió el doctor, me temo que está grave. Ovidio Morell le puso una mano en el hombro a Arminda. Ella se volvió y se abrazó a él. No es posible que esté pasando esto, dijo desesperada. Tranquilícese. ¿Deberíamos llevarlo a una clínica?, preguntó ella. Práxedes Salmerón hizo un gesto negativo. Nada de correteos, podría morir en el traslado. Las palabras del médico sonaron muy duras. ¿Cuánto tiempo hace que empezó a sentirse mal? Una hora no más, dijo Arminda, no estoy segura. El doctor levantó el brazo del banquero y lo bajó varias veces. Escúcheme, no voy a engañarla, dijo Práxedes Salmerón, su padre puede morir en cualquier momento, pero tiene que ser fuerte, porque si sobrevive tendrá secuelas terribles, quizá no vuelva a caminar o pierda el habla. Doctor, lo interrumpió Morell. De repente el médico se vio reflejado en el espejo de la alcoba. Llevaba el traje arrugado y sucio, barba de tres días, el pelo enmarañado, y además su aliento apestaba a alcohol.

Ovidio Morell decidió pasar la noche en su alcoba después de varios días sin aparecer por casa. La presencia de Catalina se percibía por todas partes. Abrió los armarios, los cajones. Las ropas de su mujer le resultaban extrañas, como si pertenecieran a una desconocida. No reconocía las joyas ni los objetos personales. Jamás se había fijado en aquellos detalles. Encontró en un cajón las medias de seda, los guantes largos para las fiestas a las que nunca asistió; vestidos de cena, bibelots, abanicos, frascos de perfume. Todo olía a ella. Sus dedos tropezaron con un pequeño diario en el fondo de un cajón. Le faltaban muchas páginas. No encontró más que una frase. El terror es blanco, la muerte es blanca, había escrito Catalina Santalla. Se sentó delante del tocador y alguien llamó a la puerta. Era Rodrigo, el secretario. Tiene una llamada telefónica. Morell se puso en pie. ¿Para mí?, ¿a estas horas? Era cerca de la medianoche.

La llamada era de Fabián Lodeiro. No sabía nada del ataque que había padecido Jacobo Santalla. Morell no le contó nada. Se disculpó por llamar a aquellas horas, pero el asunto le parecía importante. ¿Conoces a un hombre llamado Fermín Fuisly?, le preguntó a su amigo. Ovidio Morell trató de recordar si había oído alguna vez ese nombre. No sé quién es, ¿debería conocerlo? Es el tipo que te seguía en el cementerio. Morell se alteró; ya se había olvidado de aquel asunto. ¿Y qué sabes de él? Fabián Lodeiro le hizo un resumen de la vida que llevaba el tal Fuisly, pero se ahorró algunos detalles. ¿Por qué me sigue? No lo sé, pero he averiguado que trabaja para un abogado que se llama Gustavo Edwards, ¿tampoco has oído hablar de él? No, jamás. Pues es posible que él sí que te conozca. Lodeiro se quedó un instante en silencio. Al cabo de un rato se oyó su voz. ¿Y de Ezequiel Deulofeu?, ¿has oído hablar de él alguna vez? Ovidio Morell sintió que se le aceleraba el corazón. Las ideas se precipitaron en una avalancha que era incapaz de ordenar. ¿Dónde has oído ese nombre? Lo vi escrito en alguna parte, dijo Lodeiro, ¿quieres que te quite de encima a ese Fuisly? No quiero que hagas nada, dijo Morell levantando la voz, apártate de su camino, no te acerques a él, ¿me oyes?, déjalo todo en mis manos, ¿me has entendido? Estaba gritando. Cuando se dio cuenta, levantó la cabeza y miró a su alrededor. No había nadie. La casa era una mancha oscura de desolación.

El comisario Weber volvió por la mañana. Vino acompañado de un policía que se quedó esperando en la puerta de la casa de los Santalla, como si hiciera guardia. Arminda está descansando, le dijo Ovidio Morell con voz neutra cuando lo vio entrar en el salón. No he venido a verla a ella, sino a usted. Morell se mantuvo tranquilo; podía esperar cualquier cosa de aquel hombre. El comisario no se anduvo con rodeos. ¿Conoce a Fermín Fuisly? Procuró no responder inmediatamente. Le dijo que no, pero sabía que aquel Fuisly le iba a traer problemas. Entonces no sabrá que lo han asesinado, supongo.

Fermín Fuisly había aparecido muerto en un callejón, en las inmediaciones de la estación de ferrocarril del puerto. Acababa de salir de un burdel. Lo encontraron dos marineros que tropezaron con el cuerpo. Durante horas estuvo tendido en el suelo, confundido con un borracho. Hasta que al amanecer los marineros intentaron despertarlo y, cuando lo movieron, encontraron un charco de sangre negruzca bajo la cabeza. Le habían roto el cráneo. Alguien, aprovechando la oscuridad, lo atacó por detrás y lo golpeó hasta matarlo. Le dieron tantos golpes, que su cabeza estaba deformada. Aparentemente era un caso de asesinato para robarle, pero la policía encontró algunos pesos en los bolsillos de la víctima y una cartera con documentos. Además, apareció una fotografía con un nombre escrito en el reverso con tinta negra muy desgastada.

Es usted muy astuto, dijo Nicolás Weber. Morell no había perdido la calma. Comisario, ¿está acusándome de algo? Eso depende de usted. Pues explíquese de una vez y luego márchese, ya conoce la situación de mi suegro. Weber se mostró dubitativo por un instante. Enseguida se recompuso. ¿Conoce a Ezequiel Deulofeu? Los ojos de Morell se movieron en todas direcciones tratando de ganar tiempo. Pero el tiempo corría en su contra. ¿Va a decirme que también lo han asesinado? El comisario Weber sacó una fotografía de un bolsillo y se la mostró. Sin duda este es usted, ¿me equivoco? Morell fue a cogerla, pero el comisario la retiró. Conocía bien aquel retrato: se lo había hecho la tía Hubertine en París. Se sintió acorralado. Comprendió que le estaban tendiendo una trampa. A pesar del paso del tiempo, era fácil reconocer su cara en los rasgos de aquel adolescente. No sé qué pretende, comisario, pero ese no soy yo. Weber le dio la vuelta y le mostró el nombre de Ezequiel Deulofeu. Sin embargo, el parecido es asombroso, insistió el comisario. Morell no podía quitarse de la cabeza a Fabián Lodeiro. No le cabía duda de que su amigo había perdido el juicio. Intentó calmarse. Pensó que el comisario no tenía nada contra él, que había pasado la noche en casa, que Arminda podía atestiguarlo. ¿Quién es usted realmente?, preguntó de forma inesperada el comisario. Morell sabía que la tensión lo podía traicionar, que si seguía presionándolo cometería algún error, que caería en contradicciones o perdería los nervios. Dígame adónde quiere ir a parar, comisario, ya le he dicho que no conozco a ese hombre, respondió Morell con calma, todo lo que me cuenta me sorprende tanto como a usted. Se equivoca, Morell, yo no me sorprendo ya de nada. Usted es policía, Weber, haga su trabajo y déjeme en paz. El comisario se dio cuenta de que Morell se le escapaba de nuevo. Se guardó la fotografía en el bolsillo. Dígale a la señorita Arminda que esta tarde vendré a visitarla. Ovidio Morell no respondió. Miró hacia otra parte intentando demostrarle su desprecio.

En cuanto el comisario se marchó, se encerró en el gabinete de su suegro. Necesitaba actuar deprisa. Aquella fotografía lo había desconcertado. Era imposible que fuera cosa únicamente de Lodeiro. ¿Cómo había llegado hasta Valparaíso el retrato que le hizo la tía Hubertine? Pensó en Magdalena, en su madre, en Teresita Borrás. No conseguía serenarse. Apuntó en un papel el nombre Gustavo Edwards, abrió un anuario y lo buscó. Le temblaban las manos. Allí estaba: Gustavo Edwards, abogado, plaza O'Higgins. Lo anotó y decidió no esperar más.

Gustavo Edwards era un abogado muy conocido en Valparaíso. Desde su despacho se veían los árboles de la plaza y el paso de los carruajes y los vehículos a motor que iban y venían del puerto. Su cadáver apareció frente a esa ventana, sentado en un sillón castellano de maderas labradas, oscurecido por las capas de cera y por los años. Le habían abierto el cráneo a golpes. Su secretario descubrió el cuerpo pocas horas después del asesinato. La criada apareció con el cuello roto en una de las habitaciones de la casa. Ovidio Morell se dio cuenta de que algo iba mal en cuanto llegó a la plaza O'Higgins. La gente se reunía en pequeños grupos, escandalizada por el crimen. Encontró la puerta de la casa flanqueada por agentes de uniforme. Preguntó entre los curiosos y se enteró de lo que había sucedido. El cuerpo del abogado aún estaba en la casa. La policía trataba de poner orden entre los vecinos que pretendían llegar a sus viviendas. Morell aguardó agazapado entre la multitud. No conseguía entender lo que estaba sucediendo. Se dio cuenta de que había sido un error venir a la casa del abogado. Salió a la avenida de la Independencia y se subió a un tranvía.

Empezó a preocuparse cuando observó el comportamiento frío y distante de Arminda. Apenas se había separado de su padre más que para dormir unas horas. Su rostro reflejaba el cansancio. Cenaron juntos en el salón, sin cruzar palabra. Aquel silencio de la mujer lo desconcertó aún más. Arminda rehuía la mirada de su cuñado. Cuando salió del salón, Ovidio Morell la siguió hasta la escalera. Me gustaría hablar con usted. Ella tardó en responder; parecía que buscaba una excusa para no quedarse a solas con él. Por favor, insistió Morell. Entraron en la biblioteca y cerraron la puerta. Tengo que marcharme, Arminda, le dijo sin rodeos. Ella siguió en silencio. Es una historia larga, creo que alguien está intentando hacerme daño. Lo miró y trató de encontrar alguna explicación más en sus ojos. ¿Qué está pasando?, Ovidio, dígamelo, ¿se ha vuelto usted loco? Enseguida Morell empezó a entender el comportamiento distante de la mujer. ¿Ha hablado usted con Weber? Ella seguía mirándolo; no decía nada. Por favor, Arminda, esto es muy importante para mí, creo que Lodeiro está planeando mi ruina. ¿Fabián?, ¿está seguro?, ¿no es usted mismo quien se está buscando la ruina? Ovidio Morell la zarandeó en un impulso que no pudo controlar. Arminda se zafó de él y se apoyó contra la puerta. Está loco, Ovidio, completamente loco. ¿Qué demonios está pasando?, dígamelo de una vez, le exigió Morell. Ella rompió a llorar. Intentó abrazarla, pero Arminda se resistió. Yo no voy a hacerle daño, créame. Finalmente la rodeó con los brazos sin que ella hiciera nada para librarse. ¿Por qué quiere usted matar a Nicolás? Ovidio Morell hizo un esfuerzo para controlarse. Por fin todas las piezas encajaban y el enigma dejaba de ser un misterio.

Arminda Santalla le confesó a su cuñado que Lodeiro la había telefoneado. Fabián tiene mucho miedo, le contó la mujer cuando consiguió controlar el llanto, me dijo que usted había enloquecido, que los celos hacia Nicolás le habían hecho perder el control sobre sus actos. Lodeiro le contó a Arminda que Morell había cambiado mucho, que se había vuelto muy agresivo. Le contó también que le había propuesto matar a Nicolás Weber. Le dijo que Morell estaba obsesionado con el comisario, que lo seguía desde hacía tiempo, que soñaba con su muerte. Le hizo jurar a Arminda que no le diría nada a Morell, que le guardaría el secreto. Y ella se lo juró. Pero Arminda no pudo mantener aquella confidencia que le quemaba dentro. Cuando terminó de contárselo, Ovidio Morell se sentó derrotado frente a ella. Tengo que marcharme, Arminda, le dijo al cabo de un rato, Lodeiro está tratando de hundirme. Le habló del asesinato de Fuisly y de aquel abogado. Ella lo escuchó sin interrumpirlo. No hizo ningún gesto. Cuando terminó, Arminda se levantó y se dirigió a la puerta. ¿Sabe dónde está Lodeiro?, preguntó Morell. Me dijo que había tenido que marcharse de la ciudad, no se fiaba de usted.

Ovidio Morell sabía que el tiempo corría en su contra. La prensa no hablaba de la muerte de Fuisly; pasó por uno más de los crímenes que se cometían en Valparaíso por unos pesos, por un intercambio de palabras subidas de tono, por unas miradas amenazantes que se cruzaban en cualquier taberna. Pero el asesinato de Gustavo Edwards apareció en todos los periódicos. No podía quedarse impasible, no podía esperar a que Weber se presentara a detenerlo. Sabía, también, que Lodeiro no pararía hasta acabar con él. Y buscarlo en Valparaíso era como buscar una aguja en un pajar. Fabián Lodeiro era un experto en hacerse invisible. Posiblemente fuera cierto que se había marchado de la ciudad. El desánimo y la desesperación estaban a punto de ganarle la partida, cuando Morell oyó que tocaban a la puerta de la alcoba. Era la primera vez que Arminda entraba en aquel cuarto desde que él vivía allí. Morell se estaba haciendo el lazo en el cuello, frente al espejo en el que se solía arreglar Catalina. Cuando la vio, presintió que algo grave sucedía. El doctor Salmerón está con mi padre, le dijo, y Fernanda acaba de irse. Arminda se acercó a él y lo ayudó a componerse el lazo. Morell la dejó hacer. ¿Cómo está su padre? Ella no respondió. Fabián está en el Hotel Internacional, dijo sin más. Le sujetó las manos a Arminda y se las apretó. ¿Ha vuelto a llamarla? No, Lodeiro no había llamado. Fue Fernanda quien se lo dijo. Arminda le preguntó por él. Sabía que a veces se veían. Hacía apenas unas horas que se había cruzado con él en la recepción del Hotel Internacional. Fabián Lodeiro pasó a su lado sin verla. Se dio de frente con ella y no la reconoció. Parecía muy alterado, le dijo Fernanda a la hija de su amante.

Morell se encerró en el gabinete de Jacobo Santalla y se sentó en su sillón, delante de la gran mesa de caoba. Miró los cuadros, el papel que decoraba las paredes, los pesados cortinajes. Abrió el cajón principal y sacó una llave oculta bajo unos papeles. Luego abrió uno de los cajones laterales y metió la mano. Sacó una pistola pequeña del fondo y tres balines que encontró en una cajita de latón. El arma, con mango de nácar, era poco más grande que la palma de su mano. La primera vez que se la enseñó Santalla, le pareció absurdo guardar un arma allí, pero el banquero le explicó que los hombres de negocios siempre tenían una por si la empresa daba en quiebra y tenían que encontrar una salida digna a su indignidad. Confío en que nunca tengamos que usarla, le había dicho el banquero y aquel plural le produjo inquietud a Morell. La ocultó en el bolsillo de su chaqueta y salió del gabinete.

El Hotel Internacional estaba en el centro de la ciudad, en la avenida de Brasil. Era un edificio reconstruido tras el terremoto, que ocupaba la mayor parte de la manzana. La recepción era amplia, con grandes ventanales que daban a la avenida. Las alfombras amortiguaban los pasos de los clientes, que entraban y salían en un incesante desfile de saludos y despedidas. Olía a tabaco mezclado con perfume caro.

A Ovidio Morell no le costó trabajo averiguar el número de la habitación de Fabián Lodeiro. Bastó una llamada de teléfono para conseguirlo. Hacía diez días que estaba registrado en el Hotel Internacional. Tomó nota del número, y antes de presentarse en el hotel se aseguró de que Lodeiro no estaba en su habitación. Tres personas atendían al público en la recepción y respondían a los teléfonos, que no paraban de sonar. Ovidio Morell entró con determinación en el establecimiento y se sentó en los sillones de terciopelo rojo, como un cliente más. Observó el movimiento de la gente durante un rato largo. Por fin, se dirigió al mostrador de la recepción y aprovechó un momento de confusión para pedir la llave de la habitación 411. Cuando la tuvo en la mano, se dirigió al ascensor con normalidad. El pasillo de la cuarta planta estaba vacío. Se quedó clavado frente a la puerta, mirando los tres números. Metió la llave en la cerradura y empujó.

La habitación era amplia y lujosa, con un pequeño recibidor donde había un sillón y una mesita baja con flores de tela. La cama estaba hecha y las cortinas abiertas. Morell las cerró, encendió la luz de una lamparita y echó un vistazo minucioso al cuarto. Se sentó en la cama y sacó el arma. Se preguntó si sería capaz de matar a Lodeiro. No estaba seguro. Sin embargo, no tenía miedo a morir. Intentó tranquilizarse. Temía que los nervios le jugaran una mala pasada. Se oían ruidos en el piso superior, voces en el pasillo, sonidos que no conseguía identificar. Por un momento le pareció que alguien abría la puerta, pero era en la habitación contigua. Registró entonces el armario. Lodeiro tenía poca ropa, pero era cara: un par de botines nuevos, un sobretodo, un sombrero que nunca le había visto, varias camisas. Abrió los cajones: ropa interior nueva, calcetines, ligas. En el altillo encontró una maleta. La puso sobre la cama. Dentro encontró más camisas dobladas y un pantalón viejo. Metió la mano hasta el fondo y palpó algo rígido. Quitó la ropa y encontró documentos y una bolsa de paño negro. La vació sobre la maleta: dos relojes de oro, gemelos con las iniciales G. E., joyas. Apareció también un puñado de billetes. Dedujo que aquello pertenecía a Gustavo Edwards. Echó un vistazo a los papeles. Eran documentos bancarios del abogado, testamentos, escrituras de propiedad, cosas inútiles para Lodeiro. Entonces encontró un sobre dirigido a Ezequiel Deulofeu; un sobre marrón, grande. Lo abrió. Reconoció la letra a pesar del paso del tiempo. Lo estaban buscando. Leyó el contenido sin poder controlar el temblor de las manos.

> Querido amigo Deulofeu:
>
> Si finalmente esta carta llega a tu poder, significará que mis gestiones para encontrarte han dado su fruto. Gracias a Teresita he sabido que andas por América y que estás bien, aunque no haya sido capaz de darme más detalles. Te sorprenderá, sin duda, tener noticias mías. Como imaginarás, no te escribo únicamente para mandarte saludos de un viejo amigo, sino para tratar contigo un asunto que se presenta delicado y que a continuación paso a relatarte...

Era una carta larga, firmada por Alfredo Sandoval. Su firma era sofisticada y su caligrafía había mejorado. La metió en el sobre y la guardó en el bolsillo de su chaqueta. Revisó el resto de documentos. No había nada más que pudiera comprometerlo. Dejó cada cosa en su sitio, tal y como estaba. Salió al pasillo sin saber con certeza qué iba a hacer. Decidió bajar por las escaleras. Lo último que deseaba ahora era tropezarse con Fabián Lodeiro. Cruzó el vestíbulo con paso firme, dejó la llave en el mostrador de recepción y salió del hotel deprisa, pero sin correr. Se mezcló con la gente que caminaba por la avenida de Brasil y desapareció.

Cuando Arminda oyó la puerta de la calle, bajó atropelladamente las escaleras. El aspecto cansado de Morell la puso en alerta. ¿Qué ha pasado?, preguntó la mujer. No he visto a Lodeiro, si es eso lo que le preocupa, ¿cómo está su padre? Jacobo Santalla seguía igual. El doctor Salmerón temía que pudiera entrar en una larga agonía. Morell se excusó y se encerró en su alcoba. Echó el pestillo. Sintió el cuarto como una prisión. Todo le resultaba frío y hostil: la cama, el tocador, los objetos de Catalina. Dejó el arma junto a los cepillos y los perfumadores. Leyó por segunda vez la carta de Alfredo Sandoval. Sentía un profundo rencor hacia Fabián Lodeiro. Buscó un pequeño maletín en el armario y metió las cosas que podrían resultarle útiles en un viaje. No quería llevar mucho equipaje. Se guardó en la chaqueta la documentación y el dinero que tenía en la caja fuerte del vestidor. Le esperaba un trayecto largo y duro. Necesitaba pensar mejor lo que iba a hacer, pero sentía que el tiempo se le escapaba. La muerte estaba agazapada en todos los rincones de aquella casa. En el último momento decidió dejar el maletín y marcharse sin nada.

Encontró a Arminda en la biblioteca, sentada en el mismo diván de siempre. El libro permanecía cerrado sobre la mesita. Vengo a despedirme, le dijo Morell. La mujer no se sorprendió. Se diría que estaba esperando precisamente aquellas palabras. ¿Adónde va? Tengo que volver a España. Ella permaneció impasible, con la mirada fija en Morell. Mi familia me está buscando. ¿Ha sucedido algo? Sí, mi hermana me necesita. Ovidio Morell se sentía extraño al contar la verdad por primera vez después de tantos años de mentiras. ¿Es tan urgente? Hizo un gesto afirmativo. Arminda se puso en pie. Estaba asustada. No me deje aquí, lléveme con usted. Lo cogió de la mano. ¿Y su padre? A mi padre le quedan pocas horas de vida, dos días en el mejor de los casos, ¿no huele la muerte? Ovidio Morell se había quedado paralizado. ¿Y Weber?, pensaba casarse con él. Usted sabe que no lo haré, siempre lo ha sabido. Morell necesitaba serenarse. Abrazó a Arminda y la besó en la frente. Antes tengo que hacer algo, le dijo a la mujer, confíe en mí, la sacaré de aquí. Se marchó de casa sin abrigo y sin sombrero, como si fuera a volver enseguida.

Entró en las oficinas de la Banca Santalla y subió al último piso. Los empleados lo conocían bien. Se encerró en el despacho de su suegro, descolgó el teléfono y le pidió a la telefonista que le pusiera con la Tercera Comisaría. Alguien respondió al otro lado con voz bronca. Me gustaría que le trasladara una información al comisario Weber, dijo Morell. ¿Quién es usted?, preguntó el policía. Soy un conocido del comisario. Después, Ovidio Morell le contó todo lo que sabía sobre la muerte de Fuisly y del abogado Edwards. Dígame su nombre, volvió a insistir el policía cuando Morell hizo una pausa. No me haga perder el tiempo, siguió diciendo Morell, el comisario sabrá enseguida quién soy. Le repitió los datos: Hotel Internacional, habitación 411, Fabián Lodeiro, dijo, seguramente el nombre es falso. Mire, don, dígame quién es usted, repitió una vez más. Morell colgó sin responder y salió del despacho.

Sabía que tardaría mucho en ver de nuevo a Clarisa. Fingió que debía ausentarse unos días de la ciudad. La viuda de Palazuelos se entristeció, pero no le pidió explicaciones. Morell escribió una nota muy breve para Arminda: Volveré a por ti, ten confianza. La metió en un sobre y se la dio a Leonora. Necesito que lleves esto mañana a la casa de los Santalla, entrégaselo a la señorita Arminda. Leonora se guardó el sobre en el delantal.

Llegó caminando a la estación de ferrocarril del puerto. Avanzó por el andén sin mirar atrás. Faltaban pocas horas para que el sol se pusiera y los cerros se quedaran a oscuras. Se sentó junto a la ventanilla en un compartimento que estaba vacío. Cuando la máquina se movió, algo se estaba rompiendo dentro de él. Cerró los ojos. El olor del mar mezclado con el humo de la máquina le provocó una indescriptible serenidad. Pensó en los barcos balleneros y en los temporales que los retenían en el puerto durante días que a veces parecían años.

15.

El doctor Ezequiel Sandoval había cumplido setenta y nueve años hacía unos meses. Vivía en el Passeig de Gràcia, en una casa llena de historia. Era un hombre amable en el trato, acostumbrado a hablar y a que le prestaran atención. Tenía a su edad una pizca de coquetería que resultaba cómica. Alto, de complexión fuerte. Olía a loción de afeitado. Caminaba inclinado hacia delante, a pesar de los esfuerzos por mantenerse erguido. En el recibidor tenía tres o cuatro bastones, pero en casa no los utilizó. También vi un sombrero de pana verde colgado en un perchero antiguo con un espejo viejo que deformaba las imágenes.

Nos recibió a media tarde, vestido con traje, corbata y zapatos relucientes. Era viudo y vivía solo, aunque por las mañanas venía a casa una mujer que limpiaba y cocinaba. Nos hizo pasar por un pasillo ancho hasta un salón bien iluminado que daba a Gràcia. En cuanto vi el piano y los muebles antiguos, comprendí que aquella casa guardaba muchos secretos. Se lamentó de que no hubiera nadie para hacernos un café, pero nos ofreció cualquier cosa que no necesitara elaboración. Le preguntó a Virginia por su trabajo, y ella trató de zanjar el asunto con una respuesta de compromiso. Ezequiel Sandoval tenía facilidad para las relaciones sociales. Mezclaba las explicaciones sobre la disposición de los muebles con preguntas sobre nosotros. Cuando le dije que trabajaba en el Archivo Histórico, mostró cierto interés. Quiso saber más, seguramente por cortesía. Le dije que no trabajaba como historiador, sino como bedel. Sonrió y me miró atentamente.

—Interesante, joven —me dijo en un tono neutro.

La memoria del doctor Sandoval era prodigiosa. Recordaba fechas, nombres, datos que parecían sacados de un anecdotario. Durante un rato estuvo recordando con Virginia detalles de su cesárea. Luego se interesó por su padre, por el hijo. Me llamó la atención que no le preguntara por su marido.

—Mi madre murió hace cuatro años —le contó Virginia.

El doctor hizo un gesto de asentimiento, como si ya lo supiera. Enseguida buscó otro tema de conversación y, cuando yo ya pensaba que iba a ser una tarde de divagaciones, se dirigió a mí y me dijo directamente:

—Así que está investigando sobre Ezequiel Deulofeu.

Me pilló desprevenido. Por unos segundos me mostré indeciso. Él me miraba sin inmutarse, midiéndome, observando mi reacción. Sin duda todo aquel preámbulo no había sido más que una toma de contacto.

—No exactamente —le dije—. Creo que no podría llamarse una investigación.

—Entonces ¿cómo lo llamaría usted?

Virginia me miraba y luego miraba al doctor Sandoval. ¿Por qué sonreían los dos? Ella me hizo un gesto para que se lo explicara. Creo que estaba tratando de darme confianza, pero la expectación del anciano me intimidaba.

Le entregué un ejemplar de mi libro sobre los anarquistas catalanes en Manila. Sacó unas gafitas pequeñas del bolsillo de su chaqueta y, mientras lo hojeaba, le expliqué a grandes rasgos cómo me había llegado la propuesta de escribirlo.

—Muy interesante —volvió a decir—. Así que usted escribe libros.

Traté de justificarme, como si aquello fuera un demérito. Y cuanto más buscaba una excusa, más me enredaba en explicaciones absurdas y ridículas. De repente me interrumpió.

—¿Va usted a escribir sobre Ezequiel Deulofeu? —me preguntó en un tono tajante.

Le dije que no. No pretendía escribir sobre Deulofeu.

—Entonces ¿qué interés tiene en él?

Me pareció que me estaba examinando como a una de sus pacientes para realizar un diagnóstico. Y en ese momento desapareció toda la tensión. Si no pensaba escribir un libro, si no estaba haciendo una investigación, ¿por qué tendría que preocuparme por las conclusiones a las que aquel desconocido llegara acerca de mí? Dejé caer el peso de mi cuerpo sobre el respaldo del sillón y me relajé. Tal vez mi silencio pudo confundirse con una grosería, pero no fue intencionado. Creo que Virginia no me miraba para no violentarme.

—Tiene usted una casa muy bonita —le dije en el mismo tono que él había empleado.

—Vivo aquí desde que me casé, hace cincuenta y tres años —dijo el doctor siguiéndome el juego—. Julio del 36, justo dos días antes del alzamiento.

—¿Era la casa de Ezequiel Deulofeu?

—Sí, esta fue su casa —me respondió con naturalidad.

—¿Está en buenas condiciones ese piano?

Sonrió. Se puso en pie y se acercó hasta él. Levantó la tapa, retiró la gamuza de un rojo mustio y pulsó una tecla. Sonó como si algo se hubiera roto dentro.

—Tiene más de cien años y hace mucho que dejó de sonar. Lo conservo como la mayoría de las cosas que hay aquí, por sentimentalismo. Son tonterías de un viejo. Pero todavía no ha respondido a mi pregunta.

Busqué la mirada de Virginia. Fingía estar pendiente de Ezequiel Sandoval.

—Hace unos meses, escribiendo este libro, descubrí la pista de Ezequiel Deulofeu en Manila. Durante el tiempo que estuvo allí publicó artículos en un periódico con el seudónimo de el Francés.

—Sí, en *La Nueva Luz* —precisó Ezequiel Sandoval—. El Francés era el nombre con que lo conocían en Barcelona cuando trabajaba en *El Diluvio*.

—Así es. Luego un antiguo profesor mío me contó que había razones para pensar que Deulofeu era el autor del atentado del Corpus de 1896 —el anciano no se inmutó al oír aquello—. Un día, no hace mucho, encontré en mi casa un sobre con información sobre él. Una persona a la que yo quise mucho llevaba años investigando sobre Deulofeu, y yo no sabía nada. A partir de ahí algo se despertó en mí.

Levantó la mano para interrumpirme.

—Entonces es pura curiosidad.

—Yo diría que va un poco más allá de la curiosidad. Es como si hubieran revivido unos demonios que en otro tiempo me atormentaban.

Me quedé en silencio unos segundos. No me costaba trabajo hablar de aquello delante de un desconocido, pero la presencia de Virginia me cohibía.

—¿Y cómo andan ahora esos demonios? —me preguntó el ginecólogo.

Sonreí y le hice un gesto con la mano.

—Ahí van, pero ya casi no molestan.

Le conté entonces mi encuentro con Julia Torrelles. Y al oír su nombre la cara se le transformó. Empezó a demostrar un mayor interés.

—¿Qué tal está Julia? —me preguntó.

Le expliqué lo que sabía. También le dije que su hija trabajaba con Virginia. Aquella coincidencia le despertó aún más la curiosidad.

—El doctor Torrelles era un hombre extraordinario —me dijo Ezequiel Sandoval—. Yo tengo unos recuerdos muy vivos de él. ¿Sabe usted que fue médico de mi familia? Sí, él me trajo al mundo. Por supuesto que no me acuerdo de eso —me dijo sonriendo—. Pero lo recuerdo en casa con su maletín, tomándole la tensión a mi padre o metiéndonos en la boca a mi hermana y a mí el rabo de una cuchara para vernos las amígdalas.

El doctor Sandoval se puso en pie y pidió permiso para salir de la habitación. Virginia aprovechó la ausencia para acercarse y besarme en la mejilla. No dijo nada. Cuando el ginecólogo regresó, yo había hecho un repaso de cada uno de los muebles de la casa. Me preguntaba si aquella habitación habría cambiado mucho en los últimos cien años. El anciano dejó sobre la mesa un montón de papeles, fotografías y periódicos. Después me invitó a echarles un vistazo. Había tres o cuatro ejemplares de *El Diluvio*. Tomé uno al azar. Encontré un artículo firmado por el Francés sobre el verdugo de Isidro Mompart, condenado a garrote por asesinato y violación. Saqué una de las fotografías y por primera vez me enfrenté al rostro de Deulofeu. Estaba hecha en París, delante de la Torre Eiffel, el mismo año en que se inauguró. Era un joven vestido como un hombre mayor, con sombrero hongo y pajarita. Tenía un gesto forzado, tratando de sonreír. Me recordó una imagen de Kafka que yo guardaba en casa, melancólico, delgado, ausente. Se lo dije al doctor Sandoval.

—Sí, él tenía siempre esa mirada. Era una mirada asustadiza, seguramente de sufrimiento. En realidad, fue un hombre que no supo querer, o que quería a su manera, y eso lo atormentaba. Es lo que decía mi padre, que lo conocía mucho mejor que yo, por supuesto.

Le pregunté cuál había sido su relación con Deulofeu.

—Eso es difícil de explicar en pocas palabras —me respondió—. Ezequiel volvió a Barcelona el mismo año en que yo nací. Había pasado un tiempo en Chile. No es preciso hacer muchas deducciones para saber que mis padres me pusieron el nombre pensando en él. Además, fue mi padrino de bautismo. ¿Se imagina?, un anarquista, un revolucionario, padrino de bautismo. Pero es algo de lo que me siento orgulloso. Mi padre y él tuvieron una relación muy especial. Cuando él se marchó de Barcelona por segunda vez, yo tenía trece años. Ya era un mozo. Esos recuerdos no se olvidan. Pero a veces uno los idealiza.

—¿Y no volvieron a saber nada de él?

Ezequiel Sandoval tomó una de las fotografías de la mesa y se quedó un rato mirándola.

—Él era así: aparecía y desaparecía sin dar explicaciones. Creo que mi padre se escribió con él durante un tiempo. Pero al fallecer mi padre, la mayoría de sus cosas se las quedó mi hermana —hizo una pausa—. Le seré sincero: mi hermana y yo nunca tuvimos una buena relación. Y tampoco la tuvo con mi padre. Seguramente se parecían demasiado. Cuando él murió, mi hermana vendió todo lo que guardaba en casa, y le aseguro que eran cosas de valor. No me refiero a los muebles y a los cuadros, por supuesto, sino a los documentos. Mi padre era un hombre que lo guardaba todo. Sufrió mucho con mi hermana, pero esa es otra historia.

Lo dejé hablar sin interrumpirlo. Ezequiel Sandoval fue rescatando de la memoria los recuerdos de su infancia. Y lo hizo de forma desordenada, hacia atrás y hacia delante. No le costaba trabajo. Se diría que pensaba con frecuencia en el pasado. A veces tenía pequeños lapsus y se quedaba callado. Virginia y yo permanecíamos en silencio, observándolo, hasta que volvía a tomar el hilo de la historia. Conforme él iba hablando, yo tenía la sensación de que lo hacía sobre alguien a quien yo conocía. Poco a poco fue reconstruyendo los años de Deulofeu en Barcelona, desde que regresó a finales de 1910.

—Lo recuerdo clavado en la puerta del despacho de mi padre, con ese gesto serio. Venía a vernos con frecuencia. Los dos se encerraban en su despacho y luego preguntaba por mí. Siempre me traía algo. Cuando se marchó, mi padre no me dijo nada. Un día pregunté por él y me dijo que el tío Ezequiel se había tenido que ir muy lejos. Yo lo llamaba tío Ezequiel. Hasta los ocho o nueve años pensaba que mi padre y él eran hermanos. El equívoco, como siempre, lo deshizo mi hermana tratando de hacerme daño. Pero para mí era lo mismo, siempre iba a ser el tío Ezequiel.

Estuvimos más de dos horas con el doctor Sandoval. Me pareció que gozaba recordando detalles. Hizo una pausa muy larga. Llegué a pensar que ya no iba a seguir hablando. Entonces dijo:

—Hará treinta o cuarenta años me ocurrió algo curioso que de vez en cuando me da que pensar. Se presentó aquí, en la consulta, una mujer más o menos de mi edad. Por el acento resultaba evidente que no era española. De un país latinoamericano, sin duda. Tenía un problema muy común, ahora no lo recuerdo. Algo relacionado con la menopausia. No me llamó la atención por nada en particular, excepto porque lo miraba todo con mucho interés. Me dijo que estaba de paso, pero yo insistí en abrirle una ficha. Cuando vi el apellido Santalla, me acordé de aquellas cartas que el doctor Torrelles guardaba con tanto celo; esas de las que usted me ha hablado. Le comenté la coincidencia, sin entrar en detalles. Hay pocos apellidos Santalla en Valparaíso, me respondió, sin duda debe de existir algún parentesco entre nosotras. Tenía que haber estado más atento. He pensado muchas veces en aquella visita que no se volvió a repetir. Y cuanto más lo pienso más convencido estoy de que aquella mujer no tenía ningún interés en la consulta, sino más bien en conocer esta casa.

—¿Recuerda su nombre?

El doctor sonrió.

—Debería, joven, debería; pero me temo que ha quedado perdido en algún rincón de mi memoria. Ni siquiera conservo las fichas de aquella época. Cuando me jubilé, me divorcié también de la obstetricia.

La conversación fue languideciendo, como la tarde. Virginia había permanecido paciente, sin intervenir apenas. Me di cuenta de que estaba cansada. Ezequiel Sandoval nos acompañó hasta la puerta y nos invitó a volver cuando quisiéramos. Sus palabras sonaban sinceras, pero yo sabía que la visita no se iba a repetir.

Había oscurecido. Le dije a Virginia que me apetecía pasear un rato. Aceptó acompañarme. El viento me espabiló.

—¿Te encuentras bien? —me preguntó.

Sí, estaba bien. Pensaba que aquel asunto no me iba a conducir a ninguna parte. Quería creer que todo estaba ya zanjado. Y, sin embargo, cuanto más trataba de quitármelo de la cabeza más pensaba en lo que me había contado Ezequiel Sandoval.

—Toda esta historia me produce inquietud —le dije a Virginia sin venir a cuento—. Es algo difícil de entender.

—Me temo que no ha sido una buena idea esta visita.

Me detuve y fingí que miraba un escaparate. Pero, en realidad, la estaba observando a ella en el reflejo del cristal.

—Al contrario, tengo que darte las gracias.

Me cogió de la barbilla y me obligó a mirarla.

—¿Lo dices sinceramente?

No le contesté, pero ella sabía que era verdad. Continuamos caminando hacia la plaza de Cataluña. Me pareció que Virginia no estaba muy acostumbrada a pasear por la ciudad.

—¿Quieres venir a casa esta noche? —me preguntó de forma inesperada al cruzar la calle—. Pau está con su padre.

Aquella invitación en apariencia improvisada me pilló por sorpresa.

—¿Tienes despertador? —le pregunté sonriendo.

—No lo necesito, ya lo sabes.

16.

La ciudad a la que regresaba Ezequiel Deulofeu casi catorce años después le resultaba extraña; más pequeña, más ruidosa, hostil. Deulofeu había cumplido treinta y ocho años, y sentía que una parte importante de su vida se había quedado en el camino, varada en algún lugar. La otra, la que había dejado en Barcelona, no estaba seguro de querer recuperarla. Poco antes de zarpar de Buenos Aires, le mandó un cable telegráfico a Alfredo Sandoval anunciándole su llegada.

Traía una pequeña maleta que lo acompañaba desde Santiago. La dejó abandonada en el camarote. Volvía igual que se marchó, sin nada. Se alejó del puerto con las manos en los bolsillos y se dejó engullir por la ciudad. Extrañaba la forma de hablar de la gente, las prisas, los vehículos a motor. Se habían abierto nuevos cafés, hoteles, comercios. Alguien lo saludó; sin duda lo había confundido con otra persona. Respondió al saludo y su propia voz le sonó extraña.

La casa de Alfredo Sandoval estaba en la Gran Vía. Reconoció en el portal un olor a comida que lo transportó a su infancia. Se detuvo y respiró profundamente. Entonces sintió que no se había marchado nunca, que los catorce años habían sido una ilusión. Subió al principal y llamó a la puerta. Le abrió una mujer mayor, con un delantal blanco. ¿Sandoval con criada? Pensó que se había equivocado. Preguntó por su amigo. La sirvienta lo miró de arriba abajo y dudó. Hacía dos meses que llevaba el mismo traje, arrugado, sucio. ¿Lo espera el señor Sandoval? Hace catorce años, respondió, dígale que soy Ezequiel Deulofeu. Y al pronunciar su nombre después de tanto tiempo le pareció el de otra persona. La mujer no se atrevió a hacerlo pasar. Espere un momento. Cerró la puerta. Ezequiel Deulofeu, mientras tanto, se recreó con el olor de la comida. La puerta se abrió de nuevo. Era una mujer de ojos claros y piel muy blanca, joven; cabello rubio recogido en un moño, bonita. Vestía bien y debajo de su vestido se adivinaba un embarazo muy avanzado. Dentro de la casa se oía un llanto infantil. Mi marido no recibe hoy, dijo en un tono firme. ¿Su marido? Venga usted mañana. He recorrido miles de kilómetros para hablar con él. La mujer se protegió detrás de la puerta, como si temiera que aquel desconocido de mirada febril fuera a abalanzarse sobre ella. Márchese o llamaré a la policía. Cerró con un portazo y Deulofeu permaneció quieto. Sabía que la mujer seguía detrás de la puerta, esperando su reacción. Llamó de nuevo. Ruidos al otro lado, voces. Se abrió la gran mirilla. Ezequiel Deulofeu reconoció un ojo oscuro, acechante, siniestro. Cuando estaba dispuesto a llamar de nuevo, la puerta se abrió. Era Sandoval, pero le costó trabajo reconocerlo. ¿Deulofeu? ¿Sandoval?

Alfredo Sandoval había cambiado tanto como la ciudad. Pasaba de los cuarenta años y era un hombre gordo, con el rostro congestionado por la obesidad. La calvicie les había ganado la partida a los rizos. Vestía con elegancia, traje impecable, a medida, recién estrenado. Le dio un abrazo a Deulofeu y lo retuvo entre los brazos, confuso, emocionado. Deja que te vea bien. Dio unos pasos atrás y miró a su amigo de arriba abajo. Pensé que nunca llegaría este momento, dijo Sandoval. Yo también, amigo, yo también. Deulofeu, con los brazos caídos, tenía un aspecto lamentable. ¿Estás enfermo? No me encuentro bien, el viaje ha sido duro, creo que tengo fiebre. Tiró de él hacia dentro y cerró la puerta. Sandoval empezó a llamar a voces a su esposa, que había ido a refugiarse en la cocina. Entraron en el despacho y le pidió que se sentara. Enseguida dio órdenes a la sirvienta. La mujer de Sandoval miraba al recién llegado con desconfianza. ¿Aquel era el amigo del que tanto hablaba su marido? Se sentía decepcionada. Sandoval levantó el teléfono e hizo un par de llamadas. Al habla el letrado Alfredo Sandoval, decía. Preguntó por alguien y exigió que se presentara enseguida en su casa. ¿Letrado Sandoval?, preguntó Deulofeu cuando colgó el teléfono. Sí, sí, hay muchas cosas que desconoces, pero tenemos mucho tiempo por delante para hablar.

Ezequiel Deulofeu comprobó que su amigo de la juventud era ya un desconocido. En cuanto echó un vistazo a su alrededor, lo comprendió. Aquella era la casa de un abogado importante, con dos criadas, un secretario, un pasante y un despacho que parecía el de un ministro. Su esposa se llamaba Cristina y era un ser angelical, de aspecto frágil y mirada dulce. Era quince años menor que Sandoval. El abogado le pidió a la criada que trajera a la niña. Tenía dos años y era un ser rollizo, con bucles dorados que a Deulofeu le recodaron los de Magdalena. Y el segundo ya está en camino, dijo señalando la barriga de su esposa, en cualquier momento se nos presenta.

Cuando se quedaron a solas, Ezequiel Deulofeu se fijó en los detalles de aquel despacho. Las paredes estaban forradas de seda carmesí y cubiertas por cuadros. Había obras de arte que abarrotaban el espacio. Todo era un lujo exagerado. Sí, amigo mío, no te sorprendas, terminé esa dichosa carrera que tantos quebraderos de cabeza le trajo a mi padre. Sandoval le contó que llegó al último curso de Derecho a punto de cumplir treinta y tres años. Yo era el abuelo de los estudiantes, incluso los catedráticos en nuestro trato tenían en consideración mi veteranía. Le confesó que se había reconciliado con su padre en el lecho de muerte. La edad nos hace madurar, amigo Deulofeu.

Alfredo Sandoval era un abogado muy conocido en Barcelona. Se había ganado su prestigio en unos tiempos difíciles, en los que los tribunales tenían más poder que los despachos de los políticos. Yo trabajo para quien me paga, le dijo a Deulofeu sin pudor, defiendo a los pobres y defiendo a los ricos, aunque he de reconocer que los segundos pagan mejor. Sandoval vivía bien y presumía de no haber abandonado del todo su espíritu revolucionario. Es algo que llevo muy dentro, dijo llevándose la mano al pecho, aquí, en el corazón y eso no podrá cambiarlo nadie, ni el dinero ni el prestigio ni nada. Sandoval tenía una buena casa, comía en los mejores restaurantes y se hacía respetar. Vestía trajes que le confeccionaba un sastre italiano; le traían los zapatos de París y el tabaco de Cuba. Estaba tramitando la compra de un título nobiliario. Eso sube mi caché, amigo mío, y a fin de cuentas la vida no es más que una gran obra donde cada uno interpreta el personaje que elige. Le confesó a su amigo que hacía tiempo que no se reconocía al mirarse al espejo. Vivimos en un mundo corrupto, le dijo, y yo he aprendido a luchar con las mismas armas que los demás. Sandoval estaba metido en muchos asuntos, algunos legales y otros turbios. Viajaba a Francia cuatro veces al año; una vez al año, a Londres. Tenía una casa en Roma. Se relacionaba con empresarios, con políticos, hacía de intermediario en innumerables negocios, sabía bien lo que se cocía en los bajos fondos, comía con frecuencia con los directores de los periódicos. Las cosas han cambiado mucho en el tiempo en que tú has estado fuera, le dijo a Deulofeu. ¿Y Teresita?, le preguntó de repente su amigo. Y la expresión de Sandoval cambió.

Después de la gira por América, Teresita Borrás había abandonado su carrera teatral. No había pasado de trabajar en compañías pequeñas, casi siempre itinerantes. Recorrió el país actuando en cafés; muy pocas veces en teatros. Conoció a un empresario que le dio esperanzas, pero finalmente el hombre volvió con su esposa, y Teresita, a punto de entrar en una gran compañía, tuvo que dedicarse al vodevil. Era lo más cerca que había estado del triunfo. Tenía una voz linda, dijo Deulofeu. Sí, la tenía. Teresita regresó de su gira por América con más de treinta años y una carrera que había empezado el declive antes de llegar a la cumbre. Sandoval se puso muy serio, y Deulofeu supo que estaba buscando la forma de contarle algo trascendente. ¿Sabes que Teresita y yo...?, en fin, ya me entiendes. No te entiendo, Sandoval, háblame sin rodeos. Quiero decir que Teresita podría haber sido la mujer de mi vida, pero yo no la habría hecho feliz, me temo que siempre habría estado buscando en mí algún vestigio tuyo. Deulofeu lo escuchó derrotado, con tristeza. ¿Y qué es de ella ahora?

Teresita vivía con un diputado que pasaba diez días en Madrid y veinte en Barcelona. Estaba viudo y tenía hijos mayores. Ella se había acostumbrado a esa vida. Cuando volvió de Valparaíso, fue a casa de Sandoval para contarle que Ezequiel seguía vivo. Estaba dolida con él y muy apenada. Magdalena era el único lazo que la seguía manteniendo unida a aquellos tiempos lejanos en que fue feliz. Frecuentaba su casa. Pero las desgracias se habían cebado con la familia Deulofeu. El piano del salón permanecía mudo desde hacía quince años. Ya nadie lo tocaba; incluso el sol que en otro tiempo invadía el salón del principal parecía más apagado, mustio.

La vida de Magdalena Deulofeu no había sido fácil. Se casó a los veintisiete años, después de un noviazgo de cinco. Su padre lo decidió así. La madre de Magdalena siempre se encontraba al borde del abismo y, desde que se marchó Ezequiel, había empeorado. Natanael Deulofeu se comportó como si su primogénito hubiera muerto. Incluso solicitó un certificado de defunción que nadie quiso firmar. En casa estaba prohibido hablar de él. Durante un tiempo recibió visitas de la policía y, cada vez que los agentes se presentaban en la imprenta o en casa, la vergüenza lo dejaba abatido. Enfermó. Su estado llegó a ser tan lamentable que Magdalena se apiadó de él. Cuando se casó, se fue a vivir muy cerca de la casa de sus padres. La vida de casada supuso para ella una liberación. Se convenció de que amaba a un hombre al que, después de cinco años de noviazgo, apenas conocía. Su marido era una persona cariñosa, inteligente, trabajadora. Natanael Deulofeu lo trató como al hijo que ya no tenía, como al que siempre quiso tener. Le entregó las riendas del negocio. El matrimonio duró siete meses. El yerno del impresor murió en las oficinas de la empresa, sentado frente a la mesa de trabajo, mientras revisaba unos balances que Romeu, el jefe de los contables, le estaba mostrando. Sintió un dolor en el pecho y se lo dijo a Romeu. ¿Quiere usted que llame al señor Deulofeu? No, lo que quiero es que llame a un médico. Cuando llegó el doctor Torrelles, el esposo de Magdalena ya estaba muerto. Había sufrido un ataque al corazón.

La tragedia, una vez más, se cebó con los Deulofeu. Natanael cayó en un profundo desánimo y su hija enfermó de los nervios. Estuvo varios meses internada en una clínica. La casa se cubrió entonces de un luto que iba a durar para siempre. El resto de la historia la conocía Ezequiel Deulofeu, a grandes rasgos, a través de la carta que Sandoval envió a Valparaíso. La había leído tantas veces que la aprendió de memoria. ¿Sabías que ese abogado, Edwards, murió asesinado? Sandoval lo sabía. No hizo ningún comentario ni preguntas. Cuéntame quién es ese Sempere del que me hablabas en tu carta, le dijo Deulofeu a su amigo.

Raimundo Sempere entró como contable en Ediciones Deulofeu cuando murió uno de los empleados de la empresa. Era un trabajador que sabía ganarse la confianza de la gente. Tenía facilidad de palabra, buena presencia y un don especial para las relaciones sociales. Era capaz de decir a cada uno lo que deseaba oír.

Raimundo Sempere se ganó pronto la confianza de Marcel Romeu y no tardó en convertirse en su mano derecha. Sempere era hábil y sabía manipular a la gente de forma sutil. Natanael Deulofeu también sucumbió a sus encantos. Le encomendaba al empleado tareas que la mayoría de los contables había tardado años en realizar. Todo empezó a rodar cuesta abajo a partir de la enfermedad de Deulofeu. El empresario se vio obligado a dejar las riendas del negocio en manos de Romeu. Su declive se prolongó casi un año. Murió en los brazos de Magdalena. En sus últimas horas de vida empezó a delirar; llamaba a su hijo Ezequiel. Luego dio un suspiro profundo y murió. Fue un nuevo revés para la quebradiza salud de Magdalena, que apenas se había recuperado de su inesperada viudedad. Resultó que Natanael Deulofeu no había modificado su testamento. A su primogénito le correspondía no solo su parte legítima, sino dos terceras partes del negocio de impresión. Magdalena, en ausencia de su hermano, tuvo que tomar las riendas de la empresa. Le confesó a Teresita Borrás que no se sentía con fuerzas para llevar adelante el negocio. Su amiga le aconsejó que pidiera ayuda a Alfredo Sandoval. Y durante un tiempo así lo hizo. Pero entonces Raimundo Sempere se coló en la vida de la viuda. La situación tomó un rumbo inesperado. Magdalena se distanció de Sandoval. Le dijo que se encontraba con más ánimo, que se veía preparada para dirigir la imprenta con ayuda de Romeu. El abogado sabía que no era cierto, pero no puso ningún reparo en darle toda la libertad. Fue la primera vez que Sandoval oyó el nombre de Raimundo Sempere. Le habló de él Teresita. Ella lo había conocido en la imprenta y le reconoció a Sandoval que era un hombre que sabía deslumbrar a las mujeres. El abogado se lo definió a su amigo Deulofeu como un encantador de serpientes. Luego le contó que estaba preocupada por su amiga; que empezaba a hacer cosas extrañas; que apenas la reconocía. Al principio Teresita no entendía el origen de su transformación, pero un día Magdalena le pidió a su amiga dinero para pagar al médico. ¿Le debes dinero al doctor Torrelles? Le dijo que no. Le contó una historia absurda sobre la medicación de Frédérique. Le habló de un tratamiento para su enfermedad nerviosa. Le explicó que era algo novedoso y caro. Empezó a contradecirse. ¿Y no tienes dinero para pagarlo? Magdalena le confesó que los negocios no iban bien últimamente. Teresita accedió a prestarle todo lo que tenía, una cantidad insuficiente. Pero no creyó ni una palabra de lo que le había contado su amiga. Cuando Sandoval lo supo, empezó a indagar. Primero habló con el doctor Torrelles, que también era su médico, y se enteró de que la salud de Frédérique seguía como siempre; no se había sometido a ningún nuevo tratamiento. Luego Sandoval citó en su despacho a Marcel Romeu. El abogado no quería que Magdalena sospechara que estaba metiendo las narices en sus asuntos. Romeu fue quien le abrió los ojos. Ese hombre dirige ahora la empresa del difunto señor Deulofeu, que en gloria esté, confesó desolado el contable, yo ya no pinto nada allí, cualquier día me despedirá. Sandoval trató de mantener la serenidad. ¿Y es posible que la imprenta esté en la ruina?, siguió preguntando. Absolutamente, don Alfredo, ese hombre hace y deshace a su antojo, tiene poderes para utilizar las cuentas bancarias, conoce la combinación de la caja fuerte y le ha sorbido el seso a doña Magdalena. El abogado le rogó que se lo contara todo. Él es quien contrata y despide a la gente, siguió desahogándose Romeu, ha puesto a hombres de su confianza a trabajar en las máquinas, operarios que no saben nada de impresión, pero allí están, controlándolo todo y yo, mientras, me dedico a presentarle balances, a maquillar las pérdidas, a tapar desajustes en las cuentas.

Alfredo Sandoval investigó a Raimundo Sempere durante un tiempo. No le costó trabajo comprobar lo que ya sospechaba. Vivía en la Bonanova con una mujer con la que no estaba casado. Se movía en los ambientes proletarios, donde gozaba de cierta consideración. Llevaba cinco años en Barcelona, pero nadie sabía de dónde había salido. Cuantas más cosas iba conociendo de él, menos le gustaba aquel tipo. Por fin decidió tomar cartas en el asunto. Se presentó en la imprenta y le habló claramente a Sempere. Lo amenazó con denunciarlo por extorsión si no desaparecía de la vida de Magdalena. Raimundo Sempere mantuvo la sangre fría y le aseguró que sus intenciones con Magdalena eran nobles, que la quería. Sandoval insistió en su amenaza. Apenas un día después Magdalena Deulofeu se presentó en casa del abogado. Estaba furiosa y gritaba fuera de sí. Sandoval se ruborizaba al relatar aquel último encuentro. Te juro que parecía poseída por Satanás, le confesó el abogado a su amigo, nunca he recibido tantos insultos de una misma persona, y entonces fue cuando me di cuenta de que todo estaba perdido, porque una mujer que defiende a un hombre de aquella manera es una mujer que está dispuesta a dejarse despellejar por él. Raimundo Sempere despidió a Marcel Romeu, y Sandoval se quedó sin su principal fuente de información.

Después de escuchar aquella historia, Ezequiel Deulofeu permaneció con la mirada clavada en su amigo. Sandoval se dejó caer en su sillón. Cuando Teresita me contó que te había visto en Valparaíso, pensé que no estaba todo perdido, siguió el abogado, pero no es fácil encontrar a alguien que no tiene interés en que lo encuentren. Deulofeu bajó la cabeza avergonzado. Se me ocurrió recurrir a Edwards, porque había tenido tratos comerciales con él por asuntos de exportación. Deulofeu miraba a la calle a través de los cristales del balcón. Todo le resultaba irreal: la ciudad, la gente, la historia que acababa de escuchar. ¿Y cómo está ahora Magdalena?, preguntó al cabo de un rato. El abogado hizo un gesto con la cabeza que no significaba nada. ¿Y mi madre? Tu madre está muy mayor, pero nada más. ¿Sigue como siempre? Así es, pero yo creo que ya no padece, porque no se da cuenta de las cosas. Sandoval le contó lo que sabía a través de Teresita Borrás. En realidad, era Valentine quien cuidaba de Frédérique Moullet. La sirvienta había envejecido al lado de su señora. Sin ella, Frédérique era incapaz de valerse. Magdalena anda trastornada por ese Sempere, siguió contándole Sandoval, pasa la mayor parte del tiempo fuera de casa, pero no aparece por la empresa. Ezequiel Deulofeu hizo un gesto para que guardara silencio. Estaba abrumado. Le preguntó algo que venía rumiando desde hacía un mes: ¿Cuál es exactamente mi situación legal ahora? Sandoval sacó una carpeta de una estantería y la abrió. Tú eres legalmente el dueño de la empresa, aunque a tu hermana le corresponde un tercio. No me refiero a eso, dijo Deulofeu. Sí, ya te entiendo. El abogado abrió un armario con cristales esmerilados y sacó una caja voluminosa de cartón rígido. Tuvo que quitar de encima papeles y libros que la enterraban. Extrajo unos documentos y se los entregó a Deulofeu. Estás limpio, le dijo, no hay nada contra ti. Eran informes policiales de la Brigada Social. Ezequiel los miró sin leerlos. Yo me encargué de limpiar tu nombre, no hay nada contra ti, he comprado todos los archivos donde aparecía alguna alusión a Ezequiel Deulofeu, y eran unos cuantos. Su amigo lo miró sin entender lo que significaba aquello. Hace años se abrió un sumario contra ti, pero hubo sobreseimiento, porque aquello no tenía ni pies ni cabeza. Deulofeu estaba muy pálido. ¿Te encuentras bien?, le preguntó Sandoval. No sé si estoy preparado para hacer frente a todo esto. No estás solo, amigo mío, me tienes a tu lado para lo que necesites.

Sonaron unos golpes en la puerta. Ezequiel se sobresaltó. Era un hombre de unos treinta años, gesto serio, complexión fuerte. Llevaba una gorra en la mano. Entró cohibido en el despacho. Supongo que ya no te acordarás de Eliseo, dijo el abogado. Deulofeu miró al hombretón buscando algún rasgo que lo identificara. ¿Eliseo?, ¿Eliseo el de *El Diluvio*? Sí, era aquel muchacho que rellenaba los tinteros y sacaba punta a los lápices, ahora trabaja para mí. Eliseo saludó con una inclinación de cabeza, azorado. Siéntate, le dijo Sandoval. Eliseo se sentó en el extremo del sillón.

El abogado le explicó a su amigo que Eliseo se había convertido en la sombra de Raimundo Sempere. No es trigo limpio, señor Deulofeu, créame. Le contó que Sempere había comprado una casa cerca de la Estación del Norte. Ya puedes imaginar de dónde salió el dinero, añadió Sandoval. Doña Magdalena pasa casi todo el tiempo allí, siguió contando Eliseo sin levantar la mirada, gasta mucho en esa sabandija. Me ha contado Sandoval que vivía con una mujer en la Bonanova, dijo Deulofeu. La visita de vez en cuando, respondió Eliseo. El hombre le dio más detalles de la vida de Magdalena, hasta que Sandoval le pidió que guardara silencio. Su amigo estaba sufriendo. No me siento con fuerzas para ir a casa, dijo Ezequiel Deulofeu. Puedes quedarte aquí todo lo que quieras, además sería conveniente avisar a Magdalena con tiempo, ella no sospecha nada de mis gestiones en Valparaíso, por supuesto.

Le costaba trabajo mantener los ojos abiertos. Se sumergió en una tina de agua caliente. Permaneció quieto hasta que el agua empezó a enfriarse. Sandoval, sentado frente a él, le hablaba de cosas intrascendentes. La ropa, vieja y sucia, permanecía amontonada en el suelo. Háblame de tu esposa, dijo de repente Deulofeu. ¿De Cristina?, ¿qué puedo contarte de ella?, que es un ángel, mi ángel. Por fin consiguió cerrar los ojos y tranquilizarse. De vez en cuando los abría y volvía a cerrarlos. Oía las palabras de Sandoval muy lejos. ¿Y Carlota?, preguntó cuando su amigo terminó de hablar, ¿murió? Alfredo Sandoval parecía estar esperando aquella pregunta. Sigue viva. ¿La has visto? No, pero sé que salió de la cárcel por la amnistía de 1901. ¿Sabes algo de ella?, preguntó con un hilo de voz. Alfredo Sandoval empezó a contarle lo que sabía, pero Deulofeu ya no podía oírlo. Abría los ojos y tampoco lo veía. En la silla de su amigo estaba sentado Enric Mompó. Sí, era él, decrépito, derrotado. ¿Dónde ha estado usted metido durante todo este tiempo? No lo sé, don Enric, estuve muy lejos, pero no lo recuerdo. Entonces, sin duda, no se habrá enterado de mi muerte. No lo sabía, respondió Deulofeu con la voz rota, he tratado de olvidar todo aquello. ¿Y lo ha conseguido? Creo que no. En ese momento vio a Jaume Molist muy pálido junto al anciano. ¿También tú?, preguntó Deulofeu. Alargó la mano para tocarlo, pero la imagen de Molist se desvaneció.

Alguien le decía que se tranquilizara. Era una voz de hombre, desconocida. Le estaba tomando el pulso. Ezequiel Deulofeu tenía la cabecera empapada de sudor. Ha tenido usted una fiebre muy alta, decía el desconocido. ¿Estoy muerto?, preguntó Deulofeu. No, claro que no. Se llamaba Esteban Torrelles, llevaba lentes con montura de oro y era menudo, de mofletes colorados. Deulofeu recordó dónde se encontraba. Tiene usted una pulmonía, le explicó el médico. Luego le aconsejó que no hiciera esfuerzos. ¿Y Sandoval? Vendrá enseguida, respondió alguien a quien no podía ver. Reconoció enseguida aquella voz de mujer. Teresita Borrás estaba sentada en una silla junto a la ventana. Tenía lágrimas en los ojos. Alfredo está con su esposa, acaba de ser padre. ¿Cuánto tiempo llevo aquí? Tres días, respondió Teresita. Deulofeu alargó la mano hacia ella. Perdóname, Teresita, perdóname. La mujer hacía esfuerzos inútiles por contener las lágrimas. No tengo nada que perdonarte, olvídate de eso.

Ezequiel Deulofeu tardó varios días en recuperar las fuerzas para levantarse de la cama. Daba pequeños paseos por el pasillo y luego volvía a la alcoba. Sandoval le llevó a su hijo recién nacido y se lo mostró con orgullo. Es un Sandoval genuino, le dijo el abogado, no hay más que verlo. Deulofeu sonrió por primera vez en mucho tiempo. Estamos esperando a que te recuperes para bautizarlo, se va a llamar Ezequiel y para mí sería un honor que fueras su padrino. ¿Su padrino?, dijo cuando se repuso de la sorpresa, ¿se lo has dicho a tu mujer? Por supuesto. Deulofeu no sabía qué responder. ¿Serías capaz de traicionar tus principios por mí?, preguntó Sandoval. No sé de qué principios me hablas. Ezequiel le explicó a su amigo lo que se proponía. Quiero que hagas todos los trámites para una boda por poderes.

Sandoval no hizo preguntas. Esperó a que Deulofeu le diera más datos. Ella se llama Arminda Santalla y vive en Valparaíso. Le contó algunas cosas sin extenderse en los detalles. Sandoval seguía en silencio. Además, quiero que le hagas llegar una carta mía. Sandoval asintió. Déjalo todo de mi cuenta. El pequeño Ezequiel Sandoval había empezado a llorar.

Tardó varios días en terminar aquella carta. Querida Arminda... Después no sabía qué decir, cómo explicarle quién era realmente, por qué había llegado a Valparaíso, qué podía esperar de él. Las palabras fueron saliendo con dolor, provocándole una tremenda fatiga. Cuando consiguió contar lo que pretendía, se propuso no releer lo que había escrito. Se sentía incapaz de empezar de nuevo. Firmó como Ezequiel Deulofeu y apretó el nombre con el secante, como si quisiera borrarlo. Le entregó a Sandoval las cuartillas y le dio todos los datos que necesitaba conocer. Puedes leerla, le dijo. No es necesario. También quiero que lo arregles todo para que le llegue una renta a esta mujer. Le dio el nombre de Clarisa Ugarte y su dirección en Valparaíso. Es la viuda de un buen amigo, le explicó.

La primera carta de Arminda Santalla llegó más de un año después, en diciembre de 1911. Querido Ovidio, no puedo llamarlo de otra manera a pesar de todo lo que me cuenta. Venía dirigida a Ezequiel Deulofeu y había sido escrita tres meses antes. Mi padre murió a los dos días de la desaparición de usted. Tenía una caligrafía cuidada y eran exactamente tres cuartillas, la misma extensión que tendrían todas sus cartas a lo largo de los siguientes años. Le agradezco su sinceridad al contarme tantas cosas que yo ignoraba. No se desprendía rencor de sus palabras. Sin embargo, debo decirle que su petición de matrimonio me desconcertó. Las mayúsculas eran excesivamente grandes, como si quisieran escapar del corsé de las minúsculas. Hace dos meses que Nicolás y yo nos casamos. Lo leyó dos veces y buscó con ansiedad las siguientes frases. Nos hemos cambiado de casa, porque no podía soportar tantos recuerdos dolorosos. No hablaba más de la boda ni del comisario Weber. Es una casa muy soleada, en el Cerro Alegre, más modesta pero más cómoda para nosotros dos solos. Luego se lamentaba de la situación por la que estaba pasando su hermana Magdalena y de la enfermedad de Frédérique. Parecía que estuviera dándole ánimos. La leyó varias veces en los días siguientes. La llevaba encima, dentro de su sobre, en un bolsillo de la chaqueta. El día de año nuevo de 1912 decidió guardarla en la caja fuerte de su domicilio en el paseo de Gracia. Había intentado escribir varias veces una carta de respuesta, pero no fue capaz.

Sonaron unos golpes en la puerta del despacho. Marcela entró con paso cansino. La hija del antiguo portero de Ediciones Deulofeu tenía la misma expresión de ojos y la seriedad de su padre. Ezequiel no podía evitar mirarla y acordarse de Virgilio Reche. Hacía meses que la había encontrado cuando la mujer buscaba restos de comida en las basuras del mercado de la Boquería. Marcela le contó que su padre había pasado catorce meses en la cárcel y, al salir, Natanael Deulofeu no lo readmitió en la empresa. Los Reche no pudieron volver a la imprenta, donde habían vivido años hacinados con otras familias de trabajadores. Virgilio murió de tuberculosis a los pocos meses. Los hermanos pequeños fueron a parar a la inclusa, y Marcela sirvió en una casa, hasta que quedó embarazada y tuvo que echarse a la calle. El niño falleció antes de cumplir el año. Desde entonces recorría los mercados, pedía limosna en la puerta de las iglesias y vivía de la caridad.

El doctor Torrelles está aquí, dijo Marcela. El médico entró detrás de ella. Deulofeu se puso en pie y lo saludó con un apretón de manos. Iba camino de la iglesia y pensé que aún me daba tiempo a ver cómo se encuentra su madre, dijo el médico. ¿No respeta usted las fiestas de guardar?, le preguntó Ezequiel. El doctor Torrelles visitaba a Frédérique Moullet seis días a la semana. Siempre lo hacía por la tarde y, después, jugaba una partida de ajedrez con Deulofeu. ¿Cómo está? Exactamente igual que ayer. Hacía tiempo que Frédérique Moullet no evolucionaba. Vivía ajena al mundo. Sin embargo, al volver su hijo Ezequiel a Barcelona después de catorce años, lo reconoció enseguida y se limitó a decir: *Où étais-tu, mon enfant?* Después, cuando Magdalena se marchó de casa, no preguntó nunca por ella. La única persona con la que se relacionaba Frédérique con cierta normalidad era Valentine, que no se apartaba de su lado. La vieja sirvienta dormía en una pequeña cama junto a la de la señora. Le seguía preparando las mismas comidas que le gustaban en Francia, la aseaba, la vestía y era su voz y sus oídos.

El doctor Torrelles estuvo un rato con Frédérique. Era la rutina de todos los días. Le preguntaba cómo había pasado la noche, y Valentine hacía de intérprete. No le dolía nada, no tenía molestias, algún catarro de vez en cuando. Esteban Torrelles le había dicho a Deulofeu que lo que más necesitaba su madre era compañía. Hacía años que Frédérique era su paciente. También lo había sido Magdalena, cuando enfermó de los nervios, y Natanael Deulofeu hasta el día de su muerte. Lo acompaño, dijo Ezequiel Deulofeu cuando el doctor se despidió. ¿Va usted a salir? Tengo asuntos que resolver en la imprenta. ¿En domingo? Ya ve que no es usted el único que no respeta las fiestas.

El edificio de Ediciones Deulofeu tenía un aspecto desolador. Ya no permanecía abierto a todas horas, como en otros tiempos. Cuando la media docena de empleados que quedaba en la empresa terminaba la jornada, el gran portalón de madera se cerraba y todo permanecía en silencio, desierto. Los días de fiesta las ratas se hacían dueñas del edificio. Deulofeu llegó caminando hasta el paseo de la Industria. Abrió la puerta y la dejó entornada. El patio resultaba siniestro. Algunos cristales de las ventanas más altas estaban rotos, y el último piso se había convertido en refugio de las palomas. Ezequiel Deulofeu subió hasta su despacho por la escalera exterior y desde allí estuvo contemplando las máquinas mudas y anticuadas. Luego clavó la mirada en la puerta de la entrada del patio. Marcel Romeu apareció a la hora prevista, puntual. Hizo lo mismo que Deulofeu: se quedó un instante clavado en el centro del patio y miró hacia arriba. Después subió de dos en dos las escaleras que conducían a las oficinas. Las había subido y bajado durante treinta años, hasta que Magdalena Deulofeu, instigada por Sempere, lo despidió.

Marcel Romeu trabajaba como contable en Hilaturas Izquierdo desde hacía dos años. Deulofeu lo sabía. Y también sabía que Salvador Izquierdo estaba en la bancarrota, a punto de cerrar la empresa y poner en la calle a los cincuenta trabajadores que tenía. Las huelgas y los conflictos laborales habían quebrantado el negocio. Luego se dedicó a pagar pistoleros en los que invirtió el poco capital que le quedaba. Ezequiel Deulofeu conocía bien la situación de Hilaturas Izquierdo, porque el dueño era cliente de Alfredo Sandoval. Romeu pidió permiso para entrar. Deulofeu lo examinó con detenimiento. Había envejecido mucho y le costó trabajo reconocerlo. ¿Cómo le va, Romeu? No muy bien, don Ezequiel, son tiempos difíciles. Sí, lo son.

Deulofeu y el viejo contable estuvieron hablando durante más de una hora. Romeu no le reveló nada que ya no supiera. Pero lo dejó hablar y desahogarse. De vez en cuando se le hacía un nudo en la garganta y tenía que guardar silencio. Cuando terminó, Ezequiel Deulofeu le concedió un tiempo para que se tranquilizara. Lo primero que debo hacer es darle las gracias por haber aceptado entrevistarse conmigo, le dijo el empresario, ya sé que no guarda buenos recuerdos de este lugar. Al contrario, don Ezequiel, guardo los mejores recuerdos de mi vida. Deulofeu colocó las dos manos sobre la mesa. Se lo diré sin rodeos, Romeu, me gustaría que volviera a la empresa y que se hiciera cargo de todo esto. El contable lo miraba sin decir nada. Creo que Izquierdo tiene problemas en el negocio y está despidiendo gente. Romeu asintió. Aquí será usted bienvenido, le daré plenos poderes, le dejaré hacer y deshacer a su antojo sin necesidad de rendirme cuentas. El contable había empezado a llorar. Deulofeu guardó silencio. Esperó a que se sosegara. ¿Y Sempere?, preguntó Romeu en voz baja después de sonarse la nariz ruidosamente. No tiene por qué preocuparse por él, respondió Deulofeu, ya no tiene ningún poder, hace meses que se marchó.

Cuando Ezequiel Deulofeu tomó las riendas de la imprenta, la situación de la empresa era peor de lo que le había contado Sandoval. De los antiguos empleados, ya no quedaba ninguno. Sempere no le rendía cuentas a nadie, y Magdalena confiaba ciegamente en él. El reencuentro de los dos hermanos había pasado de la emoción a la frialdad en poco tiempo. Y luego las cosas se precipitaron. Magdalena se sintió aliviada cuando supo que Ezequiel se haría cargo de la imprenta. Le confesó a su hermano que para ella no era más que una carga que le suponía verdaderos quebraderos de cabeza, y que si no hubiera sido por la ayuda de Raimundo Sempere sin duda habría abandonado hacía mucho tiempo; pero Sempere supo mantener el negocio a flote. Deulofeu escuchó las explicaciones de su hermana y procuró ser prudente. Magdalena no aparecía nunca por la imprenta. Se limitaba a firmar los documentos que le presentaba Raimundo Sempere. Firmó poderes notariales, por los que dejaba las decisiones importantes en manos de Sempere. Y, mientras tanto, él empezó a vestir trajes caros y camisas hechas a medida, a llevar a Magdalena a los restaurantes de moda, al teatro, a la ópera. Hizo lo posible para que la relación con Teresita Borrás se enfriara y se quitó de en medio a aquel abogado molesto, Alfredo Sandoval, que no hacía más que meter las narices en sus asuntos.

La primera impresión que Deulofeu tuvo de Raimundo Sempere no fue mala. Era un hombre educado, de conversación agradable, moderado en las formas. Tenía seis años menos que su hermana y nunca se tomó confianza con ella en público. Si no hubiera estado advertido por Sandoval, probablemente Deulofeu habría sucumbido también a los encantos de aquel tipo. Durante un tiempo lo mantuvo al frente de la contabilidad de la empresa. Un hombre solo se bastaba para sacar adelante aquel trabajo. Y, hasta que Ezequiel no conoció con detalle la gestión que el amante de su hermana había realizado en los últimos años, no tomó ninguna decisión. Lo dejó trabajar a sus anchas durante dos meses, le pidió opinión en asuntos intrascendentes, le permitió tomar algunas decisiones. Deulofeu lo observaba sin bajar la guardia, desconfiado. Aunque no le interesaba el negocio en absoluto, no podía permitir que aquel estafador se saliera con la suya y le hiciera daño a su hermana. Le mostró los libros de cuentas a Alfredo Sandoval, y el abogado consultó a expertos en contabilidad. Llegaron a la conclusión de que las cifras de los libros estaban falseadas. Indagó más y descubrió que Raimundo Sempere había vendido algunas propiedades de la familia que pertenecían a Magdalena. El daño era grande, pero aún no era irreparable.

Ezequiel Deulofeu se tomó su tiempo antes de enfrentarse a él y desenmascararlo. Y decidió hacerlo en presencia de su hermana, en el despacho de casa, fingiendo que lo había invitado para hablar del futuro de Magdalena. Cuando le fue enumerando una a una las ilegalidades que había cometido, Raimundo Sempere culpó del desfalco a Romeu y a Sandoval. Fue tan convincente que Magdalena salió en su defensa, considerándolo una víctima de los que querían engañar a su hermano para sacar provecho de él. Estás a merced de un estafador, de un farsante que te roba, gritó el hermano mayor fuera de sí. Raimundo Sempere no perdió la calma. En vez de defenderse de las acusaciones, le rogó a Deulofeu que no le hablara de aquella manera a Magdalena. Ella se dejó caer abatida en un asiento, llorando. Estás ciego, Ezequiel, fue lo único que atinó a decir la mujer, no te reconozco. Sempere se agachó para consolarla, y Deulofeu estuvo a punto de saltar encima de él y golpearlo. Pero se contuvo. Cuando los vio abrazados, pensó que todo estaba perdido. Vive con otra mujer, le gritó a su hermana. Eso es mentira, dijo Magdalena sin dejar de llorar, no son más que infamias de Alfredo para enemistarte con él. Raimundo Sempere guardaba silencio. Entonces Ezequiel Deulofeu comprendió que sería imposible hacerla entrar en razón. Un día después Magdalena recogió sus cosas y se marchó de casa para siempre.

Ezequiel Deulofeu y el viejo contable salieron juntos a la calle. Cerró el portón y dio dos vueltas a la llave. Después se la puso en la mano a Romeu. Guárdela usted, a partir de ahora la imprenta es cosa suya. Las lágrimas inundaban los ojos del anciano. No le exigiré nada que usted no pueda hacer. El contable aceptó la llave y la metió en el bolsillo como si fuera un tesoro. Luego cada uno se marchó en direcciones distintas.

La Rambla de las Flores tenía el aspecto de los días festivos. Deulofeu compró doce rosas blancas, como cada primer día de mes. Sabía que eran las que le gustaban a Carlota Rigual. Caminó sin dejar de mirar las flores. Carlota vivía cerca de la plaza Real. Su hermana Martina, viuda de un militar, la recogió de las calles tiempo después de que Carlota saliera de la cárcel. Las hermanas Rigual eran hijas de un empleado del Teatro del Liceo que murió sin conocer la condena de su hija mayor. Carlota había roto con su familia cuando conoció a Jaume Molist. Al salir de la cárcel, Martina era la única familia que le quedaba, pero no quiso pedirle ayuda. Había perdido su trabajo en la tienda de música, no tenía dinero para alquilar una habitación y hacía años que no sabía nada de su hermana. Vagó por las calles y vivió de la mendicidad, hasta que Martina la encontró en un estado lamentable y la convenció para que la acompañara a casa. Para entonces, la enfermedad de Carlota ya empezaba a manifestarse. Hacía meses que vivía entre las basuras que acumulaba en una pequeña caseta abandonada cerca de la Estación de Francia. Durante dos años Carlota trató a su hermana como si no la conociera. Nunca contó nada de su experiencia en prisión. Tenía miedo a quedarse dormida, porque en cuanto cerraba los ojos las pesadillas la atormentaban. Escondía la comida debajo de la cama, como si se la fueran a robar. Martina la llevó a un médico que le quitó la esperanza de recuperar a su hermana. Carlota Rigual nunca volvió a ser la mujer de antes. A Ezequiel Deulofeu no le costó trabajo encontrarla. Eliseo se encargó de todo; era parte de su trabajo. La visitaba cada primer día de mes, le llevaba rosas blancas, se sentaba a su lado y le hacía compañía hasta que la mujer empezaba a languidecer.

Martina Rigual sobrevivía con los huéspedes que alojaba en casa. Cuando vio a Ezequiel con la docena de rosas blancas, le sonrió. Sabía que no faltaría a su cita, dijo Martina. Ezequiel Deulofeu tocó con los nudillos en la puerta. Carlota, sentada en una mecedora, volvió la cabeza. ¿Me recuerda?, preguntó Deulofeu. No lo recordaba. Sonrió apurada. Su memoria era como una superficie de arena sobre la que ella misma pasaba continuamente la mano para borrar las huellas. Cada encuentro con ella era como el primero. ¿No se acuerda de mi nombre?, insistió Ezequiel Deulofeu. Ella negó con la cabeza y bajó la mirada. Soy Ezequiel, le dijo cuando estuvo sentado a su lado, el hermano de Magdalena, ¿se acuerda de ella? Carlota sintió como un chispazo. Siempre era así. Sí, Magdalena, ¿cómo está? Al cabo de una hora de conversación, Carlota se acordaba de las clases de piano, de la madre de los Deulofeu, de la criada francesa. Nunca hablaban de Molist. ¿Se casó usted?

Ezequiel Deulofeu le contaba cada mes que se había marchado a Chile, que se casó allí y luego enviudó. ¿Su esposa murió?, cuánto lo siento. Siempre eran las mismas palabras, las mismas explicaciones, las mismas condolencias.

Martina Rigual entró con un jarrón y colocó las flores en agua. ¿Te gustan?, le preguntó a su hermana, te las ha traído el señor Deulofeu. Prefiero las rosas blancas. Son rosas blancas, ¿no lo ves? Es verdad, son rosas blancas. A veces se producían silencios prolongados, interminables, en los que Carlota se olvidaba de que Ezequiel estaba con ella y se quedaba con la mirada clavada en la pared. Luego volvía al punto en que había quedado la conversación minutos antes. Tiene que traer a su esposa algún día, ¿cómo me dijo que se llamaba? Catalina, pero murió hace tiempo. ¿Murió?, cuánto lo siento. Ezequiel sabía por la mirada de Carlota cuándo debía marcharse. Volveré dentro de un mes, le dijo. La mujer asintió.

Cuando llegó al portal, le faltaba el aire. Siempre le ocurría lo mismo y siempre decía que no volvería más. Caminó sin rumbo, intentando distraerse con la gente que entraba y salía de los cafés. Sus pasos lo llevaron a donde otras veces. Teresita no esperaba a nadie en casa. Cuando oyó que llamaban a la puerta, decidió que no se movería de la *chaise longue*. Sin embargo, tuvo una corazonada y se levantó. Algo le hizo pensar que era él. Abrió la mirilla y vio, como una aparición, a Ezequiel Deulofeu. Se arregló el cabello sin mirarse al espejo, se cubrió los hombros con una toquilla y abrió la puerta apresuradamente. ¿Estás bien? Estoy bien, Teresita, ¿puedo pasar? Ella le hizo un gesto para que entrase. Sandoval me dijo que estarías sola. Le molestó aquella explicación, pero no replicó. Cerró la puerta. Deulofeu fue hasta el salón y se sentó. ¿Quieres contarme algo?, preguntó Teresita Borrás. No, solo quería hacerte una visita. Ella lo observó de arriba abajo. Vienes de verla, ¿verdad?, dijo Teresita ¿A quién? A Carlota. Sí, estuve en su casa, pero no quiero quedarme solo ahora.

Ella miró a un lado para que Ezequiel Deulofeu no viera sus lágrimas.

El estallido de la guerra en Europa supuso un revés para el país. A pesar de que España se declaró neutral en septiembre de 1914, la Bolsa se derrumbó, quebraron muchas empresas, los salarios bajaron y los especuladores se adueñaron del mercado. Se produjo el pánico financiero, y la gente corrió a los bancos para sacar sus ahorros. Sin embargo, un año y medio después la situación cambió. Barcelona se llenó de extranjeros que huían de la guerra: emigrantes, aventureros, espías, contrabandistas. Se oía hablar turco y búlgaro en las calles. La producción en las fábricas se recuperó. Se abrieron más periódicos, teatros, cafés. Surgieron nuevos ricos. En 1915 el Paralelo era la avenida mejor iluminada de Europa. Los cabarets estaban llenos todas las noches. La clientela era italiana, francesa, alemana. Compañías extranjeras actuaban cada semana. Los hoteles de lujo estaban al completo. Los ricos bebían güisqui, *brandy-cold* y *chery slip*. La morfina y la cocaína se compraban en los cafés y en las salas de espectáculos. Nadie recordaba una ciudad tan viva como aquella de 1915.

Ese año Ezequiel Deulofeu recibió la sexta carta de Arminda Santalla. Querido Ovidio, siento mucho lo que me cuenta sobre su hermana. Siempre eran tres cuartillas que olían al perfume de Arminda. Hemos hecho reformas en casa, porque el invierno pasado sufrimos varios temporales y el tejado tenía desperfectos. Las tenía en la caja fuerte, hasta que decidió buscarles una cajita más adecuada para guardarlas. Por fin hay flores en el jardín y eso es un motivo de celebración. Encontró una pequeña tienda donde vendían artículos de marquetería, y entró. A veces el doctor Salmerón viene a casa y hablamos sobre usted. El empleado escuchó con atención lo que quería Deulofeu, pero no encontró una caja con las medidas exactas de los sobres. No me gusta mirar al pasado, pero a veces es inevitable. El dueño de la tienda se acercó y se interesó por el nuevo cliente. Podemos fabricar esa caja, si no le corre mucha prisa, señor Deulofeu. Levantó la cabeza al oír su nombre. La cara del dueño le resultaba conocida. ¿Gascón?, ¿es usted Felip Gascón? El antiguo corrector de la imprenta había perdido el pelo y estaba muy envejecido. Sí, soy yo. Se apretaron las manos durante un rato largo. Yo sabía que antes o después usted regresaría a Barcelona, dijo Gascón. ¿Se casó usted? Sí, con mi eterna prometida. ¿Y este negocio? Lo heredé de mi suegro. ¿Y la poesía y la literatura? Eso forma parte del pasado. Volvió días después a recoger la cajita. Gascón se la envolvió en papel de seda y Deulofeu se marchó a casa abrazado a ella.

La visita de Marcel Romeu le sorprendió introduciendo las cartas en la cajita que le había fabricado el antiguo corrector de Ediciones Deulofeu. Era la primera vez que el contable ponía los pies en aquella casa. Deulofeu se sobresaltó cuando Marcela le comunicó que el gerente de la empresa quería verlo. Lo hizo pasar. Romeu estaba nervioso. Enseguida adivinó que había problemas graves en la imprenta. Es otra vez ese Sempere, dijo el gerente, no sé cómo ha podido ocurrir sin que nadie me advirtiera, pero nos ha conducido a la ruina. Deulofeu le pidió que se tranquilizara. Estamos en bancarrota, don Ezequiel. El gerente empezó a describir la situación económica de la empresa y a lamentar el estado de las cuentas. Mañana vendrán a llevarse la maquinaria, dijo Romeu, y en dos semanas se nos vence un plazo importante del último préstamo. ¿Y no hay dinero para pagarlo? Ni un céntimo, don Ezequiel. ¿Cómo es posible? El contable continuó relatando la situación de las finanzas. Raimundo Sempere había vuelto a hacer de las suyas: vació las cuentas bancarias, vendió las máquinas de la imprenta que aún estaban sin pagar y pidió un nuevo préstamo con el aval del viejo edificio del paseo de la Industria. No es posible, dijo Deulofeu, ese hombre no tiene ya poderes para tocar nada del patrimonio familiar. Se equivoca, don Ezequiel, se rumorea incluso que ha puesto en venta la casa que su padre tenía en Caldetas. Deulofeu se puso en pie sin apartar la mirada del gerente. Eso no puede hacerlo más que mi hermana. Romeu agachó la cabeza. Me temo que usted está equivocado. Ezequiel Deulofeu descolgó el teléfono y llamó a Alfredo Sandoval. El abogado llevaba todo el día intentando localizarlo. Estuve ocupado, se disculpó Deulofeu, ¿qué es lo que ocurre? Tu hermana y esa rata de Sempere se casaron hace diez días. ¿Estás seguro? Sí, me lo confirmó esta mañana Teresita. Miró a Romeu, que seguía petrificado frente a él. El abogado continuaba hablando al otro lado de la línea, pero ya no lo escuchaba. Cuando colgó, Deulofeu temblaba.

Eliseo acudió a la cita con Ezequiel Deulofeu en el café del Círculo Mercantil. En realidad, tenían poco de lo que hablar. Quiero que le des un escarmiento a ese Sempere, le dijo cuando estuvieron sentados el uno frente al otro. No se preocupe, don Ezequiel, se acordará de usted para el resto de sus días. Solo un escarmiento, precisó Deulofeu, algo que lo haga recapacitar, un aviso para que sepa que la próxima vez será en serio. Así se hará, don Ezequiel. Y, sobre todo, no quiero que mi hermana sospeche que ha sido cosa mía. No sabrá nada, don Ezequiel, déjelo de mi cuenta. Dale la oportunidad de marcharse lejos, dijo Deulofeu, después Sandoval se ocupará de anular ese matrimonio. Se marchará, don Ezequiel, se lo aseguro. Entonces no perdamos más tiempo.

17.

A lo largo de los últimos años me he preguntado alguna vez si Virginia intuía lo que podría encontrarme si tiraba del extremo que sobresalía de aquella madeja. No hemos vuelto a hablar de aquel asunto desde entonces. Y lo que he procurado en este tiempo es enterrar para siempre a los muertos.

Yo no quería reconocer que me estaba obsesionando con aquella historia. Sin embargo, mi comportamiento resultaba contradictorio. Pensaba una cosa y terminaba haciendo otra. Guardé todos los documentos de Victoria y cerré los archivos. Pero al mismo tiempo empecé a tomar nota de los nuevos datos que encontraba sin mucho esfuerzo. Y, quizá de forma inconsciente, los guardé en una carpeta que dejé abandonada sobre la mesa del estudio. Hasta que un día rescaté aquel sobre ya viejo, con el nombre de Ovidio Morell en mayúsculas, con la letra de Victoria, rodeado con un círculo rojo. Le adjunté mis propias notas y ya no volví a guardarlo.

Probablemente las cosas no habrían ido más lejos si Virginia no me hubiera sacado del letargo.

—¿Te vas a quedar ahí? —me preguntó.

Le dije que sí, que no pretendía dedicarle más tiempo a algo que no me conducía a ninguna parte y que podía terminar convirtiéndose en una obsesión fastidiosa. Pero en el fondo su pregunta era la misma que yo llevaba tiempo haciéndome. Lo cierto era que Virginia estaba intrigada con Arminda Santalla. Me confesó que había soñado en más de una ocasión con las cartas que leímos juntos en Calaceite. Luego me explicó una extraña teoría sobre la manera en que el pasado terminaba por influir en el presente. Demasiadas palabras para una cuestión tan sencilla como la que pretendía exponerme.

—¿Ha dejado de interesarte esta historia?

—No estoy seguro de que me haya interesado alguna vez —estaba mintiendo y creo que ella sabía que mis palabras no eran sinceras—. ¿De qué sirve remover el pasado?

—¿Lo preguntas en serio? ¿Es el historiador el que habla, o un desconocido?

—Yo no soy historiador.

—No es cierto.

—En cualquier caso, eso forma parte de otra época de mi vida.

Creo que la manera en que lo dije sonó ofensiva. Me di cuenta tarde, cuando Virginia se había quedado en silencio y me dijo que tenía que hacer una llamada importante. Me maldije por mi torpeza.

La llamé dos días después para contarle una idea que se me había ocurrido. Me pareció que no mostraba mucho interés.

—Quiero averiguar cuántos Santalla hay en Valparaíso —le dije—. Es posible que alguno de ellos sea descendiente de esa Arminda.

—Es posible —me respondió.

Fue una respuesta fría, pero no podía esperar otra cosa. Sin embargo, al cabo de dos días volvimos a vernos y me entregó un papel con el membrete de su empresa.

—¿Qué es esto?

—Son los dos únicos Santalla que aparecen en el listín de teléfonos de Valparaíso.

—¿Cómo los has conseguido?

—Llamando a la embajada chilena.

Me sorprendió la simplicidad de las cosas.

—Sí, creo que por alguna extraña razón esta historia me va saliendo al paso.

—Pues no te resistas —me dijo con un tono que me pareció que contenía algún reproche.

Le hice caso, me dejé atrapar del todo por aquella historia. Y, con la distancia que ofrece el tiempo, creo que la decisión fue acertada.

En 1990 en Valparaíso había dos personas con el apellido Santalla. Una se llamaba Isabel Santalla Ivars y el otro Heliodoro Díaz Santalla. Empecé por Isabel. Hice un intento sin éxito. Tampoco Heliodoro respondía al teléfono. Llamé a los dos, en días y horas distintas, teniendo en cuenta la diferencia de horario. Llegué a levantarme a las cuatro de la madrugada para telefonear. Aquello me desanimó. Insistí. Por fin alguien respondió en el domicilio de Heliodoro. Era su esposa. Le dije que llamaba desde España, que tenía interés en hablar con él. Me dio el número de teléfono del restaurante donde trabajaba.

Me respondió una voz ronca que hablaba a gritos por encima de un ruido de fondo molesto. Me aturullé al principio con las explicaciones. No sabía muy bien cómo plantearle la cuestión. Conforme me iba oyendo, yo mismo reconocía lo absurdo de aquella conversación.

—Me llamo Matías Farré. Estoy tratando de averiguar si queda en Valparaíso algún familiar de la familia Santalla.

—Sí, señor, yo me apellido Santalla.

—Lo que me gustaría saber es si usted tiene alguna relación con Arminda Santalla, hija de Jacobo Santalla.

El hombre no respondió. Llegué a pensar que me había colgado.

—¿Quién me ha dicho que es usted?

—Me llamo Matías Farré.

—Sí, eso ya lo he oído. Pero le estoy preguntando quién es usted.

Le expliqué con bastante torpeza que tenía en mis manos unas cartas escritas por Arminda Santalla a comienzos de siglo. Volvió a guardar silencio.

—¿Es usted periodista?

—No, no lo soy.

Intenté contarle algo sobre el modo en que aquella historia había llegado hasta mí. Pero, conforme lo hacía, me iba enredando más.

—¿Y qué es lo que pretende averiguar? —me preguntó con brusquedad.

—Si le soy sincero, no lo sé —le respondí a punto de colgar el teléfono—. Seguramente lo que quiero saber es qué fue de un individuo que se llamaba Ovidio Morell y que vivió unos años en Valparaíso.

Empecé a pedir excusas, dispuesto a colgar y olvidarme de ese asunto, cuando oí que Heliodoro me decía:

—¿Es usted familia suya?

—No. Solo soy un historiador aficionado que investiga sobre él.

Tardó un rato en responder, pero lo hizo con voz firme:

—Ovidio Morell estuvo casado con mi abuela. O, mejor dicho, con la hermana de mi abuela: Catalina.

Sentí un escalofrío al oírlo.

—Entonces usted es bisnieto de Jacobo Santalla.

—Ese era mi bisabuelo.

El tono de aquel hombre del que solo conocía el nombre cambió. Se suavizó. Incluso me pareció que era amable.

—Ahora tengo mucho trabajo —me dijo—. ¿Por qué no me llama en un par de horas?

No podía hacer otra cosa. Le dije que sí. Volví a llamar y me pareció que estaba hablando con otra persona.

—Mi mamá está en Madrid desde diciembre —me explicó—. Acabo de hablar con ella.

—¿En Madrid?

—Sí, está pasando una temporada con mi hermana. Ya le conté lo que usted me dijo.

Me sentí mal, como si hubiera metido las narices en asuntos ajenos.

—No pretendía molestar —me disculpé.

—No es molestia. A ella le gusta mucho hablar del pasado. Además, creo que le viene bien. ¿Por qué no la llama? Estará encantada de hablar con usted. Su nombre es Isabel.

—¿Su madre es Isabel Santalla?

—¿La conoce?

—Es el otro apellido Santalla que encontré en Valparaíso.

—Sí, es mi mamá. ¿Matías Farré, me dijo?

—Así es.

—Llámela.

Me dio un número de teléfono. Tomé nota. Cuando colgué, tuve un presentimiento que me entristeció. Fue algo fugaz que no se volvió a repetir, pero la sensación fue estremecedora. Llamé inmediatamente a Virginia. Estaba tan alterado que tuvo que pedirme calma. No podía entender la mayoría de las cosas que le estaba diciendo.

—¿Quieres que nos veamos?

—¿Cuándo?

—Ahora.

¿Para qué iba a seguir fingiendo?

—Sí.

18.

Extraño domingo de mediados de septiembre. Por la mañana se respiraba en las calles una calma tensa. Sobre la mesa del despacho se amontonaban periódicos atrasados, sin leer. Las revueltas que se estaban produciendo en el país no le interesaban. Ezequiel Deulofeu observaba el paseo de Gracia desde el balcón, oculto tras los visillos. A ratos caminaba de un extremo a otro de la habitación, en diagonal. Se detenía de nuevo frente al balcón, nervioso, impaciente. No quería mirar al teléfono, pero cada vez que pasaba junto a la mesa lo tocaba para asegurarse de que estaba bien colgado.

Sabía que aquella tranquilidad en la calle era ficticia. Muchas familias habían retrasado su vuelta a Barcelona después del veraneo. El golpe de estado de Primo de Rivera inquietaba incluso a quienes lo habían apoyado. Alfredo Sandoval le insistió en que tomara precauciones. Es muy fácil matar a un hombre, le advirtió su amigo, no se necesita más que un arma y sangre fría para encontrar el momento oportuno. No había semana en que no cayera asesinado algún patrono o algún obrero. A Salvador Izquierdo, dueño de Hilaturas Izquierdo, le habían descerrajado tres tiros la semana anterior, cuando estaba comprando cigarrillos egipcios. Fueron tres disparos certeros que le alcanzaron en el corazón y en la cabeza. Salvador Izquierdo había dado en quiebra y había levantado la empresa varias veces en los últimos años. Cada vez que quebraba, medio centenar de obreros se quedaba en la calle. Sin embargo, la ruina de Ediciones Deulofeu había sido definitiva. Hacía un año que la imprenta se había ido a pique. Después de la guerra de Europa, la empresa consiguió superar el bache, con la gesción de Marcel Romeu, pero luego la crisis financiera y las circunstancias familiares la condujeron a la bancarrota. Los desvelos de Romeu no fueron suficientes para mantenerla a flote. Finalmente las máquinas se pararon para siempre y los obreros se quedaron sin trabajo. Enseguida empezaron las amenazas de muerte a Deulofeu y la incertidumbre. Poco después del cierre definitivo, Romeu murió de un ataque al corazón. Las palomas y las ratas se adueñaron del viejo edificio en ruinas.

Ezequiel Deulofeu empezaba a resentirse de la noche en vela. Miró una vez más a través de los visillos. Sabía que alguien lo vigilaba allí fuera, oculto en alguna parte. Hacía semanas que lo sabía. Era una sensación que terminó siendo una certeza. La tuvo por primera vez una tarde en que salía de la casa de Carlota Rigual. Y desde entonces no se sintió tranquilo. No le daba miedo la muerte, sino la incertidumbre. Marcela llamó a la puerta. ¿No piensa acostarse?, preguntó la criada, lleva toda la noche dando vueltas como un alma en pena. No podría dormir, le respondió Deulofeu, hasta que no sepa algo no estaré tranquilo. Como quiera, pero le conviene descansar.

El teléfono sonó al cabo de dos horas. Me dijiste que me llamarías anoche, le reprochó a Sandoval. Te dije que te llamaría cuando supiera algo seguro, pero Eliseo acaba de llegar a casa ahora mismo, lleva toda la noche haciendo averiguaciones. ¿La encontró?, preguntó Deulofeu. Está en Barcelona desde hace seis meses, ese Gascón tenía razón. ¿Dónde? En una pensión de mala muerte del barrio chino, pero está enferma, Eliseo dice que la vio muy mal. ¿Habló con ella? Será mejor que lo dejes en mis manos. Dame la dirección. No quiero que vayas. Dame la dirección, insistió Ezequiel Deulofeu. En ese caso, iremos los dos juntos, dijo Sandoval. Después de un largo tira y afloja, Deulofeu colgó el teléfono y cayó derrotado en el sillón que había pertenecido a su padre. El espejo que tenía enfrente le devolvió la imagen de Natanael Deulofeu:

su misma frente amplia y surcada de arrugas, las cejas finas, los labios gruesos. Cerró los ojos para no verse.

Alfredo Sandoval se presentó en la puerta de casa con un automóvil que conducía Eliseo. Arrancó ruidosamente y dieron la vuelta. En la plaza de Cataluña, como en el resto de las calles, había una tranquilidad anormal. Únicamente al enfilar las Ramblas en dirección al mar, la ciudad empezó a parecer la de cualquier domingo. Sandoval le pidió a su hombre de confianza que se detuviera en la Rambla de Capuchinos. Será mejor que vayamos caminando desde aquí. Deulofeu no dijo nada; se limitó a seguir a su amigo. Se adentraron en las calles estrechas del viejo distrito V, tras de los pasos de Eliseo. Hacía casi treinta años que Deulofeu no se acercaba por allí. Sin embargo, enseguida reconoció el olor a verduras cocidas, orines, esparto y alcantarilla. La dirección que buscaban estaba en una calle estrecha, donde los tejados de ambos lados parecían tocarse.

El portal era oscuro y húmedo. Sandoval le pidió a Eliseo que aguardara allí. Subieron a tientas hasta el primer piso. Deulofeu llamó a la puerta con el puño, impaciente. Abrió una mujer que no mostró sorpresa al ver a los dos hombres. Llevaba un delantal mugriento que le llegaba hasta los tobillos. Busco a una mujer, le dijo Ezequiel Deulofeu. ¿A estas horas? Se llama Magdalena y me han dicho que lleva aquí unos cuantos meses. La mujer se rascó la base del moño y repasó a los dos desconocidos de arriba abajo. Aquí no vive ninguna Magdalena. Me han dicho que está enferma, insistió él. ¿Enferma dice? La mujer abrió la boca y enseñó sus escasos dientes. Usted está preguntando por la Nina, pero la Nina ya no recibe, se está muriendo. Deulofeu dudó un instante y no le dio tiempo a preguntar. Si quiere, puedo ofrecerle otra cosa. Me gustaría ver a esa Nina. Como prefiera, pero ya le digo que no está en condiciones.

La patrona les franqueó el paso con desgana. No le gustaban los domingos por la mañana porque solía presentarse gente rara. Los dos hombres la siguieron por una galería de cristales sucios que apenas dejaban pasar la luz. Algunos estaban rotos y habían sido sustituidos por latón. El cuartucho de la Nina no desmerecía del resto de la pensión. Una cama turca con jergón, una silla desvencijada, una palangana, un espejo roto. Al abrir la puerta, salió un hedor insoportable. Ezequiel Deulofeu miró a la Nina, que sudaba sobre la cama. Estaba tapada con una colcha vieja, muy sucia. Aquella mujer no era su hermana. Pensó que Eliseo se había equivocado. Pero la Nina hizo un gesto con la boca, abrió los ojos, y Ezequiel Deulofeu creyó reconocerla. Se sentó en la cama y le tomó la mano. La llamó por su nombre. Ella lo miraba desde muy lejos. Padre, dijo la mujer. Soy tu hermano Ezequiel. Entonces cerró los ojos y se dejó caer en el pozo del que trataba de salir. Respiraba con dificultad. Vete de aquí, dijo al cabo de un rato, no quiero verte. Magdalena Deulofeu tenía cuarenta y seis años, pero parecía una anciana. Sufrió un golpe de tos. He venido a llevarte a casa, le dijo su hermano, tiene que verte un médico. Me estoy muriendo, lo que necesito es un sacerdote. Te lo traeré, Magdalena, no te preocupes. Déjame morir en paz.

La patrona empezó a impacientarse. Intentó, con una tosecita, llamar la atención de aquellos dos desconocidos que habían irrumpido en su casa. Algunas mujeres que pasaban por el pasillo se asomaban fugazmente y seguían su camino. ¿Se ha muerto ya la Nina?, preguntó una. La patrona perdió la paciencia. Hace semanas que no se levanta, eso es mucho tiempo, la estoy alimentando y comprándole medicinas con el poco dinero que da este negocio, la Nina es como una hija para mí, yo la retiré de la calle, pero las medicinas son muy caras. Ezequiel Deulofeu se levantó de la cama y se abalanzó sobre la mujer. Sandoval se interpuso. La patrona dio unos pasos atrás y salió de la habitación. Desde el primer momento supo que aquellos individuos no iban a traer más que problemas. Sin embargo, no se achantó. Vaya con la Nina, dijo entre dientes la patrona, qué callado se lo tenía. Ezequiel Deulofeu volvió a sentarse junto a su hermana. Magdalena tenía los dientes apretados y rechazó de nuevo su mano. Lo siento mucho, dijo él, lo siento mucho, lo siento mucho. Y su disculpa siguió sonando como una letanía, como una disculpa que llegaba muy tarde.

Teresita Borrás irrumpió en el cuarto inesperadamente. Pasó por delante de Sandoval sin mirarlo. Por Dios, qué es esto. Su voz sonó firme y autoritaria. Se quitó el sombrero y lo dejó sobre la silla. ¿Qué haces aquí?, preguntó Ezequiel Deulofeu. Ella no respondió. Se muere, dijo Sandoval compungido. Eso habrá que verlo, contestó Teresita. Cuando Magdalena sintió su presencia, abrió los ojos y tendió una mano hacia ella. Ezequiel se retiró. Tranquilízate, he venido a ver cómo estás. Mal, Teresita, tengo los pulmones destrozados, me ahogo. Hay que sacarla de aquí, dijo volviéndose hacia los dos hombres, tiene que verla un médico. Un sacerdote, Teresita, quiero confesarme. ¿Dónde has estado metida todo este tiempo, Magdalena, dónde?, tenías que haber escrito unas letras. Que se vaya, dile que se vaya, respondió señalando a su hermano. Teresita se levantó y le habló en voz baja a Ezequiel. Busca un médico sin perder tiempo, luego ve a casa y prepara el cuarto de tu hermana, y le dices a Eliseo que suba a echar una mano.

Al salir a la Rambla, la luz del sol lo devolvió a la vida. Estaba aturdido. Caminó por el bulevar con paso inseguro. Finalmente decidió entrar en el Hotel Falcón. Pidió un teléfono. Se ahogaba. Señorita, póngame con el 346, le dijo a la telefonista. Tardaron en responder. Descolgó el teléfono la madre del doctor Torrelles. Su hijo estaba en misa. Es muy urgente, señora, soy Ezequiel Deulofeu, ¿no hay manera de enviarle un aviso? La mujer dudó un instante. Le prometió que lo intentaría. Deulofeu salió a la calle y de nuevo tuvo la impresión de que alguien lo vigilaba.

Enterraron a Magdalena Deulofeu en el panteón familiar, a la derecha de sus padres. Al otro lado estaba el hueco vacío que esperaba albergar algún día el cuerpo de su hermano. Ezequiel Deulofeu no había estado allí desde hacía tres años, cuando murió su madre. Poco después de la muerte de Frédérique, volvió para enterrar a Valentine, que ahora yacía en una tumba discreta cerca de la mujer con la que había vivido la mayor parte de su vida. Frédérique murió con setenta y un años, consumida, sin reconocer a nadie más que a Valentine. Pocos días después del entierro, la sirvienta le anunció a Ezequiel Deulofeu que iba a morir. Se lo dijo con naturalidad, para que no le pillara desprevenido. ¿Cómo puedes saber eso, Valentine?, ¿te sientes enferma? Todavía no, respondió ella, pero sé que ha llegado mi hora. Apareció muerta en su cama al cabo de dos semanas, con el rostro sereno y vestida para ser enterrada. El doctor Torrelles le contó a Deulofeu que padecía del corazón hacía años. El médico lo ayudó con los trámites del sepelio, igual que había hecho con los de su madre. Ezequiel Deulofeu no había entrado en la alcoba de Valentine desde que era un niño. No quería hurgar en sus cosas. Por eso le pidió a Marcela que lo dispusiera todo para dar la ropa a la beneficencia. En el fondo del armario encontró una caja vieja, de hojalata. La criada se la entregó al señor cuando vio que eran objetos personales. No sé qué hacer con esto, le dijo. Dentro encontró un daguerrotipo de Natanael Deulofeu con poco más de cuarenta años. También reconoció un rosario de su padre. La caja contenía, además, el reloj con leontina, su biblia con estampas de santos dentro, subrayada, y un pequeño cuaderno que resultó ser un diario. El difunto Deulofeu anotaba con letra pulcra cosas intrascendentes mezcladas con acontecimientos importantes. Las anotaciones empezaban en 1872, pero había lagunas de años sin reseñar. Misa de doce en la Concepción, Frédérique tuvo un niño sano que se llamará como el profeta Ezequiel, paseo matinal en el primer día de primavera, el pequeño Jesús ha muerto al caer por el balcón, que Dios lo acoja en su seno, este año no iremos a Caldetas, Valentine ha sufrido una hemorragia y ha perdido al niño. Ezequiel Deulofeu leyó la frase varias veces. ¿Valentine? Siguió leyendo, pero no aparecían más alusiones a la sirvienta. El diario se interrumpía durante años y lo retomaba en 1905. Frédérique ha empeorado, el precio del papel ha subido este año, misa solemne en Santa María. Pocos días antes de su muerte, tras medio año sin anotaciones, escribía: Que Dios me perdone, puesto que Valentine ya lo ha hecho, por haber inducido al pecado a una criatura tan pura. Cerró el diario y lo dejó en la caja. Estaba desconcertado. ¿Por qué su padre no había destruido aquello? Le entregó la caja a Esteban Torrelles y, sin darle explicaciones, le pidió que la guardara él. Cuando muera, quiero que la ponga en mi ataúd, le dijo al doctor. Y Torrelles lo miró en silencio.

Al entierro de Magdalena Deulofeu apenas acudió gente. Los años que llevaba fuera de la ciudad habían borrado su memoria. Después del escándalo que supuso su boda con Raimundo Sempere, su ausencia derivó al olvido. Nadie supo qué había sido de ella. Tampoco se enteró nadie de su regreso ni de su muerte. Teresita Borrás permanecía agarrada al brazo de Ezequiel. Quien daba las órdenes a los operarios del cementerio era Alfredo Sandoval. El doctor Torrelles permanecía unos metros atrás, junto a Felip Gascón, el antiguo corrector de la imprenta. Gascón se limpiaba la nariz de vez en cuando y mantenía el pañuelo hecho una bola en la palma de su mano. Parecía muy afectado.

Trece años después, el ataúd que contenía el cuerpo de su hermana le recordó al de Catalina Santalla. Y de repente vio al hombre que llevaba tiempo siguiéndolo. Permanecía inmóvil, clavado bajo la sombra de los cipreses, lejano. Deulofeu se mordió los labios con rabia hasta hacerse sangre. Miró hacia Eliseo, pero él ya se había dado cuenta de la presencia de aquel extraño. Cuando la losa cubrió el foso, Eliseo esperó a que Teresita se alejara. Y entonces se acercó a Deulofeu. ¿Ha visto a ese hombre de allí?, preguntó Eliseo. Sí, es un viejo conocido. ¿Tiene algo contra usted? Creo que pretende matarme, pero no parece tener prisa. Eliseo no se inmutó. ¿Quiere que se lo quite de encima? Ezequiel Deulofeu hizo un gesto negativo. Primero quiero averiguar en qué anda metido. Yo me encargaré, dijo Eliseo. Antes se llamaba Fabián Lodeiro, pero seguramente habrá cambiado de nombre. Lo comprobaré, don Ezequiel.

Teresita Borrás lo esperaba en la puerta del cementerio, junto al coche de Sandoval. Ven a casa, le dijo a Ezequiel. La miró con dulzura y le secó las lágrimas de las mejillas. Necesito volver a la normalidad, le respondió. ¿Y yo no formo parte de la normalidad? Sí, Teresita, pero antes tengo que resolver unos asuntos. Ella no replicó. Subió al coche. Luego Ezequiel tomó a Sandoval de un brazo y se alejó unos pasos del vehículo. Quiero que lo prepares todo para hacer testamento, le dijo. El abogado lo miró y trató de protestar. No discutas, Sandoval, es algo que debería haber hecho hace tiempo. De acuerdo, pero no pensé que te preocuparan estas cosas. Te equivocas. Antes de subir al coche cerró los ojos y procuró imaginar cómo sería la oscuridad dentro del ataúd. Veía el rostro angelical de Magdalena, sus dedos largos y finos entrelazados sobre el pecho. Tuvo que abrir los ojos porque le faltaba el aire. Se maldijo por haber llevado a su hermana a la muerte.

La vida de Magdalena Deulofeu había empezado a romperse el mismo día en que Raimundo Sempere se precipitó por la ventana de su casa y se abrió la cabeza al golpear con el suelo. Murió al instante. Fue el pánico lo que lo empujó a saltar. Eliseo no tuvo tiempo de hacer nada. Lo tenía sujeto con las dos manos por el cuello, arrinconado contra la pared. Lo amenazaba con palabras que había repetido muchas veces a tipos con más arrestos, pero Sempere no oía nada. En cuanto Eliseo vio el miedo en sus ojos, supo que iba a ser un trabajo fácil. Se había hecho pasar por un cobrador. Raimundo Sempere le dijo que viniera otro día, cuando estuviera su mujer, y en ese momento cayó en la cuenta de que aquel hombre no tenía aspecto de cobrador. Entonces suavizó el tono de voz. Eliseo no se movió de la puerta. Cuando Sempere fue a cerrar, puso el pie. Ya le he dicho que yo no me encargo de esas cosas, venga usted otro día. Otro día no, respondió Eliseo, esto lo tenemos que solucionar hoy mismo. La resistencia de Sempere duró poco. Sabía que estaba perdido, que no tenía escapatoria. Eliseo no necesitó emplearse. Pensó que aquel hombre entraría en razón con cuatro golpes. Lo único que quería era que se marchara de la ciudad, que no regresara nunca, que se olvidara de Magdalena. Se lo dijo mientras le apretaba el cuello. Aflojó los dedos para que pudiera respirar, y Sempere se escabulló. Saltó como un gato por encima de la mesa del cuarto, derribó todo lo que había a su paso, abrió la ventana y se lanzó al vacío. Ni siquiera miró abajo. ¿Qué haces, imbécil?, fue lo único que le dio tiempo a decir a Eliseo. Se acercó a la ventana y lo vio bocabajo, como un muñeco de trapo. Se oían gritos, y la gente miraba hacia arriba. Retrocedió un paso, antes de que alguien lo viera. Al salir a la calle, los vecinos se arremolinaban alrededor del cuerpo. La experiencia le decía que no debía correr, ni alejarse como si no hubiera pasado nada. Se mezcló con los curiosos y repitió los mismos comentarios de horror. Cuando alguien dijo que Sempere estaba muerto, dio unos pasos hacia atrás y se marchó imitando los gestos de los demás y lamentando en voz alta la desgracia de aquel hombre.

Ezequiel Deulofeu supo enseguida que había perdido a su hermana para siempre. Eso ha sido una estupidez, le recriminó Sandoval. Sí, lo sabía, pero ya era tarde para lamentaciones. Magdalena no pudo acudir al entierro de su marido. Estaba hundida por la desgracia. Volvió a padecer los trastornos nerviosos que años atrás la tuvieron recluida en una clínica. Durante meses las únicas personas que la visitaron fueron el doctor Torrelles y Teresita Borrás. El médico le dijo a Ezequiel Deulofeu que no era conveniente que fuera a verla. Cuando empezó a recuperarse, la sombra de la sospecha cayó sobre su hermano. La policía le contó a Magdalena que probablemente a Sempere lo habían tirado por la ventana. Y enseguida sospechó que su hermano estaba detrás de la muerte de Raimundo. Se lo confesó a Teresita, pero ella le respondió que era una idea descabellada. Sin embargo, en cuanto se sintió con fuerza fue a visitar a Ezequiel y solo con mirarlo a los ojos supo que era el responsable de lo que le había sucedido a su marido. Pocos días después Magdalena le escribió a Teresita desde la estación del tren para comunicarle que se marchaba. Fue una carta breve que parecía una despedida definitiva.

Siete años más tarde Magdalena Deulofeu entró en una tienda de Barcelona a pedir limosna, sin sospechar que aquel hombre que la miraba detrás del mostrador había trabajado en otro tiempo como corrector en Ediciones Deulofeu. Felip Gascón pensó que era una más de las mendigas que cada día pasaban por allí. Algunas eran prostitutas que ya no tenían edad para ejercer; otras, mujeres enfermas que espantaban a la clientela. Gascón reconoció enseguida aquella mirada. Sabía lo que le había ocurrido a la hija de Natanael años atrás. El hermano de Magdalena venía de vez en cuando por la tienda y, si no había mucha gente, se quedaba a charlar un rato con él. No esperó a que Ezequiel Deulofeu volviera por su establecimiento. Se presentó en su casa del paseo de Gracia y le contó que había visto a Magdalena. Sí, estaba seguro, era su hermana. Pero buscarla en Barcelona no era tarea fácil.

Tardó varias semanas en dar con ella. Eliseo puso todo su empeño en encontrarla. Y finalmente lo consiguió. Pero ya era demasiado tarde.

Antes de una semana, Eliseo ya había averiguado todo lo que quería saber sobre Fabián Lodeiro. Ese hombre no es peligroso, le dijo a Deulofeu, más bien parece un loco. Esos son los más peligrosos, le respondió. No creo que pueda hacerle ningún daño, don Ezequiel. Pero él conocía bien a Lodeiro y sabía de lo que era capaz. Llegó hace seis meses enrolado en un barco, continuó Eliseo, vive con una mujer y un niño que no es de él, sobrevive con el juego y con la venta de mercancía robada. Ezequiel Deulofeu escuchó con mucha atención, como si pretendiera memorizar cada detalle. Sabía que antes o después aquello podía ocurrir. Lo sabía desde hacía tres años, cuando recibió la última carta de Arminda Santalla. El doctor Salmerón murió hace tres meses, escribió Arminda. Después se interrumpió la correspondencia. Se quedó dormido delante del tablero de ajedrez y ya no se despertó. Guardaba aquella carta en la cajita de madera, junto a las demás. Fue una muerte plácida. Se la sabía de memoria. Las buganvillas se han adueñado del jardín. Incluso con los ojos cerrados seguía viendo su letra, que con los años se había hecho más pequeña, como si quisiera aprovechar mejor las tres cuartillas. Estoy cansada, hay cosas que han dejado de interesarme, otras, por el contrario, me mantienen viva. Y como de pasada, al final, decía: Fabián Lodeiro salió ayer de la cárcel. No daba más información. Ezequiel Deulofeu le escribió después en tres ocasiones, pero no hubo contestación. Esperó un año antes de contarle su preocupación a Torrelles. Creo que Arminda Santalla ha muerto, le dijo cuando se despedían después de jugar la partida de ajedrez. ¿Por qué no trata de averiguarlo?, le sugirió el médico. No fue difícil hacerlo. Alfredo Sandoval contactó con un abogado de Valparaíso y le pidió información sobre Arminda Santalla. La respuesta llegó en pocos meses y confirmaba las sospechas de Deulofeu. Arminda Santalla Ivars, soltera, falleció el 13 de octubre de 1922 a los cuarenta y cinco años, y fue enterrada en el cementerio número 3 de Playa Ancha, dejó una huérfana de once años llamada Isabel Santalla Ivars... Se reproducían los datos del certificado de defunción. Alfredo Sandoval le mostró a su amigo todo lo que había recibido de Valparaíso. Deulofeu lo leyó y permaneció en silencio, con los ojos clavados en el papel. Le pidió permiso para quedárselo y se marchó a casa. Leyó varias veces las veintitrés cartas, en orden, a lo largo de la noche. Isabel Santalla Ivars, se repetía cada vez que terminaba una. Isabel Santalla Ivars. Dedujo que todo lo que guardaba en aquella cajita de madera era una farsa. Arminda nunca se casó con Nicolás Weber. Tenía una hija llamada Isabel de la que no hablaba en las cartas. ¿Sería verdad alguna de las cosas que contó a lo largo de tantos años? No podía sentirse engañado; no tenía ningún derecho a hacerlo. Isabel Santalla Ivars, dijo por última vez y cerró la cajita hasta el día en que supo que Fabián Lodeiro lo estaba vigilando.

La tarde en que recibió las veintitrés cartas, el doctor Torrelles supo que algo iba a ocurrir. Sin embargo, no hizo preguntas incómodas. ¿Quiere que la meta también en su ataúd?, preguntó el médico. Eso es. ¿Y si muero yo antes? Eso no pasará. Ezequiel Deulofeu movió un alfil y dejó la reina sin defensa. ¿Por qué hace usted eso?, preguntó Esteban Torrelles. ¿A qué se refiere? Me está regalando la partida. Quiero que gane usted la última. El doctor miró la reina, miró a Ezequiel y apoyó el mentón en las manos entrecruzadas. Eso suena a despedida. Lo es, respondió Deulofeu. El médico no dijo nada. Siguió estudiando la jugada como si la partida no estuviera acabada. Hoy terminaremos un poco antes, dijo Ezequiel Deulofeu, tengo que ver a Carlota. ¿Otra despedida? Así es.

Era la primera vez que se presentaba en casa de Martina sin ser comienzo de mes. La mujer lo miró con inquietud. ¿Cómo está Carlota?, preguntó Deulofeu. Hoy no tiene un día muy bueno. Le hizo un gesto para que entrase. Encontró a Carlota en el mismo sitio de siempre, frente a la ventana. No consiente que la peine, le dijo Martina levantando la voz para que su hermana la oyera. Ezequiel Deulofeu se sentó a su lado cuando se quedaron solos. ¿Cómo está, Carlota? Ella lo miró. Estoy bien. Permanecieron en silencio un rato. ¿Se acuerda de mí? Sí, usted es el hombre de las flores. Así es. ¿Hoy no las ha traído? No, solo he venido a despedirme. Carlota volvió la mirada hacia los visillos. Se había puesto triste. ¿No volverá? No, Carlota, no volveré. Le tomó la mano, y ella se la dejó apretar. Se levantó y salió del cuarto sin mirar atrás. Cuide de Magdalena, le dijo antes de que la puerta se cerrara, es una niña muy débil. Ezequiel Deulofeu no supo qué decir.

Sandoval hizo un inventario exhaustivo de las propiedades de Ezequiel Deulofeu. Luego redactó el testamento siguiendo las instrucciones de su amigo. Le encargó que vendiera el edificio de la imprenta. La casa de Caldetas, salvada en última instancia de las garras de Sempere, debería ser para Teresita Borrás. La vivienda del paseo de Gracia era para su ahijado Ezequiel Sandoval. Marcela Reche cobraría una renta anual hasta el día de su muerte. Fueron repasando los pormenores del testamento para que todo estuviera claro cuando se lo presentaran al notario. Sandoval se limitó a hacer su trabajo, sin dar su opinión. Cuando terminaron, le dijo a su amigo: No sé si sabes bien lo que vas a hacer. Sí, lo sé.

Esperó unos días para encontrarse con Fabián Lodeiro. Tenía la esperanza de que él diera el primer paso, pero Lodeiro seguía agazapado, esperando tal vez el momento propicio. Vivía con una mujer que se ganaba unos reales haciendo zurcidos y remiendos. La casa estaba en ruinas y olía a orines de gato. Cuando vio entrar a Ezequiel Deulofeu, la mujer se asustó. Cogió al niño en los brazos; tenía tres o cuatro años. No tema, no he venido a echarlos de aquí. Ella se tranquilizó. Mi marido vendrá pronto. Deulofeu sabía que no estaban casados. No tengo prisa, respondió. ¿Ha hecho algo malo? No tiene que preocuparse, he venido a ofrecerle un trabajo, mintió Deulofeu. ¿Un trabajo? Sí, somos viejos amigos. Echó un vistazo a la habitación. No había más que una mesa en el centro. ¿Le importa que lo espere aquí? La mujer, sin soltar al niño, le ofreció asiento en la cocina, donde cosía. Estaba nerviosa. Deulofeu se fue ganando su confianza. Se interesó por su trabajo y luego le dio un billete de cinco pesetas para que le comprara ropa y comida al niño. Ella se lo guardó en el bolsillo de la falda y le recitó una larga lista de las necesidades.

Fabián Lodeiro se presentó al cabo de una hora. Cuando vio a Deulofeu sentado en una silla de la cocina, se quedó parado en la puerta. Miró indeciso a la mujer y al niño. Ella se dio cuenta de que algo no iba bien. Lodeiro había envejecido mucho y apenas le quedaba pelo. Ojos hundidos, mirada huidiza, pómulos salientes, barba canosa de varios días. Estaba extremadamente delgado. ¿No me esperabas?, preguntó Deulofeu. Ella no tiene nada que ver ni contigo ni conmigo, dijo Lodeiro, deja que se vaya. La mujer comprendió que se había dejado engañar por aquel desconocido. Se echó la mano al bolsillo para asegurarse de que las cinco pesetas seguían allí. Lodeiro vestía unos pantalones de pana que le venían grandes, sujetos con una cuerda de pita a la cintura. Se apartó de la puerta y le hizo un gesto a la mujer para que saliera. Abrazó al niño contra su pecho y se marchó sin apartar la mirada de Deulofeu.

Cuando se quedaron solos, el gesto de preocupación desapareció del rostro de Lodeiro. Incluso pareció que sonreía. Siéntate, le dijo Deulofeu, estás en tu casa. Permaneció en pie, junto a la puerta. Ahórrate tus bonitas palabras y dime a qué has venido. ¿No sabes a qué he venido?, ¿tengo que decírtelo? Dímelo, Ezequiel Deulofeu, o como te llames. Pronunció el nombre con desprecio, como si lo escupiera. Estoy aquí para facilitarte el trabajo, sé que andas detrás de mí hace tiempo. Lodeiro rió abiertamente y al hacerlo enseñó sus mellas. ¿Así que es eso?, ¿tienes miedo de que vaya a matarte? La risa de aquel hombre le molestaba. Le habría gustado borrársela de un golpe, pero se contuvo. Nadie hace un viaje tan largo solo para saludar a un viejo amigo. Tú no eres un viejo amigo. No, no lo soy, pero lo fuimos una vez. Lodeiro se acercó a la ventana y observó la fachada del edificio de enfrente. Has cambiado poco, Morell, sigues siendo igual de falso. Deulofeu echó la silla hacia atrás y apoyó el respaldo en la pared con fingida indiferencia. Hace años que me pregunto por qué mataste a aquellos dos tipos. ¿No lo sabes? Quizá tenga una ligera idea, pero me gustaría oírlo de tu boca. Lodeiro se sentó enfrente y clavó los ojos en Ezequiel Deulofeu. Tú no eras mejor que aquel comisario, pero tardé en darme cuenta de lo que pretendías. Empezó a tamborilear con los dedos sobre la mesa. Estás acostumbrado a utilizar a la gente, a pasar por encima de cualquiera para conseguir tus propósitos, pero tropezaste conmigo. Tal vez debí matarte aquel día en Manila. Sí, tal vez, pero no lo hiciste y ahora no te serviría de nada, es demasiado tarde. ¿Tenías miedo de que me interpusiera entre Arminda y tú?, preguntó Deulofeu. Siempre te interpusiste en mi camino, no tenías suficiente con lo que conseguías, primero acabaste con aquella pobre desdichada que terminó tirándose al mar y luego, cuando viste que las cosas se te iban de las manos, lo intentaste con su hermana, pero pretendías que yo te hiciera el trabajo sucio, que te quitara de en medio a aquel estúpido de Weber, ¿crees que no lo entendí desde el principio? No sabes lo que dices, la cárcel te ha trastornado, replicó Deulofeu intentando hacerle daño. ¿La cárcel?, tú sabes mucho de cárceles, eso decía Arminda. Deulofeu lo dejó hablar. Ella me contó que quisiste casarte con ella y después me pidió que me olvidara de ti, que no tratara de hacerte daño, me aseguró que tú ya estabas purgando por tus pecados. Observó la reacción de Deulofeu, pero él se mostraba impasible. Te he vigilado de cerca estos meses, ya lo sabes, y creo que ella estaba en lo cierto, que eres digno de compasión. Me conmueves, Lodeiro, te creía un tipo más duro. Fabián Lodeiro sonrió. Pues ya ves que estabas equivocado. Siento haberme dado cuenta tan tarde. Lodeiro volvió a sonreír y esta vez fue una risa perversa. Entonces decidió que había llegado el momento. Tienes la misma expresión que tu hija, dijo, sois como dos gotas de agua, esa forma de mirar en la distancia, ese aire como de suficiencia, pero por suerte es lo único que la niña ha heredado de ti. La sonrisa de Deulofeu se quedó congelada. Había olvidado que Arminda nunca te habló de la niña, ¿no es cierto?, pero los amigos estamos para contarnos las cosas. Le concedió tiempo a Ezequiel para que pudiera pensar en lo que acababa de oír. Se llama Isabel y es una niña tan especial como su madre. Deulofeu trató de no demostrar su azoramiento. Se puso en pie. ¿Quieres que te hable de Isabel, o prefieres que te cuente las penalidades que tuvo que pasar su madre para sacarla adelante?, de pequeña fue una niña enfermiza, pero eso cambió con los años. Deulofeu le dio una bofetada y lo hizo callar. ¿No quieres oírlo?, tal vez debería habértelo contado Arminda, pero por alguna razón terminó jugando con tus mismas cartas. Deulofeu lo abofeteó de nuevo y le dio una patada a la silla. Fabián Lodeiro cayó al suelo sin defenderse. Reía con todas sus fuerzas. Esperó el siguiente golpe, pero Deulofeu permanecía en pie, inmóvil, mirándolo con odio. ¿Sabías que venía a verme a la cárcel todos los meses?, ¿sabías que me contaba lo que tú le decías en tus cartas?, ¿lo sabías? Deulofeu fue a darle una patada en la cara, pero se arrepintió en el último momento. Me hizo jurar que nunca te contaría la verdad, dijo riendo, pero ya ves que no soy un hombre de palabra, como tú.

El barco se llamaba *Montevideo*. Desde su popa los almacenes del puerto parecían dibujados en un gran telón que se descolgaba del cielo. No quiso que nadie fuera a despedirlo; ni siquiera Teresita, a pesar de su insistencia.

Cuando el *Montevideo* comenzó a moverse, Ezequiel Deulofeu sintió que también su vida soltaba amarras. Recordó los barcos balleneros de otros tiempos. Caminó despacio por la cubierta, pasando la mano por la barandilla, encerada y brillante. Hasta el último momento no había decidido adónde ir. El empleado de la Compañía Trasatlántica lo había mirado por encima de sus lentes sin creer lo que estaba oyendo. Ezequiel Deulofeu tenía frente a él un enorme mapa del mundo enmarcado y colgado en la pared. No estoy seguro, le dijo al empleado. El hombre se ajustó los manguitos y tapó el tintero sin perder la paciencia. Nunca en sus treinta años en la Trasatlántica le había sucedido algo parecido. Tómese su tiempo, le dijo el empleado. Entonces no me decidiría nunca. Puso un dedo sobre el mapa. Aquí es verano ahora, dijo Ezequiel Deulofeu. Así es, afirmó el hombre sin hacer gesto alguno. ¿Cuándo saldrá el próximo barco? El empleado abrió el libro de rutas y lo consultó. El *Montevideo* zarpará dentro de seis días, ¿quiere un pasaje? El empleado se colocó bien los lentes sobre la nariz y empezó a rellenar un formulario.

Teresita Borrás se había presentado en casa de Ezequiel Deulofeu a primera hora de la mañana. Se había vestido cuidadosamente y se había puesto unos pendientes que fueron de su madre. ¿Ocurre algo, Teresita? Ella permaneció en silencio, en el centro del salón, hasta que Marcela se retiró. ¿Pensabas marcharte sin decirme nada? Deulofeu supo enseguida que había hablado con Sandoval. No me voy hasta dentro de tres días. ¿Y cuándo pensabas decírmelo? Pretendía ir a tu casa hoy mismo. Teresita Borrás se acercó al piano y levantó la tapa. Me equivoqué, no debí contarle nunca a Alfredo que te había visto en Valparaíso. No digas eso, Teresita. No lo diré, si no quieres oírlo, pero es algo de lo que llevo trece años arrepintiéndome. Teresita retiró la gamuza roja y pulsó una tecla. Hace tiempo que me preguntaba cuánto tardarías en irte. No hay nada que me retenga aquí. Sí, eso ya lo sé. Se sentó en la banqueta del piano, de espaldas a Ezequiel, y movió los dedos sobre el teclado. El piano estaba desafinado. Deulofeu se sentó a su lado y le dio un beso en la mejilla. Ella lo besó en los labios hasta que las lágrimas llegaron a la boca. No llores, Teresita. No lloro por ti, además, tengo derecho a hacerlo. Sí, te lo has ganado. Dime una cosa, Ezequiel, ¿alguna vez sentiste algo por mí?

Mientras el *Montevideo* se alejaba del puerto, en la cabeza de Ezequiel Deulofeu seguía sonando aquella pregunta que había dejado sin respuesta. Sabía que las amarras se soltaban para siempre. Se dio la vuelta y miró al horizonte. Entonces sintió que todo lo que había hasta donde alcanzaba la vista era una enorme cárcel, una cárcel imaginaria.

19.

La primera llamada a Isabel Santalla fue desconcertante. Se puso al teléfono su hija, y al cabo de un rato oí la voz de la anciana. Por los datos que yo tenía, debía de rondar los ochenta años. Su voz sonaba dulce y, sin embargo, me pareció reconocer cierta frialdad conmigo. Era como si tuviera prisa por terminar aquella conversación.

—¿Podría llamarme mañana, por favor? —me dijo bajando la voz—. Ahora no puedo atenderlo.

Su hijo me había asegurado que estaría encantada de hablar conmigo. Sin embargo, no me lo pareció. Enseguida añadió algo que no supe cómo interpretar:

—No se olvide, a mediodía estaré sola.

¿Por qué me hacía aquella precisión? Tal vez, si no lo hubiera puntualizado, me habría olvidado del asunto, o habría dejado pasar el tiempo. No me gustaba sentirme como un vendedor de enciclopedias a domicilio. Pero dijo: «A mediodía estaré sola», y no pude dejar de pensar en aquella frase hasta que volví a hablar con ella al día siguiente.

Su voz sonó igual de dulce, pero además fue muy amable conmigo.

—¿Es usted Matías? —me preguntó antes de que yo pudiera decir nada. Le dije que sí—. Esperaba su llamada.

Me trataba con familiaridad. Su cambio de comportamiento me tenía tan intrigado que no me di cuenta de lo que realmente estaba sucediendo.

—Verá, su hijo me dio el teléfono de Madrid...

—Sí, ya sé, ya sé, me llamó para contármelo. Pero anoche no pude hablar con usted. Mire, no quiero que mi hija sepa nada.

—No se preocupe, trataré de ser breve.

—No hace falta. Ahora estoy sola.

—De todas formas, no la entretendré mucho tiempo. Si su hijo habló con usted, sabrá que estoy interesado en conocer algunos detalles de su familia.

—Eso me contó Heliodoro —me respondió como si quisiera ahorrarse el preámbulo—. Hace tiempo que ya esperaba.

Yo seguía todavía ajeno a lo que realmente tenía delante.

—Si no me equivoco, usted es hija de Arminda Santalla, ¿verdad?

—Sí, era mi mamá. Me dio su apellido porque mi papá se fue antes de que yo naciera.

Me estaba metiendo en la vida privada de una persona a la que no conocía, a la que no había visto nunca y con la que apenas llevaba hablando unos minutos. Pero decidí no andarme con rodeos, puesto que ella me facilitaba el camino.

—Estoy investigando la vida de Ezequiel Deulofeu y, después de unos meses consultando algunos documentos, finalmente he dado con su familia casi por casualidad.

Yo no estaba investigando nada, ¿por qué tenía que mentir de aquella manera? En realidad, la historia de Ezequiel Deulofeu se me había atravesado en el camino y, mirara a donde mirara, seguía apareciendo como si me persiguiera.

—Sí, lo sé.

Y al afirmarlo con tanta contundencia mi seguridad se vino abajo.

—¿Usted ha oído hablar de Ezequiel Deulofeu?

Hubo unos segundos de incertidumbre, hasta que volví a escuchar la voz de Isabel Santalla.

—Por supuesto —me respondió—. Ezequiel Deulofeu fue mi papá. En Valparaíso todo el mundo lo conocía como Ovidio Morell. Pero eso ya lo sabe usted.

Sus palabras me dejaron sin argumentos. Todo lo que tenía previsto decirle se borró de mi cabeza.

—¿Y usted sigue viviendo en Barcelona? —me preguntó.

¿Qué estaba pasando? ¿Le había dicho acaso dónde vivía? En realidad, aquellas preguntas y otras muchas me las empecé a hacer más tarde, cuando colgué el teléfono y las palabras de Isabel Santalla siguieron sonando en mi cabeza durante horas, durante los días siguientes. ¿Estaba ciego o era que no quería darme cuenta? Pero poco a poco lo entendí todo. Hablamos dos o tres veces por teléfono, hasta que ella misma me sugirió que fuera a visitarla.

Le pedí a Virginia que me acompañara en aquel viaje. No hizo preguntas, pero quise contarle lo que estaba sucediendo. Me besó y me dijo que no necesitaba explicaciones. Hicimos el viaje aprovechando cuatro días de un puente largo en el que, en otras condiciones, yo no me habría movido de Barcelona. Isabel Santalla estaba viviendo en Coslada, una ciudad a la que casi había engullido el área metropolitana de Madrid. Durante todo el viaje me estuve preguntando si hacía bien en acudir a aquella cita. En algún momento Virginia debió de adivinar mis pensamientos.

—Esta es la única forma de ahuyentar los fantasmas —me dijo para animarme—. A no ser que quieras vivir con ellos el resto de tu vida.

—No, no quiero, y tampoco estoy seguro de que sigan ahí dentro.

—Entonces no tienes por qué estar nervioso.

—No lo estoy.

—¿De verdad?

—Bueno, un poco. Pero es normal, creo.

—Sí, es lo más normal. Si no fuera así, me preocuparía por ti. Incluso me sentiría defraudada.

Llegué a Coslada en el tren de cercanías. Virginia se quedó en el hotel de Madrid.

Isabel Santalla vivía en un edificio cercano al ayuntamiento. Había quedado con ella en su casa. Insistió mucho en que nos viéramos un día en que su hija no estuviese. Cuando abrió la puerta, me pareció que mi corazón se descontrolaba. Me sonrió y me invitó a pasar. Después de cerrar, me dio un abrazo y se mantuvo apretada contra mí durante un rato.

—Empezaba a pensar que esto no pasaría nunca, pero yo soy muy paciente. Ya tengo ochenta años y lo único que nos queda a esa edad es esperar.

Me hizo pasar al salón.

—Mi hija no volverá hasta la noche, pero prefiero que demos un paseo para estar más tranquilos.

Mientras se ponía algo de abrigo, me entretuve mirando las fotografías que había sobre un mueble pasado de moda. Enseguida reconocí a la hija de Isabel. Yo guardaba en casa una foto de ella dentro de un sobre marrón, envejecido por el tiempo, con el nombre de Ovidio Morell escrito con la letra de Victoria. Había pasado horas mirándola. Era la foto de su boda, que alguien rompió y luego volvió a pegar. El parecido con Victoria era asombroso. Isabel Santalla me sorprendió con el retrato de su hija entre las manos.

—Clarita es una buena hija, pero su carácter y el mío son incompatibles —me dijo mientras buscaba las llaves de casa para guardarlas en el bolso—. Pueda ser que nos parezcamos mucho.

Hicimos el recorrido que ella repetía todos los días.

—El médico me ha dicho que debo andar a diario aunque no me guste. Y a esta edad la palabra del médico es cosa santa.

Mientras caminaba agarrada a mi brazo, Isabel Santalla me contó algunas cosas de su rutina diaria. Llevaba varios meses en España. Vino para quince días, pero tuvo una caída, se fracturó un brazo y fue retrasando su vuelta a Valparaíso. Sin embargo, había estado aquí en muchas ocasiones.

—Ya echo de menos el puerto —me confesó—. Mi hija insiste en que me quede otra temporada, pero quiero regresar antes del verano. Cuando estamos separadas, nos llamamos todos los días; y cuando estamos juntas, somos como el perro y el gato.

—Creo que la entiendo.

—Quizá Clarita ha hecho cosas malas en su vida, pero es mi hija y la quiero tal como es.

Se detuvo delante de un banco de madera y me hizo un gesto para que nos sentáramos.

—Puedes tutearme, si quieres —me dijo cogiéndome la mano con cariño.

—Por supuesto.

Se arregló la falda y buscó una postura cómoda. Luego miró hacia el frente y comenzó a hablar como si yo no estuviera allí.

—Cuando murió Victoria, yo soñé muchas veces que me pasaría esto. Ella te quería mucho, ¿lo sabías?

—Sí, lo sé.

—Aquel accidente destrozó muchas vidas, no solo la de mi nieta. ¿Qué voy a contarte que tú no sepas? Hacía quince años que Clarita no veía a su hija. Demasiado tiempo. Eso es algo que yo nunca entendí. Y Victoria tampoco; se murió con tanta pena... Era como una espina metida en el corazón. El amor de una madre es lo más importante. No hay abuela en el mundo que pueda sustituirlo. Yo hablé con ella tres meses antes de su muerte.

Mientras escuchaba a Isabel Santalla, tuve la sensación de abrir un libro que había leído antes y encontrarme, de repente, páginas pegadas que no había visto. Ahora, por primera vez abría esas páginas y todo empezaba a cobrar otro sentido.

—Siempre pensé que Victoria había roto totalmente el contacto con su familia materna —le dije.

—Y, en realidad, así fue. Yo no era más que una vieja chocha que hablaba de vez en cuando con su nieta y que trataba de que no le guardara rencor a su mamá. Pero no lo conseguí. En quince años nos vimos solo en dos ocasiones, y una de ellas fue cuando te conoció y rompió su compromiso con aquel chico con el que estaba a punto de casarse. Victoria sufrió mucho, porque sabía que también se rompería algo entre su papá y ella. Y ya sabes lo importante que era su papá para Victoria.

—Sí, tuve la oportunidad de comprobarlo.

—Ya sabía que te llamabas Matías, que habíais estudiado juntos en la universidad, que eras profesor... Y que mi nieta estaba perdidamente enamorada de ti.

Me pareció que al decir aquello le temblaba la voz. Pero siguió hablando sin mirarme.

—Luego, cuando murió, siempre tuve la esperanza de encontrarte algún día y conocerte. Pero no era fácil. Yo estaba en Chile, tú aquí.

—Yo no sabía nada...

—Lo sé, no fue tu culpa. No quería morirme sin saber cómo era el hombre al que mi nieta había querido tanto.

Isabel Santalla estaba llorando.

—Es mejor que nos hayamos conocido ahora —le dije—. Después de la muerte de Victoria, las cosas empezaron a rodar cuesta abajo. Tuve unos años muy malos. Perdí el trabajo, caí en un pozo del que ahora apenas me acuerdo, murió mi hermano...

Me miró. Le brillaban los ojos. Luego guardamos silencio durante un instante.

—Hace unos meses —seguí diciendo al cabo de un rato— encontré en los archivos de Victoria un sobre con el nombre de Ovidio Morell, y empecé a pensar que había cosas de ella que yo desconocía.

—¿Nunca te habló de eso?

—Nunca. Apenas hablaba de su familia de Chile.

—Entiendo —dijo Isabel Santalla—. Creo que el silencio era para Victoria el mejor remedio.

Le conté cómo había empezado todo: cómo encontré por primera vez la pista de Ezequiel Deulofeu, cómo fue apareciendo en mi camino sin hacer esfuerzos. Le hablé además de Julia Torrelles, de las cartas, del doctor Sandoval, al que ella visitó en su consulta hacía años.

—¿Todavía existen esas cartas?

Le dije que sí, que yo guardaba una copia de todas, que las había visto y las había tenido en mis manos. Se emocionó.

—Yo guardo en Valparaíso las que escribió mi papá. Era lo único que mi mamá conservaba de él. Había prometido traérselas a Victoria la próxima vez que nos viéramos, pero ocurrió aquel maldito accidente. A ella le gustaba mucho esa historia, aunque yo le decía que no debía pensar en cosas tristes.

Intenté no interrumpirla. Únicamente intervenía cuando ella se quedaba en silencio.

—Al principio no podía entender qué interés tenía Victoria en aquel Ezequiel Deulofeu —le confesé—. Parecía un trabajo de investigación, quizá una biografía. Pero el sobre con la foto de la boda de su madre me hizo pensar que se trataba de algo más. Hasta que no hablé por teléfono contigo no supe la verdad. Nunca mencionaba a su madre, excepto al principio, cuando empezamos a vivir juntos. Enseguida me di cuenta de que aquel asunto le producía mucho dolor, y no quise insistir. Pensé que habría tiempo más adelante, si alguna vez decidía enfrentarse a sus demonios.

—Sí, fue algo doloroso lo que ocurrió entre mi hija y mi nieta. Y me moriré sin entender qué pasó. Pero con Clarita no pude tratar nunca esa cuestión. Ya tenía la sensación de estar perdiendo a una nieta, y decidí no perder también a una hija. Es un consuelo estúpido, lo sé.

—No lo es.

—Quizá lo que Victoria pretendía al investigar la historia de su bisabuelo fuera mantenerse unida al pasado de los suyos. A las personas nos ocurren a veces estas cosas: buscamos en el pasado las respuestas que no encontramos en el presente. Y me temo que no siempre hay respuestas para todo.

Volvió a quedar en silencio, en una prolongada ausencia, como si yo no estuviera a su lado.

—De alguna manera es algo que yo también he hecho a lo largo de los años —me dijo al cabo de un rato.

—¿A qué te refieres?

—También mi papá fue para mí una obsesión durante mucho tiempo. Y creo que, si no lo hubiera conocido, jamás me habría quitado aquellos fantasmas de la cabeza.

No estaba seguro de haber entendido bien.

—¿Conociste a Ezequiel Deulofeu?

—A Ezequiel Deulofeu, a Ovidio Morell, a Alfredo, que era como se llamaba cuando apareció por Valparaíso —ahora me miraba divertida por mi expresión de asombro—. Pero tú no puedes saber nada de eso, claro.

—No.

—¿Paseamos un poco?

Le dije que sí, y volvió a agarrarse a mi brazo. Mientras caminábamos, sentí su mano fría apretada a mi muñeca, su paso inseguro, su voz dulce y melancólica.

—Como te dije, mi papá fue una obsesión para mí durante mucho tiempo. Pasé toda la infancia y la adolescencia pensando en él. Cuando se murió mi mamá, yo era muy niña: tenía once años. Para mí no había nadie como ella en el mundo. Todavía hoy me emociono al recordarla. Creo que no tuvo suerte en la vida. Perdió a su hermana y a su papá en poco tiempo y se quedó absolutamente sola. Ahora eso no es un problema para una mujer, pero hace ochenta años las cosas eran muy diferentes. Los negocios de mi abuelo se vinieron abajo después de su muerte. Creo que sus socios engañaron a mi mamá, pero tampoco es algo que pueda afirmar con certeza. Lo único cierto es que ella se quedó en la calle con una niña chiquita y tuvo que rehacer su vida después de los treinta años. Pero nunca le faltaron los amigos. Primero fue el doctor Práxedes Salmerón, un hombre generoso e íntegro.

—Sí, conozco algunas cosas de él.

—Pero, sobre todo, quien se hizo cargo de nosotras fue Rodrigo, que trabajó para mi abuelo como secretario hasta el día de su muerte. En realidad, Rodrigo ejerció de padre hasta que me casé. Él se ocupó de mí cuando me quedé sola. Es el hombre al que más he querido en mi vida, después de mi difunto esposo, por supuesto —me sonrió y se detuvo un instante—. Hablo mucho, ¿verdad?

—No, por favor, sigue.

Tiró de mí y seguimos caminando.

—Mi mamá jamás me ocultó quién había sido mi papá. Yo sabía que él vivía en Barcelona, que se habían conocido en un barco en una travesía desde Manila, que estuvo casado con la tía Catalina. Ella siempre me trató como a una persona mayor desde bien pronto. A veces me leía las cartas de él. Nunca tuve ningún resentimiento contra mi papá, porque ella no me lo inculcó. Luego, cuando mi mamá se murió, Rodrigo no quiso volver a hablarme de Ovidio, o de Ezequiel, qué más da. Yo tenía un papá con dos nombres, al que no conocía. Pero es difícil cambiar el cauce de los ríos. ¿Tú crees en el destino?

La pregunta de Isabel Santalla me pilló desprevenido.

—No.

—Pues yo sí. Pienso que, si has de encontrarte con una persona en la vida, no vale de nada que te ocultes en el último rincón del mundo, porque al final te tropezarás con ella cuando menos te lo esperes. Disculpa —me dijo cambiando el tono—. Estarás pensando que la edad me hace decir tonterías.

Seguimos caminando y poco a poco Isabel Santalla me contó la relación con su padre, su verdadero padre, del que había oído hablar tantas veces cuando su madre y ella estaban solas y nadie podía oírlas.

—Yo me casé en 1930, con diecinueve años, embarazada de seis meses de Clarita —me miró como si esperase alguna reacción—. Mi marido era un hombre bueno al que yo quise mucho. Era tan pobre como yo, pero muy trabajador. Tenía un restaurante en el Cerro Alegre, muy cerca de mi casa. Mi papá y él fueron buenos amigos. Me refiero a Rodrigo, no a Ovidio. Cuando me casé, empecé a trabajar en el restaurante. Aquel sitio era como nuestra casa. Solo nos faltaba dormir allí. Pero no sé por qué te cuento esto.

Isabel Santalla se detuvo y miró al cielo como si estudiara el vuelo de las aves, pero lo que hacía era buscar en la memoria una fecha que se le resistía.

—Veamos... Debió de ser en 1935, quizá en el 36. Pero no mucho más allá. Un día llegó al restaurante un anciano. No tenía nada especial: vestía un terno oscuro, algo desgastado, su aspecto no llamaba la atención; en fin, un cliente más. Yo no me fijé en él hasta que estuvo sentado en la mesa. Y, cuando me acerqué para entregarle la carta y preguntarle qué quería tomar, supe que era Ovidio Morell, mi papá.

—¿Lo supiste solo con verlo?

—Sí, supongo que fue así. Y, además, no tuve ninguna duda. ¿Es usted español?, le pregunté, y me dijo que sí. No necesitaba saber más: era mi papá. Entiendo que te extrañe lo que te cuento, pero ocurrió así.

El hombre que regresó a Valparaíso veinticinco años después de su partida era un anciano derrotado y enfermo. Venía de Bolivia, eso contó, pero antes había pasado unos años en Paraguay y en Brasil. Hacía pocas semanas que estaba en la ciudad. Paseó por las calles sin nostalgia, incapaz de recordar cómo era aquel lugar años atrás. Tal vez sintiera que el tiempo se le escapaba. Llegó un día al restaurante y se sentó al lado de un mueble con espejo, frente a una ventana que daba a una terracita cerrada. Al fondo se dibujaba la bahía entre los edificios. Enseguida reconoció a Isabel Santalla. Se parecía tanto a él. Se movía de un sitio a otro disponiendo las mesas para el almuerzo. Pensó que había ido demasiado temprano. Pidió un jugo de cualquier cosa y siguió mirándola a través del espejo para que no se diera cuenta.

—Mi papá me observaba con disimulo. Pero yo me encontraba con sus ojos cada vez que miraba al espejo. No le dije nada a mi esposo. ¿Para qué? Él ignoraba todo sobre aquel hombre. Esa historia solo nos pertenecía a mi mamá y a mí, y ella ya había muerto. Apenas intercambiamos unas frases de cortesía hasta que se marchó. Pero yo sabía que iba a volver. Y así fue. Al día siguiente acudió a la misma hora. Se sentó en la misma mesa, mirando al espejo y a la bahía. Celebré que le gustara la comida del día anterior, y él me sonrió. Al tercer día le pregunté el nombre y me dijo que se llamaba Alfredo. El apellido no lo recuerdo.

—Sandoval —le dije.

—¿Sandoval? Es posible.

Ovidio Morell acudió al restaurante todos los días durante un mes. Isabel Santalla lo saludaba por su nombre y empezó a tratarlo con familiaridad. En ocasiones, la hija de Isabel entraba y salía de la cocina, persiguiendo a los gatos. ¿Cómo se llama?, le preguntó Morell. Clarita, respondió la madre. Es una niña muy linda, dijo él. Isabel la llevó hasta la mesa para que la viera bien. Se parece a usted, le dijo Morell. No, se equivoca, es igual que su abuela.

—Mi papá mantuvo la calma, pero me di cuenta de que le temblaba la barbilla. Creí que iba a decir algo, pero siguió en silencio, mirando a Clarita. Ese día se marchó aturdido, con prisas. Pensé que no volvería a verlo nunca.

—Pero no fue así.

—No, claro que no. Volvió al día siguiente. Al cabo de unas semanas, incluso mi esposo lo trataba como si fuera de la familia. Aunque yo no tenía mucho tiempo para charlar con él, me preguntaba por Clarita, por Heliodoro, que solía correr también entre las mesas del restaurante. A veces contaba cosas de su vida, pero nunca más allá de los últimos años. Por eso supe que había vivido en otros países de América. Una noche no pude dormir pensando en él. No quería que se convirtiera en una obsesión. Y entonces se me ocurrió algo de lo que ahora me arrepiento. Tomé de casa una fotografía de mi mamá conmigo en brazos y la dejé sobre la mesa en la que se sentaba mi papá todos los días.

Cuando Isabel llegó a aquel punto de la historia, temí que fuera a dejarla sin concluir. Parecía cansada. Pero tomó aire y siguió hablando.

—Mi papá se presentó al día siguiente y se sentó en el sitio de siempre. Yo me cuidé de que no me sorprendiera observándolo. Pero lo vi de espaldas cuando tomó la fotografía. La miró durante un rato largo. Luego volvió a ponerla en la mesa y no me dijo nada cuando le serví la comida. Creo que no dejó de mirarla en todo el tiempo. Al pagar, me di cuenta de que estaba pálido. Le pregunté si se encontraba bien. No recuerdo qué me contestó. Pero lo cierto es que, cuando recogí los platos, la fotografía no estaba allí. Fue la última vez que vi a mi papá.

—¿No volvió al día siguiente?

—No volvió nunca.

Isabel Santalla había terminado su relato. Lo supe cuando me miró. Se habían desgastado sus escasas energías. Incluso me pareció que estaba pensando en otra cosa. La acompañé a casa caminando muy despacio. A veces tenía que detenerse por la fatiga.

—Hoy he cometido un exceso —me confesó al llegar al portal—. No es bueno forzar el corazón.

—Lo siento de verdad.

—No lo sientas. Ha merecido la pena.

Cuando el tren de cercanías se alejó de la estación, ya hacía tiempo que yo me encontraba muy lejos. El movimiento de los vagones me alivió. Tenía ganas de llegar a Madrid y encontrar a Virginia en la habitación del hotel. A través del cristal veía el reflejo de una pareja que se besaba en el asiento de al lado. Fui percibiendo la velocidad y, al hacerlo, una inmensa paz se apoderó de mí. Estaba deseoso de llegar a la estación y, sin embargo, no quería que el tren se detuviera. Alargué la mano y me pareció que el cristal había desaparecido, que podía cortar el aire con mis dedos. Hasta ese momento no me había dado cuenta de que estaba por fin fuera de mi prisión.

Sobre el autor

Luis Leante (Caravaca de la Cruz, Murcia, 1963). Licenciado en Filología Clásica. Ha publicado los libros de relatos *El último viaje de Efraín* (1986) y *El criador de canarios* (1996), y las novelas *Camino del jueves rojo* (1983), *Paisaje con río y Baracoa de fondo* (1997), *Al final del trayecto* (1997), *La Edad de Plata* (1998), *El canto del zaigú* (2000), *El vuelo de las termitas* (2003), *Academia Europa* (2003) y *La Luna Roja* (Alfaguara, 2009). En el año 2007 fue galardonado con el Premio Alfaguara de Novela por la obra *Mira si yo te querré.* También es autor de literatura juvenil. *Cárceles imaginarias* (Alfaguara, 2012) es su última novela.

Alfaguara es un sello editorial del Grupo Santillana

www.alfaguara.com

Argentina
www.alfaguara.com/ar
Av. Leandro N. Alem, 720
C 1001 AAP Buenos Aires
Tel. (54 11) 41 19 50 00
Fax (54 11) 41 19 50 21

Bolivia
www.alfaguara.com/bo
Calacoto, calle 13 nº 8078
La Paz
Tel. (591 2) 279 22 78
Fax (591 2) 277 10 56

Chile
www.alfaguara.com/cl
Dr. Aníbal Ariztía, 1444
Providencia
Santiago de Chile
Tel. (56 2) 384 30 00
Fax (56 2) 384 30 60

Colombia
www.alfaguara.com/co
Carrera 11A, nº 98-50, oficina 501
Bogotá
Tel. (571) 705 77 77

Costa Rica
www.alfaguara.com/cas
La Uruca
Del Edificio de Aviación Civil 200 metros Oeste
San José de Costa Rica
Tel. (506) 22 20 42 42 y 25 20 05 05
Fax (506) 22 20 13 20

Ecuador
www.alfaguara.com/ec
Avda. Eloy Alfaro, N 33-347 y Avda. 6 de Diciembre
Quito
Tel. (593 2) 244 66 56
Fax (593 2) 244 87 91

El Salvador
www.alfaguara.com/can
Siemens, 51
Zona Industrial Santa Elena
Antiguo Cuscatlán - La Libertad
Tel. (503) 2 505 89 y 2 289 89 20
Fax (503) 2 278 60 66

España
www.alfaguara.com/es
Torrelaguna, 60
28043 Madrid
Tel. (34 91) 744 90 60
Fax (34 91) 744 92 24

Estados Unidos
www.alfaguara.com/us
2023 N.W. 84th Avenue
Miami, FL 33122
Tel. (1 305) 591 95 22 y 591 22 32
Fax (1 305) 591 91 45

Guatemala
www.alfaguara.com/can
26 avenida 2-20
Zona nº 14
Guatemala CA
Tel. (502) 24 29 43 00
Fax (502) 24 29 43 03

Honduras
www.alfaguara.com/can
Colonia Tepeyac Contigua a Banco Cuscatlán
Frente Iglesia Adventista del Séptimo Día, Casa 1626
Boulevard Juan Pablo Segundo
Tegucigalpa, M. D. C.
Tel. (504) 239 98 84

México
www.alfaguara.com/mx
Avda. Rio Mixcoac, 274
Colonia Acacias, C.P. 03240
Benito Juárez, México D.F.
Tel. (52 5) 554 20 75 30
Fax (52 5) 556 01 10 67

Panamá
www.alfaguara.com/cas
Vía Transísmica, Urb. Industrial Orillac,
Calle segunda, local 9
Ciudad de Panamá
Tel. (507) 261 29 95

Paraguay
www.alfaguara.com/py
Avda. Venezuela, 276,
entre Mariscal López y España
Asunción
Tel./fax (595 21) 213 294 y 214 983

Perú
www.alfaguara.com/pe
Avda. Primavera 2160
Santiago de Surco
Lima 33
Tel. (51 1) 313 40 00
Fax (51 1) 313 40 01

Puerto Rico
www.alfaguara.com/mx
Avda. Roosevelt, 1506
Guaynabo 00968
Tel. (1 787) 781 98 00
Fax (1 787) 783 12 62

República Dominicana
www.alfaguara.com/do
Juan Sánchez Ramírez, 9
Gazcue
Santo Domingo R.D.
Tel. (1809) 682 13 82
Fax (1809) 689 10 22

Uruguay
www.alfaguara.com/uy
Juan Manuel Blanes 1132
11200 Montevideo
Tel. (598 2) 410 73 42
Fax (598 2) 410 86 83

Venezuela
www.alfaguara.com/ve
Avda. Rómulo Gallegos
Edificio Zulia, 1º
Boleita Norte
Caracas
Tel. (58 212) 235 30 33
Fax (58 212) 239 10 51

Esta obra se terminó de imprimir en febrero de 2012
en los talleres de Litográfica Ingramex, S.A. de C.V.
Centeno 162-1, Col. Granjas Esmeralda, C.P. 09810
México, D.F.